글쓰기 교육과 문학적 글쓰기

글쓰기 교육과 문학적 글쓰기

Writing Education and Literary Writing

박현이 고영진 김정숙 김화선 김현정
남기택 오연희 오홍진 유경수 한상철

푸른사상
PRUNSASANG

이 책에는 문학을 통해 일상을 돌아보고 세상과 소통하고자 하는 우리의 절실한 바람이 담겨있다. 그간의 연구가 문학과 현실 문제에 집중되어 있었다면, 이번의 기획은 문학을 통한 일상에서의 구체적인 실천과 활용 가능성을 적극적으로 모색해보고자 하였다. 따라서 이 책을 읽는 키워드로 '문학, 글쓰기, 언어, 실천'을 제안해볼 수 있다. 문학작품을 활용한 글쓰기 교양교육의 실천이 학습현장에서 이루어질 수 있는 구체적인 실천의 한 방식이라면, 시와 소설의 언어에 집중하여 작가의 글쓰기 의도와 서사전략을 분석하면서 문학의 지형도를 세밀하게 그려나가는 작업은 비평가로서의 비판과 성찰을 동반하는 끊임없는 자기모색에 해당할 것이다. 우리는 문학이 현실과 소통하고 그것을 지속적으로 변화할 수 있는 힘은 그 안에 내재해 있음을 믿어왔기에 이 책을 읽는 독자들의 마음에도 이러한 믿음이 공명되었으면 하는 기대를 가져본다.

이 책은 전체 3부로 구성되어 있다. 1부에는 '문제해결과 자아발견을 위한 글쓰기 교육'에 관한 글들이 실려 있다. 글쓰기 교육에 있어 다양한 관점의 모색을 통해 전략적 학습프로그램의 개발과 그것을 학습현장에 구체적으로 적용한 교육 사례를 제시하고 있는 내용이 주를 이룬다. 먼저 김정숙의 「통합(교과형) 논술의 특징과 지도 방법」은 통합논술에 대한 기본적 이해를 넓히고자 기획된 것이다. 논자는 통합논술의 중요성과 그 필요성이 요청됨에도 실제 교육 현장에서는 이에 대한 전반적인 이해가 부족하다고 진단한 후 통합논술의 특징과 통합논술의 핵심적인 사항을 실제 예를 통해 점검하고 있다. 그리고 통합논술이 통교과적 공유의 장뿐만 아니라 사고 능력을 측정하는 활동인 만큼 교수자는 논술을 지도할 때에 교과 내 핵심어에 대한 개념을 정립하고 교과 간 공유를 통해 의미를 확장하는 그물망적 자료를 구축해야 함을 역설한다.

김화선은 「자아 발견을 위한 글쓰기 교육의 실제」에서 대학에서의 글쓰기 교육의 실질적인 교수 학습 방안을 모색하는 방안의 일환으로 '자아 발견을 위한 글쓰기'의 전략적 모델을 제시하고 있다. 캐릭터 일기 쓰기를 중심으로 글쓰기 주체의 쓰기 행위에 동기를 유발하고 담화 공동체를 활용한 협조적 글쓰기의 효율적인 운용을 단계적으로 제안하고 있다. 박현이의 「자아정체성 구성을 위한 자전적 글쓰기 교육의 실제」는 한 개인의 정체성은 일상적 언어 구성행위의 산물이며 그가 놓여 있는 환경과 그의 경험, 역사적이고 전기적인 삶에서 이야기된 다양한 것들을 통합한 결과물을 통해 이야기될 수 있음을 전제로 한다. 이를 바탕으로 교양교육과 자전적 글쓰기의 상관성에 대해 재고해보고, 학습자의 정체성 구성과 관련한 효과적인 글쓰기 방안을 자전적 글쓰기 사례를 통해 모색하고 있는 글이다. 박현이·김화선이 공동 집필한 「협력학습을 활용한 대학 글쓰기 교육 연구: 기업 홍보 글쓰기를 중심으로」는 협력학습을 활용한 단계별 교수-학습 모형을 구안하고, '기업 홍보 글쓰기'를 통해 이를 학습현장에 적용한 사례를 분석한 글이다. 학습현장에 적용할 수 있는 글쓰기 교육의 전략적 방법을 탐색하고 협력모둠을 통한 문제해결 글쓰기의 과정을 체계적으로 제시하고 있는 글이다.

남기택의 「디지털 매체, 문학, 의사소통」은 디지털 매체 활용을 골자로 인문학에 대한 흥미 유발과 효과적 체험 방법을 모색하였고, 학생들의 자발적 의사소통 방식에 주목한 사례를 제시하고 있다. 이를 위해 전제된 시 문학과 영상언어 간의 이론적 접근도 흥미롭다. 오연희의 「이산적 글쓰기의 한 모색」은 우리가 사는 현실이 어떠해야 하는가에 대한 강력한 당파적 인식의 표명이며 삶에 대한 태도로서의 글쓰기의 가능성을 모색한 글이다.

2부는 '서정과 시의식으로서 글쓰기'를 주제로 한 다섯 편의 글이 실려 있다. 현대시에 나타난 작가적 글쓰기의 양상을 고구하고 있는 글들로 시의 언어와 서정성을 중심으로 한 예리한 통찰이 돋보인다. 오홍진의 「언어의 심연, 신과 인간 사이에서 요동치는」은 2000년대 젊은 시인들의 시에 나타난 시적 언어의 특성을 살펴보고 있는 글이다. 신화적 상상력에 바탕을 둔 주술적인 언어가 한편에 자리하고 있다면, 질서를 강요하는 사회에 분열증적인 언어로 맞서는 시들이 다른 한편을 차지하고 있다. 그리고 이 두 가지 경향 사이에서 민중시의 계보를 잇는 젊은 시인들의 시어를 아울러 분석하고 있다. 남기택의 「2000년대의 시쓰기」는 현대시 신구 논쟁에 관한 하나의 입장을 제시하고, 2000년대 신예 시작의 양상을 예시하는 글이다. 새로움이 지닌 이중성, 전위적 시의식의 양가성 등을 통해 시쓰기의 향방에 관한 문제를 제기하고 있다.

오홍진의 「서정의 윤리학」은 서정의 시대적 의미를 되짚고 있는 글이다. 1990년대 시에 나타난 '신서정'과 2000년대 젊은 시인들의 '다른 서정'을 비교하며 타자와 아픔을 함께 하는 시적 주체의 윤리학을 우리 시대의 서정성에 필요한 중심내용으로 제시하고 있다. 한상철의 「서정의 분화」는 최근 시단에서 주목받고 있는 시인 이병률의 작품세계를 분석한다. 전통적 서정시의 양식을 벗어나지 않으면서도 2000년대 이후 세대의 감성을 시 속에 버무리는 이 예민한 여행가의 촉수는 시가 언어와 맺는 불가분의 관계를 현실로 늘어뜨리는 데로 나아가고 있다. 이러한 과정은 기존의 시 문법에 대한 저항과 일탈이 일상화되는 시대에 서정시가 나아가야 할 방향이 어떠해야 하는지를 예시하는 주목할 만한 경우라 하겠다. 김현정의 「한성기 시의 고향의식과 시적 형상화」는 한성기 시에 나타난 고향의 모습이 유년시절 체험한 고향이미지로 표상되지 않고 확장된 고향의 이미지인 산, 둑길, 바다로 형상화되고 있는지를 살핀 글이다. 그가 자연을 통해 분단이 가져온 극도의 외로움과 고향에 대한 그리움을 어떠한 방식으로 형상화하고 있는지를 고구한 것이다.

3부에는 '서사전략과 현실인식으로서 글쓰기'를 주제로 현대소설에 나타난 작가의 글쓰기 경향과 서사기법을 고찰한 글들이 실려 있다. 김화선의 「심훈의 『영원의 미소』에 나타난 근대적 글쓰기의 양상」은 『영원의 미소』에 나타난 근대적 글쓰기의 양상을 중심으로 농촌계몽소설로서 『영원의 미소』가 지니는 의의와 한계를 분석한 글이다. 편지 쓰기와 신문과 잡지라는 근대적 매체를 바탕으로 한 글쓰기의 다양한 양상이 지식인들의 의식에 영향을 미칠 뿐만 아니라 대중성과 계몽성이 공존하는 『영원의 미소』의 서사를 구성하는 원리로 작용하고 있음을 살펴보았다. 김정숙의 「서사와 묘사의 상호작용을 통한 원형 주제의 확장」은 한창훈의 『나는 여기가 좋다』에 나타난 서사와 묘사의 작용을 분석함으로써 한창훈 소설의 변화양상을 살펴보았다. 논자는 한창훈 소설가가 묘사의 기능을 확대함으로써 탈역사적 태도 내지 인간 원형의 탐색으로의 변화를 모색한 것으로 분석한다. 이 글은 서사 기법 중의 하나인 묘사를 보조적 기법으로서가 아닌, 주제의 심화된 구현가능성으로서 파악한 점에서 새로운 관점이라 하겠다.

고영진의 「글쓰기 방법으로서의 환상과 윤리」는 이기호 소설에 드러난 도전적 화법의 파괴를 통해, 세상의 말과 법 즉 상징적 질서에 포획되지 않겠다는 작가의 무의식의 일면을 살펴보는 글이다. 이기호 소설은 직감

으로 접근되는 환상의 극단에서 다시 실재를 고민하는 기담을 윤리의 연
장선에서 보여준다는 특징을 가지고 있다. 유경수의 「부정적인 현실에 대
항하는 사회적 소통의 관계망」은 공지영의 『도가니』 작품론이다. 이 글은
신문 기사에 몇 줄 등장하고 잊히는 성폭행 사건에 대한 것이 아니라 우리
가 기억하고 바꿔야 할 것들이 있다는 것을 제시하고 있다. 이를 통해 문
학은 현실을 재현하는 데 그치는 것이 아니라 현실을 바꿀 수 있는 힘이
있음을 시사하고 있다.

　이상에서 살펴본 것처럼 이 책에는 문제 발견과 해결로서의 글쓰기 교
육과 문학적 실천 방법과 전략에 대한 공저자들의 고민과 비판적 성찰이
반영되어 있다. 글쓰기의 원리와 문학을 매개한 비평적 글쓰기는 현실의
목소리에 귀 기울이고 구체적 실천으로 나아갈 때 실체적 힘을 발휘할 수
있을 것이다. '글쓰기 교육과 문학적 글쓰기'를 통한 문학의 구체적인 실천
의 방법과 양상을 모색해본 이번 기획을 계기로 이 책을 접하는 이들의 시
야 역시 더욱 다양해지고 풍부해질 수 있기를 바란다.

2011년 10월
공저자 일동

제2부 서정과 시의식으로서 글쓰기

제3부 서사전략과 현실인식으로서 글쓰기

문제해결과 자아발견을 위한 글쓰기 교육

1

통합(교과형) 논술의 특징과 지도 방법

김 정 숙

1. 논술의 중요성과 필요성

논술은 자신의 가치관에서 주어진 사안에 가치를 부여하고, 자신이 능동적으로 판단하고, 나아가 자신의 견해를 타인에게 피력하여 타인을 설득하는 능동적인 행위다. 따라서 논술은 글쓰는 개인(학생)이 '주체'가 되어 '자기 주도적'으로 이루어지는 '교육과정 중심'의 학습이다. 특히 변화해가는 현실에 학생이 주체적으로 대응하여 논리적인 사고를 전개해나가는 논술은 미래 사회에 능동적으로 대처할 수 있는 고차원적인 사고 능력의 향상에 필수적인 요소이다. 왜냐하면, 논술이야말로 독서 등을 통한 정보 수집 능력과 기존의 정보를 활용하는 능력, 깊이 있는 사고와 논리적인 사고력, 정확한 자기 의견 표현능력과 나아가 문제제기 능력과 문제해결력을 요구하기 때문이다.

7차 개정 교육과정에서 독서 활동과 함께 병행될 논술의 목표는 주장하는 힘 기르기와 고급 독서교육 함양에 있다. 자기 생각을 표현할 수 있는 학생의 능동적 행위를 요하는 만큼 논술의 목적은 교훈적인 독서에서 자기해석과 응용이 가능한 독서교육으로 변화해야 한다. 더 나아가 읽기/쓰기/말하기/듣기가 함께 이루어지는 언어능력을 신장하는 동시에 통합적인 사고능력의 성장에 있다. 곧 수학, 과학, 예술 등 과목 영역의 통합과 추론 등 사고영역의 통합을 통해 총체적 자아관을 성립하는데 논술의 참 의미가 있는 것이다.

앞으로 시행될 제8차 교육과정에서 독서가 교육과정에 포함되는 등 독서를 포함한 논술 영역이 그 어느 때보다 중요하게 인식되고 있다. 2007년 고교 신입생부터 교과별 독서활동을 학생부에 기록하여 대학에 전형 자료로 제공하게 됨에 따라 학생들은 교과서와 참고서 이외에 교사들이 독서목록으로 지정한 독서물들을 의무적으로 읽어야만 한다. 국어 관련 학과를 포함한 모든 교과 교육에서 독서와 논술교육이 필요한 상황이 된 것이다.

대학의 입장에서도 등급에 따른 내신 반영과 대학수학능력평가의 변별성 상실 등으로 인해 야기된 학생 선별의 어려움을 해결하기 위해 논술과 심층면접을 선호하는 추세이다. 학생들의 고급 사고 능력을 평가하는 데 독서를 바탕으로 한 논술은 매우 적절한 평가도구가 될 것이며, 실제로 올해 대학 입시에서도 논술은 당락을 결정하는 매우 중요한 평가방법이라는 사실이 확인된 바 있다.

그런데 독서와 논술이 단지 대학입학을 위해 필요한 일시적인 절차나 평가방법이 아니라는 사실이 더욱 중요하다. 대학의 교육도 자신의 생각을 말하기와 글쓰기를 통해 표현하는 것을 강조하는 방향으로 변화하고 있고, 학생들의 전공을 불문하고 자신의 생각을 논리적인 글로 나타낼 수 있는 능력을 요구한다는 점이 이러한 사실을 입증해준다. 대학에서 작성하는 모든 보고서나 논문, 직장에서 작성하게 될 보고서 등도 모두 논술에 속한다. 따라서 논술은 중·고교, 대학 교육에서뿐만 아니라 사회생활에서도 기본이 되는 능력이며, 지성인[1] 사회의 기본은 논술에서 출발한다고 해도 과언이 아니다.

그런데 이러한 논술의 중요성과 그 필요성이 요청되지만 실제 교육 현장에서는 통합논술에 대한 전반적인 이해가 부족한 실정이다. 논자는 2006년부터 2008년까지 교육연수원의 중등교원자격과정에서 중고등학교 교사들을 대상으로 독서논술과 통합논술에 대한 특강을 한 바 있다. 강의를 하면서 느낀 점은 논술이 국어과 교사의 전유 영역이며 국어 교사를 비롯해서 다른 교과목 담당 교사도 통합교과적 논술의 개념 및 특징에 대한 이해가 부족하다는 것이다.

이에 통합논술[2]에 대한 기본적 이해를 넓히고자 본 논문이 기획되었다. 다만 지면으로 옮기는 과정에서 실제 현장에서처럼 여러 자료의 제시와 질의응답이 실제적으로 이루어지지 못하는 것이 아쉬운 점이다. 이러한 점을 감안하고 본고는 최근 논술의 경향과 통합논술의 특징, 그리고 통합논술의 핵심적인 사항(특히 요약적 글쓰기)을 점검해 통합논술교육에 보탬이 되고자 한다.

---

1 최근 "과의 분화로 인해 '전문적인 사고'를 하는 기능인은 많이 길러지고 있지만, 학문 간 벽을 넘나드는 사고를 하는 인재들은 갈수록 줄어들고 있다."(「신간 읽는 서울대 … 고전 찾는 하버드」, 『중앙일보』, 2008. 6. 27)는 우려의 목소리가 높아지고 있는 가운데 이를 쇄신하기 위한 대안으로 '통섭'이 강조되고 있다. 21세기에 요청되는 통섭적 사고를 지닌 인재가 곧 공자의 '그릇(특정한 기능의 소유자)이어서는 안 된다(君子無器)'는 '군자상'과 같은 맥락이라고 할 수 있다.

2 일반적으로 통합논술은 일반적 의미의 논술을 습득한 후에 이루어지는 보다 지적이고 통합적 다면적 사고와 표현을 요구하는 글인 만큼, 본 연구에서는 논술의 일반적 의미와 단계별 논술 지도, 그리고 주제문 · 개요를 포함한 논술 작성 단계에 대해서는 구체적으로 언급하지 않고 통합논술을 중점적으로 기술하기로 한다.

2. 최근 논술의 경향과 통합논술의 특징

2.1. 최근 논술의 경향

서울대가 2008학년도 대입전형에서 논술 비중을 10%에서 30%로 상향 조정한 데 이어 상당수의 대학이 학생선발의 도구로 논술을 채택하고 있는 실정이다. 특히 획기적인 것은 논술평가를 실시하는 각 대학들이 통합논술로 방향을 설정했다는 점이다.

그런데 이런 변화가 대학별 본고사의 성격이 아닌가 하는 우려와 함께 통합논술에 대한 이해부족과 입시학원 등의 상업성까지 결합해 논란은 더욱 가중되고 있다. 이런 상황에서 학생들은 대부분 통합교과적 문제가 출제된 논술고사를 치렀다.

고려대와 연세대 두 대학 모두 통합교과적 성격의 문제가 나오고, 인문계에서도 자료 분석력을 평가하는 문제가 출제돼 상위권 학생들 사이에서도 변별력이 있을 것으로 분석됐다. 고려대는 인문·사회계열 지원자 2만 8882명 중 1만 8080명이 논술고사에 응시(결시율 37.4%)했다. '감정노동'(자신의 진짜 감정과는 상관없이 감정 규칙에 따라 고객을 대하는 서비스직)이라는 주제로 인성시장과 감정노동에 관한 글과 김기택의 시 「사무원」, 보건 및 사회복지 종사자 수에 대한 통계표 등 4개의 제시문을 냈다. 제시문의 요약 및 해설 후 통계를 통해 한국 사회의 변화와 연관 지어 설명할 것을 요구했다.

연세대는 인문·사회계열은 지원자 1만 9298명 중 8337명이 응시(결시율 56.8%)했고, 자연계는 지원자 1만 5963명 중 7753명이 응시(결시율 51.4%)해 결시율이 비교적 높았다. 인문·사회계열 논술에서 '중용(中庸)'과 관련한 제시문 3개(자사의 '중용', 아리스토텔레스의 '정치학', 존 스튜

어트 밀의 '자유론')와 수학적 개념인 평균값, 중앙값, 최빈값으로 미세먼지농도를 다룬 제시문 1개를 내고 3문항을 해결하도록 했다. 한편 25일 논술고사를 실시한 한국외국어대는 인문계는 하이젠베르크의 『부분과 전체』에서 발췌한 제시문과 주간동아 등에서 발췌한 자료문 6개를 활용해 4문항을 평가했다.

위의 사례를 통해 볼 때, 대학에서 요구하는 논술이 수준 높은 학문을 연구하고 신장하는데 필요한 수학능력과 자질을 종합적으로 측정하기 위한 평가제도라는 점에서 통합논술의 지향은 더욱 커질 것으로 보인다.

2.2. 통합(교과형) 논술의 특징

내신과 수능이 등급제로 바뀌어 변별력을 잃자 우수한 학생을 경쟁적으로 뽑으려는 대학들이 대안으로 내세운 것이 '통합교과형 논술'이다. 전통적으로 논술에서는 제시문에 대한 이해력, 주장과 논거를 통한 논증력, 창의적 사고력, 표현력 등을 측정해 왔다. 2007년과 2008년도에는 이에 더하여 '응용력과 문제해결능력'을 추가로 요구하는 특징이 있다. 수리적인 사고를 언어에 응용하거나 문학적인 사유를 물리적 현상에 적용하는 문제 등 여러 가지 교과과정과 내용을 통해 통합적으로 사고할 것을 요구하는 문제가 많아졌다. 곧 단순히 교과와 교과의 통합이 아니라 고등학교 교육과정을 통하여 길러지는 '사고력의 통합'을 지향하고 있는 것이다.

논술의 변화의 내용을 간단히 요약해 보면,

단독과제형 시사 논술	시사성이 강한 제재나 생활 경험적 논제

↓

자료제시형 고전 논술	제시문의 주제와 현대 사회에 적용가능한 논제
	· 범위 : 인문계열을 중심
	· 제재 : 인문사회과학 중심의 제재
	· 문항 : 문항수가 적고 요구하는 답안 분량이 많음
	· 출제영역 : 계열별 교과지식 평가

↓

통합교과형 논술	제시문의 비판적 독해와 분석·종합하는 사고력을 통한 가능한 논제
	· 범위 : 자연계열까지 확대
	· 제재 : 대학의 전공과 관련하여 수리와 과학 관련 제재와 주제로 확대
	· 문항 : 답안이 짧고 다양해지는 대신 문항수가 많아짐
	· 출제영역 : 폭넓은 교양을 묻는 문제가 출제

이러한 경향은 2007년도 서울대에서 출제된 논제와 제시문의 특징을 보면 확연하게 알 수 있다.

번호	논제 유형	제시문	관련 교과	특징
문항 2	[논제 1] 세 제시문이 공통적으로 주장하는 바를 요약하는 유형 [논제 2] 각 제시문의 핵심적 주장에 대한 반론을 제시하는 유형 [논제 3] 앞의 논의를 토대로 정보화 시대의 이상적인 민주주의를 구상해 보고, 그 실현 방안을 기술하는 유형	(가) Dick Morris, 『인터넷과 직접민주주의 그리고 쌍방향 대화』 (나) 고등학교 『도덕』 교과서 (다) 고등학교 『사회·문화』 교과서	정치 + 도덕 + 사회·문화	오늘날의 정보 통신의 발달 상황과 정치 현실, 그리고 고등학교 사회 교과의 관련 내용을 연계하여 해결하는 통합교과형 문제

논술의 흐름과 실제의 예를 종합하면, 통합(교과형) 논술교육은 암기로 얻은 지식보다는 비판적이고 창의적인 사고를 중시하는 교육, 결과보다는 과정을 중시하는 교육, 한 교과만의 독립된 별개의 교육이 아니라 서로 다른 교과 간의 소통과 연계로 다면적 사고가 가능한 교육, 주입식 교육에서 자기주도적 교육으로의 전환 등에 초점을 두어야 한다.

이러한 흐름에서 통합논술을 가르칠 수 있는 교과 과정이나 시간, 그리고 공간이 현실적으로 부족한 상황이다. 또한 중등교육을 받은 것으로 논제가 요구하는 수준을 충분히 수행해 낼 수 있는가의 충족성 여부와 제한된 조건(시간 150분, 분량 1500자), 그리고 통합논술의 적절성과 타당성(난이도) 등의 복합적인 문제도 안고 있는 게 사실이다.

그럼에도 교육부의 공교육 강화에 따른 전국 사범대의 각 교과교육 교직과목에 논술지도법을 포함하려는 움직임과, 대학입시제도가 모든 단위학교의 교육과정에 지대한 영향을 미치고 있는 현실을 감안할 때 통합논술에 대한 차분한 검토와 대응이 필요한 시점이다.

3. 통합(교과형) 논술의 요건과 지도의 실제

3.1. 통합논술의 요건

바람직한 논술 지도를 위해서는 논술에 대한 기본적 이해를 바탕으로 주어진 논제와 제시문을 정확히 파악하여 기술하도록 해야 한다. 그런 후에 기술된 논술문을 첨삭한 후 첨삭된 논술문을 근거로 학습자의 문제점을 객관적으로 진단하는 피드백 과정을 반복적으로 행한다. 주기적 지도와 함께 주제와 형식을 변화시키면서 지도하면 학습자의 논술문 쓰기 능력이 신장될 수 있다.

통합논술은 그 영역의 특징을 최대화한다는 점에서 인문·사회계열(더 세분화하는 대학의 경우 인문계열과 사회계열로 나눔)과 자연계열 논술로 나누어 출제된다. 특히 사회계열 논술은 완성된 논제형태를 지향하면서도 인문계열과 자연계열 논술을 하는 데 있어서도 기본이 되기 때문에 그 중요성은 더욱 크다. 실제 제시문이 현실 상황과 관련된 정치, 경제, 사회, 문화 분야에서 제시되며, 제시문을 이해하기 위해서는 핵심 개념에 대한 정립이 선결되어야 한다.

통합논술은 통교과적 공유의 장뿐만 아니라 사고 능력을 측정하는 활동인 만큼 논술을 지도할 때에는 교과 내 핵심어에 대한 개념을 정립하고 교과 간 공유를 통해 의미를 확장하는 그물망적 자료를 구축해야 한다.

3.2. 통합논술 지도의 실제

통합논술의 채점에서 대학이 요구하는 공통적인 중요한 기준은 다음과 같다.

> ○ 논제의 정확한 분석 및 논제의 요구사항 충족
> ○ 제시문의 정확한 논지파악과 제시문의 적절한 활용
> ○ 답안의 논리적 구성 및 설득력 있는 논거의 제시
> ○ 답안에서 제시문의 핵심어는 사용하되 문장의 발췌는 지양

통합논술 작성의 과정은 논술문 쓰기 과정과 크게 다르지 않다. 통합논술을 쓸 때에는 논술문 작성 방법을 참조하되 특히 논제에 대한 정확한 이해와 판단 능력이 강조된다는 점을 인지해야 한다. 통합논술의 작성 순서는 크게 4단계로 나눌 수 있으며, 각 단계에 대해 구체적으로 살펴보면 다음과 같다.

1단계	2단계	3단계	4단계
과제제시	논제 분석	자료 수집 및 내용 구성하기	정리하기
· 동기 유발 · 자료 제시 · 제시문 읽고 요약하기	· 논제의 관점 정리하기 · 논점과 다른 부분 생각하기	· 관련 자료 찾기 · 조직, 분석하기 · 구성하기	· 학습 내용 정리 · 다른 상황에 적용 및 활용하기 · 일반화하기

1) 논제와 제시문 분석

제시문은 논제와 직접적으로 관련된 핵심 자료이다. 제시문은 논의의 출발점이 되며 논의의 성격과 범위를 한정시켜 주는 역할을 한다. 따라서 논술의 핵심이 주어진 제시문에 대한 정확한 독해에서 출발한다는 점을 잊지 않아야 한다.

논제에 따라 제시문은 인문학 고전, 문학작품, 학술논문, 시사칼럼 등 다양한 형식의 글로 제시된다. 때로는 도표나 설문분석, 통계자료, 사진이나 그림 등 시각자료 등을 함께 싣기도 한다. 또한 동양과 서양, 고전과 현대문이 적절하게 안배되는 경향을 보이며, 철학 등 사회과학 고전, 논문을 포함한 교양 부문이 60% 이상으로 가장 많은 비중을 차지하고, 비문학 제시문이 73%로 대부분을 차지한다. 철학, 사회학, 경제학 등 인문·사회과학의 교양분야 고전이 압도적으로 많은데, 이것은 통합논술이 심층적인 사고능력 측정에 비중을 두고 있다는 것을 나타낸다.

다음으로 제시문의 독해와 함께 논술에 제시된 질문을 고려해야 한다. 제시문은 질문을 위해 채택된 자료인 만큼, 궁극적 출제 의도는 그 질문에 담겨 있기 때문이다. 따라서 좋은 논술문을 쓰기 위해서는 질문과 제시문을 논리적으로 잘 연결지은 다음, 자기 논리를 펴나가는 훈련을 해야 한다. 따라서 교과목과 관련된 현안이나 고전 텍스트에서 논제와 제시문을 뽑아 '논술문제은행'을 확보하는 것도 유용하다.

논제를 작성할 경우 최근 현대사회에서 중요하게 부각되고 있는 사항을 점검하는 것이 필요하다. 한 예로 소통과 리더십에 관련한 제시글(이솝우화 〈여우와 신포도〉, 사설 〈'섬기는 리더십'을 아시나요〉)을 선정한 후 제시글 간의 관련성을 함께 묻는 논제의 형식[3]이 하나의 좋은 유형이 될 수 있을 듯하다.

2) 토론을 통한 독해(읽기)력의 강화와 요약적 글쓰기

'읽기'와 관련해 제시문에 따른 학습자의 수용의 부분에 관심이 소홀한 편이다. 개별 학습자의 이해 수준을 고려하기도 어려울 뿐만 아니라 학습 현장에서 제시문 제시가 거의 무비판적으로 이루어져 학습자가 일방적으로 수용해야 하는 경우가 많기 때문이다. 따라서 제시문에 대한 정확한 이해와 비판적 분석력이 통합논술의 성패를 가름한다고 해도 과언이 아닐 것이다.

한 편의 글을 이해하기 위해서는 먼저 제시문의 전체적인 의미(내용)를 명확하게 파악해야 한다. 이때 조별 토론 활동을 활용해 글을 읽어보게 한 후 글이 의미하는 것이 무엇인지 자유롭게 의견을 나눈 후 글의 전체 요지를 파악할 수 있도록 한다. 조별 학습이 잘 이루어지도록 자유롭게 질문을

---

3 지면상 각각의 제시문은 생략한다. 두 사설에서 다음과 같은 이해의 측면과 관련된 문항을 경유한 후 논제를 제출하면 된다.
　　[문항1] ― 〈여우와 신포도〉와 관련된 세 가지 인물 유형을 써 보시오.
　　[문항2] ― 사설에서 말하고자 하는 바를 200자 내외로 써 보시오.
　　　　　　(지면분량상 사설 본문은 생략함)
　　[논제] 두 글을 참조하여 21세기 '바람직한 리더상'을 1200자 내외로 논술하시오.
　　이 같은 형식으로 교과 영역 간 서로 교차될 수 있는 논제를 교사가 많이 확보하고, 그 자료를 학생들이 다양하게 경험할수록 교과의 내용뿐만 아니라 통합논술에 대한 접근도 훨씬 용이해질 것이다.

유도하고 그 해결책을 찾도록 도와준다. 조별 학습이 이루어진 후 단락별, 전체 요지를 적어보게 한다.[4]

통합논술이 강조되는 만큼, 통합논술의 특성상 제시문을 이해하고 분석하는 능력, 여러 정보와 지식을 종합하는 능력을 측정하려고 하기 때문에 다양한 내용의 읽기 교육이 필요하다. 제시문의 내용을 근거로 하여 우리 사회, 혹은 인간 전체에 걸쳐있는 문제 사항들을 인식하고 그에 대한 비판과 대안 세우기가 논술문제의 해결과정이다.

논술의 토대와 저변은 독서와 토론으로부터 시작된다. 토론은 특정한 문제에 대해 여러 사람들이 각자의 의견을 말하며 논박하는 말하기의 형태이다. 토론하기의 궁극적인 목적은 문제를 해결하기 위한 합리적인 결정에 도달하는 데 있다. 논술 역시 문제해결과정으로서의 글쓰기라는 점에서 토론식 수업은 논술 실력을 키워주는 데 매우 효율적인 수업 방식이다. 주어진 제시문을 읽은 후 모둠별로 그 의미를 교환하거나 문제를 생성해내는 토론 과정을 수행한다. 문맥적 의미와 확장가능한 의미를 단계적으로 학습한 후 자신의 언어로 다시쓰기 연습을 해야 한다.

통합논술의 가장 기본적이면서도 중요한 사항은 제시문의 정확한 파악이다. 200자, 300자, 400자, 1400자 등 각 질문에 따른 다양한 분량의 글쓰기를 요구하고 있다. 글은 분량에 따라 요구하는 형식이나 강조점이 달라지며, 이를 통해 다양한 형식의 글쓰기 능력을 평가하고자 한다. 특히 짧은 분량의 글은 일반 서술에 비해 엄밀한 정식화를 요구하는 경향이 있기

---

[4] 졸고, 「문장텍스트의 변환을 위한 지도 방법－「대법원 판결 요지」를 중심으로」, *COMPARATIVE KOREAN STUDIES* Vol.15 No.2. December 2007 참조. 이 논문에서는 대학교 1학년 학생을 대상으로 주어진 텍스트(「대법원 판결 요지」)를 어휘, 문장, 단락, 의미의 층위에서 학습자의 이해도에 따라 어떻게 변환해야 효과적인지 그 방법의 실제를 살펴본 연구로, 통합논술에서 제시문에 대한 학습자의 '읽기'(문식력)와 관련하여 참조하면 좋을 듯하다.

때문에 제시되는 질문 내용과 분량을 고려한 서술 능력이 필요하다. 제시문을 통해 독서-토론 활동의 방법과 400자 내외로 요약하는 방법을 구체적으로 살펴보면 다음과 같다.

〈제시문〉
미디어의 최근 역사에서 다음 세 가지 중요한 국면이 구별될 수 있다.

첫째, 책은 세계 지식의 문서고(Archiv)로서의 기능을 상실하고 있다.

둘째, 종이는 더 이상 가장 중요한 기록 공간이 아니다. 종이는 점차 영상 모니터에 의해 추방되고 있다.

셋째, 알파벳―문자적인 것은 더 이상 사회적 커뮤니케이션의 주도 미디어가 아니다. 한 장의 그림이 이제 실제로 천 마디의 말보다 더 많이 이야기하고 있다.

책은 근대의 주도 미디어였다. 오늘날 책은 더 이상 세계를 향한 열쇠가 아니다. 우리는 컴퓨터의 전자 미디어들에 의해 규정되는 새로운 커뮤니케이션 상황들 속에서 살고 있다. 이로써 우리는 맥루언이 구텐베르크 은하계라고 부른 바 있던 하나의 문화 공간으로부터 탈피한다. 그리고 휴머니즘적 문화를 그것의 주도 미디어인 '도서 인쇄'의 발명가의 이름을 따서 명명하는 것은 실제로 충분히 의미가 있는 것이다.

오늘날 문자 의존적 휴머니즘은 새로운 미디어 세계와 격렬하게 충돌하고 있다. 그리고 두 개의 세계가 서로 충돌한다면 그 정신들도 분리된다. 정신들이 프로그래머와 프로그래밍된 사람, 즉 디자이너와 유저로 어떻게 분리되는지를 우리는 말할 수 있다. 휴머니즘적 정신들은 문자 체계의 자모음적인 것, 작가적 본질 그리고 저작권에 대해 여전히 필사적으로 집착하고 있다. 그리고 예나 지금이나 휴머니즘적 정신들은 창조적인 것뿐만 아니라 물신적인 것도 숭배하고 있다. 그러나 이와는 달리 휴머니즘과는 다른 저인들, 예컨대 미디어광, 디자이너 그리고 프로그래머들은 오래 전부터 알고리듬의 토대 위에서, 즉 기계적으로 정밀한 처리 규정들에 따라 작동하고 있다.

문자 의존적 휴머니즘의 몰락은 그러나 앞으로 '텍스트'가 덜 존재할 것이고 우리가 덜 읽게 될 것이라는 것을 의미하지 않는다. 오히려 그 반대다! ①우리는 그전보다 더 많이 쓰고 더 읽고 있다. 그리고 독서물의 질도 다 떨어지지는 않을 것이다. 이미 도서 문화 시대의 종말을 최초로 점쳤던 맥루언도 ②주도 미디어인 도서의 종말이 결코 읽기의 종말과 혼동되어서는 안 된다는 점을 명시적으로 강조한 바 있다. 오히려 정반대이다! 인쇄된 행간을 질주하는 문자 문화들에서의 낡은 관습은 갑자기 근본적인 읽기에 자리를 내주었다. 근본적이고 심층을 파고드는 읽기는 물론 인쇄된 단어에 고유한 것은 아니다. 단어와 언어에 특화된 것은 도서 인쇄에 해당되는 것이라기보다는 오히려 구어적 내지는 필사본적 문화에 해당되는 사항이다.

따라서 구텐베르크 은하계의 종말에서는 읽기는 수행할 수 없다는 것이 아니다. 그러나 텍스트들의 상태는 변화된다. 텍스트들은 자신의 '성스러움'을 상실하게 되는데, 텍스트는 그러한 성스러움을 책들의 책으로부터 유산으로 물려받은 것이다. 새로운 텍스트들은 도서 형식이라는 코르셋과 작가의 저자적 본질이라는 것으로부터 해방된다. 즉 그것들은 여러 가지로 분기되어 무한적으로 네크워킹 되면서, 결국은 라틴어 단어 '텍스툼(textum)'이 의미하는 것처럼 '섬유 조직'이 된다. 소위 말하는 이러한 하이퍼텍스트들은 필자라는 존재를 필요로 하는 것이 아니라 소프트웨어 디자이너를 필요로 한다. 그리고 데이터들의 흐름 속에서 천재는 쓸모없는 존재가 된다. 그런 주장이 과장되었다고 간주하는 사람들조차도 부정할 수 없는 사실은, 책들이 영상 모니터들에 의해 추방당하고 있다는 점이다. 그 어느 누구도 간과할 수 없는 사실은, 점점 더 자주 전자적 인터페이스가 대면접촉(face to face)을 대신해서 나타난다는 점이다. 인터페이스가 대면접촉을 대체하고 있다.

— 노르베르트 불츠, 『구텐베르크 은하계의 끝에서』 중에서

[활동 1] 읽는 과정을 위한 독서 방법
   1. 핵심어 찾기   2. 중심 문장에 밑줄 긋기
[활동 2] 문맥적 의미 파악을 위한 토론 활동
   1. 제시문의 중심내용 공유하기
   2. ①과 같이 된 이유를 이야기해 봅시다.

3. ②의 근거를 세 가지 이상 들어봅시다.

[활동 3] 토론 후 위의 텍스트를 자신의 언어로 다시 쓰기 활동

[활동 4] 논술문 쓰기를 문제 제출

1. 디지털 시대의 글쓰기의 위상과 역할에 대해 토론해 봅시다.

2. 웹 사이트, 게임, 애니메이션 등 각종 디지털 콘텐츠들에 글쓰기가 어떻게 적용되고 있는지 토론해 봅시다.[5]

〈학생 요약문〉

① 최근 미디어는 세 가지 중요한 특징을 보여주고 있다. 책이라는 매체의 문서고로서의 기능 상실과 영상들에 의해 대체되는 종이들과, 사회 주도 미디어였던 문자들이 그 역할을 다른 매체들에게 조금씩 빼앗긴다는 것이다. 하지만 이러한 문자 휴머니즘의 몰락은 읽고 쓰기의 몰락을 의미하는 것이 아니다. 이는 문자라는 매체가 이미지, 음악 등의 매체로 옮겨감을 뜻한다. 그리고 이러한 점은 텍스트가 기존의 서적이라는 형식에 얽매인다는 단점을 줄이게 되고, 자유로운 형식을 갖게 되는 것을 의미한다. 따라서 우리는 더욱 그 필요성이 강화된, 읽고 쓰는 능력을, 여러 매체 안에 담겨진 그 내용을 파악하기 위해, 갈고 닦아야 할 것이다.

② 최근 미디어의 전달 방법이 변하고 있다. 더 이상 활자를 찍어내는 방법은 번거로운 일이 되었다. 근대를 주도했던 책은 컴퓨터의 전자 미디어들에게 주도권을 내주고 말았다. 맥루언이 구텐베르크 은하계라고 부르던 문화 공간을 우리는 점점 벗어나고 있다. 문자 의존적 휴머니즘은 새로운 미디어 세계에 접목되고 있다. 이 정신들은 디자이너와 유저로 분리되며 문자 체계의 자모음적인 것, 작가적 본질 그리고 저작권에 대해 여전히 집착하고 있다. 문자 의존적 휴머니즘의 몰락은 우리가 덜 쓰고, 덜 읽게 될 것이라는 것을 의미하지는 않는다. 기존 미디어인 도서의 활용이 줄어들 뿐 새로운 미디어의 활용으로 우리는 더욱 더 왕성하

---

5 본 자료는 『글쓰기여행 토막글에서 통글까지』(이상경 · 시정곤 · 전봉관 공저, 역락, 2005)에 수록된 것으로, 학생들의 학습 자료로 활용되었다.

게 읽고 쓰는 생활을 할 수 있을 것이다. 새로운 텍스트들은 무한적으로 네트워킹되면서 소프트웨어 디자이너를 필요로 한다. 그리고 이러한 전자적 인터페이스는 대면접촉을 대체하고 있다.

③ 미디어는 시간이 흐름에 따라 변화하고 있는데 과거의 미디어를 대표한 매체, 즉 책은 문서로서의 기능이 상실되고 있다. 왜냐하면 방대한 양의 문자 혹은 정보를 기록하기 위해서는 종이라는 기록 공간보다 영상모니터가 더욱 효과적이기 때문이다. 이처럼 책의 역할이 축소되는 것은 사실이지만 그것이 문자의 역할 또한 축소시키는 것은 사실이지만 그것이 문자의 역할 또한 축소시키는 것은 아니다. 다만 문자의 표현 매체가 달라졌을 뿐이지 문자의 역할을 정보의 양이 방대해짐에 따라 더욱 상승하고 있는 추세이다. 하지만 매체가 종이가 아닌 하이퍼텍스트화로 되면서 네트워킹시스템이 발달함에 따라 천재 작가의 역할을 감소되는 것이 사실이다. 가령, 과거의 천재작가가 상상력과 독특한 비유로 세계를 묘사했다 하면, 현재는 프로그래머가 프로그램언어로써 세계를 프로그래밍하기 때문이다. 결국 인간은 천재 작가의 글을 직접 봄으로써 그 작가의 의견에 직접 접촉하는 것이 아닌 프로그래머가 창조한 전자적 인터페이스 속에서 생활하면서 태면 접촉의 기능은 점점 축소되고 있다.

위의 요약문 ①~③은 세 학생의 실제 요약문이다. 조별 활동은 조원 간의 대화 과정을 통해 제시문의 핵심에 도달하게 하는 효율적인 방법 중의 하나이다. 이러한 활동을 반복하게 된다면 학생들이 내면화하여 혼자 요약하는 경우에도 스스로에게 질문을 던지고 답을 하는 과정이 무의식적으로 작용하게 될 것이다.

학생 간 요약문을 비교·대조해 읽으면서 자신의 문제점과 다른 학생의 요약문을 평가할 수 있는 안목이 신장될 수 있다. 위의 요약문을 예로 평가해 본다면, 가장 먼저 요약문 ①~③을 높은 순위로 매긴 후 그렇게 정한 이유에 대해 의견을 나눈다. 최종적으로 교수자는 각각에 대한 장점과 보완점을 제시해 준다. ①의 경우 전체적인 논지와 문장은 잘 요약되었으나

'따라서' 이후의 문장이 적절하지 못함을 밝혀준다. 왜냐하면 요약문의 가장 중요한 특징이 어떤 대안이나 요약자의 논평을 요하지 않기 때문이다. 따라서 제시문과 직접적으로 관련되지 않은 자신의 견해나 주장은 기술하지 않아야 한다. ②의 경우는 제시문의 용어나 문장이 많이 언급되긴 하지만 전체 논지를 비교적 잘 요약하고 있다. ③의 경우 전체 논지는 드러나 있으나 기술의 과정이 ①과 ②에 비해 덜 정리된 인상이다. 400자라는 분량을 초과하였으며 문장이 길어 전달력이 반감된다. '왜냐하면' '가령'의 상세화 부분이 결점의 요인이라고 할 수 있다. 종합적으로 볼 때 ②의 요약문이 잘 된 모형으로, 교수자는 학습자에게 요약하는 방법을 반복적으로 실시하는 동시에 제시문에 대한 정확한 이해와 기술이 한 편의 통합논술을 작성하는 기본임을 주지시킨다.

3) 자료의 선정과 내용 조직하기

통합논술의 논제는 주로 주어진 자료에 대한 요약이나 분석을 바탕으로 하여 논제에 대한 의견을 요구하는 분석 평가형(분석적 사고)[6], 어떤 주장에 대한 찬성 또는 반대의 의견을 밝힐 것을 요구하는 찬반 논의형(논증적

---

[6] 참고로 해당 개요를 제시하면 다음과 같다. 개요는 각 단위별 한 줄로 배열하는 것이 원칙이다. 여기에서는 논문의 핵심 부분이 아닌 동시에 분량을 최소화하는 차원에서 같은 열에 배치함을 밝혀둔다.

분석 증명형 개요 - 예) 경제 발전을 위한 환경의 파괴
제목: 주제문: 개요:
1. 서론 - 문제제기
　　가. 문제 확인　　나. 입장 제시(또는 명료화)
2. 본론(1) - 없는(훼손된) 경우의 문제점
　　가. 문제점 1 제시　　나. 문제점 2 제시
3. 본론(2) - 있는(보존된) 경우의 효율성
　　가. 효율성 1 제시　　나. 효율성 2 제시
4. 결론 -　가. 요약　　나. 제언 · 전망

사고)[7], 자료를 통하여 문제 상황을 분석하고 그에 대한 해결책을 제시할 것을 요구하는 해결책 제시형(대안적 사고)[8]이 주로 활용된다.

분석 평가형은 제시 자료에 대한 정확한 읽기를 목적으로 제시된 문제를 분명하게 파악하며 그 논의에서 사용되는 개념의 명료함을 입증할 수 있어야 한다. 대학에서 채점의 편의성과 공정성, 객관성을 확보하기 위해 단계별로 문제를 출제하고, 한 편의 글을 쓰기 위한 사고의 과정을 파악하려는 목적으로 그것을 배치할 때, 그 첫 번째 단계의 유형이 대체로 이 분석 평가형이다. 이때 제시된 읽기 자료의 전제와 결론의 논리성을 검토하고, 그 정보의 활용 가능성에 대한 점검을 병행하는 과정에서 그 정보에 포함된 것이 '사실 판단, 가치 판단, 정책 판단'의 어디에 속하는지 그 성격을 분석하고 자료의 활용과 논술의 구성 방향을 설정해야 한다.

다음 단계로 찬반 논의형이나 해결책 제시형이 결합되어 출제되는 경우

---

7 찬반 논의형 개요 – 예) 공교육 정상화를 위한 평준화 정책
　제목: 주제문: 개요:
　1. 서론 – 문제제기
　　가. 문제 확인　　나. 입장 제시
　2. 본론(1) – 대립되는 견해 논박
　　가. 상대 논거 1 비판　　나. 상대 논거 2 비판
　3. 본론(2) – 자기 견해 옹호
　　가. 옹호 논거 1 제시　　나. 옹호 논거 2 제시
　4. 결론 – 가. 요약　　나. 제언 · 전망

8 해결책 제시형 개요 – 예) 이공계 위기의 본질과 전망
　제목: 주제문: 개요:
　1. 서론 – 문제제기
　　가. 주어진 명제의 개념과 의의(또는 실태나 현실의 제시)　　나. 논지 제시
　2. 본론(1) – 주어진 명제에 대한 해설
　　가. 명제 1에 대한 해설　　나. 명제 2에 대한 해설
　3. 본론(2) – 논평(자신의 견해)
　　가. 명제 1에 대한 자신의 견해　　나. 명제 2에 대한 자신의 견해
　　다. 전체 명제에 대한 자신의 견해
　4. 결론 – 가. 요약　　나. 제언 · 전망

가 일반적이다. 2005년 이화여대의 경우 "(가), (나), (다)는 환상, 신화, 축제와 같은 비일상적인 것들의 의미를 기술하고 있다. 제시문 (라)에 대한 찬반의 입장을 정하여 현대 사회 안에서 비일상성이나 비현실성이 지니는 기능을 논하시오."는 〈분석 평가형+찬반 논의형〉이다. 2006년 서울대의 경우 "사례 〈A〉, 〈B〉, 〈C〉는 현실 사회에서 문제가 되는 경쟁의 양상을 비유적으로 보여준다. 이 세 가지 경쟁의 성격을 설명하고, 이를 바탕으로 경쟁의 공정성과 경쟁 결과의 정당성에 대해서 논술하시오. 제시문 〈1〉~〈7〉을 참고할 것"처럼 〈분석 평가형+해결책 제시형〉의 결합을 보여준다.

4) 논술문 쓰기와 첨삭지도

논술 답안의 작성의 핵심은 질문에서 요구한 내용상, 형식상의 조건을 잘 충족시키는 데 있다. 먼저 주어진 문제를 접하게 되면 자신이 써야 할 글의 골격을 되도록 신속하게 구성하여 줄거리를 잡아야 한다. 자신이 중점을 두어 이야기할 주제문을 먼저 결정한 다음, 그 주제문을 보충할 수 있는 보조 자료나 그에 해당되는 합당한 예시를 생각해 '문제 제기(전제)→논증(예시)→결론'의 순서로 조직해야 한다. 이때 문장은 되도록 단문 위주의 짧은 글로 쓴다.

논술문의 표현 요건으로 크게 서술의 객관성과 표현의 간결성이 요구된다. 먼저 서술의 객관성을 확보하기 위한 방법으로 ① 논자는 마음속으로는 늘 자신을 주어로 삼되 서술할 때는 '나'와 같은 일인칭 대명사는 드러내지 않는다. ② 존대법을 쓰지 않는다. 존대법을 쓰다 보면 번거롭고 감정적으로 흐르기 쉽다. ③ 다른 사람의 이름을 들 경우 이름 뒤에 특별한 호칭은 붙이지 않는다. ④ 감정적인 표현이나 편견은 배제해야 한다. '~라고 믿는다.' 혹은 '나는 ~라고 확신한다.'라든지 '그것은 매우 나쁘다고 생각한다.'라든지 하는 감정적인 표현은 논증적 서술에 적합하지 않다. ⑤ 어느 정도 논지의 핵심이 밝혀지기 전에는 단정적인 표현을 삼가는 것이 좋다. ⑥ '~일 것이다', '~라고 보여진다.'라는 빈번한 서술은 신뢰감을 떨어뜨릴 수 있다.

다음으로 표현의 간결성을 위해서는 ① 서술에서는 가능한 한 수식어를 적게 쓰는 것이 좋다. 특히 형용사와 부사를 많이 사용한 문장은 표현의 간명성, 서술의 객관성이 결여되기 쉽다. ② 가능한 한 단문을 쓰는 것이 좋다. ③ 지나치게 긴 문장은 적당히 끊어서 여러 개의 문장으로 나누거나 꼭 필요한 내용이 아니면 과감히 삭제한다. ④ 수필 문체로 쓰지 않는 것이 좋다. ⑤ 단정적, 자신 없는 표현은 피하는 것이 좋다. ⑥ 현학적 표현을 삼가고 쉽게 쓰는 것이 좋다. ⑦ 중복 없이 간결하게 쓰고, ⑧ 불분명한 사실을 거론하지 않으며, ⑨ 문법에 맞게 쓴다.[9]

이상의 내용을 정리하면, 통합논술 작성을 위해서는 논술 과제와 제시문 정확하게 파악하기→ 자신의 논점 명확하게 하기→ 조별 토론을 통한 다양한 의견 공유와 제시문 요약하기→ 개요표 작성 숙지→ 첨삭의 초점은 실전 논술문에 집중하여 문장, 어법, 한글맞춤법 등을 지도한다. 이때 논술문 쓰기의 평가 기준[10]을 제시해주면 더욱 효과적이며, 한 편의 논술

---

9 특히 주술 호응에 유의, 서술어를 기준으로 주어 확인할 것, '좌우지간' '아무튼' '어쨌든' 등의 접속어를 피할 것, '~것,' '~의' 등을 가능하면 적게 쓸 것, 영어식 표현 삼갈 것(피동문), 이중부정을 피할 것, '~으나' '~데' 등의 애매한 어미는 확실한 접속어로 대신할 것 등이 요구된다. 이 사항은 학생들의 논술문에서 자주 나타나는 문장 표현상 오류로 논술문 첨삭시 이러한 점을 유의해서 살펴준다면 첨삭 후 논술문에서는 점진적으로 보완이 될 수 있다.

10 아래의 평가지를 자가 점검표로 활용하면 효과적이다(캐슬린 E.설리번 저, 최현섭·위호정 역, 『작문, 문단쓰기로 익히기』, 삼영사, 2000).

〈논술문 평가지〉

평가 항목	수(5)	우(4)	미(3)	양(2)	가(1)

문은 교사가 직접 첨삭 지도해주는 방법이 효율적이다.

4. 통합논술 지도의 방향과 제언

논술 지도를 하기 위해 학습자에게 강조될 사항은 좋은 논술문을 쓰기 위해 갖추어야 할 요건이다. 논술문을 짜임새 있게 쓰기 위해서는 독해력이 요구된다. 독해력은 글을 읽고 그 내용을 이해하는 능력을 말한다. 문제해결 능력은 좋은 글을 많이 읽고 읽은 글에 대한 자신의 생각을 정리하는 과정을 통해 신장된다. 이를 위해서는 풍부한 독서가 필요하다. 독서를 많이 하다보면 글의 주제나 내용에 대한 이해, 지식의 습득뿐만 아니라 구성 및 문체 등의 훈련도 이루어지며, 자연스럽게 어휘력도 향상될 수 있을 것이다. 풍부한 독서 없이 단시일에 습득한 문장 구성의 기교나 가벼운 재치만으로 쓴 글은 깊이가 없다.

다음으로 사고력이 필수적이다. 사고력은 자신이 읽은 텍스트들을 여러 측면에서 해석하고 그것을 현실과 관련시키는 힘을 일컫는다. 자신이 읽은 텍스트가 현실의 '나'와 '우리'와 어떤 관련을 맺는지 생각하는 과정이 필요하다.

마지막으로 문장력이 요구된다. 독해력과 사고력의 가시적 표현이라고 할 수 있는 문장력은 논술의 가장 기본적인 능력으로, 글을 많이 써보고 다른 사람에게 보여주고 평가받을 필요가 있다. 독서와 작문의 생활화는 문장력의 지름길이다.

---

1) 주제 문장은 명확하고 뒷받침이 잘 되어 있는가?
2) 논술문은 구성과 전개가 잘 되었는가?
　가. 제재의 정리나 언급 순서는 정확하고 분명하며 쉽게 되어 있는가?
　나. 본론 부분은 균형이 잡혀 있고, 글의 목적을 충분히 뒷받침하고 있는가?

　논술은 그 자체로 또 하나의 교과목이 아니라 하나의 평가 방식이라는 점에 유의해야 한다. 모든 교과목이 논술 과정을 거치고 바로 그런 과정을 통해서 전반적인 논술 능력의 향상을 기대할 수 있기 때문에 논술을 위한 수업을 할 것이 아니라 전반적인 교과 수업이 폭넓은 독서를 바탕으로 한 토론 중심으로 이루어져야 할 것이다. 토론식 수업의 실질적인 적용 문제와 그 효과에 대한 고려가 요구되는 이유가 여기에 있다.

　앞서서 언급했듯이 논술의 시작은 제시문의 정확한 독해라고 할 수 있다. 정확한 답안을 작성하기 위해선 글을 어떻게 쓸 것인가와 같은 방법적 문제보다 독해 훈련에 더 많은 비중을 두어야 한다. 평소에 책을 많이 읽는 것도 중요하지만 어떻게 읽는가도 매우 중요하다. 학생들 스스로 주어진 텍스트를 읽어내는 능력을 기를 수 있는 수업 방안이 필요하다. 그러기 위해서는 학생들 스스로가 주도적으로 학습에 참여하여 능동적으로 텍스트를 독해할 수 있는 구체적인 수업전략을 모색해야 할 것이다.

　결론적으로 통합논술에 필요한 것은 합리적 의사소통방식으로서의 토론교육, 그리고 그 저변을 토대부터 마련해주는 독서교육, 그리고 이들을 논리와 사고의 끈으로 한데 묶어내면서도 삶에 대한 성찰을 드러내는 글쓰기 교육에 놓여 있다. 특히 논술교육의 토대가 되는 사회계열 교과 간의 통합적 공유가 무엇보다도 중요하다. 교과 과정의 활용도가 높으므로 교과서를 꼼꼼히 정리해야 하며, 사회과학 분야 내의 하위 학문들 간의 유기적인 연관관계가 있는 제시문이 나올 가능성이 크므로 교과서의 학습 활동 및 인덱스를 통해 교과 간 통합 정리가 필요하다. 이런 과정들이 효과적으로 진행된다면 교육 정책의 변화와 여러 난제에도 논술의 요구에 효과적으로 대비할 수 있을 것이다.

『Comparative Korean Studies』 제16집(2008. 12)에 수록

김 화 선

자아 발견을 위한 글쓰기 교육의 실제

1. 서론

최근 들어 국내의 많은 대학들은 글쓰기와 관련된 교양강좌들을 개편하여 설강하고 있는데, 이러한 변화는 학생들이 대학을 졸업한 뒤 전공 분야의 리더가 되기 위해서 반드시 필요한 말하기와 글쓰기를 비롯한 의사소통 능력의 향상을 꾀하고 있다는 점에서 매우 고무적인 움직임으로 생각된다. 넓은 의미에서 의사소통과 관련된 강좌들은 대전과 충남 지역에 소재한 대학의 경우 '국어 작문', '문장작법', '우리말과 문학의 산책', '우리 생활 속의 말과 글', '발표와 토론', '사고와 표현', '독서와 구술', '독서와 논술', '실용 화법', '직무 화법', 'The Art of Technical Writing' 등의 명칭으로 개설되어 운영되고 있다. 이전에 '대학 국어'가 포괄적으로 담당하던 국어과 관련 교양 강의는 학제적 성격의 교양 과목으로 대체되면서 전공별 글쓰기나 전공별 화법 관련 강의로 세분화되고 있는 추세이다.

대학의 글쓰기 관련 강좌는 교수자의 일방적인 강의나 이론 위주의 수업으로는 의도한 학습 효과를 꾀할 수 없으므로, 효율적인 작문 수업을 위한 교수자의 개인적인 노력이나 교재 개편 또는 글쓰기 교과 과정의 조정과 같은 제도적 개선이 모두 필요하다. 그러나 현재 대학에서 이루어지는 글쓰기 강좌는 글쓰기 과목의 성격과 정체성, 강좌의 목표가 뚜렷하지 못한데서 생기는 문제점과 글쓰기 전공자의 부재, 그리고 교수 1인당 과다한 수강 인원[1]과 같은 행정적 지원의 한계 등으로 인해 많은 어려움을 지니고 있다. 학생들은 글쓰기에 대한 거부감 때문에 글쓰기와 관련된 강좌를 수강하는 것을 달가워하지 않으며, 강의를 진행하는 교수자 역시 실질적인 작문 교수 방법이나 첨삭을 비롯한 피드백 등을 이유로 글쓰기 강좌에 부담을 안고 있다. 실제로 필자 역시 대학에서 오랫동안 글쓰기 관련 과목을 강의하면서 글쓰기 교육의 실질적인 목표와 그에 따른 적절한 교재의 선택, 또 수강 인원을 고려한 효율적인 교수 학습 방법의 선택 문제 등을 놓고 고민한 바 있다.

이러한 고민을 해결하기 위해서는 우선 대학에서의 글쓰기 관련 강좌가 어떤 목표를 지니고 있는지가 분명하게 인식되어야 할 것이다. 궁극적으로 대학에서 실시되는 글쓰기 교육은 논리력과 창의력, 상상력을 길러 성숙된 사유를 지닌 지성인을 만들고자 하는 교양적 목표와 지식 행위의 기초가 되는 바른 글쓰기를 유도하고자 하는 도구적 목표[2]를 함께 고려해야만 한다. 그렇다면 이에 따른 글쓰기 강좌는 비판적이고 논리적인 사고 능

---

1 각 대학의 상황에 따라 다소 차이가 있으나 대략 글쓰기 강좌의 경우 18명을 한 강좌의 최대 정원으로 정한 대학에서부터 많게는 70명에서 80명 사이의 학생들이 한 강좌의 최대 인원으로 규정된 대학에 이르기까지 그 편차가 상당히 심하다. 또한 교수자 1인당 첨삭 조교 2명을 지원하는 대학에서부터 다수의 교수자에 첨삭 조교 1명을 지원하거나 교수자가 강의와 첨삭 모두를 담당하는 대학에 이르기까지 글쓰기 강좌의 실제 운영 방법은 매우 다른 형편이다.

2 정희모, 「「글쓰기」 과목의 목표 설정과 학습 방안」, 한국문학연구학회, 『다매체 시대의 한국문학 Ⅰ』, 국학자료원, 2002, 190~191면.

력을 향상시키고 그러한 자신의 생각을 효율적으로 표현할 수 있는 능력을 함양하는 데 목표를 두어야 한다. 교재 역시 이론이나 원리 중심의 편집 체제를 벗어나 학생들의 사유 과정을 반영할 수 있는 절차로 구성되어야 할 것이다.

또한 교수자는 글쓰기 강좌를 수강한 학생들이 원하는 바가 무엇인가를 분명히 인식하고, 강좌를 수강한 이후 글쓰기에 대한 학생들의 태도나 사유의 변화 과정, 그 결과물이 어떻게 달라져야 하는가를 고려하여 글쓰기 강좌를 진행하여야 한다. 글쓰기 강좌를 수강하는 학생들 역시 수동적 입장에서의 수용자가 아니라 글쓰기를 능동적으로 실현하는 학습 주체가 되어야 할 것이다. 자신의 전공 영역에서 비판적이고 창의적이며 논리적인 사고를 효율적으로 표현하기 위해 학습자는 학습 목표를 분명히 인지하고 자신의 사유 과정을 글쓰기를 통해 보여줄 수 있는 적극적인 글쓰기 주체가 되어야만 한다.

본고는 이러한 문제의식에서 출발하여 글쓰기 강좌에서 글쓰기 주체의 적극적 사유를 유도하는 글쓰기 전략을 소개하고자 한다. 글쓰기 관련 강좌에서 다양한 교수 학습 방법을 모색하면서 고안한 이 프로그램은 '자아 발견'이라는 화두로 대학의 글쓰기 교육 현장에서 직접 적용해 본 구체적인 사례로서 담화 공동체를 활용한 글쓰기 수업시 유용한 글쓰기 전략의 한 모델을 제시해 줄 것이다.

2. 글쓰기와 글쓰기 주체의 자아 발견

대학의 글쓰기 교육이 글쓰기 주체의 비판적 사고능력을 배양하고 그에 따른 표현 능력을 향상시키려는 목적을 달성하기 위해서는 글쓰기 주체의 인식 과정과 글쓰기를 실천하는 과정이 중시되어야 한다. 이러한 관점을 따른다면, 글쓰기 주체는 완성된 글에 관심을 갖지 않고 글을 통해서 무엇을 이야기하고 무엇을 할 것인가 하는 글쓰기의 목적에 관심을 두게 된다. 완성된 글은 형식적 특성이 문제되지만, 문제해결적 접근 방법을 취하는 글쓰기 주체는 필자로서 어떻게 자신의 목표를 이룰 수 있을 것인가를 문제삼기 때문이다.[3] 따라서 글쓰기 주체는 완성도가 높은 글을 써야 한다는 부담감에서 벗어나 스스로 글쓰기 과정을 적극적으로 진행시켜 나가는 능동적 입장을 취할 수 있게 된다. 이때 글쓰기는 반복적인 수련으로 완성해야 하는 대상이 아니라 글쓰기 주체가 자신의 생각을 적극적으로 표현하고 더 나은 해결 방안을 찾아가는 모색의 과정이 된다.

실제로 좋은 글을 규정하는 절대적 기준이란 존재하지 않는다. 그리고 다른 사람과 똑같은 글을 쓸 수도 없는 노릇이다. 물론 완성도 높은 글에 대한 일반적인 합의는 존재하지만 글의 완성도를 높여주는 것이 형식적 준거만은 아니라는 사실은 분명하다. 오히려 좋은 글을 결정하는 여부는 독자의 몫으로 남겨진다. 글쓰기의 주체가 무엇을 말하고 있는지 말하고 있는 그 무엇이 타당한지, 그것을 말하는 방식이 적절한지 등을 평가하는 것은 바로 독자이기 때문이다. 그러므로 좋은 글을 쓰는 필자는 자신이 쓴 글을 읽을 것으로 예상되는 가상 독자와 부단한 대화를 나누며 자신의 목적을 성취하고자 한다.

사회 인지적 관점에 따르면 글쓰기는 개인이 속한 담화 공동체와 긴밀히 관련되는데, 최근 사회 인지주의 작문 이론가들은 쓰기 활동이 이루어지는 보다 광범위한 사회적 맥락을 중시하면서 글쓰기를 담화 공동체 구

---

3 린다 플라워, 원진숙·황정현 역, 『글쓰기의 문제해결전략』, 동문선, 2003, 24면 참조.

성원들[4]과의 상호작용을 통한 의미 구성 과정으로 파악한다. 의미 구성의 주체는 고독한 개인이 아니라 담화 공동체이며, 의미 역시 담화 공동체 구성원들 간의 사회적 상호 작용의 결과로 이해한다. 이 관점을 따를 때, 글을 쓰는 필자는 혼자서 고독하게 글을 쓰는 존재가 아니라 사회 문화적 상황 맥락 안에서 담화 공동체 구성원들과 상호작용을 하면서 글을 쓰는 존재이며, 이러한 필자가 생성해 낸 글은 필자 개인이 생성한 결과물이라기보다는 담화 공동체 구성원들과의 의미협상을 통한 상호작용의 결과가 된다.

이러한 맥락에서 대학에서의 글쓰기 교육이 단순한 쓰기 기술을 가르치는 것이 아니라 학습자로 하여금 학문적 담화 공동체의 구성원으로서 생각하고 소통하는 방식을 가르치는 것이어야 한다는 원진숙의 지적은 시사하는 바가 크다. 대학 작문의 본질과 특성은 학문적 담화 공동체를 전제로 가능한데, 대학에서 요구하는 글쓰기 과제를 해결하기 위해서 학생들은 반드시 글쓰기 과제를 둘러싸고 있는 수사적 맥락을 읽어낼 수 있어야 하며, 과제를 표상하는 과정에서도 글쓰기 목적이나 독자 변인, 글쓰기의 관습적 규약, 글쓰기 과제와 관련된 배경 지식 등 글쓰기를 둘러싼 여러 가지 내·외적인 요인들을 고려해야 한다.[5] 이는 중·고등학교에서 실시되는 쓰기 교육과 변별되는 대학의 글쓰기 교육이 갖는 특징이다. 대학에서

---

4 담화 공동체(discourse community)란 공통의 가치, 조사 방법, 신념, 관습 등을 소유한 집단으로 각 개인의 의미 구성에 결정적인 역할을 담당한다. 박태호, 「사회 구성주의 작문 교육 이론 연구」, 『교육 한글』 제9호, 한글학회, 1996. 7, 138면. 본고에서 사용하는 담화 공동체는 공통된 글쓰기 학습 목표를 공유하고 의미 협상의 과정에 참여하는 공동체를 일컫는다. 담화 공동체 구성원은 실제 수업 상황에 따라 다소 유동적일 수 있으나 대체로 4~6명이 적당하다고 판단된다.

5 원진숙, 「대학생들의 학술적 글쓰기 능력 신장을 위한 작문 교육 방법」, 『어문논집』 51집, 2005, 63면.

글쓰기 강좌를 수강하는 학생들은 특정 담화 공동체에서 소통되는 담화 양식과 방식으로 아이디어를 생성하고 전개해 나갈 수 있는 사고능력으로서의 글쓰기 능력을 신장시켜야 한다. 그러므로 중등교육과 변별되는 대학에서의 작문 교육이 지향해야 하는 바는 바로 학문적 담화 공동체를 전제로 이루어져야 한다.

본고는 대학에서의 글쓰기 교육이 결과 중심의 수사학적 관점이 아닌 과정 중심의 방법으로 진행되어야 한다는 입장을 취하면서 '읽기 · 듣기 · 말하기 · 쓰기' 과정을 포괄하는 동시에 그 기저에 글쓰기 주체의 부단한 사유과정을 동반하는 자의식적 활동과정, 나아가 사회적 · 인지적 과정으로서의 글쓰기를 지향한다.[6] 실제 교수 학습 현장에서 글쓰기 수업이 효율적으로 진행되기 위해서는 담화 공동체 구성원들 사이에서 언어적 대화가 원활하게 이루어져야 하며, 대화 속에서 글쓰기 주체의 사고가 확대되고 아이디어가 구체화되어야 할 것이다. 본고가 제시하고자 하는 글쓰기 프로그램은 그와 같은 고민 속에서 도출되었다. 글쓰기 주체가 담화 공동체의 구성원으로서 의미 협상의 과정에 적극적으로 참여하기 위해 전제되어야 하는 것은 무엇일까. 그것은 글쓰기 주체가 스스럼없이 자의식적 사유의 과정을 드러내는 것이다. 글쓰기 주체 내부에서 일어나는 대화의 양상과 담화 공동체 내의 또 다른 글쓰기 주체들 간의 대화를 통해 의미가 구성되므로 글쓰기 주체의 반성적 참여는 필수적이기 때문이다.

본고가 '자아 발견'이라는 화두로 제시하고자 하는 글쓰기 모델은 글쓰

---

6 박현이, 「자아 정체성 구성으로서의 글쓰기교육 연구」, 『한국문학이론과 비평』 32집, 2006. 9, 108면. 필자는 '글쓰기 교육의 목표와 교수학습 전략'을 주제로 박현이와 함께 몇 차례 자체 세미나를 진행한 바 있다. 본고는 그러한 자체 세미나의 결과물로서 일종의 사회적 대화의 산물인 셈이다. 그러므로 박현이의 「자아 정체성 구성으로서의 글쓰기교육 연구」에서 언급한 문제의식을 공유하고 있음을 밝혀둔다.

기 주체의 쓰기 행위를 촉발하고 유지하기 위한 하나의 전략으로서 글쓰기 주체의 심리 상태에 변화를 가져오는 계기로 작용하려는 목적을 지닌다. 또한 글쓰기 주체의 내면에서 이루어지는 대화가 담화 공동체 구성원들 간의 대화를 통해 강화되는 전략으로서 향후 글쓰기 수업에서 담화 공동체의 심도 있는 대화를 촉발하는 계기로 기능하는데 그 목적이 있다. 따라서 '자아 발견' 글쓰기 모델은 글쓰기 강좌가 시작된 학기 초반에 실시하는 것이 보다 효율적일 것으로 생각된다. 담화 공동체의 일원으로서 자기 자신을 돌아보고 자신의 내면을 드러내는 경험은 이후 담화 공동체를 활용한 글쓰기 수업의 효율적 전개를 위해 필수적인 단계라 하겠다.

'자아 발견'을 위한 글쓰기 프로그램은 문제해결 과정으로 글쓰기에 접근하는 학습자를 위해 고안된 것으로 단계적인 글쓰기 전략으로 제시된다. 1단계는 담화 공동체 내의 의미 협상이 진행되는 단계로 글쓰기 주체 서로간의 협조적 사고행위 및 대화를 통해 글쓰기 주체들의 사유가 만나는 단계이다. 2단계는 글쓰기 주체의 내적 대화가 강조되는 단계로 1단계에서 얻은 성과물을 개별 글쓰기에 적용해 진지하고 심화된 사유와 반성을 통한 글쓰기가 가능하다. 3단계는 담화 공동체 내에서의 공유과정이 주가 되는 단계로 글쓰기 주체가 담화 공동체와의 대화를 통해 제시된 목표를 향해 의미를 구성해가는 단계이다.[7] 이 모델은 담화 공동체에서의 토론 → 개별 글쓰기 → 평가로 이어지는 단선적 과정을 지양하고 단계별로 글쓰기 주체의 내적 대화와 담화 공동체의 대화를 함께 진행할 것을 권한다. 1단계에서 진행된 소통과정은 2단계의 글쓰기 주체가 강조되는 단계에 필수적으로 선행되어야 하며, 3단계는 담화 공동체가 개별 글쓰기 주체의 결과물을 공유하면서 글쓰기 주체가 공유과정 속에서 스스로 의미를 완성해

---

7 박현이, 앞의 논문, 110~111면 참고.

갈 수 있도록 도와주어야 한다. 3단계를 거치는 동안 글쓰기 주체는 문제 해결자로서 문제요소를 파악하고 이를 바탕으로 다른 사람에게 자신의 생각을 전달하면서, 끊임없이 글쓰기의 목표와 전략을 의식하고 사고해 나갈 수 있을 것이다.

다음 장에서는 이러한 단계적 절차에 따라 적용해 본 '자아 발견'을 위한 글쓰기 모델의 전략을 구체적으로 살펴보도록 하겠다.

3. 자아 발견을 위한 글쓰기의 단계적 전략
: 담화 공동체를 활용한 발견적 절차의 실제

본격적인 글쓰기 수업에 앞서서 글쓰기 주체가 작문 활동에 대해 어떤 인식을 가지고 있는지 점검하는 과정이 선행되어야 한다. 교수자는 학생들이 글쓰기와 관련하여 좋아하고 싫어하는 것이 무엇인지, 글을 쓰는 과정에서 어려워하는 것이 무엇인지 등을 세밀하게 파악할 필요가 있다.[8] 그러나 필자의 견해로는 강좌를 수강하는 학생들과의 개인 면담을 통해 글쓰기에 대한 인식 정도를 파악하는 것이 현실적으로 어렵다고 판단되므로 강의 초반에 담화 공동체를 구성하면서 일종의 협조적 학습지를 사용하는 것도 효율적이다. 다음에 제시된 '글쓰기를 위한 자아점검 및 담화 공동체와의 만남'은 글쓰기 주체가 글쓰기에 대해 지니고 있는 생각과 강의를 통해 기대하고 있는 바 등을 알아보기 위하여 글쓰기 강좌에서 사용하고 있는 자료이다. '글쓰기를 위한 자아점검 및 담화 공동체와의 만남'이라는 제목의 협조적 학습지를 완성하면서 학생은 비로소 글쓰기 주체가 되어 자신의 글쓰기

---

8 이러한 점검의 필요성은 이미 이재승에 의해 지적된 바 있다. 이재승, 「작문 교육 연구의 동향과 방향」, 『청람어문교육』 32집, 2005, 112면.

습관을 점검하고 자신이 속하게 될 담화 공동체의 구성원이 된다.

---

* 글쓰기를 위한 자아점검 및 담화 공동체와의 만남[9]
  이름 : _______________ 담화 공동체 : _______________

1) 글쓰기 수업을 시작하면서

 # 글쓰기와 관련하여 '나'를 점검해보기
  – 글쓰기를 좋아하는가? 싫어한다면 왜 싫어하는가?

  – 가장 최근에 당신이 쓴 글은 어떤 글이었는가? 그 글을 읽은 사람은 누구이고 어떤 목적으로 쓴 글인가?

  – 글을 쓸 때 글쓰기가 쉽게 느껴지는가? 글쓰기를 할 때 어떤 마음인가?

  – 자신만의 글쓰기 습관이 있는가?

  – 글을 잘 쓰고 싶은가? 그렇다면 본인이 생각한 글을 잘 쓰기 위한 방법은 무엇인가? 혹은 본인만의 전략이 있는가?

  – 당신이 자주 겪게 되는 글쓰기의 문제는 무엇인가? 가령 글쓰기를 시작하기 어려운가, 말하는 내용을 적절하게 표현하기 어려운가, 무엇을 쓸지 잘 모르겠는가 등등.

  – 글쓰기 수업을 통해 배우고 싶은 내용은 무엇인가? 혹은 기대하고 있는 바, 담당교수에게 하고 싶은 말은 무엇인가?

2) 담화 공동체와의 만남

 # 나의 담화 공동체 : _______________________
 # 나의 담화 짝 : _______________________

▷▷▷ 우리 수업은 "함께 하는 글쓰기"를 지향합니다.***

---

9 이는 린다 플라워의 『글쓰기의 문제해결전략』 105~108면을 참고로 하여 필자가 간단하게 재구성한 것이다. 담화 공동체는 이미 밝힌 바와 같이 수강 인원을 고려하여 4~6명 정도로 구성하되, 글쓰기 수업의 효율을 위해 담화 파트너를 정하도록 하였다. 담화 파트너는 담화 공동체 중에서도 자신의 글에 독자로서 더 큰 관심을 역할을 하게 될 파트너로서 담화 공동체 내에서 정하도록 하였다.

3.1. 발견적 절차 1단계 : 자화상과 내면 탐색

글쓰기 주체가 자신의 내면을 탐색하고 담화 공동체와의 상호작용을 통해 자기를 발견하는 것을 목적으로 하는 '자아 발견을 위한 글쓰기'는 우선 그림과 문학 작품을 활용한 '자화상과 내면 탐색의 단계에서 시작된다. 1단계는 크게 두 가지 유형으로 나뉘는데, 첫 번째는 화가들이 그린 여러 편의 자화상을 자유롭게 감상하고 자화상에 드러난 화가의 내면을 추측하게 하는 것이다. 화가에 대한 정보나 그림에 대한 기본 지식이 있어도 좋고 배경 지식이 없어도 무방하다. 글쓰기 주체는 교수자가 미리 준비한 자화상 자료들을 살펴보면서 자화상으로 알 수 있는 화가의 내면에 대해 대화를 나눈다. 교수자는 렘브란트, 뭉크, 고흐, 세잔, 달리, 에곤 실레, 프란시스 베이컨, 천경자 등이 그린 자화상들을 자료로 제시하고 담화 공동체에서의 토론을 유도한다. 이때 글쓰기 주체들은 화가의 자화상을 통해 자신의 내면을 탐색하고 자신의 자화상을 그린다면 어떤 모습일지 생각해봐야 한다.[10] 글쓰기 주체들은 그림을 자세히 관찰하면서 자유롭게 토론에 참여하고, 토론이 끝난 후 자화상 한 편을 골라 한 단락 쓰기를 실행한다.

   ① 렘브란트의 자화상을 보면 그때 화가의 심리 상태가 어떠했는지 금방
     알 수 있는 것 같다. 그의 자화상에는 때론 자신감이, 때론 안정감이, 때
     론 극심한 고뇌가 그대로 드러나는 듯하다. 막 그림공부를 시작한 첫 번

---

[10] 1단계에서 수업 자료로 사용한 자화상 그림들은 필자가 재직하고 있는 배재대학교의 교양국어 강좌인 '우리말과 글'의 교재였던 『우리말과 글의 이해와 표현』(조재윤 외, 배재대 출판부, 2004)의 1장 '나는 누구인가? : 대학인으로서의 나의 삶'과 이후 '우리말과 문학의 산책1'로 개편된 교과의 교재인 『우리말과 문학의 이해』(조재윤 외, 창과현, 2006) 1장 '대학인으로서의 삶과 문화' 부분에서 발췌하여 글쓰기 모델로 재구성한 것임을 밝혀둔다.

째 그림에는 어둡게 처리된 눈에서 자신이 앞으로 나아가야할 길에 대
한 방황이 담겨있는 듯 보이지만 자신의 친구와 그림 수련을 마치고 돌
아온 직후에 그린 두 번째 자화상에선 엄청난 자신감을 표출하고 있다.
당당히 정면을 바라보고 치켜든 턱에서 그의 자신감과 확고함을 엿볼
수 있다. 렘브란트의 전성기였던 세 번째 그림에선 그의 모자나 옷에서
부유함이 그대로 드러난다. 오히려 그의 얼굴보다는 그의 옷 등의 외부
적인 모습이 더 세밀히 묘사되어 있다. 하지만 이러한 모습은 네 번째
그림에서 급격하게 변화하는데 갑자기 늘어난 주름살과 입술을 '앙' 다
물고 부릅뜬 눈에선 금방이라도 눈물이 떨어질 것만 같다. 그의 고뇌가
그를 얼마나 늙게 했는지 금방 알 수 있다. 이러한 모습은 마지막 그림
에서 조금 완화되어 보인다. 얼굴 부분에선 희미하게 후광이 비치고 그
의 얼굴은 왠지 편안해 보인다. 그의 자화상에는 그의 삶이 그대로 투영
되어 있다. 나의 자화상은 어떤 모습일까?

— 국문과 1학년 여학생

② 널찍하게 반죽한 진흙 덩어리가 고정되어 있지 못하고 밑으로 흐른다.
그 진흙 덩어리에는 눈과 코와 입 그리고 눈썹과 수염까지도 묘사되어
있다. 눈과 입과 광대뼈, 그리고 목에까지 나뭇가지들이 박혀있다. 작가
는 처절하게 자신에 대하여 고민하고 있는 것 같다. 나뭇가지 사이사이
박혀있는 것은 자신을 구속하는 사회의 규제, 상황의 압박일 수 있다는
생각을 하였다. 내가 보는 시각은 틀에 고정되어 모순에 가득 차기도 하
고, 나의 입은 사회의 규제나 상황의 압박에 못 이겨 내가 말하고자 하
는 말을 다 하지 못한다. 그러기에 입을 다물고 있으며 나의 머리를 고
정하고 있는 목은 나의 얼굴을 지탱하지 못한다. 즉 머리라는 것은 자신
의 지식이나 지혜이며 가치관이고, 목이라 함은 자신의 그러한 지식이
나 가치관을 지탱하는 의지력 같아 보인다. 나는 내 가치관을 이끌어 나
가지 못하기에 고통스럽다.

— 가정교육학과 1학년 여학생

위에서 제시한 글쓰기 주체들의 실습 결과를 살펴보면 단순히 화가들의
자화상에 대한 평가를 넘어 글쓰기 주체들이 화가들의 자화상을 통해 자

신의 내면을 들여다보기 시작했음을 알 수 있다.

　두 번째 유형은 문학 작품을 활용하는 방법이다. 자화상 시편들을 제시할 수도 있지만 자화상 그림들을 감상하면서 서서히 내면 탐색의 단계에 접어든 본 프로그램의 경우 주제가 확산되어 보다 심도 있는 토론을 유도할 수 있는 소설을 적용하는 것이 효과적이다. 소설의 경우 수업 시간에 읽기 어려우므로 사전에 과제로 제시하여 글쓰기 주체들이 읽어올 수 있도록 해야 한다. 교수자는 백민석의 「장원의 심부름꾼 소년」(『장원의 심부름꾼 소년』, 문학동네, 2001)과 은희경의 「빈처」(『천지간』 1996년도 이상문학상 수상작품집, 문학사상사, 1996) 두 편을 글쓰기 주체들이 정독하게 한 후, 자유로운 의미 협상을 유도한다. 두 작품을 선정한 이유는 두 편의 단편소설이 정체성과 관련하여 자신의 삶에 대한 고민을 색다른 방식으로 표출하고 있으며 두 작품 모두 일기가 주요한 모티프로 자리하고 있다는 점 때문이다. '정체성을 상실한 현대인의 자화상'이라는 부제로 주체 형성의 과정을 문제삼고 있는 백민석의 「장원의 심부름꾼 소년」을 읽고 토론을 하거나 '여성의 삶과 글쓰기'라는 부제로 여성 주체의 욕망을 일기라는 형식에 담고 있는 「빈처」를 읽고 토론을 진행할 수 있다. 혹은 두 작품을 모두 읽게 한 뒤 '정체성과 일기'라는 통합 주제로 담화 공동체 내에서 토론을 유도할 수 있다. 교수 학습 현장에서 백민석의 「장원의 심부름꾼 소년」을 주 텍스트로 하여 수업을 진행할 경우, 다음과 같은 방식을 따를 수 있다.

　백민석의 「장원의 심부름꾼 소년」은 장원의 심부름꾼 소년이었던 '나'가 장원을 찾아가 장원의 도련님이었던 'aw'가 죽었다는 소식을 듣고 십구 년 전 자신이 그토록 질투를 느끼며 닮고 싶어했던 'aw'와의 기억을 떠올리는 내용의 단편소설이다. '나'는 'aw'의 걸음걸이와 표정, 말투를 흉내내고 심지어 일기 문장까지 베끼며 그를 모방한다. '나'는 심부름꾼 소년이었던 자신의 내면을 비우고 그 안에 'aw'의 것이었던 걸음걸이와 표정, 말투, 문장을 담아낸다. 세월이 흘러 어른이 된 지금, 'aw'는 죽고 없지만 철저히 'aw'가 된 '나'만 존재한다. 그러나 그 '나'는 더 이상 심부름꾼 소년이 아니다. 역설적으로 보자면 'aw'를 모방하느라 쿵쾅거리며 뛰어다니던 자신의 걸음걸이를 버리고 더 이상 뛰어다닐 수 없게 된 '나'가 오히려 죽은 셈이기 때문이다.

교수자는 이 소설을 정독한 글쓰기 주체들에게 '정체성을 상실한 현대인의 자화상'을 주제로 토론을 유도한다. 자아 정체성을 구성하는 요소는 무엇인가, 자신도 '나'처럼 모방의 대상이 있었고 그 대상을 모방한 경험이 있는가 등의 화두를 제시하고 담화공동체에서 토론을 진행하도록 한다. 그리고 일기를 통해 '나'와 'aw'의 차이를 드러내고 있는 아래의 예문을 제시하고 일기 쓰기에서 드러난 개인의 사유방식을 분석해 볼 것을 권한다. 그 다음 단계에서 담화 파트너와 서로가 공유할 수 있는 공통된 사건 하나를 정해 각자 일기 쓰기를 실습하도록 한다.

> aw : 럭비공을 던졌다 받는 반복적인 작업은 어떤 땐 바보처럼 느껴진다. 공은 그저 왔다갔다한다. 거기엔 아무 의미가 없다. 다만 태양이 구름 밖으로 얼굴을 내밀 때면, 내 안엔 어떤 환희가 움튼다.

> 나 : aw와 공놀이를 했다. 내가 던지면 aw가 받는다. 그 반대일 경우도 있다. 재미있는 놀이다. 이따금 너무 놀아서 지겨워질 때도 있지만, 숲에 빠질 때면 정말 짜증난다.[11]

---

11 백민석, 「장원의 심부름꾼 소년」, 『장원의 심부름꾼 소년』, 문학동네, 2001, 45면.

* 백민석의 「장원의 심부름꾼 소년」을 모방한 일기 쓰기의 예)
① 담화 파트너 1 : 공통된 사건 또는 주제 – "길 가다 만난 고양이"

친구와 집으로 가는 길에 무심코 옆을 보다가 가만히 앉아있는 갈색 고양이를 발견했다. 막대기처럼 똑바로 앉아있는 모습이 너무 신기해서 "안녕?"이라며 말을 걸었다. 이상하게도 평소에 고양이들이 유독히도 나를 경계하기에 이번에는 그러지 말았으면 하는 생각과 함께. 여느 고양이처럼 발톱을 드러내거나 무작정 도망가지는 않았지만 갑자기 몸을 심하게 떨기 시작했다. 내가 무서운가, 라는 생각과 나는 친근감의 표현이었는데 역시나 고양이들은 나를 싫어하나보다 라는 실망을 안고 한걸음 뒤로 물러났다. 이번에는 나 대신 친구가 말을 걸었다. 평소 나와는 달리 유독 고양이들이 호감을 보이는 녀석이기에 반응이 어떨지 궁금해 빤히 보고 있었다. 순간 거짓말처럼 떨림이 멈추고 친구의 눈을 스스럼없이 응시하는 그 고양이의 반응에 심히 상처받았다. 대체 왜 고양이들은 나를 싫어하는가. 혹은 어째서 이 친구 녀석만 좋아하는 걸까. (글쓰기 주체 1)

낯선 사람이 다가가도 고양이는 도망치지 않았다. 노랗고 하얀 털은 온통 회색얼룩이 묻고 비쩍 마른 채로 길가에 가만히 앉아있을 뿐이었다. 사람이 다가가도 녀석은 움찔거릴 뿐 도망치지 못했는데 꼬리로 살며시 가린 다리가 아픈 듯이 보였다. 한 발자국을 사이에 두고 녀석과 눈이 마주쳤다. 그 눈에 담긴 경계심과 상처로 인한 약함과 공포가 그 초록색 눈에 가득했다. 머리를 쓰다듬으려다 그냥 돌아섰다. 그 녀석을 건드리면 그 녀석의 무언가를 다치게 할 것 같았다. 녀석에게서 떨어져 걷다 돌아본 곳에 녀석은 그 자세 그대로 앉아 있었다. 뭘 기다리고 있는 걸까. 찾아 올 사람도, 친구도 없을텐데. 나는 조그만 생명체가 '견디는 것'이 너무 싫다. 슬프다기 보다는 화가 난다. 그 녀석은 어떻게 됐을까. (글쓰기 주체 2)

② 담화 파트너 2
 : 공통된 사건 또는 주제 – "어제 날씨를 주제로 한 일기"

종일 날씨가 흐렸다. 그만큼 많이 추워졌다. 겨울이 다가오고 있다는 것이 몸으로 느껴진다. 아아, 겨울이 오나보다. 싫다. 정말. 한 여름날의 햇볕이 쨍쨍한 날도 그리 좋아하지 않지만 흐린 겨울날, 그러니까 추우면서 우중충한 날씨는 질색이다. 왠지 하늘이 서러운 느낌이 든다. 이런 하늘은 꼭 울음을 참는 내 모습 같다. 어쩌다 한두 방울 떨어지는 빗방울까지 참던 눈물이 떨어지는 느낌이라 괜히 아프다. 하늘은 울면 달래줄 사람이 있을까. 나처럼 혼자 울다 지쳐서 다시 웃는 것은 아닐까. 후우 별다른 일도 없는데 그냥 없는 걱정도 만들어서 우울해하고 있었다. 괜히 눈물이 나는데 참느라 억지로 내내 웃었다. 꼭 이런 날이면 이유 없이 이런다. 차가운 공기가 느껴져 살들이 빳빳해지는 느낌이었다. 꼭 산산이 깨어질 것 같아서 기분 나쁘다. 그냥 내가 무너져 버릴 것 같아서 불안했었다고 표현하는 것이 맞을까. 날씨 따라서 슬픈 하루다. (글쓰기 주체 3)

오늘 하루는 금방이라도 비를 쏟아낼 것 같은 까만 먹구름이 가득한 하늘이었다. 난 그런 하늘이 절정의 순간을 위해 고통과 인내로 응집된 우리의 삶과 같다는 생각이 들었다. 비가 내리는 과정은 지상에서 평온하게 지내던 물이 태양의 심술로 수증기가 되어 흩어져 외롭게 지내다가, 그 외로움을 극복하기 위해 수증기들끼리 다시 만나 구름이 되어, 지상의 친구들을 만나기 위해 다시 지상으로 오는 먼 여행이다. 그리고 이것들이 비가 되어 지상에 왔을 때는 친구들만 만나는 것이 아니라, 그 친구들을 만날 수 있게 해준 세상에 감사하며 식물을 키우고 사람과 동물을 살게 하는 원천이 되어준다. 그래서 먼 여행길, 그 뒤 행적 하나 하나가 아름답고 소중한 비가 참 좋다. 그리고 나도 비가 되고 싶다. (글쓰기 주체 4)

담화 파트너와 정한 공통의 주제 또는 공통의 사건에 대한 일기 쓰기를 마친 글쓰기 주체들은 먼저 담화 파트너와 일기를 교환해서 읽어본다. 동일한 주제에 대한 일기이지만 자신의 글과 담화 파트너의 글이 어떻게 다른지를 주로 살펴보며 이야기를 나누도록 한다. 그 다음에는 담화 공동체에서 글쓰기 주체들이 쓴 글을 돌려서 읽어보고 간단한 롤링페이퍼를 작성해본다. 제시된 글들은 비록 두 명의 글쓰기 주체가 동시에 겪었던 일이라 할지라도 글쓰기 주체의 관점에 따라 전혀 다른 일기가 될 수 있다는 것을 보여준다. "길 가다 만난 고양이"를 주제로 한 글쓰기 주체1의 일기는 고양이보다는 친구에게 초점이 맞춰져 있는 반면 글쓰기 주체2는 생명체로서의 고양이에 주목하고 있다. 날씨를 주제로 한 일기의 경우 글쓰기 주체3이 잔뜩 찌푸린 흐린 날씨처럼 우울한 자신의 내면을 고스란히 드러내고 있는 것과 대조적으로 글쓰기 주체4는 비가 내리기까지의 과정을 소중한 만남을 위한 인내의 과정으로 보면서 비와 같은 존재가 되고 싶다는 소망을 보여준다. 글쓰기 주체들은 독자가 되어 담화 파트너가 쓴 일기를 읽고 자신의 일기와 비교를 하면서 자신이 세상을 바라보는 관점, 자신의 사유방식 등을 고민하게 된다.

3.2. 발견적 절차 2단계
: 자아 발견을 위한 전략으로서의 일기 쓰기 1-타인이 된 '나'

다음 단계에서는 외부에서 내부를 관찰하는 사람처럼 자신의 내면을 관찰하고 자신을 제삼자의 입장에서 서술하도록 하였다. 자기 스스로에게 "나는 스스로를 어떻게 보고 있는가?", "내 눈에 비친 나의 참모습은 어떠한가?", "나는 나 자신을 어떻게 보고 있는가?", "나 자신에게서 나는 과연 무엇인가?"[12] 등의 질문을 던지고 이와 관련하여 생각해 볼 시간을 준 다음, 자신을 제삼자의 입장에서 바라보며 자신의 내면이 드러나는 글을 쓰되, 3인칭으로 쓰도록 하였다. 일기 형식이어도 좋지만, 형식에 구애받지 않고 자유롭게 자신의 내면을 비유적으로 표현해보도록 하였다. 이처럼 글쓰기

12　루츠 폰 베르더 · 바바라 슐테-슈타이니케, 김동희 옮김, 『교양인이 되기 위한 즐거운 글쓰기』, 들녘, 2004, 27면. 타인이 된 '나' 활동은 이 책을 참고로 하여 필자가 응용하여 적용한 것임을 밝힌다.

주체 각자가 스스로를 타인이라고 생각하고 글을 쓰면, 담화 공동체 구성원들은 그 글을 쓴 글쓰기 주체가 바로 자신이라고 생각하고 1인칭으로 글쓰기 주체에 대한 자신의 생각을 표현하도록 하였다. 롤링페이퍼 형식으로 이와 같은 과정을 반복해서 실행했는데, 이 과정에서 글쓰기 주체들은 자기 자신을 객관화하면서 자기 자신을 드러내고, 동시에 타인의 내면을 응시하면서 타인과 '나'의 경계를 넘나든다. 이 활동은 글쓰기 주체가 다른 담화 공동체 구성원들을 이해하는 계기를 만들어주며 향후 글쓰기 주체가 적극적인 담화 공동체의 구성원으로 참여하는 동기를 부여해준다.

① 그녀는 삐에로입니다. 삐에로의 화려한 분장 위에 그려진 눈물 한 방울처럼 그녀는 얼굴 가득 웃음이 있습니다. 그러나 사람들은 삐에로 얼굴의 아주 작은 눈물 한 방울은 잘 찾아내지만 근처에 있는 그녀의 눈에서 떨어지는 눈물방울들은 보지 못합니다. 사람들이 그녀의 눈물방울을 못 찾을 때마다 오히려 그녀는 더 많이 웃고 즐거운 척 합니다. 꼭꼭 더 안으로 숨어버리죠. 그녀가 뱉는 말 단 한마디에도 진심이 담겨 있지 않습니다. 그것은 그녀가 뱉은 말에 돌아오는 사람들의 차가운 말 때문입니다. 처음에 그녀도 빛이 나고 둥그런 조약돌 같았습니다. 하지만 사람들의 차가운 얼음 덩어리에 깎이고 깎여서 뾰족해졌습니다. 그리고 그녀는 그 차가운 얼음물로 몸을 감쌌습니다. 그래서 그녀를 아무도 모릅니다. 그녀는 그녀 자신도 잘 모릅니다. (글쓰기 주체 1)

② 글쓰기 주체 1에 대한 담화 공동체 구성원 1의 답글 : 나는 지우개입니다. 하얗고 단단하지만 내 몸이 움직이기 시작하면 언제 그랬냐는듯 가느다랗고 부드러운 실엿을 뽑아냅니다. 이 실엿으로 공책에게 연필에게 달콤한 사랑을 주지만 정작 자신의 몸은 닳아 없어진 만큼 검게 그을려지고 있습니다.

③ 글쓰기 주체 1에 대한 담화 공동체 구성원 2의 답글 : 나는 안경입니다. 함부로 만지면 깨질 수 있으니 소중히 조심히 다뤄주세요. 다른 사람의

눈을 더 선명히 보이도록 도와주고, 그 사람의 눈과 나의 안경시력이 맞
으면 우리는 진정한 친구가 됩니다.

④ 글쓰기 주체 1에 대한 담화 공동체 구성원 3의 답글 : 나는 리본이다.
항상 정돈되고 깔끔하다. 난 지저분하고 정리가 돼있지 않은 것을 정말
싫어한다. 나는 장식하는 것을 좋아하며 어느 누가 봐도 나의 흐트러짐
을 볼 수 없다. 그러나 끈 하나만 잡아당기면 쉽게 풀리는 소심함을 갖
고 있는 나는 리본이다.

⑤ 그의 방에는 문이 하나이고 창문이 하나 나 있는데, 그 창문으로 따뜻
한 햇볕이 들어오지만 그는 어두운 자신의 방에서 홀로 앉아 태양을 피
하며 밖에 나가는 것을 싫어한다. 가끔 밖을 쳐다보기는 하지만 나가지
는 않는다. 그는 혼자 있고 싶어한다. 그런 그를 아는 사람도 별로 없다.
그런 그에게도 햇볕같은 사람이 있다. 하지만 그에게 햇볕같은 사람에
게 다가가는 것은 힘들다. 그가 너무 초라하고 작은 난쟁이이기 때문이
다. (글쓰기 주체 2)

⑥ 글쓰기 주체 2에 대한 담화 공동체 구성원 1의 답글 : 나는 조용하다. 말
수가 없다. 그나마 없는 말마저 너무 약해 상대방에게 잘 들리지도 않는
다. 이야기를 즐겨하지만 내가 주도적으로 하는 일은 거의 없다. 나에 대
해 믿음을 갖지 못하기 때문이다. 그래서 나는 스스로를 고립시켜간다.

⑦ 글쓰기 주체 2에 대한 담화 공동체 구성원 2의 답글 : 나는 부드러운 사
람이다. 다른 사람과 불화가 생기는 것은 절대 원치 않는다. 그래서 양
보를 미덕으로 삼고 늘 지키려 노력하고 있다. 다른 사람과 교류하는 것
은 즐겁지만 대립은 두렵기 때문에 나오던 말이 도로 들어가버리곤 한
다. 내겐 원만한 관계가 최우선이다.

⑧ 글쓰기 주체 2에 대한 담화 공동체 구성원 3의 답글 : 나는 내가 봐도
여자 같을 때가 많다. 아무래도 수줍어서 그런 것 같다. 나는 너무 내성
적이다. 그래서 사람들과 쉽게 융화되지 않는다. 어찌 볼 때는 나만 따

로인 것도 같다. 하지만 나는 사람들과의 충돌은 원치 않는다. 하지만 그래도 나는 당당해지고 싶다. 나 자신에 대해서 말이다. 더욱더 당당한 모습으로 사람들과 만나고 싶다.[13]

이러한 경험에 대해 글쓰기 주체들은 다음과 같이 자신의 생각을 표현하고 있다.

"타인이 된 '나'에 대한 느낌"
① 나는 내 자신을 잘 알고 있다. 내가 좋아하는 것, 하고 싶은 것, 원하지만 갖지 못하므로 포기해야 하는 것, 그리고 내가 싫어하는 것 등. 그래서 '그녀'가 된 '나' 역시 그렇게 낯선 존재는 아니었다. 하지만 '그녀'가 된 '나'의 생각과 '나'인 '그녀'가 생각하는 것은 큰 차이가 없었지만, 글의 표현이 그 둘이 각기 다른 사람을 이야기하는 것처럼 보이게 했다. 그리고 글이 진행될수록 '그녀'가 된 '나'는 점점 객관적인 다른 누군가가 되어가는 느낌이었다. '나'가 측은하게 생각했던 '나'는 '그녀'가 되었을 때는 그렇게 측은하지도 불쌍하지도 않았다. 그리고 '그녀'는 나름의 삶의 방식을 가지고 열심히 살려고 노력하는 것 같아서 '나'였을 때보다 좀 더 행복하고 당당해보였다. (영문과 2학년 여학생)

② 나의 일을 누군가가 알게 되는 건 싫다. 덕분에 남의 일을 세세히 알려고 노력하는 성격도 아니다. 그래서 남이 되어본다는 것은 참 어렵다. 나는 무척이나 이성적이고 객관적인 사람이라서(어디까지나 내 생각이지만) 다른 사람의 입장에 서보는 것도 무척이나 객관적이 되어버린다. 상황이 이해는 되면서 감정적인 변화는 일어나지 않는다고나 할까. 특

---

13 담화공동체 구성원들의 답글 쓰기는 수업시간에 이루어질 수도 있지만 효율적인 시간 관리를 위해 교수자가 운영하고 있는 온라인 상의 카페에서 이루어지기도 한다. 온라인 카페와 같은 사이버 공간은 간단한 댓글 달기나 담화공동체 구성원들의 글을 읽는 활동으로 주로 이용하는데 수업의 효율적인 시간 관리나 글쓰기 수업에 대한 관심 지속과 다른 담화공동체와의 소통, 문학 작품과 관련된 과제물 제시, 글쓰기 주체들과 교수자의 대화를 위해 유용하게 기능한다.

이한 성격이 아닐 수 없다. 아니면 껍데기만 상대로 바꿔놓고는 생각,
가치관, 관점 등을 모두 내 모습인 채로 생각하고 판단하고는 남의 입장
에서 생각했네라고 말한다. 나 때문에 상처받는 사람도 많겠지. 괜히 내
가 나쁜 사람 같아서 싫다. 우울하네. (관광 · 이벤트경영학과 1학년 여
학생)

③ 수업시간에 '남이 되어본 나'로 글쓰기를 하였다. 나는 이기적인 사람
이라 객관적이지 못하다. 나 자신에 대해서도 잘 모르는데 남이 되어 보
라니…… 내 자신에 대한 객관적 평가는 어렵다. 주저리 글을 썼는데 무
어라 표현했는지 잘 모르겠다. 남이 나를 평가해주는데 담화구성원들이
날 보고 이상하다고 말한다. 그런 평가가 이상하게 흡족하다. (생명공학
과 1학년 남학생)

"타인이 된 '나'" 단계를 진행하면서 자신의 내면을 드러내는 일에 익숙
하지 않은 글쓰기 주체가 다소 혼란스러운 감정을 느끼는 것을 목격하기
도 하였지만 대부분의 글쓰기 주체들은 스스럼없이 자신을 드러내고, 되
돌아보며 많은 생각을 하고 있었다. 자신의 내면을 마주한 글쓰기 주체들
의 감정은 예문에서처럼 다양하게 표현되고 있지만, 자신을 객관화하는
경험을 통해 자신을 긍정적으로 이해하는 반응을 보인 글쓰기 주체들이
많았다는 사실을 확인할 수 있었다.

3.3. 발견적 절차 3단계
: 자아 발견을 위한 전략으로서의 일기 쓰기 2-캐릭터 일기

자아 발견을 위한 글쓰기 전략의 마지막 단계는 캐릭터 일기라는 주제
로 진행된다. 캐릭터 일기는 글쓰기 주체가 꿈꾸는 이상적 자아 모델과 매
력적이지만 선하다고 할 수 없는, 오히려 악역에 가까운 모델을 문학 작품

또는 영화나 드라마 등의 캐릭터에서 찾아서 그 캐릭터가 지금 자신의 삶을 살고 있다면 어떤 모습일까를 생각하며 일기를 쓰는 것이다. 글쓰기 주체들은 교수자가 제시하는 문학 작품을 읽고 담화공동체에서의 토론을 거친 다음 도덕적 주체로 불리는 이상적 모델과 괴물 내지는 이방인이라고 부를 수 있는 욕망에 충실한 자유로운 영혼의 주체, 두 캐릭터를 선택해서 일기 쓰기를 할 수 있고 문학 작품을 읽는 활동을 생략하고 2단계에 이어 캐릭터 일기 쓰기로 바로 진입할 수 있다. 그러나 문학 작품을 읽고 충분히 담화 공동체에서 토론을 한 다음 캐릭터 일기 쓰기를 진행하는 것이 보다 바람직하다.

교수자가 제시한 작품은 성석제의 「홀림」(『홀림』, 문학과지성사, 1999)과 이평재의 단편 「거울 앞에 선 아나스타시아」(『마녀물고기』, 문학동네, 2002)이다. 「홀림」은 초등학교 시절과 중·고등학교 시절을 거쳐 어른이 되기까지의 자신의 삶을 반추하고 있는 일종의 성장소설이라고 할 수 있는데, 주인공 "아이"는 중학교 시절 자신을 스스로 쌍둥이라고 생각하고 "사소한 악행을 일삼는 아이들 그룹에 쌍둥이 하나를 보냈고 다른 쌍둥이는 착실하고 양순한 얼굴로 공부에 열중하도록 만든" 이중의 삶을 산다. 고등학교 때에는 "자의 반 타의 반으로 스스로를 각각 따로 생각하고 놀고 다른 가치를 존중하는 세 존재로 분열시키게 된다." 반면 이평재의 「거울 앞에 선 아나스타시아」는 어린 시절 어머니의 거짓말로 졸지에 백혈병 환자 역할을 하며 살아야 했던 한 여인의 인형과 같은 삶을 보여준다. 인형처럼 아름다운 외모를 지닌 '나'는 자신을 동정하는 많은 사람들의 도움으로 물질적으로는 편안한 삶을 살았지만 자신의 삶이 어머니와 다른 사람들의 인형에 지나지 않았음을 깨닫는다.

교수자는 「홀림」과 관련하여 '「홀림」에 나타난 주체 분열의 양상' 또는 '자아의 분열 양상'이라는 화두를 제시하고, 「거울 앞에 선 아나스타시아」

의 경우 '보이는 나와 보여지는 나'를 화두로 제시한다. 문학 작품을 활용하여 주체 분열의 양상이나 자아 정체성과 관련한 토론을 진행한 뒤, 글쓰기 주체들은 문학 작품 또는 대중매체의 캐릭터 중 두 가지를 선정하여 일기를 쓴다. 물론 이때도 소설 작품을 미리 정독하고 자아 정체성과 관련하여 간단한 메모를 하고 수업에 임하도록 하는 것이 좋다. 일기 쓰기가 끝나면 담화 공동체 구성원들이 글쓰기 주체가 쓴 일기를 돌려 읽으며 평가를 해주고 간단한 답글을 달아준다. 자신이 쓴 글을 돌려받은 글쓰기 주체는 자신이 선택한 두 캐릭터에 대한 구성원들의 평가에 비추어 자신을 반성적으로 사고해본다. 자신이 생각하는 '나'와 타인이 바라보는 '나', 내가 원하는 '나'의 모습과 관련하여 스스로를 되돌아본다.

실제 수업 상황에서 글쓰기 주체들이 실행한 캐릭터 일기는 다양한 양상으로 나타나는데 글쓰기 관련 강의를 진행하면서 인상적이었던 글쓰기 주체들의 결과물을 제시하면 다음과 같다.

① 캐릭터 일기 1 : 허난설헌

나는 오늘도 정신없이 일어나 세수만 하고 학교를 간다. 수업은 항상 2교시부터이지만 학교에서 하는 행정도우미 때문에 일찍 가야만 한다. 학비와 생활비를 조달 받을 수 없으므로 어쩔 수 없이 일을 해야 한다. 그래도 그런 일이라도 할 수 있다는 것에 감사해하고 있지만, 가끔은 지친다. 특히 요즘은 내가 살아가는 이유가 무엇인지 알 수 없을 때가 많다. 떨어지는 낙엽이 마치 내 자신 같아 속상하기도 하고, 주변의 시덥잖은 농담이 상처가 되어 돌아오기도 한다. 선천적으로 가난한 환경은 나에게 희망보다는 좌절을 먼저 생각하게 한다. 비록 재능을 지니고 공부를 하고 싶더라도 가난한 환경이 공부에 집중 할 수 없게 만든다. 주변에서는 참고 견디면 된다고 하지만, 과연 참고 견디면 그 끝은 내가 원하는 것을 이룰 수 있을지 의문이다. 정말 주어진 환경 때문에 포기하고 싶지 않지만, 자꾸만 포기가 된다. 그래서 눈물만 흐를 뿐이다.

①-1 캐릭터 일기 2 : 황진이

나는 오늘도 정신없이 일어나 세수를 하고 학교를 간다. 수업은 항상 2교시부터이지만 학교에서 행정도우미를 하기 때문에 일찍 가야만 한다. 학비와 생활비를 조달 받을 수 없기 때문에 일을 하지만, 그 일이라도 할 수 있음을 감사히 여긴다. 가끔은 이런 생활에 지칠 때도 있지만 이대로 주저앉을 수 없어 더 열심히 살려고 노력한다. 어렸을 때부터 꿈꿔왔던 일을 포기하면서 많이 방황도 했지만 그 일 대신 새로운 일을 모색했고, 이제는 그 일을 하기 위해 부지런히 노력하고 있다. 선천적으로 가난한 환경이어서 평범한 가정의 아이들보다 어떤 일을 시작할 때도 어렵고, 실패하게 되면 그 좌절감도 배가 되지만, 그래도 이겨내야만 한다. 만약 내가 이대로 주저앉아 버리면 나는 운명에 지는 것이다. 그래서 난 오늘도 내가 주어진 선천적 운명을 이겨내려고 노력한다. 그리고 반드시 이겨 내어서 10년 뒤에는 선천적 운명이 인생을 결정지을 수 없다는 것을 보여줄 것이다. (국문과 2학년 여학생)

→ 담화공동체 구성원의 답글 : K는 허난설헌 보다는 황진이를 닮았다. 가끔 K를 보면 신기하다는 생각을 하는데 그 알 수 없는 강인함 때문이다.

② 캐릭터 일기 1 : 드라마 〈주몽〉의 대소

학창시절에는 아이들에게 맛있는 것을 사주거나 귀한 것들을 선물하여 나에게 호감을 갖게 했다. 또한 내가 가지고 있는 묘한 귀족적 리더십이 나를 아이들의 중심에 있게 했다. 하지만 내 진심을 털어놓고 함께할 수 있는 친구를 만나기는 어려웠다. 친구라는 아이들은 모두 나의 부하이길 자청했었기 때문이다. 그래도 나는 불편하지 않았다. 나는 이 아이들보다 가치 있고 능력 있는 사람인데 애써 동등하게 살아갈 필요는 없다고 생각했었다.

대학에 와서는 나의 배경이 많이 드러나지 않았다. 한 집단을 이루는 아이들과도 늘 어울릴 시스템이 마련되지 않았고, 또한 우리 집이 어떤 집안인지 우리 아버지가 누구인지 알아도 그런 것에 많은 신경을 쓰지 않았다. 처음으로 나의 인생이 해방되었다는 느낌을 받았다. 하지만 그것은 잠시였다. 시간이 지나자 함께 어울릴 사람조차 없어졌고 나는 혼자 있는 시간이 많아졌다. 동기들이나 선배들과 어울리려고 노력도 했지만 누군가 내 위에서 강압적으로 대하는 것도 적응되지 않아 싫었고, 동기들과 술집에 가서 소주를 마시면서 흥청대는 것도 한심해 보였다. 과제나 어떤 행사가 진행이 될 때도 그 일의 중심이 내가 되지 않는 것이 견딜 수 없었다. 내 마음에 들지 않는 일에 참여해야 하는 것도 익숙하지 않았다. 점점 그들과 어울리지 않게 되었고 어느새 나는 조용히 수업이나 듣고 다니는 조용한 대학생이 되어 있었다. 하고 싶은 것이 많은데 마음대로 할 수 없는 것이 짜증난다.

오늘은 결국 동기들과 말다툼을 하고 말았다. 왜 내 마음대로 할 수 없는 것이지. 내 명령을 따라주는 사람이 없어진다는 사실이 나를 무척이나 비참하게 한다.

②-1 캐릭터 일기 2 : 드라마 〈주몽〉의 영포

세상에 존재하는 무엇이든 적당히 즐기면서 사는 것이 좋다. 단순하고 재미있는 것이 좋다. 사람들은 나를 한량이라고 하지만 나는 그렇게 무능한 바보가 아니다. 능력이 있으니 세상을 즐기는 것이 아니겠는가. 이런 나를 무시하는 것은 참을 수 없다.

대소 형은 늘 아버지의 일에 대해서는 관심도 없이 놀고먹는 내가 한심하다고 하지만 사실은 그게 아니다. 나도 나름대로 아버지의 사업에 관심이 있다. 늘 놀고 있는 것처럼 보여도 할 것은 다하고, 알 것도 다 알고 다니는데 주위 사람들은 늘 잔소리가 심하다. 귀찮게. 내일 내야하는 과제는 도치에게 얼마간의 사례를 하기로 하고 맡겼다. 제출만 하면 되는 거지. 나 같은 고급 인력이 그런 일에 투입되기엔 너무 아깝다. 도치가 과제를 해서 저녁에 메일로 보내주면 나는 그것을 내일 인쇄해서 제출해야지. 으하하

오늘은 동아리 모임이 있다. 사람들을 만나는 것은 늘 즐겁다. 오늘 쓴 시를 동인들에게 보여주고 술도 함께 마셔야지. 벌써부터 기분이 좋아 입이 찢어질 것 같다. 대소 형 생각에 잠깐 기분이 안 좋았던 것은 금방 없어졌다. 역시 세상은 즐겁게 살아야 제 맛이다.

②-2 캐릭터 일기 3 : 드라마 〈주몽〉의 주몽

입양된 아들인 나는 늘 두 형의 눈치를 보고 살았다. 물론 물질적으로

부족함은 없었지만 피가 섞이지 않은 형들과의 대립은 나를 힘들게 했었
다. 21살이 된 오늘 나는 드디어 이 집을 탈출한다. 세상에서 자기가 제일
잘난 줄 아는 대소 형과 늘 바보짓만 하지만 자존심 하나는 끝내주게 강한
영포 형의 구박에서 벗어나는 것이다. 나는 이제부터 새로운 삶을 살아갈
것이다. 아버지가 반대하시고 영포 형과 대소 형이 비웃었지만 나는 꼭 내
가 하고 싶은 일을 하며 대학을 졸업할 것이다.

　"여기 이거. 네가 부탁했던거."

　친구 마리가 봉투를 하나 내민다. 받아서 열어보았더니 양궁체육관 등
록증이다. 나는 꼭 뛰어난 양궁 선수가 되어서 세상에 내 이름을 날리고
싶다. 하나하나 차근차근 연습해야지.

　자! 지금부터 출발이다.　(심리철학과 2학년 남학생)

　→ 담화공동체 구성원의 답글 : 너의 주몽삼형제 이야기는 정말 재미있
었어. 읽으면서 내내 생각했던 건 너의 현재의 모습은 대소나 주몽보다는
영포와 가장 비슷했다고 생각해. 넌 대소처럼 권력에 좌지우지하는 것도
아니고, 주몽처럼 너의 길을 위해 집을 뛰쳐나갈 정도의 모진 아이는 아
닐 것 같아. 난 한 번도 영포를 보면서 느긋하게 자신의 길을 위해 가고 있
다는 생각을 해 본 적이 없는데, 네가 생각한 영포는 정말 느긋하지만 자
신의 길을 위해 노력을 하는 것 같더구나. 그런 모습이 너의 느긋함과 비
슷한 거 같아. 그런데 말야, 영포의 느긋함도 좋지만, 가끔은 주몽의 무모
함도 필요할거 같아. 느긋함과 무모함을 동시에 가질 수 있는 네가 되기를
바란다.[14]

14　이밖에 글쓰기 주체들이 선택한 캐릭터로는 「먼 그대」의 '문자'와 드라마 〈소문난
칠공주〉의 '미칠', 영화 〈사운드 오브 뮤직〉의 '마리아'와 〈바람과 함께 사라지다〉
의 '스칼렛', KBS2 성장드라마 〈반올림〉의 '이옥림'과 「흥부전」의 '놀부', 소설 『가
시고기』의 아버지와 소설 『아내가 결혼했다』의 아내, 인터넷 소설 『도레미파솔라시
도』의 '신은규'와 '톰소여', 소설 『황진이』의 '서경덕'과 모파상의 「목걸이」의 '루와
젤 부인', 영화 〈왕의 남자〉의 '장생'과 이문열의 소설 「우리들의 일그러진 영웅」의
'엄석대', 드라마 〈대장금〉의 '장금'과 전경린의 『내 생에 꼭 하루뿐일 특별한 날』의
'미흔' 등이 있었다.

캐릭터 일기를 쓰는 궁극적인 목적은 글쓰기 주체가 직면한 현실의 결여를 상상력으로 메꾸고 그 상상력이 현실을 변용시키고 재창조시키는 힘으로 작동하도록 하는 데 있다. 일련의 전략적 과정을 거치면서 글쓰기 주체가 발견한 자신의 내면과 그로부터 유래하는 결핍의 다양한 양상들이 글쓰기 주체에게 긍정적인 힘으로 작용하려면 상상의 세계가 현실 세계를 변형시키고, 인수하고, 현실 세계 자체가 되는 방식을 취해야 한다.[15] 이러한 의도에서 기획된 캐릭터 쓰기는 ①에서 보는 바와 같이 글쓰기 주체로 하여금 상반되는 두 캐릭터가 주체화되는 경험을 하면서 자신의 상실을 치유하고 현실 세계의 결핍을 보상받는 긍정적 역할을 기대할 수 있다.

캐릭터 일기 ①과 ①-1은 글쓰기 주체가 처해있는 어려운 현실은 동일하지만 현실을 어떻게 해석하느냐에 따라 삶을 대하는 주체의 태도가 얼마든지 변화할 수 있음을 암시하고 있다. 글쓰기 주체가 발휘한 상상력이 현실을 변용시킬 가능성을 보여주는 예라고 생각한다. 캐릭터 일기 ②는 다소 흥미 위주로 서술한 감이 없지 않아 있지만 대조적인 3형제의 성격을 자신의 삶과 적절하게 연결시키고 있어 글쓰기를 진행할 당시 상당한 호응을 받았던 글이다. 상반되는 캐릭터 둘을 선택하는 것이 권장사항이었으나 이 글의 쓰기 주체는 가치관이 다른 주몽 3형제를 선택해 자기 안에 있는 이질적인 내면의 모습을 표현하였다.

지금까지 살펴본 바와 같이 글쓰기 주체들은 자아 발견을 위한 글쓰기 모델에 따라 단계적인 글쓰기를 이행하면서 자신을 재발견하고 담화 공동체의 소통을 원활하게 이끌어나갔다. 학기 단위로 이루어지는 대학의 글쓰기 강의가 담화 공동체를 토대로 효과를 거두기 위해서 글쓰기 주체의 적극적인 참여가 무엇보다 중요하다. 글쓰기 주체의 내적 대화가 담화 공

---

15 미셸 푸코, 이희원 옮김, 『자기의 테크놀로지』, 동문선, 1997, 191면 참조.

동체 구성원들의 의미공유 과정을 거치면서 강화되고 스스로 자신을 반성적으로 사고함으로써 글쓰기 주체는 사유의 주체, 적극적인 문제해결자가 된다.[16]

4. 맺음말

지금까지 본고는 대학에서의 글쓰기 교육의 실질적인 교수 학습 방안을 모색하는 방안의 일환으로 '자아 발견을 위한 글쓰기'의 전략적 모델을 제시하였다. 이 글쓰기 프로그램은 글쓰기 주체의 쓰기 행위에 동기를 유발하고 담화 공동체를 활용한 협조적 글쓰기의 효율적인 운용을 위해 고안된 것으로, 글쓰기 주체가 자신을 되돌아봄으로써 자신이 존재하는 이유와 자기다움의 의미를 찾아가려는 내면의 언표화를 목적으로 한다. 구체적인 적용은 다음과 같다. 먼저 자화상 그림들 또는 문학 작품을 토대로 글쓰기 주체는 주체의 내면을 찾기 위한 탐색을 시도한다. 자아 정체성에 대한 고민을 함께 나눈 다음 담화 파트너와 동일한 주제로 일기 쓰기를 하는데, 이는 자신만의 관점이나 자신의 가치관 내지 세계관을 점검하는 과정이다. 다음으로 자기 자신에 대한 거리두기 내지 자신의 객관화, 타인과의 동일시를 목표로 하는 3인칭 일기 쓰기를 실시한다. 마지막 단계에서는 문학 작품을 읽고 자아 분열이나 주체 형성의 과정에 대해 토론한 뒤, 문학작품 또는 대중매체에서 자아 이상이라고 할 수 있는 캐릭터와 그와 상반되는 매력을 지닌 캐릭터를 골라 '캐릭터 일기 쓰기'를 진행한다. 대조적인 두 캐릭터는 글쓰기 주체가 담화 공동체와의 협조 과정을 거치며 '나는 누구인가?', '대

---

16 학기 초반에 진행하는 것이 바람직한 '자아 발견을 위한 글쓰기' 모델은 한 학기 동안의 글쓰기 수업이 끝날 즈음에 통글 형식으로 심화시켜보는 것도 좋을 것이다.

학인으로서 나는 어떤 삶을 살고 있는가?'에 대한 답을 찾아가는 과정에서 중요한 실마리가 된다. 캐릭터 일기를 쓰고 구성원들과 공유하는 단계를 거치는 동안 글쓰기 주체들은 자신의 삶을 반추하면서 자기 안에 존재하는 여러 가지 모습의 자아를 발견할 수 있었다. 그 결과 이상적인 자아상이라고 할 수 있는 캐릭터에서보다 오히려 부정적이라고 할 수 있는 캐릭터에서 자신의 내면과 닮은 면모를 확인하는 경우가 많았다.

　본고에서 제시한 글쓰기 모델에서 일기 쓰기는 가장 핵심적인 모티프라고 할 수 있다. 단계별 절차에 따라 상이하게 반복되는 일기 쓰기는 글쓰기 주체가 자신의 내면을 폭로하면서 자신과 조우하는 중요한 수단이 된다. 글쓰기 주체는 자신의 삶을 담론화하면서 자신에 대한 반성적 사유를 지속해나가는데 이러한 사유의 폭은 교수자가 제시하는 문학 작품을 정독하고 제시된 화두를 중심으로 담화 공동체 내 토론을 진행하면서 심화될 수 있다. 여기서 문학 작품은 글쓰기 주체의 비판적이고 논리적인 사고를 강화시켜주는 주요한 매체가 된다. 문학을 통해 글쓰기 주체는 타인과 만나고 자신이 경험하지 못한 세상과 만나며 소통을 시도한다. 본고가 시도한 문학 작품을 이용한 일기 쓰기의 실제는 문학교육의 한 측면, 나아가 문학창작의 한 기법으로도 활용할 수 있을 것이다.

『비평문학』 24호(2006. 12)에 수록

박 현 이

자아정체성 구성을 위한 자전적 글쓰기 교육의 실제

1. 머리말

한 개인은 그를 둘러싼 세계, 그에 속한 사물, 사람 등과 상호작용하는 존재다. 인간의 모든 활동은 진공상태에서 일어나는 것이 아니라, 물리적·사회적인 광범위한 환경 속에서 일어나며, 개인과 상황, 개인과 환경 사이에서 일어나는 상호 관계적 활동에 기초해 있다. 배움과 가르침의 교육 또한 마찬가지다. 이런 의미에서 대학인의 지적·인성적 성숙을 지향하는 교양교육 역시, 학습자와 그를 둘러싼 세계에 대한 인식에 기반한 인문학적 사유에 기초해 있어야 할 것이다. 그러나 현재의 대학 교양교육은 근본적으로 인문적 가치와 경제적 가치 사이를 방황하는 시대적 미아가 되어 있고, 이 시대적 딜레마에서 글쓰기 과목 역시 예외가 아니라는 한계가 엄연하다.[1]

---

1 정희모, 「'글쓰기' 과목의 목표 설정과 학습 방안」, 『현대문학연구』 제17권, 한국문학연구학회, 2001, 186면.

이에 본고는 글쓰기, 또는 글쓰기의 과정은 현대사회에서 익명화되어가고 있는 개인의 정체성을 보완해주며, 특히 경험에 근거한 자전적 글쓰기는 수많은 개인 속에서 온전한 '자기 자신'을 일관되게 입증할 수 있는, 즉 개인의 정체성을 구성해가는 중요한 매체로 작용할 수 있다는 문제의식에서 출발한다. 한 개인의 정체성은 일상적 언어 구성행위의 산물이며, 그 사람이 놓여 있는 환경과 그의 경험, 역사적이고 전기적인 삶에서 이야기된 다양한 것들을 통합한 결과물을 통해 이야기될 수 있다. 즉, 자기 이름으로 지칭된 행동의 주체를 출생에서 죽음에 이르기까지의 삶 전체에 걸쳐 동일한 사람이라고 간주할 수 있는 근거는 '삶의 스토리를 이야기하는 것', 즉 서술적 정체성에 의해서만이 가능한[2] 것이다.

대학에서의 글쓰기 교육 목표는 논리력과 창의력, 상상력을 길러 성숙된 사유를 지닌 지성인을 만들고자 하는 교양적 목표와 지식 행위의 기초가 되는 바른 글쓰기를 유도하고자 하는 도구적 목표가 균형 있게 추구되어야 한다고 본다.[3] 특히, 교육 현장에서 중요하게 다루어지고 있는 글쓰기 교육의 질과 내용들이 직접 글을 쓰는 필자의 경험 속에 녹아들어 학습자가 갖고 있던 기존의 지식과 사유체계에 어떠한 영향을 미치는지, 나아가 그들을 어떻게 변화시키는지에 대한 세심한 배려와 관심이 따라야 할 것이다.

이러한 기본적 입장을 토대로, 본고의 1장에서는 경험에 기반한 자전적 글쓰기와 교양교육의 상관성에 대해 재고해보고, 학습자들의 글쓰기 교육에 활용할 수 있는 효과적인 글쓰기 모델을 구안하고자 한다. 또한, 2장에

---

2 폴 리꾀르, 김한식 역, 『시간과 이야기 3: 이야기된 시간』, 문학과지성사, 2004, 471~472면 참조.

3 정희모, 앞의 논문, 191면.

서는 1장에서 구안한 글쓰기 모델을 바탕으로 1 · 2단계에 거쳐 진행된 학습자들의 글쓰기 사례를 중점적으로 분석해보고, 학습자들의 정체성 구성과 관련한 효과적인 글쓰기 방안을 모색해보도록 하겠다.

2. 교양교육과 자전적 글쓰기

2.1. 교양교육과 자전적 글쓰기의 상관성

교양이란 고전에 대한 겉핥기식의 지식을 말하는 것이 아니라, 더 깊은 뜻을 담고 있는 것으로 한마디로 '완성에 관한 공부'라고 규정할 수 있다. 교양의 기원은 우선 "사물을 그 자체를 위해서 또 있는 그대로 보는 즐거움을 위해서 보려는 욕망"에 있으며, 나아가 "세상을 지금보다 더 낫고 행복하게 하려는 숭고한 열망"에 있다. 그런 점에서 교양은 종교보다 더 우위의 목표가 있는 것이며, 인간성의 '내적이고 일반적이고 조화로운' 발전과 완성을 지향한다.[4] 이러한 맥락 하에서 대학의 교양교육은 대학인의 지적 능력과 인성적 능력 모두를 아우를 수 있어야 한다. 교양이란 전인적 자기완성과 자기를 극복해 다른 것을 수용할 수 있는 정신적 개방성 · 새로운 정체성의 형성에 초점을 두어야 할 것이다. 즉, 지성과 인성의 균형 있는 조화를 통해 온전한 자아를 구성해가는 것에 역점을 두어야 한다.

대학교육의 목표와 관련해 교양교육은 순수한 지식을 향한 과학적 정열로만, 또는 주로 그런 정열로만 움직이는 것이 아니라, 선을 행하려는 도덕적 · 사회적 정열의 힘[5]으로 행해져야 할 것이다. 따라서 학습자들 스스

---

4 매슈 아놀드, 윤지관 역, 『교양과 무질서』, 한길사, 2006, 21면 참조.
5 위의 책, 55면.

로가 자신의 삶과 자신의 놓여 있는 세계를 돌아보고, 인식할 수 있는 계기를 마련하는 것은 교양교육에 있어 중요한 부분이다. 교양교육은 지적·인성적으로 미성숙[6]한 대학인에 대해 그들 스스로가 끊임없이 자기반성과 메타평가를 통해 성숙한 자아로 거듭날 수 있도록 행해져야 한다. 한 개인의 정체성이 새로운 국면을 맞이하고, 그것을 계기로 성숙한 자아로 변화될 수 있는 동인은 직접적으로는 우리가 삶에서 경험하는 다양한 사건들을 통해 가능할 것이다. 교육은 학습자들에게 적합한 교수법이나 구체적 프로그램들을 통해 이러한 계기를 간접적으로 마련해줄 수 있으며, 이러한 간접경험은 단계적이고 지속적으로 학습자의 수준에 맞게 적용·조율할 수 있다는 점에서 보다 효과적이다.

앞서 밝힌 교양교육의 취지와 이의 실질적 적용을 위해 본고에서 제안하는 교육방법 및 프로그램에 해당하는 자전적 글쓰기는 모두 그 중심에 학습자의 '경험'이 놓여있다는 점에서 공통적이다. 인간은 경험을 통해 외부세계와 소통하며, 이는 사물과 사람, 세계에 대하여 느낀 특성을 나타내며, 그것은 자아가 어떤 방식으로 내부에 영향받는지를 정확하게 보여주는 것[7]이므로 중요하다. 미성숙한 자아는 쉽게 간과하거나 평소 인식하지 못했던 부분들을 글쓰기의 간접경험을 통해 재인식할 수 있으며, 글을 써

6　여기에서 '미성숙'의 의미는 듀이의 교육론에 의거해, 단순히 '모자라는 것'이나 '결핍'이라는 통념과 다르게 그것을 적극적인 능력으로 파악하여 '성장하는 힘'으로 파악하고자 한다. 적극적 의미에서의 미성숙을 성장의 가능성으로 파악할 때, 이는 나중에 나타날 힘이 현재 없다는 것을 가리키는 것이 아니라, 적극적으로 현재 어떤 힘이 있다는 것—즉, '발달할 능력'이 있다는 것을 가리킨다(Dewey, J., *Democracy and Education*, in J.A, Boydston(ed), Carbondale and Edwardsville: Southern Illinois University Press 1980, p. 47. 김무길, 『존 듀이의 교호작용과 교육론』, 원미사, 2005, 157면 참조 재인용).

7　Paul Ricoeur, *Fallible Man: Philosophy of the Will*(Chicago: Henry Regnery Co. 1967), p. 127. 이푸-투안, 구동회·심승희 역, 『공간과 장소』, 대윤, 1995, 24면 재인용.

나가는 과정 중에 수반되는 '반성'과 '평가' 행위를 통해 성숙한 교양인이 될 수 있다.

　다음으로 교양교육과 자전적 글쓰기 모두 '소통'을 중시한다는 점에 주목해볼 수 있다. 교양의 습득과 축적은 개인과 외부세계와의 상호작용을 통해 가능하며, 자전적 글쓰기를 포함한 글쓰기 또한 상호작용을 통해 수행된다. 교수자는 이러한 상호소통의 측면을 염두에 두어, 언제나 학습자가 이미 습득한 경험을 고정된 소유물로서가 아니라, 현재 가지고 있는 관찰력과 기억을 현명하게 사용하는 능력에 새로운 요구를 청하는, 새로운 영역을 열어주는 요인과 수단으로 생각해야 한다. 덧붙여, 교육에 있어 학습자 경험의 중요성은 지식을 오직 교과과정과 강의실 내에서만의 교수학습 상황을 통해서만 습득된 학습결과로만 볼 것이 아니라, 그 상황 이전에 그 학습자가 획득한 이전의 경험, 이전의 지식, 이전의 의미 체계와 맥락과 관련하여 바라볼 수 있어야 할[8] 것이다. 교수자의 관점은 지식 획득의 사태에는 학습 당사자의 경험과 정보, 지식, 관념 등 이전의 상호작용에서 얻은 것들이 상호 맞물려 있다고 보는 방향으로 늘 열려있어야 한다. 이처럼 학습자의 인식론적 층위에서의 경험 뿐 아니라, '상호 관계적 활동'으로서의 현재의 상호작용도 중요한데, 이는 교수자와 학습자간, 나아가 학습자와 학습자 간에 전개되는 상호작용의 다양하고 풍부한 과정적 양상에 주목해야 한다.

　"인간은 세계를 아는 만큼 자기 자신을 아는 것이며 세계는 오로지 자기 안에서 세계를 알고 세계 안에서 자기를 아는 것이"라고 자아와 세계의 상호작용을 강조한 괴테의 말을 통해 볼 때, 자아정체성이란 자아와 세계와의 소통 및 상호작용을 통해 구성되는 것이다. 따라서 특히, 자신의 경험

8　김무길, 앞의 책, 146면 참조.

을 고백하는 글쓰기인 자서전과 자아정체성은 매우 밀접한 관계에 놓여 있다[9]고 볼 수 있다. 본 절에서 밝힌, 교양교육의 취지 및 경험에 기반한 교육, 나아가 자아정체성 구성으로서의 글쓰기 교육과 관련해 다음 절에서는 구체적인 자전적 글쓰기 모델을 구안해 보도록 하겠다.

2.2. 「빛의 걸음걸이」를 모방한 자전적 글쓰기 모델 구안

한 개인은 사회, 문화, 역사적 맥락 속에 존재하는 동시에 그 속에서 나름대로의 경험적 의미 체계를 지니게 된다. 인식주체인 학습자의 지식획득 과정에 있어 요구되는 인식의 사태도 고립적이고 제한된 인식이 아니라, 확대된 시공간의 맥락 위에서 이루어진다. 따라서 경험을 토대로 한 글쓰기는 현재의 자아 뿐 아니라, 잊고 있던 과거의 자아를 돌아볼 수 있는 계기를 제공한다. 학습주체는 글쓰기 과정에 자연스럽게 수반되는 과거 기억에 대한 환기와 되돌아봄을 통해 제한된 인식 범주에서 벗어나 확장된 인식과 활성적 사고를 함양할 수 있다.

이처럼 외부로부터 학습자에게 주어지는 적절한 자극으로서의 프로그램 구안은 학습자의 자아의 활성화를 통한 새로운 정체성 구성에 긍정적 영향을 줄 수 있다. 듀이의 견해에 따르면, 교육 방법론의 원리로 '흥미'와 '반성적 사고'를 중시할 수 있는데, 그는 교육자료 및 프로그램에 있어 흥미의 요소를 강조했다. 여기에서 흥미란 학습자의 무조건적 충족이나 즉시적 쾌락, 또 학습프로그램이 학습프로그램과 별개로 어떤 보상이나 자극을 제공해야 한다는 것을 의미하는 것이 아니라, 그 프로그램 자체와 학생 간에 긴밀한 상호관계성이 형성되어야 한다는 것을 의미한다. 환언하

---

9 리하르트 반 뒬멘, 최윤영 역, 『개인의 발견』, 현실문화연구, 2005, 167~189면 참조.

면, 흥미는 자료의 외부에 있는 것이 아니라 자료 그 자체 속에 내재해 있어야 하는 것이다.[10] 본 절에서 제안하는 윤대녕의 단편소설 「빛의 걸음걸이」[11]를 중심으로 한 자전적 글쓰기 모델은 학습자 누구나가 속해 있는 필수 공간으로서의 '집', 나아가 그 공간에 거주하고 생활하는 구성원으로서의 '가족', 그에 얽힌 지극히 사적이고 비밀스러운 '이야기'라는 점에 있어 자료 자체에 흥미와 공감의 요소가 충분히 내재해 있다고 본다. 학습주체는 제시된 글쓰기 모델에 대한 독해과정을 통해 자신의 집과 가족, 삶을 대입해보거나 반추하면서 프로그램과 적극적으로 상호작용할 수 있으며, 스스로의 삶을 돌아보는 반성적 사고 또한 할 수 있다.

「빛의 걸음걸이」는 소설이란 점에서 본질적으로 픽션이지만, 자전적·에세이적 요소가 강한 소설이다. 소설 속 주인공이자 1인칭 서술화자인 '나'는 자신의 집과 가족에 대한 이야기를 전개도를 그려가면서 상세하게 풀어 이야기하고 있다. 지극히 신변잡기적인 유년에 대한 기억과 고백들은 에세이적이다. 보통 '자기 이야기, 자기 서사'라 불리며 인생 전반에 걸쳐서 지속적인 의미를 가지고 있는 자전적 이야기는 주관적인 경험과 세계, 그리고 인생 이야기에 접근할 수 있는 핵심적 통로의 역할을 한다는 점[12]에서 중요하다. 다음은 교수자가 학습자들에게 제시한 자료글의 일부이다.

---

10 김무길, 앞의 책, 169면.

11 윤대녕, 「빛의 걸음걸이」, 『많은 별들이 한곳으로 흘러갔다』, 생각의 나무, 1999, 104~133면.

12 가브리엘레 루치우스-회네·아르눌프 데퍼만, 박용익 역, 『이야기분석』, 역락, 2006, 30면 참조.

내가 열한 살 때니까 1972년에 지어진 집이다. 집의 나이도 그새 만 스물다섯 살이 된 셈이다. 대지 50평에 건평이 30평인 작은 슬레이트집. 평면도를 그려 보면 다음과 같다. (…)

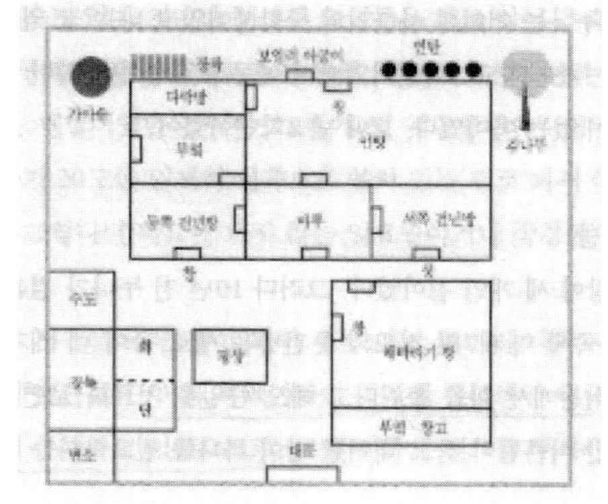

오염된 지구도 먼 하늘에서 내려다보면 색색깔로 아직 아름답듯이 오래된 집도 경비행기나 기구(氣球)를 타고 보면 그렇듯 잘 차려놓은 밥상처럼 보일까? 혹시라도 그래 보이면 좋을 텐데. 거기엔 25년 간 내 일가족의 과거와 현재가 고스란히 공존하고 있다. 가족이란 것도 하나의 소우주이며 외로운 행성에 속한다는 걸 이즘 와서 깨달았다. (…)

해바라기방

처음엔 방이 세 개인 집이었다. 그러다 10년 전 누나가 결혼을 할 당시 마당 한쪽에 약 6, 7평 정도의 문간방을 새로 들여 네 개가 되었다. 아무리 예식장에서 식을 올린다고 해도 큰일을 치르다 보면 시골에서 올라온 집안 어른들이 묶고 내려갈 방이 하나쯤 필요하다는 게 아버지의 오랜 생각이었던 것이다. 물론 큰일은 앞으로도 계속해서 닥칠 터이었다. 세월이 갈수록 집안 대소사는 잦아지게 마련이니까. 그 막사 같은 큰방이 지어짐으로 해서 우리 가족은 아쉽게도 하나 잃어버린 게 있었다. 그 자리에 우리는 해마다 해바라기를 심었던 것이다. 그곳은 또한 철조망 없는 닭장이기도 했다. 봄에 해바라기 밭에다 병아리들을 풀어놓으면 가을에 저마다 장닭이 되어 굵은 대궁들 사이를 비집고 나오는 것이었다. 그 후 집안에 큰일이 생길 때면 어김없이 시골에서 올라온 수염 흰 사람들이 거기서 해바라기를 깔고 앉아 술을 마시거나 화투를 치다 누워서 잠을 자고 갔다. (…)

집도 별 수 없이 나이를 먹는지 불록에다 슬레이트를 얹어 놓은 허술한

건물은 세월이 갈수록 눈에 띄게 허물어져 갔다. 무엇이든 고장 나거나 부서진 것은 못 봐 넘기는 성격의 아버지는 일요일만 되면 집수리를 하는 데 모든 시간을 바쳤다. 그리고 그 동안 아마 다섯 번쯤? 페인트 통을 들고 올라가 지붕의 색을 바꿔 칠했다. 하늘색, 감색, 노란색, 주황색, 엷은 쑥색의 차례로. 하지만 대문만큼은 줄곧 탁한 빨강이었다. 그래서 우리 집을 빨간 대문 집으로 부르는 사람들이 있었다.

빨간 대문 집의 해바라기 방.

스물여섯 살 이후 그곳이 내게는 1년에 그저 서너 번쯤 내려와 묵고 가는 허름한 호텔방이었다. 나는 부모형제와도 어쩔 수 없이 반쯤은 타인인 나이가 돼버려 안방은 물론이고 동쪽 건넌방이거나 서쪽 건넌방에 있으면 몹시도 부자연스럽고 불편하기만 했다. 이제는 그들에게 털어놓을 수 없는 비밀들이 터무니없이 잔뜩 생겨 있었던 것이다.

— 윤대녕, 「빛의 걸음걸이」, 105~109면 부분 발췌

「빛의 걸음걸이」는 '나'의 고향집 구조에 대한 소개로부터 시작된다. 주인공이 그려 넣은 평면도에는 '방, 문, 창'이라는 건물의 기본 구성요소 외에도 '감나무, 연탄, 장작, 가마솥'이라는 특별한 장소 명칭이 첨가되어 있다. 누구나 흔히 볼 수 있는 시골집 설계도지만, '나'에게 있어 이 집은 주거 공간(space) 이상의 의미를 지니고 있다. 어머니가 외조모 환갑 때 외가에서 캐 와서 심은 감나무는 형제들과 감을 따던 추억의 장소(place)이기도 하지만, 처음 수음을 하고 담배를 피운 성장통을 경험한 장소(place)[13]이

---

13 인문지리학자 이-푸 투안은 공간(space)과 장소(place)를 구분한 바 있다. 공간은 움직임·개방·자유와 위협의 특성을 지니고 있다고 보며, 장소는 정지의 특성 및 개인들이 부여하는 가치들의 안식처이며, 안전과 애정을 느낄 수 있는 고요한 중심으로 본다. 인간은 직·간접적으로 다양한 경험을 하며, 이러한 경험을 통하여 미지의 공간(space)은 친밀한 장소(place)로 바뀐다. 낯선 추상적 공간(abstract space)은 의미로 가득 찬 구체적 장소(concrete place)로 전이되는 것이다(이푸-투안, 앞의 책 참고). 경험에 기반한 자전적 글쓰기는 토포필리아(topophilia)를 통해 자아를 탐색하고 재발견하여 정체성을 새롭게 구성할 수 있다는 점에서 고무적이다.

기도 하다. 장독대 역시, 새벽마다 북어와 떡시루를 올리고 가족의 안위와 행복을 정성스레 빌던 어머니의 희생과 사랑이 배어 있는 장소다. 해바라기밭을 없애고 그 위에 지은 손님용 큰방은 해바라기와 장닭, 그리고 흑백 가족사진의 추억이 서려 있는 특별한 장소다.[14]

교수자는 학습자들로 하여금 「빛의 걸음걸이」에 대한 꼼꼼하고 적극적인 읽기를 강조했으며, 특히, 위의 인용 부분을 토대로 글의 소재나 형식을 차용한 모방적 글쓰기를 시도해 보았다. 「빛의 걸음걸이」를 모방한 자전적 글쓰기 방법은 단순히 이야기하는 상황을 넘어서 인생 전반에 걸친 의미를 가지고 있고, 화자가 자기 자신과 관련하여 중요하게 여기는 것과 경험, 그리고 자신의 세계관을 표현하는 직접 체험한 것에 관한 이야기[15]를 쓸 수 있다는 점에서 학습자들의 자아성찰과 정체성 형성에 효과적이라고 보았기 때문이다. 개인이 자신을 발견하고 찾아가는 역사적 과정과 관련해 자서전에 주목한 리하르트 반 뒐멘도 자기를 성찰한 정도는 상이했지만 자서전을 쓴 작가들은 자신이 둘도 없는 유일한 존재이며, 자신의 삶은 오로지 사회문화적 맥락 안에서만 설명해낼 수 있음을 잘 알고 있었음에 주목한다. 그는 자서전을 통해 자기 자신, 부모, 유년 시절, 학교, 그리고 각각에 해당하는 감정과 느낌들을 다루어본 작가들은 자신에 대한 믿음과 자의식을 얻을 수 있었[16]다고 설명한다.

글쓰기 모델 구안과 관련해 교수자가 목표한 바는 크게 두 층위에서 집약해 볼 수 있다. 하나는 글쓰기 방식에 있어, 모티프를 차용한 모방적 글쓰기 과정을 통해 학습자 스스로가 적극적으로 읽기능력과 쓰기능력을 균

---

14 졸고, 「'공간'의 재발견을 통한 교양교육으로서의 글쓰기 사례 연구」, 『한국문학이론과 비평』 제37집, 한국문학이론과 비평학회, 2007. 12, 477면.

15 가브리엘레 루치우스-회네·아르눌프 데퍼만, 앞의 책, 30면.

16 리하르트 반 뒐멘, 앞의 책, 167~189면 참조.

형 있게 조율할 수 있을 것으로 본다. 아울러, 자전적 글쓰기 과정을 통해서는 자신의 삶의 궤적과 그를 둘러싼 주변세계와 인물에 대한 심도 있는 이해와 탐색이 이루어질 수 있을 것으로 본다. 다른 하나는 인식작용 면과 관련한 것으로, 학습자들은 글쓰기 과정 전반에 걸친 자의식 작용을 통해 스스로에 대한 믿음과 자존감을 회복하고, '나' 자체에 대한 메타비평행위를 통해 정체성을 모색하고 재구성할 수 있을 것으로 본다.

3. '집'을 모티프로 한 자전적 글쓰기의 실제

글쓰기는 현재의 삶의 이면을 들여다보고 현재적 삶의 또 다른 의미를 구성해 내는 것과 동일한 사유 활동이며, 이는 학습자 스스로의 삶과 경험에 기반 한 자전적 글쓰기를 통해 극대화될 수 있을 것이다. 본 장에서는 '집'을 주요 모티프로 한 서사인 윤대녕의 「빛의 걸음걸이」를 글쓰기 모델로 하여 행해진, 학습주체의 자전적 글쓰기 과정 및 사례를 제시해보고자 한다. '집'에 대한 서술과정을 통해 드러나는 글쓰기 주체의 장소애(topophilia)와 '경험'에 기반 한 자전적 글쓰기가 학습주체의 정체성에 미치는 영향 및 효과를 중심으로 살펴보도록 하겠다. 교수자는 '개인의 역사로서의 집'이라는 화두로 자전적 글쓰기를 진행하였는데, 여기에서는 자전적 글쓰기 전단계에 해당하는 토막글 형식의 메모와 차후에 이루어진 통글 형식의 자전적 글쓰기의 두 단계로 나누어 살펴보고자 한다.[17]

---

[17] 교양 형성 및 정체성 구성을 위한 글쓰기 교육의 시너지 효과는 동일한 화두에 대한 관심과 고민을 동시에 안고 있는 학습자들로 구성된 담화공동체 내에서의 토론과 실습을 충분히 거친 후, 그와 연계된 맥락에서 개별 글쓰기가 진행될 때 극대화될 수 있다고 본다. 본장에서 다루고 있는 핵심 화두인 '집'과 관련해서도 '공간'이라는 큰 범주 안에서 구체적인 학습 프로그램 구안과 담화공동체 내에서의 충분한 소통과 협조적 글쓰기를 통한 선행 교육이 이루어진 바 있다. 이에 대해서는 각주

3.1. '집에 관한 단상', 소견문의 실제[18]

"이야기는 단순히 인지적 구성물이나 의사소통 전략이 아니라, 과거로
의 침전행위이고 재활성화 행위이며, 기억과 특히 감정 형성의 행위이기
도 하다."[19]는 관점에서 볼 때, 학습자들이 쓴 짤막한 토막글 형식의 소견
문은 이러한 이야기의 속성을 잘 보여주고 있다. 제시한 자료글에 대한 학
습자들의 반응과 독해의 층위는 다양하게 드러났는데, 크게 세 가지 유형
으로 분류해볼 수 있다. 이는 제시한 자료글 자체에 대한 해석에 집중하여
이야기한 유형, 자료글의 내용과 다른 글을 연관시켜 이야기한 유형, 자료
글에서 인지하고 깨달은 의미를 본인의 경험이나 삶으로 확장시켜 이야기
한 유형에 해당한다.

> ① 이 글은 해바라기방과 흑백사진이 없어지면서 자신의 추억과 더불어
> 가족과의 연결고리도 사라졌음을 말하고 있는 것 같아요. 집은 그 안에
> 사는 구성원들을 긴밀하게 연결시켜주는 공간임에 저 역시 공감합니다.
> — 자연과학부 1학년 여학생

> ② 이 소설은 「빛의 걸음걸이」라는 제목처럼 빛과 어둠의 대비를 주제로

14번의 논문을 참고해 볼 수 있다.

18 본 절에서 인용하는 학습주체의 글들은 온라인상에 개설된 사이버캠퍼스 자료실
의 메모장에 올린 글들에 해당한다. 교수자는 윤대녕의 「빛의 걸음걸이」를 중심으
로 한 '공간'에 관한 자료글을 올린 후, 학습자들이 개별적으로 충분히 정독한 후,
그에 대한 소견이나 소감을 한 단락 분량의 토막글 형식으로 남기도록 했다. 이러
한 방법은 교수자의 입장에서는 학습자들의 사고의 수준을 가늠하고, '공간'에 관
한 사전지식이나 정보, 인식의 흐름을 파악하는데 용이하며, 앞으로의 교육방향을
수정하거나 재정비하는데 용이하다. 또한, 학습자의 입장에서는 통글쓰기를 진행
하기에 앞서, 본인 스스로의 생각을 정돈하여 소재를 모색하고, 글을 체계적으로
써나가는데 유효하다.

19 가브리엘레 루치우스-회네 · 아르눌프 데퍼만, 앞의 책, 56면.

하고 있다. '삶과 죽음'은 '빛과 어둠'의 관계와 같다. 가족 구성원은 각기 다른 방에서 기거하며 하나씩의 이야기를 지니고 있다. 이사를 하거나 새로운 방을 가질 때마다 하나씩의 이야기가 새롭게 생겨났음을 알 수 있다.

— 약학부 1학년 남학생

①과 ②의 학습주체는 「빛의 걸음걸이」의 내용에 대한 주관적 해석과 그에 대한 논평을 덧붙이고 있다. "집은 가족 구성원들을 연결해주는 연결고리 역할"을 한다는 해석과 "빛과 어둠의 대비를 통해 삶과 죽음에 대한 이야기"를 하고 있다는 해석을 통해 볼 때, 학습자 스스로의 충실한 읽기와 꼼꼼한 독해가 이루어졌음을 가늠해볼 수 있다. 이러한 유형은 차후에 진행될 통글쓰기의 주요 화두인 '집'의 상징적 의미에 대해 사전에 파악해봄으로써 효과적이다. 한편, 제시된 자료글의 해석에 본인이 읽었던 다른 글을 연관시켜 독해한 ③과 같은 유형은 보다 진지하고 폭넓은 사고를 유도할 수 있다.

③ 김춘수의 「꽃」이란 시에 보면 "내가 그의 이름을 불러주기 전에는 그는 다만 하나의 몸짓에 지나지 않았다. 내가 그의 이름을 불러주었을 때 그는 나에게로 와서 꽃이 되었다."라는 구절이 있습니다. 어떠한 공간에 물리적 속성과 다른 나만의 주관적인 감정을 이입한다는 점에서 그 공간은 다른 곳과 차별화되는 것이 아닐까요? 적어도 나에게 있어서는.

— 사회학과 3학년 남학생

③의 학습주체는 「빛의 걸음걸이」에 대한 소감을 본인이 기존에 읽었던 「꽃」의 내용과 연관지어 해석함으로써 '공간'이 내포하고 있는 이데올로기적 의미까지도 유추해내고 있다. 즉, 한 공간에서 살아가는 개인의 주관적 감정이입의 과정을 통한 '공간'의 '장소'로의 전이과정을 "다른 곳과의 차별화"로 새롭게 인식한 학습주체는, 이를 「꽃」에서의 '호명'을 통한 '몸짓'

에서 '꽃'으로의 전이과정으로 빗대어 해석하고 있다. 하나의 텍스트의 의미를 다른 텍스트의 의미와 연결 짓는 이러한 상호텍스트성(intertextuality)을 활용한 학습행위는 고차원적인 사고능력을 향상시키며, 폭넓은 독서효과를 선취해내 응용력과 비평능력을 함양할 수 있다.

　　마지막으로 자료글을 통해 독해한 의미를 보다 심화·확장시켜 본인의 일상이나 경험, 삶의 의미를 모색하거나 이를 통해, 학습주체 스스로의 삶에 대한 깨달음으로까지 이어지는 사례 유형을 볼 수 있다.

　　④ 이 글에서 주인공은 과거에 자기가 살았던 집을 보면서 자신의 유년을 떠올리고 있다. 나도 지금 타지에서 혼자 자취를 하기 때문에 주인공처럼 고향집은 단지 잠만 자는 곳이지만, 그 곳에 가면 어렸을 때 동생과 키재기를 한 표시도 있고, 장판을 가위로 찔러서 군데군데 구멍 난 흔적도 있고, 벽에 한 낙서도 그대로 있다. 이런 자취를 보면서 나 역시 옛 추억을 떠올린다. 집은 우리 가족의 추억이 담겨 있는 곳이다.

— 공업교육학부 1학년 남학생

　　⑤ 이 글을 읽으면서 저희 언니가 떠올랐습니다. 이젠 취직도 하고, 곧 결혼도 하는 터라 집에 와도 집 같지 않고 예전처럼 편하지 않다는 언니의 말이 떠올랐습니다. 또 예전 저희 가족의 모습이 모두 생각났습니다. '집'이란 곳이 '사람의 기억과 추억을 담고 있는 소중한 상자' 같다는 생각이 들었습니다.

— 인문학부 1학년 여학생

　　⑥ 한 공간이란 물리적인 영역이 아닌 아름다운 추억과 기억들로 만들어진 새로운 의미로서 내게 다가와 뭔지 모를 찡함을 느끼게 해주었다. 내가 살아온 지난 23년 동안 지나쳐 온 수많은 공간을 떠올려 보았다. 기쁨과 슬픔, 때론 분노의 순간마다 내가 있었던 그 곳은 지금 나에게 어떠한 의미인가에 대해서 다시 한 번 생각하는 시간이 되었다.

— 불어불문학과 3학년 여학생

④의 학습주체는 「빛의 걸음걸이」에 등장하는 집의 의미를 해석해나가면서 그것이 하나의 촉매제가 되어 고향집의 의미와 과거의 유년의 기억을 떠올리고 있다. 키재기를 한 낙서, 장판에 난 구멍, 벽에 그린 흔적들을 상기하면서 가족과의 옛 추억이 담겨있는 집에 얽힌 경험들을 진솔하게 고백하고 있다. 이처럼 '나(자기)'를 드러내는 글쓰기는 자아를 표출함으로써 자존감을 확보하는 데 기여할 수 있다. 즉, '나의 드러냄'이란 '너와 나, 즉 우리 안에서의 나의 드러냄'인데, 그것은 곧 나의 시각에서 우리의 삶을 주저 없이 재구성하는 것이라고 할 수 있다. 따라서 '솔직하게 쓰기'는 내가 주체가 되어 우리의 삶에 관하여 문제를 제기하고 또 그 문제를 해결하는 글쓰기를 활성화시킨다.[20] ⑤의 학습주체 역시, 글에 대한 해석을 매우 사적인 영역의 자기경험과 연관짓고 있다. 소설 내 주인공의 이야기와 자신의 언니 이야기에서 유사점을 발견해 진솔하게 고백하면서, '집'이란 "사람의 기억과 추억을 담고 있는 소중한 상자"로 그 의미를 심화·분석하고 있다.

보통 "이야기하는 주체는 이야기 속에 정서적 경험과 감정적 평가를 동시에 기입한다"[21]는 회네의 말에 근거해볼 때, ⑥의 학습주체가 경험하고 있는 "찡함"은 기쁨과 슬픔, 분노의 감정을 이입함으로써 빚어진 결과이다. 학습자는 집을 비롯한 다양한 공간을 떠올리며, 그곳이 '희노애락'이라는 감정과 유대하는 특별한 장소임을 깨닫고 있다.

학습자들이 작성한 「빛의 걸음걸이」에 대한 소견문은 대부분 짤막한 이야기의 형태로, 진술한 고백의 서술방식을 띠고 있다. 한·두 단락에 해당하는 토막글의 형식이기는하지만, 이처럼 개인적인 경험의 이야기는 언

---

20 이지호, 『글쓰기와 글쓰기교육』, 서울대 출판부, 2002, 206면.
21 가브리엘레 루치우스－회네·아르눌프 데퍼만, 앞의 책, 34면.

제나 이야기의 묘사를 넘어서 평가적인 요소, 또는 감정이나 욕구, 그리고 동기 등을 전달하는 다중 가치를 갖는다.[22] 아울러 차후에 쓰게 될 통글의 주안점이 될 주재료에 대한 모색과 주어진 화두에 대한 폭넓은 사고의 확장과 탐색이 이루어지고 있다는 점에서 유의미하다.

3.2. '개인의 역사로서의 집', 자전적 글쓰기의 실제

자신이 겪고 참여한 삶에 관한 전기적 이야기는 자기표현의 수단으로 간주된다. 중요한 것은 이러한 전기적 자기표현이 바로 지금 이 순간에서 이루어지는 정체성의 창조와, 자기를 재확인하는 기능, 그리고 자기 자신에 대한 가치 보존과 체험한 것을 극복하는 기능을 한다.[23] 본 절에서 살펴보고자 하는 자전적 글쓰기의 효과는 학습자들의 정체성과 관련해, 숨겨진 자기를 표출하고 개인의 영역을 드러내는 자기표현의 글쓰기로서 주목해 볼 수 있다. 이는 학습자들의 자기 확인, 자아 탐색, 정체성의 창조 및 재구성에 기여할 수 있다는 점에서 중요하다.

리꾀르는 자기 이름으로 지칭된 행동의 주체를, 출생에서 죽음에 이르기까지 삶 전제에 걸쳐 동일한 사람이라고 간주할 수 있는 근거는 삶의 스토리를 이야기하는 것에 의해 가능하다고 보았다. 이야기된 스토리가 행위의 주체를 입증해주며, 한 개인의 정체성은 따라서 서술적 정체성임을 강조하였다.[24] 시간 구조에 토대를 둔, 자기성을 이루는 서술적 정체성은 변화와 변화 가능성을 삶의 일관성 속에 포함할 수 있다. 주체는 그때, 자기 자신의

---

22 가브리엘레 루치우스―회네 · 아르눌프 데퍼만, 앞의 책, 34~35면.

23 가브리엘레 루치우스―회네 · 아르눌프 데퍼만, 앞의 책, 17면.

24 폴 리꾀르, 앞의 책, 471면 참조.

삶의 독자인 동시에 필자로 구성되어 나타난다.[25] 자전적 글쓰기의 교육 효과로는 이처럼 학습자들이 과거의 삶을 회상하고 글로써 풀어내는 과정과 그것을 현재의 나와 연결짓는 과정을 통해 자연스럽게 확보할 수 있는 자기에 대한 일관성에 주목해 볼 수 있다. 또한, 글쓰기 과정 중에 필연적으로 수반되는 '되돌아봄'의 행위는 리꾀르의 말을 인용해 표현하자면, 정화되고 정제된 카타르시스적 삶의 효과를 동반한다. 자전적 글을 쓰는 과정에 있는 필자는 글을 써가는 과정 중에 수반되는 회상행위를 통해 과거의 삶을 반성적 독자로서 되짚어 읽게 되고, 다시금 글을 통해 현재적 삶과 연결 짓고 재구성할 수 있다. 다음은 학습자가 작문한 사례이다.

① 나에게 집이 가지는 의미는 과연 무엇일까? 나는 현재 경상북도 울진군 온정면 소태리에 위치한 근 20년을 산 집을 떠나 대전광역시 유성구 궁동에 위치한 원룸에서 혼자 자취하고 있다.

　아래의 전개도는 온정에 있는 내가 일곱 살 때부터 대학오기 전까지 살아온 집이다. 이 집은 건축업을 하셨던 아버지께서 직접 지으신 집이다. 처음 이 집으로 완전히 이사를 가기 전 가구만 넣어놨을 때 잠깐 구경 갔다가 그곳에서 잠든 적이 있다. 낮잠 잔 후, 눈을 떠 보니 엉뚱한 곳에 혼자 잠들어 있고 주변에 가족은 아무도 없었다. 원래의 집과는 겨우 5분밖에 걸리지 않는 곳이었는데도 어린 마음에 너무 무서워 울면서 원래의 집으로 찾아갔던 기억이 있다.

25　폴 리꾀르, 앞의 책, 472면.

　아래의 전개도는 내가 지금 현재 살고 있는 자취방이다. 온정집에서의 작은방1보다 조금 큰 크기의 현재 집은 나에게 많은 것을 느끼게 해준다. 나에게 언제나 우리집은 온정에 있는 그 집뿐일 거라 생각했다. 하지만 대학교를 다니면서 "수업 끝나고 이제 우리 집에 가야지." 할 때의 우리집은 자취방이었고, 금요일 수업이 다 끝난 후 친구들에게 "주말에 우리집에 내려가."라고 말할 때의 우리집은 온정에 있는 우리집이었다. 나에게 '우리집'은 두 개인 셈이다.

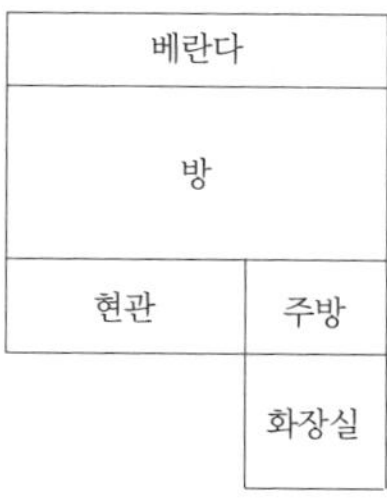

　집집마다 고유의 냄새가 있다. 처음에 지금 자취방에 들어섰을 때도 낯선 냄새가 느껴졌다. 지금 현재까지도 아직은 그 낯선 냄새가 느껴진다. 온정집에 대한 냄새의 기억은 최근에 생기게 되었다. 근 13년을 살아온 집이었기에 나는 우리 집의 냄새가 무엇인지 느끼지 못했다. 적응하고 익숙해져버려서 아무런 냄새가 느껴지지 않았다. 하지만 한 달 전, 거의 두 달 만에 내려간 온정집에서는 우리집만의 특유의 냄새가 느껴졌다. 큰 창문과 주변의 산으로 인해 우리 집에서는 바람 내음과 같은 상쾌한 향기가 났다. 우리집 냄새가 그렇게 좋을 줄은 생각도 못했었다. 너무 익숙해져버린 탓이었다. 하지만 난 그 익숙함이 좋다. 우리집이지만 우리집이라고 할 수도 있고 아닐 수도 있는 우리집에 익숙한 것이 난 좋다. 앞으로 이러한 마음은 계속 될 것 같다. 이제 성인이고 사회인으로서 나만의 집을 가지고 우리집을 떠나 살아야 하지만, 아직까지는 우리집에 익숙한 것이 좋다.

　　　— 인문계열 1학년 남학생, 「바람의 향기가 묻어나는 온정집」 부분

①의 글쓰기주체는 대학 입학과 동시에 고향집을 떠나 현재는 타지의 자취방에서 생활하고 있다. 그는 글을 써가면서 온정에 있는 고향집의 의미를 새롭게 주목하고, 되짚어보고 있다. 그에게 온정의 고향집은 아버지가 직접 설계하여 지은 유서 깊은 집인 동시에 유년의 기억이 배어있는 장소로 기능한다. 글쓰기주체의 회상 행위를 통해 구성되는 집에 대한 기억들은 온정에 있는 고향집과 현재 자취방을 비교함으로써 새롭게 자리매김한다. 즉, 유년의 추억이 새겨있는 온정집에서의 '과거의 나'와 성인이 된 지금, 유성 자취방에서의 '현재의 나'를 인식하고 '집', 세부적으로는 '방'이라는 장소를 통해 자기성의 일관됨을 인지한다. 이는 보통 친밀한 사물이나 사람을 중심으로 한 경험을 통해 드러나게 되는데, ①의 글쓰기주체의 경우, 후각에 의거한 특유의 냄새로 표현되고 있다. 그는 온정집에 배어있는 청신한 바람향기를 통해 유년의 기억을 되새기게 되는데, 이는 현재 거하고 있는 자취방에 배어있는 낯선 냄새와의 비교를 통해 그의 내부에서 더욱 전경화되고 있다. 때로 익숙한 장소는 개인에게 회복과 치유를 선사하기도 한다. 글쓰기주체는 온정집을 통해 '우리'집, 즉 '나(자기)'의 정체성을 확인하고 있으며, 익숙함을 통해 정서적 안정과 친밀함을 경험하고 있다.

위의 사례에서처럼, 기억을 토대로 진행되는 자전적 글쓰기의 효과는 기억들을 정리하고 재정돈함으로써 현재 자신의 삶의 관념에 대한 기억을 극복하고 그에 적응할 수 있게 된다. 이를 통해 긍정적인 정체성의 느낌을 가질 수 있게 되고, 결속성과 통합성을 유지할 수 있으며, 자신의 존재에 대한 의미를 확보할 수 있다.[26] 또한, 글쓰기 과정에 있어 수반되는 시간성의 상호작용에 주목해볼 수 있는데, 글쓰기주체는 글 안에서 서술된 시간

---

[26] 가브리엘레 루치우스—회네 · 아르눌프 데퍼만, 앞의 책, 44면.

을 통해 회상적이고 구성적으로 과거와의 만남을 가질 수 있다.[27] 다음의
사례를 참고해볼 수 있다.

② (…중략…) 고등학교를 졸업하고 대학교 1학년, 포항에서 버스로 3시간
거리나 되는 대전이란 낯선 땅에 와서 마냥 그립기만 했던 장소이다. 교
통비도 비싸고 버스 타느라 피곤하지만, 한 달에 1번씩은 꼭 가는 곳이
다. 계속 집에 있을 때는 알지 못했는데, 오랜만에 한 번씩 찾아가는 지
금, 예전부터 살아오면서 집안에 남긴 흔적들이 보인다. 그 영광의 상처
들을 볼 때마다 입가에 잔잔한 미소가 머금어지곤 한다.

창고 오른쪽에 보라색으로 표
시한 부분. 이곳은 우리 가족의
키 재는 곳이다. 아빠의 키와 엄
마의 키를 표준으로 그어놓고 나
와 내 동생이 10년 전부터 자라
온 키를 주욱주욱 그어 놓았다.
지금도 가면 꼭 서서 그어놓고
온다. 동생은 계속 크고 있는데
나는 멈춰있어서 큰일이다.

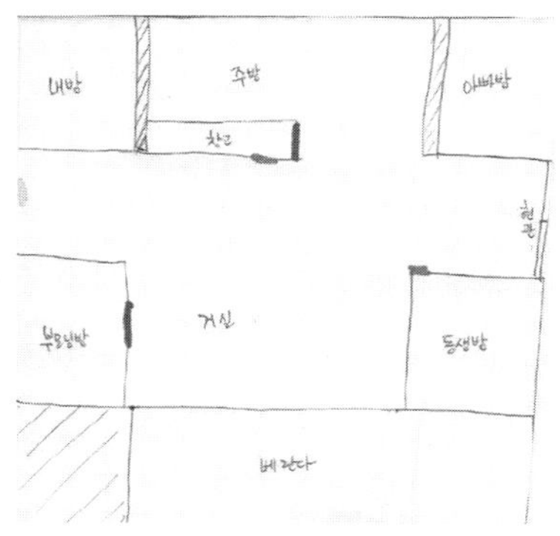

분홍색으로 표시된 부분은 벽
에 쥐가 튀어나올 것 같은 큰 구멍이 생긴 곳이다. 동생이 집에서 스케
이트보드를 타다가 벽에 부딪혀 뚫은 구멍 하나와 아빠가 골프 연습하
시다가 스윙에 너무 심취하셔서 뚫은 구멍 하나가 함박웃음을 짓고 있
다. 정말 크게 뚫렸는데 모두들 추억이라며 구멍을 막을 생각을 전혀 안
한다. 연두색 부분은 우리집 귀염둥이였던 '설이(강아지)'가 벽지를 멋
지게 찢어놓은 곳이다. 가족여행을 다녀온 사이에 외로웠는지 콘크리트
가 보일 정도로 제대로 찢고 뜯어놓았다. 흔적이 피카소 뺨칠 정도로 매
우 추상적이다. 갈색은 커다란 가족사진이 걸려있는 장소이다. 하하하

---

27 가브리엘레 루치우스-회네·아르눌프 데퍼만, 앞의 책, 28면.

하!!’ 하고 웃고 있는 TV화면을 음소거해 놓은 듯한 사진이다. 지금은 몸짱인 동생이지만, “볼살 터질 거 같다! 살 좀 빼고 찍을 걸⋯.”하는 예전의 귀여운 모습이 돋보이는 사진이다.

　집안 곳곳에 우리 가족의 웃음이 숨어있다. 주방에는 항상 맛있는 음식을 먹으며 행복해 하는 웃음이 둥둥 떠다니고, 거실에는 깊이 있는 대화를 나누며 기뻐하는 차분한 웃음이 가득 차있다. 베란다에는 누가 더 빨래를 세게 잘 터는지 내기하며 즐거워하는 힘센 웃음이 탁탁 퍼진다. 각자의 방에는 보람찬 하루를 보내고 달콤한 잠에 빠져들며 잔잔하게 웃는 흐뭇한 웃음이 머물러 있다.

　행복한 추억이 묻어있는 집. 또 추억이 계속 만들어지고 있는 집. 웃음이 부족할 때 가더라도 웃을 수밖에 없는 집. 우리집은 웃음충전소이다.
　　　　　　　　　— 자연과학계열 1학년 여학생, 「웃음충전소 우리집」 부분

　②의 글쓰기주체 역시 ‘집’이라는 화두를 통해 집의 곳곳에 있는 흔적들을 주목해보게 되고, 그에 얽힌 추억을 상기하고 있다. 그녀는 그 안에 존재하는 “아빠와 동생”을 비롯한 ‘가족’들과 “키재기의 흔적, 벽의 구멍, 강아지, 가족사진” 등과 같은 특별한 사물들과의 정서적인 결합을 통해 “웃음충전소”로서의 토포필리아(topophilia)를 경험하고 있다. 보통 친밀한 장소는 알기 어렵고 개인적이다. 그 장소들은 기억의 심연 속에 새겨져 있으며, 각각의 기억들이 떠오를 때마다 진한 만족감을 줄 것이다. 그러나 그 장소들은 가족 앨범의 스냅사진처럼 기록되어 있는 것이 아니기[28]때문에 글쓰기를 통한 지나간 사건의 회상은 글쓰기주체에게 편안함과 안정감, 가족과의 유대, 미소와 행복감의 만족감을 선사한다. 더불어 공간에 무의미하게 흩어져있던 평범한 사물들은 글쓰기주체들의 기억 속에서 특별한 의미를 부여받게 되며, 이를 통해 누구에게나 공적인 의미로 기능하던 공

28　이푸-투안, 앞의 책, 226면 참조.

간은 지극히 친밀한 사적인 의미의 특별한 장소로 전이된다.

③ 고향을 생각하면 가장 먼저 떠오르는 옛 집이 있다. 내가 태어났을 때부터 살았던 곳은 아니지만, 고향의 의미에 가장 부합하는 곳이지 않나 싶다. 추억과 그리움이 남아있는 공간. 그 집은 바로 그런 공간이었다.

(…중략…)

아파트라는 공간에 마당 같은 공간이 있는 것은 흔하지 않다. 그래서 나는 이 공간이 너무나 마음에 들었다. 나만의 공간이라는 느낌이 들어서였을까? 그곳에서 놀았던 어린 시절의 추억

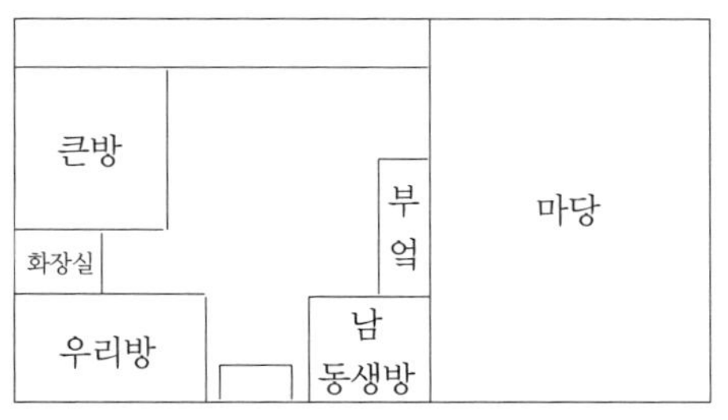

은 거의 기억하고 있을 만큼 재미있는 일들이 많았다. 여름이 되면 아버지께서 텐트를 쳐 주셔서 텐트 안에서 책을 보며 놀기도 하고 물놀이도 하고, 겨울이 되면 소복이 쌓인 눈으로 눈사람을 만들며 놀았다. 그리고 초등학교 3학년 때쯤 학교 앞에서 파는 병아리를 사와서 마당에서 키웠는데, 그런 병아리는 보통 약해서 잘 살지 못하고 곧잘 죽지만, 이 병아리는 너무나 건강하게 닭이 될 때까지 자랐다. 그래서 어린 마음에 신이 나 매일매일 닭이 되어가는 병아리를 볼 때마다 흐뭇해하곤 했다. 그런데 그 병아리가 몸집이 커지자 날갯짓을 하게 되었고, 거의 내 키만큼 뛰어오를 수 있게 되자 마당을 뛰어넘어 7층 높이에서 떨어지고 만 것이 아닌가. 난 그때 처음으로 그 공간에서 생명이 죽었다는 느낌, 슬픔을 느꼈다. 이 같이 기쁨과 슬픔, 즐거움의 다채로운 감정을 이 공간 속에서 생생하게 느끼며 자랐다.

집 내부에도 추억에 남는 장소가 너무나도 많다. 어렸을 적 동생과 함께 낙서하며 놀았던 방의 벽지, 누나와 싸우다 찌그러져버린 간이 서랍 모서리, 여름날 저녁 가족들이 함께 모여 고기를 구워 먹었던 마당 가운데 그을린 숯불 자국, 만화책을 사서 모으다 걸려서 엄마에게 압수당

한 만화책이 쌓여있던 마당 창고, 애써 키운 햄스터가 비를 맞아 죽어버
려 서럽게 울며 묻었던 화단 한 구석. 아직도 그 집의 이런 모든 공간들
이 나의 기억 속에 오롯이 살아 숨쉬고 있다. 그 집은 단순히 살기 위한
공간이 아닌, 내 인생의 소중한 추억의 한 부분으로 마음속에 이미 자리
잡아버린 공간이었던 것이다. (이하 생략)
　　　— 경상계열 1학년 남학생, 「마음 한 켠에 살아 숨쉬는 뜰」 부분

③의 글쓰기주체처럼 자전적 글쓰기는 서술하는 시점과 관련하여 현재
적 관점에서 과거에 경험한 것들을 서술하게 된다. 필자는 시간적 거리와
추가적인 경험을 바탕으로 사건과 이야기된 나, 즉 과거 당시의 상황에 처
한 나에 대해서 비판적, 성찰적, 해석적, 또는 해설적 거리를 갖게 된다.[29]
글쓰기주체가 현재적 관점에서 기술하고 있는 과거의 경험은 호기심과 흥
미로움, 기쁨과 슬픔, 즐거움 등의 다채로운 감정으로 되살아나고 있다.
아파트에서 찾기 드문 특별한 마당(뜰)은 정서적 결합을 통해 "기억 속에
오롯이 살아 숨쉬는" 장소로 전이된다. 또한, 현재 글을 써가고 있는 '서술
적 자아'는 시간적 거리와 회상 행위를 통해, 과거의 '경험적 자아'는 인식
하지 못했던 집과 뜰에 대한 새로운 해석인, "단순히 살기 위한 공간이 아
닌, 소중한 추억의 한 부분으로 자리잡아버린" 장소임을 깨닫고 있다. 다
음의 ④의 글쓰기주체 역시, 춘천 고향집에 대한 고백을 통해 유년시절과
그 당시 본인의 삶에 대한 비판적 거리를 확보하여 재해석하고 있다.

④ 요즘이야 살기 좋아져서 아파트나 주택에 살지만, 나는 강원도 춘천에
　서 학창시절을 보냈다. 거기에서 목욕탕 카운터에 딸려있는 다락방에
　서 살았다.[30] 초등학교 때는 아버지께서 목욕탕을 운영하셨다. 카운터에

29　가브리엘레 루치우스−회네 · 아르눌프 데퍼만, 앞의 책, 39면.
30　④번 글의 글쓰기 학습주체가 직접 그린 목욕탕집과 다락방의 전개도를 참고해

딸려있는 조그마한 다락방이 있었는데, 그 곳에서 우리가족 네 명이 오순도순 살았다. (…중략…) 목욕탕에서는 뜨거운 물을 많이 쓰기 때문에 보일러실은 항상 작동했고, 거기에서 나오는 열로 우리 가족은 겨울 내내 등이 뜨거워서 뒤척여야 했다. 강원도의 겨울은 정말 춥지만, 눈 내리는 겨울밤에도 집에서 잠을 자면 등이 뜨거워서 잠 못 이루는 때가 있을 정도로 따뜻하게 지냈다. (…중략…)

아무리 목욕탕에서 살았다지만 정작 나는 초등학교 때 목욕하기를 귀찮아했다. 그냥 씻으려 하면 고양이 세수가 전부였다. 잘 안 씻는 나를 보면서 "목욕탕에 사는 놈이 씻지도 않냐, 까마귀가 형이라고 하겠다." 하시면서 아버지께서 놀리던 기억이 난다. 그래도 아버지와 함께 목욕하는 것은 좋아했다. 고사리 같은 손으로 아버지의 등을 밀어드리고 뿌듯한 마음으로 목욕을 하던 기억이 아직도 눈에 아른거린다. 친구들과 함께 목욕탕에서 물장구치며 놀았고, 그 때 같이 물장구치던 친구들은 커서도 연락을 하며 자주 만나고 있다.

어린 시절을 카운터에 딸려있는 조그만 다락방에서 살았다는 것이 불운하다고 느낀 적은 없었다. 오히려 나에게 있어 다락방은 더할 나위 없이 아름다운 추억이었고, 최고의 공간이자 내 삶에 있어서의 가장 좋은 집이었다. 모든 게 최신식이고 세련된 집만이 좋은 공간이라고 할 수는 없는 것이다. 집이라는 공간 안에 내가 살아 숨쉬고 나중에 와서도 회상

볼 수 있음.

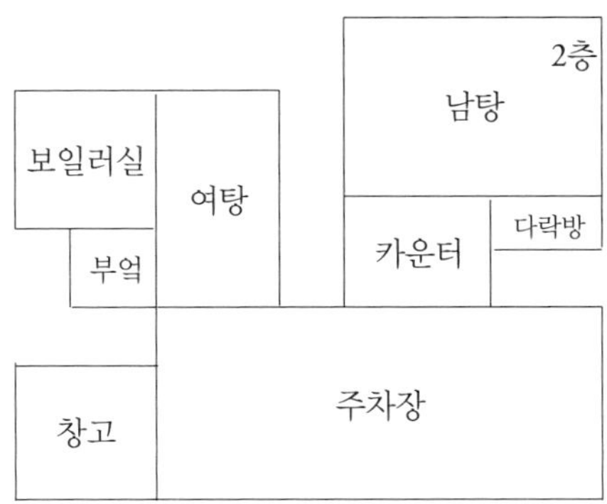

할 수 있는 소중한 추억을 담고 있는 공간이 가치 있는 공간이며 나만의
집인 것이다.
　재작년에 부모님께서 강원도 춘천에 일이 있으셔서 잠깐 우리가 살았
던 집을 보고 오셨다. 집 주변이 많이 개발되고 변해버려서 집을 찾는데
한참 헤매셨다고 하셨다. 나도 이번 방학 때 내가 살았던, 내가 숨쉬던
그리운 집을 다시금 찾고 싶다.
— 수의학과 1학년 남학생, 「세상에서 가장 넓은 다락방」 부분

글쓰기주체에게 있어, 카운터에 딸린 자그마한 다락방은 현재의 관점에
서 되새겨볼 때, 가난과 불운을 경험했던 공간이 아닌, 가족들과의 "아름
다운 추억"이 담겨있는 특별한 장소이자 그리움의 정서를 불러일으키는
친밀한 장소로 해석되고 있다. 나아가 필자는 "좋은 집"이란 그 외관보다
는 내부의 가치가 더 중요하다는 가치판단과 평가를 내리고 있는 것이다.

지금까지 제시한 '집'을 모티프로 한 자전적 글쓰기 사례를 종합해 볼
때, 인간은 자기 이해와 자신의 경험을 해석함을 통해 우리 세계와의 관계
등과 같은 우리의 정체성이 이행되는 사회적 활동을 수행함을 알 수 있었
다. "공간은 우리가 흔히 생각하는 물리적 공간뿐만 아니라 과거의 추억이
담겨 있는 시간적 의미의 공간도 존재한다. 또한, 공간은 사람의 육체뿐
아니라 정신적인 면에도 상당한 영향을 미친다는 것을 알 수 있었다."(경
영학과 1학년 남학생)는 학습주체의 고백을 통해 경험에 기반한 자전적 글
쓰기가 특별한 인식의 성과를 가능케 하는 정체성 창출과 표현의 한 방식
으로 자기의 가치에 대한 느낌을 심화할 수 있고, 자기 정체성에 대한 근
거를 마련할 수 있음을 알 수 있다.

4. 맺음말

　본고는 대학인들의 교양형성을 위한 글쓰기교육에 있어, 효과적인 프로그램 모델과 이를 적용한 작문 사례를 통해 대학 글쓰기교육이 나아가야 할 방향에 대해 모색해보았다. 이에 본고의 1장에서는 학습자들의 삶의 '경험'에 기반한 자전적 글쓰기와 교양교육의 상관성을 짚어보면서, 윤대녕의 소설 「빛의 걸음걸이」를 중심으로 '공간(집)'을 모티프로 한 자전적 글쓰기 모델을 구안해보았다. 또한, 3장에서는 학습주체들이 직접 작문한 표본사례를 통해 글쓰기 교육 효과를 분석하고 증명해보았는데, 소견문에 바탕한 글쓰기를 통해서는 학습주체와 그를 둘러싼 사물, 사람, 환경을 포괄하는 세계와의 상호작용을 살펴볼 수 있었고, 통글 형식으로 진행된 자전적 글쓰기를 통해서는 과거의 경험과 현재의 인식의 상호작용을 통한 경험의 재구성 과정을 통해 학습주체 과거의 자아와 현재의 자아와의 상호작용을 살펴볼 수 있었다. 입체적 상호작용의 관점에서 보면, 개인은 단순히 어떤 환경적 요소와 일 대 일의 상호작용을 하는 것이 아니라, 그를 둘러싼 "맥락적 전체"와 상호작용하고 있다고 보아야 할 것이다. 개인이 맥락적 전체와 상호작용하고 있다는 것은, 고립된 사건, 사물과 상호작용을 한다는 것이 아니라, 과거, 현재, 미래라는 시공간상 확대된 맥락 속에서 상호작용을 하고 있다는 것을 의미한다.[31]

　"교육은 경험의 끊임없는 재조직 또는 재구성"이다. 계속성의 원리는 모든 경험은 선경험한 것으로부터 그 무엇인가를 받아가지는 동시에, 뒤에 오는 경험의 성질을 무슨 모양이로든지 변화시키는 것을 의미한다. 즉, 성장 혹은 발달의 의미로서의 성장을 하고 있다는 것이며, 신체적·지적·

31　김무길, 앞의 책, 47면.

도덕적으로 성장한다는 것이다. 즉, 우리는 과거의 경험을 "활용하여" 새롭고 보다 나은 미래의 경험을 구성하게 되는 것이다.[32]

이처럼 자전적 글쓰기 교육의 의의는 글쓰기주체 스스로가 평소 등한시했던 사물, 대상, 타인, 그것들이 속한 세계에 대해 진지하게 인식하고 사유하며, 나아가 본인 스스로와 그것들과의 관계를 재고하며 상호작용을 파악한다는 데 있다. 지식의 획득이나 지적·인성적 능력의 축적은 일방적 습득과정이 아닌, 개인, 즉 글쓰기주체와 그를 둘러싼 환경간의 상호관계에 의해 이루어져야 할 것이다.

『어문연구』 58집(2008. 12)에 수록

---

32 Dewey, J., *Reconstruction in Philisophy*, in J.A, Boydston(ed), Carbondale and Edwardsville: Southern Illinois University Press, 1983, p. 134. 김무길, 앞의 책, 152면 재인용.

박현이 · 김화선

협력학습을 활용한 대학 글쓰기 교육 연구
– 기업 홍보 글쓰기를 중심으로

1. 서론

2000년대 초반부터 국내 대부분의 대학은 〈대학작문〉이나 〈교양국어〉 편제에서 벗어나 기존의 국어 과목의 연장선상에서 말(듣기와 말하기)과 글(읽기와 쓰기)을 부려 쓰는 능력을 신장시키기 위한 과목들을 개설하거나 사고력과 판단력을 키우기 위한 교과목을 개설하는 방향으로 변화를 주고 있다.[1] 전자는 글쓰기가 의사소통의 중요한 수단으로 기능한다는 전제 하에 토론 및 화법과 관련된 말하기 강좌나 글쓰기 관련 교과를 운영하는 방향으로 나타나고 있고, 후자의 경우 글쓰기가 고등 사고력을 향상시킨다는 관점에서 글쓰기 교육을 통해 사고력과 분석력, 문제해결능력을 함양시켜 학생들을 비판적 지식인으로 키워내려는 목적으로 강좌를 개

---

1 이재현, 「우리나라 대학의 사고력 및 표현력 관련 기초 교양 과목의 현황과 발전 방안 연구: 동덕여자대학교 1학년 기초 교양 필수 과목 운용을 중심으로」, 『사고와 표현』 제1집 1호, 2008, 150면 참고.

설 · 운영하는 흐름을 보이고 있다. 물론 대학에 따라서는 이 두 가지 성격을 공통적으로 지향하는 강좌를 설강하기도 하였다.

초등학교나 중 · 고등학교의 문식성 교육과 달리 대학에서는 학문적 전문성을 갖추고 이를 소통할 수 있는 지식인을 양산하는 교육을 실시해야 하므로 대학의 글쓰기 교육은 높은 수준의 사고 및 읽기, 쓰기 능력을 갖추는 데 목표를 둘 수밖에 없다. 따라서 최근에 국내 대학들이 보이는 일련의 변화들, 예컨대 글쓰기 교과를 교양 필수 교과로 지정하거나 글쓰기 관련 교과를 교양 글쓰기 강좌와 계열별 전공을 살린 전문적 글쓰기 강좌로 이원화하여 심화 교육을 실시하거나 글쓰기 센터를 설치하는 등의 시도들은 대학이 글쓰기 교육의 목표와 중요성을 인식하고 있으며 글쓰기 교육에 상당한 관심을 가지고 있다는 사실을 입증하는 것이다. 여전히 전담 교원이나 전담 기구가 부족하고, 수강 정원 문제를 비롯해 효율적인 강좌 운영과 관련하여 해결해야 할 문제점들은 남아 있지만, 대학에서의 글쓰기 교육은 텍스트나 지식 중심의 교육 방식에서 벗어나 글쓰기를 수행하는 주체 중심으로 방향을 선회하여 과정 중심 · 사회적 맥락을 고려한 글쓰기로 진행되고 있는 것으로 보인다.

본고 역시 대학에서의 글쓰기 교육이 결과 중심의 수사학적 관점이 아니라 과정 중심의 방법으로 진행되어야 한다는 입장을 취하면서, 글쓰기 교육은 글쓰기 주체로 하여금 학문적 담화 공동체[2]의 구성원으로서 사고하고 소통하는 방식을 익히도록 해야 한다는 관점을 지닌다. 아울러 본고는 글쓰기 교육에 대한 연구도 이제는 대학 글쓰기 교육의 현황을 살펴보

---

2 담화 공동체(discourse community)란 공통의 가치, 조사 방법, 신념, 관습 등을 소유한 집단으로 각 개인의 의미 구성에 결정적인 역할을 담당한다. 박태호, 「사회 구성주의 작문 교육 이론 연구」, 『교육 한글』 제9호, 한글학회, 1996. 7, 138면.

고 각 대학에서 실시하고 있는 글쓰기 교육의 실제를 개괄하는 차원의 논의에서 나아가 구체적인 교수법이나 실질적인 글쓰기 교육 방법이 보다 구체화되어야 할 때라는 문제의식에서 출발한다. 그리하여 본고는 대학의 교수 학습 현장에 적용할 수 있는 글쓰기 교육의 실제적 방법을 탐색하고 협력학습을 활용한 단계별 교수-학습 모형을 제시하고자 한다. 대학의 글쓰기 강좌를 위한 보다 효율적인 교수-학습 방법을 모색하면서 고안한 이 프로그램은 실제 글쓰기 교육 현장에 적용해 본 구체적인 사례[3]로서 효과적인 대학 글쓰기 교수법을 타진하고 이를 바탕으로 대학 글쓰기 교육의 목표와 위상을 점검하는 데 도움이 될 것이다.

---

3 이 글은 필자들이 2007년 1학기부터 설강·운영되고 있는 배재대학교의 교양 선택 강좌 〈리더가 되는 성공적인 글쓰기 전략〉를 동일한 커리큘럼으로 진행하면서 주 1회 이상 정기적으로 만나(2007년도 1학기~2010년도 2학기까지) 논의한 결과물이다. 배재대학교의 경우 1학년을 대상으로 '문서 작성 능력 배양 교과목'에 해당하는 글쓰기 강좌를 교양 필수 강좌로 운영하고 있다. 글쓰기 필수 강좌는 실용적인 문서 작성 능력 함양과 논리적이고 창의적인 사유를 전공 영역에서 요구하는 글쓰기와 결부시킨 강좌로 나눌 수 있다. 반면 이 글에서 소개하고 있는 글쓰기 교수-학습 모델을 적용한 〈리더가 되는 성공적인 글쓰기 전략〉은 전체 학년을 대상으로 운영하는 글쓰기 심화 강좌라고 할 수 있다. 본래는 전체 학년이 자유롭게 설강할 수 있으나 1학년들은 학과에서 지정한 글쓰기 필수 교과를 수강하기 때문에 실제로는 3·4학년 중심으로 수업이 이루어지고 있다. 40명을 정원으로 운영되는 〈리더가 되는 성공적인 글쓰기 전략〉은 강좌명이 암시하고 있듯이 리더에게 필요한 의사소통 능력을 겸비하는 것을 교육의 목표로 삼는다. 즉, 학생들이 사회에 진출한 후 조직 내에서 리더십을 발휘하거나 팔로워로서 그 역할을 충실히 수행하는 데 무엇보다 필요한 의사소통 능력을 겸비하는 것이 강좌의 목표이다. 이를 위해 강의는 다양한 모둠별 활동을 통해 현대사회가 요구하는 리더와 리더십에 대해 알아보고 리더 또는 팔로워로서 자신의 가능성을 탐색한 후, 글쓰기 과정에서 리더로서의 역량을 발휘할 수 있는 기회를 갖는 방향으로 진행된다.

2. 협력학습과 글쓰기 교수-학습

2.1. 글쓰기 협력학습을 위한 이론적 검토

과정 중심 교육에 효과적인 협력학습은 학습자들이 대화와 토론을 통해 서로의 차이를 확인하고 학습자가 자신의 지식을 구성하고 생산하는 것을 강조하는 교육 철학이자 방법론이다.[4] 글쓰기 교육이 교수자 중심에서 학습자 중심으로 전환되면서 협력학습에 관한 관심 역시 증가하고 있는데, 글쓰기 교육과 협력학습의 관계를 이론적으로 검토하고 있는『글쓰기 교육과 협력학습』(정희모, 2006)이나 협력학습을 활용한 글쓰기 교수-학습 방법을 탐색하고 있는「협력학습 수업 모형과 대학 글쓰기 교육」(진영복, 2009),「협력학습을 위한 혼합학습 전략 개발 및 적용」(구진희 · 최완식, 2009) 등의 연구는 이러한 맥락에서 의미 있는 연구라 할 수 있다.

본고에서 주요한 방법론으로 삼고 있는 협력학습은 모둠 활동을 통해 어떤 결과를 얻는 것을 목표로 삼기보다 결과에 이르는 과정을 중시한다. 듀이는 교육을 구체적인 삶의 복잡성을 비추는 거울과 같은 것으로 인식했는데, 학습은 생활의 문제를 해결하는 과정이며, 여기에 참여하는 것은 삶에 참여하는 것과 같다고 전제한다. 또한 그는 학습의 도구로 경험을 중시했으며, 경험을 학습자들이 세계를 이해하고 인지하는 진정한 수단으로 보았다.[5] 교육의 궁극적 목표를 개인의 경험을 학습에 연결지어 줄 수단을 제공하는 것으로 이해한다면 상황과 맥락에 닿은 지식이 학습자의 경험과

---

4 Barkley. E. F. & Cross. K. P. & Major. C. H. Collaborative Learning Techniques, Johm Willy & sons, 2005, p. 6. 정희모,『글쓰기 교육과 협력학습』, 삼인, 2006, 104면에서 재인용.

5 존 듀이, 이홍우 역,『민주주의와 교육』, 교육과학사, 2007, 40~50면 참조.

연관될 때 지식은 실제적 기능을 수행하며, 이럴 때 교수자와 학습자 모두가 만족할 수 있는 학습 경험을 할 수가 있다.[6] 협력학습에 있어 지식의 본질은 학습자들 스스로가 서로 협의하여 자신의 입장에 맞게 지식을 구성하는 데 있으며, 앞서 듀이의 지적처럼 교수자는 학습자들의 경험을 학습에 연결시켜주는 안내자 혹은 매개자의 역할을 담당한다.

글쓰기 교육에 있어 협력학습의 적용은 쓰기 학습을 주어진 상황과 맥락 속에서 적절하게 구현하도록 돕는다는 점에서 유의미하다. 뿐만 아니라 글쓰기 협력학습은 하나의 모둠 구성원에 해당하는 학습자들이 발상과 계획하기 단계부터 동료들과 지속적으로 상호작용하며 협력하는 데서 글쓰기가 지닌 대화적 속성을 가장 잘 반영하는 학습활동이기도 하다. 협력학습이 지닌 대화적 속성과 상호작용성은 글쓰기 과정에 있어 모둠 내 동료들 간의 긍정적 상호의존성을 함양시켜주는 동시에 학습자 개인과 모둠 전체의 책임감을 고무시켜 학습효과를 낼 수 있다. 특히 동료 서로간의 상호작용과 토론 및 협의에 따른 지속적인 피드백 과정은 글쓰기 개별학습이 가지고 있는 한계를 충분히 극복할 수 있다. 글쓰기에 대한 거부감과 어려움을 호소하는 미숙한 필자는 협력모둠 내에서 자신보다 능숙한 필자와 지속적으로 상호작용함으로써 조언과 피드백을 받는 동시에 자신의 현재 글쓰기 상황과 수준을 점검함으로써 자신감을 회복하고 보다 적극적인 글쓰기 태도를 터득할 수 있다. 협력학습이 갖는 이러한 속성은 역으로 능숙한 필자에게도 적용되어 그들 역시 미숙한 필자에게 조언하고 지도하며, 함께 협상함으로써 글쓰기 능력을 한 단계 향상시킬 수 있다. 이러한 피드백 과정은 학습자가 현재의 학습 상태를 점검하고, 동료 반응을 통해 자신의 문제점을 깨닫고 이를 수정하여 바른 방향으로 행할 수 있는 지침

---

6 정희모, 앞의 책, 16면 참조.

을 얻을 수 있다는 점에서 매우 중요하며, 이 때 학습자는 교육과정의 객체이자 주체로서의 이중적 경험을 할 수 있다는 점에서 개별 글쓰기 학습과는 변별된다. 나아가 협력모둠을 통한 피드백은 학습자들이 자신의 글을 동료들과 공유하고 평가해보는 다면적 피드백 과정을 통해 자신이 쓴 글을 반성적 시각에서 바라볼 수 있게 되기 때문에 자신의 글쓰기 과정에 대한 메타적 인식을 함양할 수 있다는 점에서도 중요하다.[7]

또한 글쓰기의 수준과 지식 습득 정도, 사고력과 이해력, 의사소통능력이 제각기 다른 모둠 구성원들은 일련의 글쓰기 과정에 참여하여 지속적으로 협상하고 토론함으로써 타인과 관계를 맺고, 그것을 적절하게 조율할 수 있는 사회적 기술도 익힐 수 있다. 이처럼 다양한 수준과 방법, 다양한 표현, 다양한 동료들이 존재하는 글쓰기 협력학습을 통해 학습자들은 교수자 중심의 글쓰기 학습에서는 경험할 수 없었던 차이성, 다양성, 이질성을 경험할 수 있다.

이와 같은 장점을 지닌 협력학습을 활용한 글쓰기 교수–학습 모형을 실제 학습 현장에 적용한 구체적 사례 중의 하나가 '기업 홍보 글쓰기'이다.[8] '기업 홍보 글쓰기'란 회사를 소개하고 널리 알리기 위한 목적을 지닌 글을 말한다. 기업 이미지를 홍보하기 위한 글쓰기는 기업에 대한 이미지와 제품에 대한 신뢰도를 향상시키는 데 중요한 역할을 담당한다. 일반적으로 기업 홍보 시, 해당 기업은 '경영 철학, 기업 문화, 사회 공헌도'를 제

---

7 원진숙, 「대학생들의 학술적 글쓰기 능력 신장을 위한 작문 교육 방법」, 『어문논집』 51집, 2005, 76~77면 참조.

8 〈리더가 되는 성공적인 글쓰기 전략〉의 전체 15주차 강의 중 12~13주차에 걸쳐 실시되는 기업 홍보 글쓰기는 학습자들의 관심도가 가장 높고 강의평가에서 가장 의미 있는 협력 모둠 활동으로 꼽히는 주제이기도 하다. 이는 종강 시간에 진행한 자체 설문조사와 강의평가 결과를 참고한 것이다.

시하여야 하며, '리더십과 비전, 전략과 혁신 기술'들을 홍보함으로써 기업의 인지도를 높이고자 한다. 학습자들은 창의적인 아이디어를 공유하여 협력모둠별로 기업을 창립하고 그 기업을 홍보하기 위한 효율적인 글쓰기 전략을 탐색하는 과정에서 수사학적 맥락을 고려한 과정 중심의 글쓰기를 실행할 수 있다. 뿐만 아니라 '기업 홍보 글쓰기'는 성공적인 협력학습의 기본 요소로 꼽히는 긍정적 상호의존성을 높이고, 면대면 상호작용을 통한 의사소통을 수행함으로써 개별적 책임감을 고취시켜 학습자간 신뢰를 형성함은 물론 사회적 인간관계를 형성하기에 적절한 주제라 할 수 있다.[9]

2.2. 협력학습을 활용한 글쓰기 교수-학습 모형

본 절에서 필자들이 제시하는 교수-학습 모형은 학습자들이 목표를 설정하고 목표에 도달하기 위해 다양한 전략을 모색하며, 평가하는 과정이 곧 글쓰기[10]라는 관점을 반영하여 구안한 것이다.[11] 다음의 〈표 1〉은 협력학습을 활용한 글쓰기 단계별 교수-학습 모형이다. 〈표 1〉에서 모둠 내 협력학습은 글쓰기 전 단계에 걸쳐 적용되고 수행된다.

---

9 구진희·최완식, 「협력학습을 위한 혼합학습 전략 개발 및 적용」, 『대한공업교육학회지』 제34집 제2호, 2009, 272면 참고.

10 린다 플라워, 원진숙·황정현 옮김, 『글쓰기의 문제해결 전략』, 동문선, 2006(4쇄), 31면.

11 필자들이 제시하는 교수-학습 모형은 〈리더가 되는 성공적인 글쓰기 전략〉을 수강한 학습자들의 설문을 토대로 강좌에 대한 그들의 기대 및 요구사항을 반영하는 가운데, 필자들이 지속적인 회의 및 자체 세미나를 거쳐 구안한 모형과 교수-학습법에 해당한다. 협력학습에 기반한 팀워크 습득에 대한 부분을 특히 적극적으로 고려하여 구안하였으며, 학습자들의 실제 글쓰기 과정을 중심으로 프로그램을 개발하고자 고심하였다.

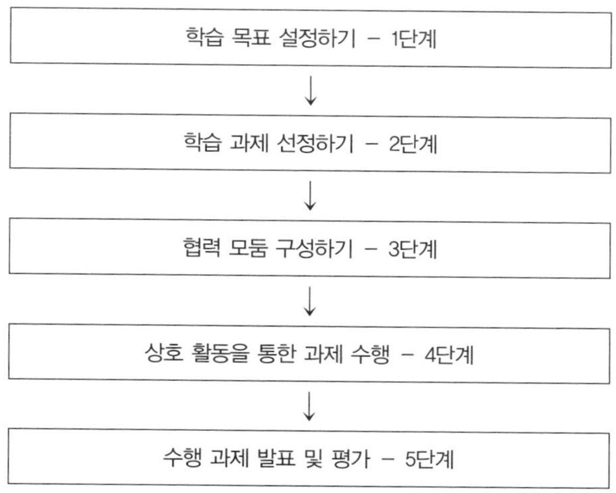

〈 표 1 〉 협력학습을 활용한 글쓰기 단계별 교수-학습 모형

1단계 학습 목표 설정하기부터 5단계 수행 과제 발표 및 평가에 이르는 협력학습을 활용한 글쓰기 단계별 교수-학습 모형을 단계별로 적용할 때 유의해야 할 점들은 다음과 같다.

교수-학습 모형의 단계별 유의 사항

■ 1단계 : 학습 목표

교수자는 학습자들에게 학습목표를 명확하게 제시하여 혼선이 오지 않도록 해야 한다. 학습자 역시 과제 수행에 있어 늘 학습목표를 상기하며 점검해볼 필요가 있으며, 학습목표와 과제 수행 활동, 학습효과 및 기대효과가 적절히 안배되고 연계되어 실현되고 있는지 상기할 필요가 있다.

■ 2단계 : 학습 과제

학습목표와 학습과제는 밀접하게 연관되므로 학습과제 수행과 함께 학습목표가 제대로 실행되고 있는지 지속적인 관찰과 점검이 필요하다. 교수자는 학습과제의 난이도를 너무 쉽거나 또는 너무 난해하지 않게 조정해야 하며, 각 모둠 구성원의 사고력과 글쓰기 수준, 문제해결능력을 감안하여 설정해야 한다. 따라서 교수자는 학습과제를 선정하기 전에 설문조사나 상담을 통해 학습자들의 사고력을 포함한 글쓰기 수준을 점검하는 과정이 반드시 선행되어야 한다. 학습과제의 수준은 모둠 내 학습자의 자발적 참여와 모둠의 활성화를 위해 학습자 전체 그룹의 현재 평균 수준보다 조금 높은 난이도 설정이 적합하다. 이때 흥미와 반응을 반드시 고려해야 하며, 과제를 통한 모둠 내 구성원들의 역할 분담이 균형 있게 분배되고 이루어질 수 있도록 학습 프로그램을 구성하는 것이 이상적이다.

■ 3단계 : 협력 모둠 구성

모둠의 크기는 과제를 함께 수행하는 데 무리가 없도록 인원 구성이 적절해야 한다. 각 모둠 구성원은 5~6명이 적당하다. 모둠 조의 구성은 학습자의 권한에 맡기기보다는 교수자가 직접 고민하여 구성하는 것이 좋으며, 이 때 교수자는 학습자의 글쓰기 수준과 성향을 고려해 이질적 모둠을 구성하는 것이 중요하다. 전공과 학년, 성별, 글쓰기 수준, 소극·적극적 성향을 잘 파악하고 이러한 요소들을 고루 반영할 수 있도록 심사숙고하여 협력 모둠을 구성해야 한다. 모둠이 잘 구성되어 학습자 상호작용이 활발히 이루어져야 협력학습의 진정한 효과를 볼 수 있다. 무임승차하려거나 모둠의 리더에게 전적으로 의존하는 부정적 사례의 경우, 협력학습은 무의미하기 때문이다.

■ 4단계 : 과제 수행

상호 활동을 통한 과제 수행 단계는 각 모둠별로 '아이디어 생성→ 계획

하기→ 조직하기(구성 짜기)→ 표현하기(역할 분담)→ 교정 및 점검하기'[12]
의 단계적 활동을 수행하는 과정에 해당한다. 모둠 내부의 적극적 활성화
가 이루어지는 동시에 역으로 갈등요소가 드러나는 단계이기도 하므로 학
습자들은 자신의 역할과 책임을 분명하게 인지하고 수행과제를 수행함으
로써 동료 간의 긍정적 상호의존성을 높이고 신뢰를 줄 수 있도록 적극적
으로 도와야 한다.

■ 5단계 : 발표 및 평가

수행 과제 발표 및 평가 단계는 협력학습을 통한 일련의 과제 수행 결과
를 정리하고 모둠 별 발표가 이루어지는 글쓰기 협력학습 최종 단계로 각
모둠은 프레젠테이션을 활용하여 발표한다. 이 단계에서 교수자는 각 모
둠별 수행과제 결과물에 대한 평가와 프레젠테이션과 관련한 구술 발표
능력, 청중들의 반응 및 듣기 능력을 균형 있게 평가하여 각 모둠별 및 모
둠 구성원 개별로 피드백하는 것이 중요하다. 발표 당시에는 교수자의 적
극적인 개입보다 강의실 내 타모둠의 평가와 의견이 자유롭게 오갈 수 있
는 분위기를 형성하는 것이 필요하며, 교수자의 평가와 동료 평가를 적절
하게 조율하여 반영하는 것이 이상적이다.

3. 협력학습을 활용한 '기업 홍보 글쓰기'의 실제

3.1. 협력학습을 적용한 '기업 홍보 글쓰기'의 교수 – 학습 단계

기업 홍보는 기업에 대한 정보를 소개하고 나아가 브랜드 가치와 기업

---

12 이 단계는 린다 플라워, 앞의 책의 도움을 받았다.

이미지를 제고하기 위해 가장 널리 애용되는 방법 중 하나이다. 본고에서 적용한 '기업 홍보 글쓰기'는 기업 홍보라는 분명한 의도를 지닌 글쓰기를 협력학습의 형태로 진행함으로써 학습자들로 하여금 문제 해결 과정으로서의 글쓰기를 경험하도록 하고, 창의적인 아이디어를 생성하고 그것을 효율적으로 조직하여 한 편의 글로 완성하려는 목적을 갖는다. 1단계 학습 목표 설정부터 5단계 발표 및 평가에 이르는 일련의 글쓰기 과정에 유기적 흐름을 부여하되, 능숙한 필자와 미숙한 필자들이 상호간에 효율적인 의사소통을 경험하여 글쓰기 협력학습이 문제해결형 인재를 창출해나갈 수 있는 가능성을 타진하고자 한다.

협력학습을 적용한 글쓰기-교수 학습 모형에 따라 기업 홍보 글쓰기 과제를 실질적으로 수행하기 위한 단계별 수행 과정을 도표화하면 다음과 같다.

■ 1단계 : 학습 목표

〈'기업 홍보 글쓰기'의 학습 목표 〉
1) 본 학습을 통해 현대사회에서 요구하는 인재상으로서 가장 핵심 요소에 속하는 말하기와 글쓰기 능력을 포괄하는 종합적 의사소통 능력을 함양할 수 있다. 특히 지속적 협의와 토론 과정을 통해 비판적 사고력과 문제해결능력을 키울 수 있다.
2) 모둠을 통한 협력학습의 강점을 최대한 활용하여 리더십과 팔로워십, 사회적 기술을 균형 있게 터득할 수 있다.
3) 단계별 글쓰기 활동을 거쳐 창의적 아이디어를 고안하고, 이를 실용적 글쓰기로 표현해냄으로써 조직적 역량과 가치관을 지닌 문제해결형 인력을 창출하여 향후 사회 활동에서의 활용 능력을 갖출 수 있다.

■ 2단계 : 학습 과제

〈 '기업 홍보 글쓰기'의 학습 과제 〉

각 모둠별로 아이디어 전략 회의를 거쳐 '가상의 기업'을 하나 설립해 보자. 모둠 내 구성원들은 기업의 CEO나 직원이 되었다고 가정하여, 우리 회사의 '기업 홍보'에 대한 홍보 글쓰기를 함께 수행해 보자. 단, 이 글의 독자는 입사 지원자로 가정한다. 입사 지원자들을 위한 기업 홍보 사이트에 모둠이 작성한 글이 게재된다고 가정하고 글을 쓰도록 한다. 이 때, '회사에 대한 전반적 소개, 경영이념, 주력상품, 기업문화, 사회공헌' 각각의 항목에 대한 공동 글쓰기를 통해 기업 홍보에 관한 한 편의 완성된 글을 쓸 수 있다.

■ 3단계 : 협력 모둠 구성

〈 '기업 홍보 글쓰기'의 협력 모둠 구성 〉

각 모둠 구성원은 5~6명이 적당하다. 한 학기 15주차 강의를 기준으로 할 때 3주차에 모둠 조를 구성하였고, 모둠 조는 교수자가 직접 고민하여 구성하였다.[13] 이 때, 교수자는 학습자의 글쓰기 수준과 성향을 고려해 이질 모둠으로 구성하였다. 즉, 전공과 학년, 나이, 성별, 글쓰기 수준, 소극 · 적극적 성향을 잘 파악하여 고루 반영하여 심사숙고한 후, 구성하였다. 모둠은 보통 공식적 모둠(Formal Group)과 토대 모둠(Base Group)의 성격을 고루 반영한다.[14]

---

13 필자들의 경우 '기업 홍보 글쓰기'를 12주에는 4단계까지 진행하고, 13주에는 5단계 각 모둠별 프레젠테이션을 활용한 발표를 실시하였다. 학기 3주차에 이미 모둠이 구성되어 10주 동안 모둠별 소통이 지속적으로 이루어져왔기 때문에 본 활동은 이러한 시너지 효과에 힘입은 바도 크다.

14 바클리, 존슨과 존슨은 모둠의 성격을 기준으로 모둠의 형태를 '공식적 모둠(Formal Group), 비공식적 모둠(Informal Group), 토대 모둠(Base Group)'으로 분류한 바 있다. 본 교과목에서 결성된 모둠의 경우, '기업 홍보 글쓰기' 과제 수행과 발표가 2주차에 걸쳐 이루어지며, 이를 수행하기 위해 만들어지는 모둠이라는 측면에서 '공식적 모둠'의 성격을 지니며, 아울러 학기 초(2주차)에 구성된 각 모둠은 학기말(15주차)까지 지속적으로 이어지며, 다양한 협력학습과 글쓰기 모둠 활동을 수행한다는 점에서 '토대 모둠'의 성격도 일정 부분 반영한다(정희모, 앞의 책, 213면 참조).

■ 4단계 : 과제 수행

〈'기업 홍보 글쓰기'의 과제 수행 〉

협력학습을 통한 과제 수행 단계는 '아이디어 생성→ 계획하기
→ 조직하기(구성 짜기)→ 표현하기(역할 분담)→ 교정 및 점검하
기'의 단계적 활동을 거쳐 이루어진다.

상호활동을 통한 과제 수행 – 4단계

과제 수행 단계	아이디어 생성 … ①
	↓
	계획하기 … ②
	↓
	조직하기 … ③
	↓
	표현하기 … ④
	↓
	교정 및 점검하기 … ⑤

〈 표 2 〉 상호활동을 통한 단계별 과제 수행 과정

① 아이디어 생성: 모둠 구성원들은 각자 설립하고 싶은 기업과 관련하
여 다양한 아이디어를 낸 후, 협의의 과정을 거쳐 최종적으로 하나의 가상
기업을 설립할 수 있다. 이 때, 기업의 성격이 너무 추상적이지 않도록 하
며, 구성원 모두의 선호도와 관심 영역을 골고루 반영하여 직접 글을 쓰는
과정에 들어갔을 때, 기업의 특색이 잘 드러날 수 있는 동시에 구성원 모
두가 자발적으로 참여하여 흥미롭게 쓸 수 있는 기업을 채택해야 한다.

② 계획하기: ①의 '아이디어 생성' 과정을 거쳐 설립한 기업과 성격이

일치하거나 롤모델이 될 수 있는 기존의 기업에 대한 자료 및 정보 수집을 하면서 기업 홍보 글쓰기에 대한 실질적 방법들을 참고하여 글쓰기에 전략적으로 접근할 수 있는 기반을 마련할 수 있다. 모둠 구성원들이 역할 분담하여 자료를 수집·검토하고 협의하는 과정에서 비판적 사고력과 창의력, 응용 능력, 문제 해결력이 요구된다. 따라서 모둠 내 활동이 활성화될 경우, 언급한 요소들을 향상시킬 수 있다. 단, '기업 홍보 글'을 읽는 독자의 정체성을 입사 지원자로 한정하고 독자에게 기업의 이미지를 효율적으로 소개할 수 있는 방법을 고려해본다.

③ 조직하기: 글의 체계와 형식을 전반적으로 구성하는 단계로 모둠 구성원들은 함께 협력하여 '공동 개요표'를 작성할 수 있다. 기업체의 특성이 고루 드러나기 위해서는 적어도 5~6개에 해당하는 단락 구성이 요구된다. 본 활동에서는 '기업 소개/ 경영 이념/ 주력상품 소개/ 기업 문화/ 사회 공헌'의 5가지 항목으로 개요가 구성되는 것이 일반적이다. 공동 개요표에는 동료들과 함께 상의한 아이디어를 그때그때 메모해 두는 방법을 활용하는 것이 좋다.

④ 표현하기: 전체 글의 체계에 따라 모둠 내 구성원들 간의 역할 분담이 이루어지는 동시에 자신이 맡은 분야별로 글쓰기 수행 활동이 직접적으로 이루어지는 단계다. 모둠 구성원 5~6명을 기준으로 할 때, 3단계에서 제시한 '기업 소개/ 경영 이념/ 주력상품 소개/ 기업 문화/ 사회 공헌' 등 각 항목별로 개별 글쓰기가 진행된다. 1인당 150~200자 분량에 해당하는 단락글을 구체적으로 작성하고 표현하는 활동이 주를 이룬다.

⑤ 교정 및 점검하기: 역할을 분담하여 쓴 글을 모둠의 리더(조장) 중심으

로 수합하고 한 편의 글로 수정·퇴고하는 단계이다. 모둠 구성원들의 협의 하에 글에 대한 수정과 퇴고가 적극적으로 이루어질 수 있다. 이 때, 글에 대한 '추가'와 '삭제'는 모둠 구성원들의 의견을 조정하여 고루 반영할 수 있어야 한다. 차후에 이어지는 발표 및 평가의 프레젠테이션을 위해 PPT원고 및 PPT작성을 미리 논의하고 작성하여 원활한 발표를 도모할 수 있다.

■ 5단계 : 발표 및 평가

〈'기업 홍보 글쓰기'의 발표 및 평가〉

〈CEO가 소개하는 우리 회사!〉라는 주제로 완성된 결과물을 발표하고 평가하는 활동이다. 모둠 구성원 중 1명이 모둠에서 설립한 기업의 CEO라고 가정하고 입사를 원하는 지원자들(자신의 모둠을 제외한 다른 모둠의 구성원들 전체)을 대상으로 기업을 홍보하는 프레젠테이션을 진행한다. 모둠 당 10분 정도의 시간을 주는 것이 적당하며, 프레젠테이션이 끝나면 취업 지망생으로 가정한 학습자들은 CEO가 된 발표자와 자유 토론을 5분 정도 진행한다. 그 후 학습자들은 자신의 모둠에서 설립한 기업을 제외한 타 모둠의 기업 중에서 하나를 골라 입사지원서를 제출한다. 이때 입사지원서는 강의 10주차에 작성한 이력서와 자기소개서를 제출하는 것으로 대신한다.[15] 이 활동을 진행하면서 학습자들은 입사를 원하는 이유 혹은 각 기업의 CEO가 원하는 이상적인 신입사원에 대해 자유롭게 의견을 교환한다. 이는 자연스럽게 평가 활동으로 연결된다. 학습자들이 발표하고 평가하는 동안 교수자는 보조적 위치에서 활동이 원활하게 진행하도록 돕는 역할만 해야 한다. 교수자는 발표와 평가 활동이 끝난 후 모둠 학습 결과물인 기업 홍보 글을 평가해주고 학생들의 발표와 평가 내용에 대한 피드백을 주도록 한다.

---

[15] 경우에 따라서는 간단한 투표 형식으로 입사 지원 의사를 밝히는 활동으로 대신하기도 한다. 가장 많은 지원자들이 선택한 기업이 우수 기업으로 선정된다. 그러나 가장 창의적인 기업, 홍보 글이 가장 훌륭한 기업, CEO의 프레젠테이션이 가장 매력적인 기업 등 다양한 기준으로 기업 홍보를 평가하는 활동을 진행하는 것이 바람직하다.

3.2. 기업 홍보 글쓰기의 실제에 대한 분석 및 평가

이제 협력학습을 통해 단계별 수행 과정을 거친 각 모둠별 기업 홍보 글쓰기 사례를 분석해 보기로 한다. 각 모둠별로 설립한 가상의 기업은 유형별로 다양한데, 주로 '관광회사, 이벤트 회사, 요식업, 화장품 회사, 의류회사, 출판사, 사진관, 전자부품 업체, 결혼정보회사, 연애상담회사, 각종 연구소(심리치료·게임공학·환경)' 등에 해당되는 경우가 많았다. ㉠은 한국에 거주하는 외국인이나 외국인 유학생을 대상으로 한, 신개념 관광회사인 〈해피 투게더〉를 설립한 모둠 조의 글이다.

㉠ * 기업명 : 〈해피투게더〉
　* 분야 : 외국인을 위한 한국생활 가디언 회사

성공적인 한국 생활, 〈해피투게더〉가 함께 만들어 나갑니다. 〈해피투게더〉는 '한국의 얼굴'입니다. 해피투게더는 비즈니스, 관광, 그리고 유학까지 국내 외국인을 위한 한국 생활 가디언 서비스를 제공합니다.

저희 〈해피투게더〉의 경영철학은 무엇보다 '한국을 내 집처럼, 내 나라처럼'의 마인드를 기초로 한 '고객 중심·고객 존중'입니다. 한국에 오는 많은 유학생들과 여행객들에게 보다 나은 서비스를 펼쳐 고객에게 생활의 도움과 편안함을 제공함으로써 다시 한국을 찾도록 만드는 높은 고객만족도는 저희 〈해피투게더〉의 자부심입니다.

〈해피투게더〉는 고객의 성공적인 한국 생활만을 단 하나의 기치로 그 외의 모든 부분은 자유롭고 능동적으로 해결해가는 기업문화를 가지고 있습니다. 부장 등의 직위가 아닌 팀을 직함으로 갖는 유기적 조직구조로 실무자에게 최대한의 결정권을 부여하고 있어 고객에게 빠른 서비스를 제공함과 동시에 사원들의 성취를 극대화하고 있습니다. 또 외국어 능력자나 오랜 유학생활을 한 사원만이 아닌, 한국문화 등 다양한 분야의 특기자도 중시하는 방침을 바탕으로 다양한 개성의 조화와 고객과의 가족과도 같은 커뮤니케이션을 통해 세계인으로서의 면모를 갖출 수 있는 성장의 장을 실현하고 있습니다.

〈해피투게더〉는 한국을 방문하는 외국인을 대상으로 여행에 도움을 주고 한국의 미를 느낄 수 있도록 실속 있는 맞춤형 토탈서비스를 제공합니다. 공항에서부터 이루어지는 '찾아가는 서비스'로 한국 체류의 진정한 동반자가 되어 드립니다. 또한 24시간 전화 상담으로 고객들의 불편을 최대한 빠르게 해결해드리며, 한국인들과의 교류의 장도 주선하여 고객들이 한국인의 생활을 경험하여 행복한 생활을 누리도록 돕습니다.

이처럼 〈해피투게더〉는 외국인과 함께하는 기업으로서 다양한 문화교류와 체험활동을 통해 다양한 한국의 모습을 선보이며, 고객이 본국으로 돌아갔을 때 한국에 대해 좋은 추억만을 가져가실 있도록 노력하고 있습니다. 나아가 대학과 지역 사회와의 긴밀한 네트워크 연결로 내국인에게 외국인과의 교류의 기회를 폭넓게 제공하고자 노력하고 있습니다.

— 〈꾀깡이조〉, 모둠 구성원: 6명

위 모둠의 경우, 기업 설립과 관련한 아이디어 생성에 있어 기존의 일반 관광회사 및 유학원의 개념을 넘어선 '맞춤형 가디언 서비스'를 제공하는 것으로 차별화 전략을 삼았다. 이 글은 특히 표현 면에서 주목할 만한데, '한국의 얼굴'이나 '한국을 내 집처럼, 내 나라처럼' 등의 광고 카피 창작이나 이색적인 문구화를 통해 홍보글의 특색을 잘 살리고 있으며, 구성 면에서는 각 단락마다 소주제문이 명확하게 제시되어 있어 읽는 이(혹은 고객)로 하여금 글의 내용을 한 눈에 쉽게 이해할 수 있도록 돕는다. 또한 소주제문에 대한 세부적인 부연이 구체적으로 기술되고 있어 글의 전반적인 완결성이 돋보인다. 글의 내용과 관련해서 세 번째 단락인 '기업문화' 항목을 보면 사원 채용에 있어 "외국어 능력자나 오랜 유학생활을 한 사원만이 아닌, 한국문화 등 다양한 분야의 특기자도 중시하는 방침"을 실현하면서 '해피 투게더'라는 기업명에 걸맞게 '공생'과 '가족 중심 커뮤니티'의 정신이 조화를 이루고 있는 것으로 평가된다.

다음의 ⓒ은 첨단장비 렌탈 업체를 설립한 모둠 조의 글이다.

ⓛ * 기업명 : GT(Global Technology)
　 * 분야 : 첨단장비 렌탈 업체

　고가의 첨단 산업장비를 최저의 가격과 최고의 서비스로! GT는 '인간존중'의 경영철학과 선진 기업문화, 폭넓은 사회공헌으로 모든 소비자들에게 선택받은 브랜드로 입지를 굳히고 있다.

　GT의 경영철학은 '인간존중'을 기반으로 하고 있다. 급격히 변모하는 첨단산업의 트랜드에서 고객의 가치를 최우선으로 생각하고 혁신적 서비스 창출에 주력하고 있다. 렌탈이라는 블루오션을 개척하여 정보기술 공유에 앞장서고 있으며, 렌탈업계의 새로운 패러다임을 제시한 자신감을 바탕으로 고객만족의 최대편의를 추구하고 있다.

　GT는 첨단장비 렌탈사업을 주업종으로 하여 제품의 대여, 리스, 관리 등을 제공한다. 서비스는 의료부문, 산업부문으로 나뉘며 의료부문에는 레이저, 초음파, 방사선 치료기 중 폭넓은 의료기기 서비스를 제공한다. 산업부문에는 교육자원 장비, 컴퓨터, 전자사전, 네비게이션, HDD 등을 제공한다.

　GT는 개인의 창의성을 끌어내고 책임의식을 부여함으로써 창조적인 협력운영의 수평적 조직구조를 추구한다. 또한, 사원의 복지증진에 힘씀으로 직원이 고객을 만족시킬 수 있는 동기를 부여한다. 수평적 조직구조에 따른 상호간의 문제를 최소한의 원칙을 정하여 최대한의 효율성을 추구함으로써 보다 효율적으로 운영될 수 있도록 한다.

　GT는 저소득층이나 시골 분교에 멀티미디어 장비를 무료 대여하여 일정 기간 무상교육을 실시하고 있다. 또한, 본사의 구형 제품 일부를 판매하여 그 수익금으로 장학재단을 설립하고 결식아동 급식비 지원 및 저소득층 우수 학생에게 장학금을 지급해 보다 따뜻한 사회를 만들어가는 데 앞장서고 있다.

— 〈우리가 리더다〉, 모둠 구성원: 6명

　이 글은 아이디어 생성과 관련하여 높은 가격의 첨단 장비를 저렴한 가격으로 대여한다는 취지가 인상적이다. 모둠 구성원들은 계획하기 단계에서 기존의 렌탈 업체와 관련한 정보들을 수집하면서 기존의 업체와는 변별되는 기업의 특성과 전략을 홍보하기 위해 특히 '산업 부문' 서비스에 있어 '교육 관련 장비'를 서비스 하는 부분을 강조하였다. 전체 글의 구성은 모둠 구성원들의 협의 하에 총 5개의 단락을 각각 분담하여 직접 단락글을 작성하였고, 그것을 하나로 수합하여 교정과 퇴고를 거쳤다. 표현 면과 관련해서는 다섯 번째 단락인 '사회공헌도'가 가장 주목할 부분에 해당한다. 저소득층과 소외된 지역을 위한 '무료 대여, 무상교육, 무상급식, 장학금' 등을 제공하는 사업은 GT의 '인간존중'의 경영철학을 실현하기 위한 노력이 돋보이는 사업으로, 내용상에 있어서도 소주제문을 중심으로 한 글의 유기적 연결이 매끄럽게 기술된 부분이기도 하다. 그러나 경영철학에 대한 전략적 슬로건이나 핵심 비전 설정에 대한 보완과 세부적인 부연 설명 역시 보완되어야 한다. 또한 문장 간 연결이나 단락 간 연결에 있어, 일관성의 요소가 보완되어야 할 것으로 보인다.

ⓒ은 앞의 ㉠과 ㉡의 사례와는 다르게 심리 치료 상담소를 설립한 모둠조의 글이다.

ⓒ * 기업명 : 〈울고 싶은 날엔〉
  * 분야 : 심리 치료 상담소

저희 〈울고 싶은 날엔〉은 이 시대의 젊은 남녀의 사랑과 이별을 주 상담 내용으로 다루는 신개념 심리치료 상담소입니다. 기존의 심리상담소와는 차별화된 전략으로 경직된 분위기를 없애고, 의뢰인에게 오래된 친구 같은 분위기를 제공함으로써 편안한 상담을 유도하고 있습니다.

저희 〈울엔〉의 경영이념으로는 첫째, '고민타파'를 들 수 있습니다. 〈울엔〉 상담소에서는 시련과 학업, 진로 문제 등 여러 가지 문제로 고민 중인 고객들을 대상으로 그들의 고민을 덜어주고 해결책을 제시하는 활동을 합니다. 둘째로 '웃음선사'입니다. 아픔을 혼자 치유하려고 하며 웃음을 잃어가는 고객들에게 다시 웃을 수 있게 도와주는 '웃음선사 치유 전략 시스템'을 적용하고 있습니다. 셋째로 '비밀보장'입니다. 고민이 있어도 그 고민에 대한 비밀이 다른 사람에게 알려질까봐 두려워하는 사람들을 위해 철저한 '비밀보장 시스템'을 가지고 있습니다.

저희 〈울엔〉 상담소의 주력상품으로는 '만남에서 이별까지', '공부하기 싫을 때', '인간관계가 힘들어요', 그 외 '기분 탓인가' 등이 있습니다. 상담 후 마술쇼, 유머를 통한 웃음치료도 제공하고 있습니다.

〈울엔〉의 기업문화는 다양한 커뮤니케이션을 통해 가족 같은 분위기를 형성하는데 초점을 두고 있습니다. 또한, 자율적인 출퇴근 제도와 근무복장을 유지함으로써 직원들이 연구개발에 집중할 수 있도록 합니다. 그리고 고객만족을 위한 창의적인 아이디어와 편안한 분위기 조성을 위해 휴식공간을 제공합니다.

저희 기업은 사회공헌으로 '길거리 자선음악회'를 열고 있습니다. 음악회에 참여함으로써 고객들에게 흥미와 즐거움을 제공해 드립니다. 또한, '프리허그 제도'를 도입하여 잠시나마 서로를 안아줌으로써 정을 느낄 수 있게 해드립니다.

— 〈이끌조〉, 모둠 구성원: 6명

이 글은 기업 설립에 있어, 발상과 아이디어가 돋보이는 글이다. 젊은이의 감각에 맞는 아이디어를 내어 특히 학업 문제와 대인 관계, 연애 문제로 고민하는 20대 대학생들을 주 고객층으로 하여 설립한 연구소의 목적과 취지, 주요 활동, 다양한 프로그램이 흥미롭다. 다소 유머러스한 발상이기도 하지만, 〈울고 싶은 날엔〉이란 기업명은 연구소의 취지와 특성을 잘 반영하는 메타포의 기능을 한다. 특히 '고민타파, 웃음선사, 비밀보장'이라는 경영이념과 '만남에서 이별까지', '공부하기 싫을 때', '인간관계가 힘들어요', '기분 탓인가' 라는 분야별 치료 프로그램은 심리 치료 상담소의 특성을 이색적으로 반영하고 있다. 이러한 발상과 글쓰기는 실현 가능성 여부가 희박한 면도 종종 엿보이지만, 협력학습 과정에 있어 모둠 구성원들의 창의성과 흥미의 요소를 적극 반영한 글쓰기라는 점에서 긍정적이다. 창의성과 가족 같은 분위기를 존중하는 〈울고 싶은 날엔〉의 연구소 문화는 출퇴근 제도와 복장, 연구 분위기 조성과도 연계되어 적절하게 기술됨으로써 글쓰기의 묘미를 잘 살리고 있다. 이 모둠 조의 경우, 모둠 내 리더십과 팔로워십이 적절한 균형을 이루고, 동료 간 결속력이 뛰어나 협력학습의 효과가 적극적으로 활성화된 이상적 집단 사례에 해당한다. 세부 어휘와 문장 표현 면에서 어색하거나 좀더 보완되어야 할 부분이 보이기도 하나, 상호활동을 통한 단계별 학습 수행 과정이 적극적으로 실현된 글쓰기 사례이다.[16]

3.3. 협력학습을 활용한 기업 홍보 글쓰기의 효과 및 의의

지금까지 학습현장에서 직접 모둠을 구성하여 기업을 설립한 후, 단계별 글쓰기 활동을 통해 학습자들이 수행한 홍보 전략 글쓰기의 실제 사례들을 살펴보고 분석해 보았다. 이러한 협력학습의 효과는 학습자들의 '학습활동 과정'과 '학습과제 수행능력'을 기준으로 나누어 살펴볼 수 있다.

학습활동 과정과 관련해 본고에서 제시한 글쓰기 협력학습의 효과 및 의의를 살펴보면 다음과 같다. 먼저, 학습과정에 있어 이질적으로 구성된 협력 모둠은 자체 활동을 통해 글쓰기 능력을 문제 해결적으로 해결해나갈 수 있는 장점이 있다. 즉, 학습자의 전공과 연령, 성별, 성향, 관심 분야 및 글쓰기 수준이 다양한 모둠 내 협력학습에서 능숙한 필자는 미숙한 필

---

16 '기업 홍보 글쓰기' 결과물은 협력학습에 의해 이루어진 공동 결과물이다. 기업 홍보 글을 개별로 작성할 수도 있으나 '아이디어 생성'부터 '교정 및 점검하기'에 이르는 각 단계를 협력학습을 통해 진행하였기 때문에 글쓰기도 최대한 이러한 성격을 반영하고자 공동 결과물을 산출하는 방향으로 진행하였다.

자를 이끌고 도와주는 가운데 충실한 교수자 역할을 수행함으로써 글쓰기 능력이 향상될 수 있었으며, 미숙한 필자의 경우 교수자의 조언이나 피드백보다 능동적이고 열린 자세로 동료학습자의 피드백을 수용하면서 문제점들을 고쳐나갈 수 있었다. 다음으로 모둠 내 동료들 간의 적극적 상호작용을 통해 학습자들은 대학생활과 사회생활에 필요한 '사회적 기술'과 '리더십과 팔로워십'을 자연스럽게 터득할 수 있다. 사회적 기술은 학습자들이 서로 상호관계를 맺을 때 지켜야 할 태도와 진술 방법을 말한다.[17] 또한 사회적 기술은 집단에 머물면서 자료와 아이디어를 공유하기, 과제에 집중하기, 의견 합의하기 등 다양한 커뮤니케이션 기술을 의미한다. 나아가 모둠 내 동료들을 믿고 의지하며, 타인의 의견을 존중하고 적극적으로 반응하는 심리적·태도적 경향을 모두 반영한다. 협력학습의 성공 유무는 이러한 사회적 기술을 얼마나 잘 알고 있으며, 모둠 내에서 얼마나 잘 발휘할 수 있느냐에 달려 있다.

그러나 성향과 관심 분야, 성격 등 모든 면이 다른 구성원들의 의견을 적절하게 조율하고 하나의 목소리로 협의 과정을 끌어내기란 여간 어려운 일이 아니다. 실제로 학습현장에서 마주한 모둠 구성원들은 이와 같은 불만을 교수자에게 직접적으로 호소하거나 모둠 내의 언쟁으로 표출하기도 하였다. 하지만 대부분의 학습자의 경우, 이러한 갈등과 분쟁의 과정이 반드시 협력학습의 장애 요인이 아니라 사회적 기술을 터득하기 위한 과정의 하나임을 인식했으며, 특히 각 모둠의 리더는 구성원 간의 갈등을 조정하는 중재자 역할을 함으로써 리더십을 키우고, 구성원들은 모둠 내에서 팔로워로서의 역할 수행력이 점진적으로 향상되는 면모를 보였다. 이는 의사소통 능력을 함양하는 데 있어 중요한 측면이기도 하다.

---

17 정희모, 앞의 책, 240면.

학습자들의 학습과제 수행력과 관련한 효과는 글의 구성과 체계를 모둠 내 역할 분담 및 협상의 과정 속에서 자연스럽게 터득할 수 있었으며, 특히 자신이 맡은 역할에 대해 책임감을 가지고 수행함으로써 한 편의 글을 구성하는 기본단위인 '단락'의 개념 및 단락글 쓰기의 방법을 충실하게 익힐 수 있었다. 또한 각 모둠을 중심으로 한 협력학습은 '아이디어 생성→ 계획하기→ 조직하기(구성 짜기)→ 표현하기(역할 분담)→ 교정 및 점검하기'의 단계별 과정에 있어 모둠 내 동료들과의 지속적인 만남과 의견 공유, 협상과 토론의 과정을 필연적으로 거쳐야 했는데, 특히 대화와 협상의 과정 중에 동원되는 다양한 커뮤니케이션 기술, 예컨대 '질문하기와 합의하기, 적극적으로 듣기, 칭찬하기' 등을 포괄하여 궁극적으로 말하기와 글쓰기를 통합한 종합적 의사소통능력이 함양될 수 있었다.

브루피(Bruffee)는 "학교는 사회 교육기관이며, 경험은 교육"이라는 듀이의 관점을 따르면서 협력학습의 본질로 '경험'과 '창조적 활동'을 강조했다. 협력학습은 살아있는 현장 경험과 사회적 경험을 중시함으로써 실질적이고 구체적인 학습효과를 얻고자 한다. 사람들은 대화하고 협상하고 합의를 추구하는 과정을 통해 생산적인 대화와 공동체적인 삶을 경험하게 된다.[18] 본고에서 진행한 글쓰기 협력학습 역시 모둠 내의 대화와 협상을 통해 학습활동 과정을 거치면서 모둠 형성 초기와는 다른 변화된 공동체를 지향한다는 점에서 가장 큰 의의를 지닌다고 하겠다.

4. 결론

이 글은 국내의 대학들이 글쓰기의 중요성을 인식하고 수준 높은 글쓰

---

[18] 위의 책, 99면.

기 교육을 실현하기 위해 다양한 변화를 꾀하고 있는 시점에서 보다 실질적인 글쓰기 교수―학습 전략을 탐색하려는 의도로 기획되었다. 그리하여 대학의 학습현장에 구체적으로 적용할 수 있는 협력학습 모델을 구안하였고, 이를 적용한 글쓰기 교수―학습 모형을 제안하였다. 학습자들이 공동체의 일원으로서 주체적으로 지식을 구성하고 공동체의 구성원들과 소통하도록 이끄는 글쓰기 협력학습은 학습자 중심의 글쓰기 교육에 도움이 되는 방법론이라 할 수 있다.

특히 본고에서 구안한 '협력학습을 활용한 글쓰기 교수―학습 모형'은 학습자들로 하여금 학문적 전문성을 바탕으로 다양한 담화공동체 내에서 효율적으로 의사소통을 할 수 있는 능력을 키워줄 수 있는 구체적 교수―학습 방법 중의 하나가 될 것이다. 학습자들이 협력학습을 통해 목표를 설정하고 과제를 수행하는 과정에서 글쓰기를 전략적으로 실행하도록 고안된 '기업 홍보 글쓰기'는 소통능력 함양과 더불어 조직적 역량과 문제해결 능력을 겸비한 인재를 양성하는 데 글쓰기 교수―학습이 적극적으로 원용될 수 있는 가능성을 제공한다. 아울러 본고에서 제시한 '기업 홍보 글쓰기' 프로그램은 중·고등학교의 글쓰기 교육과 변별되는 대학에서의 글쓰기 교육이 지향해야 하는 고차원적인 사고와 읽기, 쓰기 능력 함육이라는 목표에 도달하는 한 방법이 될 수 있을 것이다.

『작문연구』 제12집(2011. 5)에 수록

디지털 매체, 문학, 의사소통

남 기 택

1. 디지털과 교양 교육

이 글은 교양국어 교과영역의 디지털 매체를 활용한 수업 방법에 대한 실증적 사례를 제시하고자 한다. 본 연구는 문학에 대한 수강생들의 자발적 흥미를 유발하고 한국문학의 현황을 효과적으로 체험할 수 있는 방법론적 모색을 목적으로 하였다. 또한 그 과정에 수반되어야 할 학생들의 자발적 의사소통 방식에 주목하고자 한다. 인문학적 소양 함양은 학생들이 진정한 교양인으로서의 자질을 갖추는 데 주요한 계기가 된다. 이러한 문제의식은 기능 교육이 강조되는 오늘날의 강단 현실 속에서 더더욱 시사적인 의미를 지닌다. 이를 위한 이론적 전제의 일환으로 문학과 영상언어의 관련성을 시장르를 예로 들어 제시하고자 한다.

디지털 매체를 활용한 문학 교육은 오늘날 대학 교육의 문제점을 보완하는 방법론적 대안이 될 수도 있다. 인문과학적 교양은 시대를 불문하고 지식인이 지녀야 할 기초 소양임이 분명하다. 그럼에도 불구하고 시대적 패러다임의 변화와 함께 순수 인문학 담론의 위상은 점차 약화되고 있다.

디지털 매체를 활용한 수업방법의 다양화 필요성은 이로부터 제기되는 문제기이도 하다. M. 맥루한이 지적한 바와 같이 미디어가 곧 메시지인 이 시대의 문화적 조건은 부정할 수 없는 현실이라 하겠다.

중요한 것은 인문학적 컨텐츠와 디지털 매체가 만나는 방식의 문제일 수 있다. 기존의 문학개론 내용을 단지 컴퓨터 화면으로 제시한다고 해서 별다른 교육효과를 기대하기는 어렵다. 형식의 변화뿐만이 아니라 내용과 체재의 개선이 뒤따라야 한다. 따라서 본 수업방법은 디지털 매체의 활용이라는 기술적 측면과 인문학의 시대적 대응이라는 문학컨텐츠적 측면을 접목하는 방향으로 모색되었다.

기존 문자 중심의 주입식 교육으로는 문학의 효과를 달성하기 어렵다. 이때 다원적 목소리를 강조함으로써 '지식의 위험'을 경계한 M. 바흐친의 성찰은 시사하는 바가 크다. 오늘날 디지털 매체는 문학의 다성성을 실현하는 주요한 수단이 될 수 있다. 컴퓨터를 포함한 디지털 매체는 활자와 달리 쌍방향적 소통이 가능한 구조를 지니고 있으며, 변화된 문화와 정서를 상징하는 코드이다. 이는 효과적인 교육 도구인 동시에 학생들의 자발적 참여를 가능케 하는 구조적 토대이기도 하다.

수용이론 이래 문학작품의 해석에서 독자의 위치는 날로 강조되고 있다. 이는 현행 교육과정에도 반영되어 있다. 그러나 이론적 타당성과는 별개로 실제 교육현장에서 학생들의 수동적 지위는 크게 달라지지 않고 있다. 교육과정의 변화에도 불구하고 여전히 문제적인 중등교육의 현황은 이를 반증하는 사례이다. 본고는 이러한 현황 속에서 효과적인 교양 교육과 의사소통을 위한 이론적, 실증적 사례를 제시하고자 한다.

2. 문학과 영상언어, 이론적 고찰

2.1. 이미지와 영상

디지털 매체를 활용한 어문학 교육이 가능하기 위해서는 그에 관한 이론적 배경이 병행될 때 보다 효과적일 수 있을 것이다. 이 장에서는 그에 관한 예시로서 시장르와 영상언어의 친연성에 대한 입장을 제시하고자 한다.[1] 에이젠슈테인의 몽타주(montage) 이론은 영화 〈전함 포템킨〉(1925)을 통해 극명히 표현되었다. 잘 알려진 오뎃사 계단의 군중학살 장면은 이질적인 이미지의 연쇄적 병치를 통해 일종의 낯설게하기 효과를 자아내고 있다. 이를 통해 관객은 능동적인 해석 주체로서 영화적 서사의 진행에 참여하게 된다. 이러한 과정은 매체의 차이라는 엄연한 사실에도 불구하고 문학적 언어의 재현과정과 유비될 수 있겠다. 주지하는 바와 같이 소설과 영화는 서사성을 함의함으로써 장르적 친연성을 지닌다. 시에 국한하더라도 이미지의 구체태와 그 연쇄로써 의미를 완성한다는 점, 분행과 분연이라는 형식적 조건을 갖추어야 하는 점 등은 숏(shot)와 신(scene)을 분절하고 절합함으로써 내러티브를 확보하는 영화의 속성과 유사하다. 몽타주의 구현 과정과 마찬가지로 시어의 의미 영역은 인접한 표현이나 문맥과의 관계를 통해 형성되기도 한다. 이처럼 시와 영화의 의미 단위는 기호의 지시적 맥락만이 아닌 매체의 구상태(具象態)를 통해 완성된다는 점에서 유비될 수 있다.

현대시의 경향은 언어 본연의 구성적 차원을 넘어서고자 한다. 서정의 본

---

1 이하 내용은 남기택, 「시적 재현과 영상언어의 관련 양상」(『현대문학이론연구』 40집, 현대문학이론학회, 2010. 3)을 재구성.

질을 발본적으로 재고하는가 하면 파격의 의장으로써 의미 너머의 의미를 추구하기도 하는 것이다. 화행적 효과를 통해 즉물성을 강조하는 것도 이미지의 현전이라는 영상언어가 지닌 성격과 유사하다. 이러한 경향은 현대시의 아포리아(aporia)를 낳기도 한다. 물론 이것은 한국시가 지닌 전위적 전통과 무관하지 않다. 최근 시단의 실험적 경향은 전혀 새로운 것이 아닌, 역사적 범주로서의 서정이라는 대전제를 새삼 증명하는 현상이기도 하다.

시와 영상예술의 관계를 본격적으로 논의하는 사례는 소설의 경우와 달리 일반적이지 않다. 영화와 소설에 내재된 서사성이라는 공통분모가 시와 영화 사이에는 존재하지 않기 때문이다. 그럼에도 불구하고 시와 영상예술에 대한 선도적 연구들은 이에 관한 이론적 지평을 다양하게 밝히고 있다.

영화적 기법에 주목하는 시적 양상은 이미 근대문학장 초기부터 주요한 흐름을 형성한다. 영화는 1900년대 수입된 이래 문인들의 필수적인 문화 체험이 되었고, 특히 1920~30년대 모더니즘 시에 적극적으로 활용되었던 것이다.[2] 김기림을 위시하여 '영화시'의 창작이 제안된 것도 1930년대의 일이다.[3] 이 당시 시적으로 원용된 영상언어적 기법은 객관적인 이미지의 제시로 요약될 수 있다. 실로 시의 언어와 영화의 시각적 언어는 긴밀한 상동성을 지닌다. 영화의 어휘 역시 이미지의 전시라고 하는 본질적 속성을 지닌 것이다.[4] 예컨대 이미지즘 시로 잘 알려진 이장희의 「봄은 고양이

---

2 문혜원, 「한국 근대시의 시적 전환과 영화 체험의 상관성」, 『한국언어문학』 65집, 한국언어문학회, 2008. 6 참조. 이 글은 특히 이장희, 정지용, 김광균, 이상의 경우에 주목하고 있다.

3 박완식, 「금후 영화운동의 원칙적 중심과제」, 『신계단』, 1933. 5. 문혜원, 앞의 글, 289면에서 재인용.

4 로버트 리처드슨, 이형식 역, 『영화와 문학』, 동문선, 2000, 99면. 그에 따르면 언어의 구성요소를 어휘·문법·구문이라 할 때, 영화의 어휘는 단순한 사진 이미지, 문법과 구문은 숏을 배열하는 편집·커팅, 혹은 몽타주 과정으로 볼 수 있다.(96면) 또한 그는 영화의 영사 과정이 고정되고 규칙적인 과정이라는 점을 들어 소네트의

로다」는 추상적인 대상('봄')과 그에 대한 해석을 가시화하는 과정에서 카메라적인 수법을 사용하고 있다. 카메라 눈 기법은 대상에 대한 주체의 심리적 거리감을 확보케 함으로써 대상을 자아와 동일시하는 기존 서정시의 창작 방식과 구별된다.[5] 1920~1930년대에 본격화된 이미지즘 계열의 시들에서는 이런 경향을 쉽게 찾아볼 수 있다. 이는 "시는 의미가 아니라 존재가 되어야 한다"[6]는 매클리시의 명제를 실현하는 양상으로서 시와 영화에서 공통적으로 발견되는 지향이기도 하다. 예술작품은 그 자체로 자족적이 되어야 한다는 신념이 그 속에 존재한다.[7] 리처드슨은 예술작품의 자족성에 관한 관념은 신비평 운동에 의해 강화되었다고 본다. 그에 따르자면 시나 영화는 자체의 콘텍스트를 제공하고자 하며, 그 자체가 하나의 참조 체제인 것이다. 모두에서 몽타주의 대명사로 언급한 에이젠슈테인의 〈전함 포템킨〉 역시 정교한 디자인 혹은 패턴에 대한 감각이 구성 원리로 작동하였음을 확인할 수 있다.[8]

이장희와 동시대 이미지즘 계열의 작품들이 회화성을 지닌다는 점은 공공연한 명제가 되었다. 대상과의 거리를 유지하고 즉물성을 강조하는 것이

고정된 음절·행, 운율에 대비하기도 한다.(105~106면) 더불어 다음과 같은 언급은 시와 영화의 근본적 연관을 상기하는 데 주요한 이론적 입장을 제공한다. "의미는 맥락·병치·아이러니·이미지·뉘앙스·암시에서 나온다. 영화와 현대시는 관객과 독자에게 사물의 의미를 설명하는 것이 중요한 것이 아니라, 스스로 의미를 찾고 느끼고 깨닫도록 해주는 것이 중요한 것이라는 데 인식을 같이한다. 그래서 영화와 시가 나아가는 영역은 고정된 가치관의 영역, 산문적 논리나 담론적 지성의 영역이 아니다."(142면)

5 문혜원, 앞의 글, 291~293면.

6 Archibald MacLeish, Collected Poems, 1917~1952, 로버트 리처드슨, 앞의 책, 147면에서 재인용.

7 오진곤, 「영화와 문학의 상관관계에 관한 연구—몽타주 기법을 중심으로 본」, 『현대영화연구』 7권, 한양대 현대영화연구소, 2009, 179면.

8 로버트 리처드슨, 앞의 책, 146~147면.

회화의 특징인 것도 사실이다. 한편 엄격한 의미에서 회화성은 영상언어의 차원과는 다른 성질을 지닌다는 점 역시 부가되어야 한다. 회화에서는 정지된 순간들의 지속과 더불어 시간을 흐름을 드러내기가 어렵지만 시에서는 언어적 표현과 이미지의 병치를 통해 시간의 흐름과 구체적인 지속이 드러난다.[9] 시가 지닌 이러한 '운동−이미지'[10]는 물론 영화에서 더욱 효과적으로 나타난다. 따라서 시각적 이미지의 배열에 따른 시적 정황은 회화성보다는 영상언어적 측면에서 접근할 때 보다 효과적으로 설명될 수 있다.

> 명절날나는 엄매아배따라 우리집개는 나를따라 진할머니 진할아버지가
> 있는 큰집으로가면
>
> 얼굴에별자국이솜솜난 말수와같이눈도껌벅걸이는 하로에배한필을짠다
> 는 벌하나건너집엔 복숭아나무가많은 新里고무 고무의딸李女 작은李女
> 열여섯에 四十이넘은홀아비의 후처가된 포족족하니 성이잘나는 살빛이
> 매감탕같은 입술과 젓꼭지는더깜안 예수쟁이마을가까이사는 土山고무 고

---

9   함종호, 「시와 영화의 상관성」, 『영화비평현실』 2호, 2004. 12, 243~244면. 이 글은 시를 이해하는 데 회화보다 영화가 더 효과적일 수 있는 이유로 ① 회화가 전체적 영상을 그리는 데 비해 시와 영화는 단편적 영상을 병치시킴으로써 구조화된다는 점, ② 시에서 나타나는 지속과 운동의 모습은 회화보다 영화에 더 유사한 형식이라는 점, ③ 시는 영화처럼 대상을 바라보는 시각이 자유롭다는 점, ④ 시각 이미지와 청각 이미지를 조화롭게 배치하는 시의 형식은 회화보다 영화에 더 가깝다는 점 등을 들고 있다.(259~260면)

10   들뢰즈는 운동에 관한 베르그송의 논제를 설명하면서 운동−이미지에 대해 다음과 같이 정리한다. "운동은 어떤 의미에서 두 측면을 가지고 있다. 한편으로 그것은 대상이나 부분들 사이에서 일어나는 것이고, 다른 한편으로는 지속 또는 전체를 표현하는 것이다. 그것은 지속으로 하여금 속성을 변화시키면서 대상들 속에서 분할하도록 하며, 대상들로 하여금 스스로 심화하면서 또한 그 윤곽들을 상실하면서 지속 안에서 결합되게 한다. 그러므로 우리는 운동이 닫힌 체계 안의 대상들을 열린 지속에 연관시키며, 지속을 그것이 강제로 열리도록 하는 체계 안의 대상들과 연관시킨다고 말할 수 있을 것이다." 질 들뢰즈, 유진상 역, 『시네마 I : 운동−이미지』, 시각과 언어, 2002, 26~27면.

무의딸承女 아들承동이

　六十里라고해서 파랗게뵈이는山을넘어있다는 해변에서 과부가된 코끝
이빩안 언제나힌옷이정하든 말끝에설게 눈물을짤때가많은 큰곬고무 고무
의딸洪女 아들洪동이작은洪동이 배나무접을잘하는 주정을하면 토방돌을
뽑는 오리치를잘놓는 먼섬에 반디젓담으려가기를좋아하는삼춘 삼춘엄매
사춘누이 사춘동생들

―백석, 「여우난곬族」 부분

　백석의 경우는 특별한 양상을 보인다. 백석 시의 모더니티를 증거하는
대표작 중 하나인 「여우난곬족」에는 시골 친척들의 인물 형상에 관한 묘사
가 두드러진다. 이러한 묘사가 내재된 시적 진술의 구조는 영상미학적 관
점에서도 충분히 해석될 수 있다. 질박한 평안도 방언을 그대로 구사하며
연쇄적으로 이미지들을 펼쳐놓는 일종의 파노라마 수법은 백석 시의 특장
이기도 하다. 단형 서정의 언어구성물인 시가 파노라마적 효과를 지닐 수
있는 것은 특유한 사실성을 구현하는 이미지의 제작에 있다. 백석 시는 이
러한 측면에서 영상언어적 인식소를 함의하는 1930년대의 대표적 텍스트
라 하겠다.

　이 같은 설명은 모더니티를 분석하는 기존의 과정과 결과적으로 큰 차
이를 보이지 않는지도 모른다. 그럼에도 불구하고 영화적 문법의 시적 전
유는 한국 근대시의 발생 과정을 새롭게 재구하고, 그 의미의 중층성을 증
거하는 하나의 방법론적 입장이 될 수 있다. 또한 문학과 영화가 한국 근
대예술을 정립하고 발전시키는 불가분의 계기라는 중요한 사실을 이론적
으로 확립하는 의미를 지니기도 한다. 한국문학의 예술적 총량을 밝히는
차원에서도 시의 영화적 요소 혹은 영화의 시적 요소는 주요한 연구 대상
이 되어야 하리라 본다.

　근대문학의 본격적 전개와 더불어 영상언어의 시적 전유는 더욱 복잡한

양상으로 나타난다. 카메라의 매체적 자의식이 발전함에 따라 다양한 영
상언어 방식이 개발되었고, 그 결과 시의 표현에 있어서도 직간접적인 영
향을 미치게 된다. 영상은 넓은 의미에서 이야기의 한 종류일 수 있다. 말
과 글에 대해 지속성과 입체성을 보완한 형태가 곧 영상인 것이다. 그것
은 기록하는 방법으로 존재하기에 지속성을 지니며, 보고 들을 수 있으므
로 입체성을 획득한다.[11] 대상에의 투사와 동화를 통해 동일성의 세계를 지
향하는 서정시에서 영상이 지닌 지속성과 입체성은 근본적으로 불가능할
지도 모른다. 그러나 이미지즘 이래 시의 회화적 양식은 언어가 지닌 입체
성에의 한계를 스스로 극복해 왔다. 한편 앞서 언급한 것처럼 모더니즘 시
의 회화적 양식이라는 명제 자체를 영상언어의 시적 전유에 대한 근거로
단정해서는 곤란하다. 회화가 지닌 성질과 영화의 그것은 분명 다르며, 이
지점에서 시와 영상언어의 관련 양상은 보다 독립적으로 정치하게 논의되
어야 한다. 1980년대까지의 시적 흐름에 나타난 영상언어적 전유 양태는
서정시의 장르적 한계를 극복하고 다양한 감각적 실체를 가시화하기 위한
노력의 일환으로 보인다.

2.2. 수사학적 불연속과 몽타주, 디지털 코드

1980년대 이후 시에서 영상언어를 전유하는 형태로서 대표적인 사례는
디지털 영상매체를 이용하는 경우라 하겠다. 사진을 소재로 하거나 CD롬
을 활용한 시의 형태는 전형적인 예에 해당된다.[12] 그 밖에 본 절에서 주목

---

11 김광욱, 「스토리텔링의 개념」, 『겨레어문학』 41집, 겨레어문학회, 2008. 12, 252면.

12 카메라와 편집이라는 매체적 자의식이 성숙한 1980년대 이후, 영상화된 시작
   품의 대표적 예로서 장정일과 하재봉을 거론해야 할 것이다. 이에 대해서는 손진
   은, 「시와 영상예술의 상호 관련성 연구」, 『어문학』 100집, 한국어문학회, 2008. 6,

하고자 하는 점은 현대시의 다양한 형식 실험에 나타나는 영상언어적 구성과 상상력의 차원이다. 거대담론 시대 이후 시의 문법은 영상매체를 기술적으로 이용하거나 소재로 사용하는 경우와는 근본적으로 다른 면모를 보여준다. 대표적인 차이는 작가들의 이데올로기적 지평이 영상매체적인 것으로 형성된다는 점이다. 이는 개인의 세계관과 미적 인식이 정립된 이후 영상매체를 도구적으로 이용하는 방식과는 다른, 영상매체라는 이데올로기가 호명한 문학적 주체의 상상력에 비견될 수 있다.

방법론적으로는 시의 수사학과 영화의 몽타주 기법이 지닌 친연성이 극단적으로 결합되는 형태라 하겠다. "이질적인 것의 병치(대립과 통합)"[13]로 정의되는 몽타주는 관점에 따라 은유와의 비교, 조화와 갈등의 시적 양상, 은유(비교 몽타주)와 환유·제유(충돌 몽타주)와의 대비 등으로 논의되고 있다. 영화에서의 몽타주가 문학과 시각 예술이 오래 전부터 사용해 오던 사물 배열의 방법이라는 것은 잘 알려져 있다.[14] 1980년대 이후의 시적 세계관에서 나타나는 불연속적 양상은 어느 하나의 수사론 범주로 귀속되기 어려운 복잡한 양상을 보인다.

그 중에는 과거를 추체험하며 현재적 의미로 소급해내는 이른바 플래시백의 경향이 있다. '마징가 Z'(권혁웅, 「마징가 계보학」)로 상징되는 1970년대 애니메이션은 위에서 보는 바와 같이 과거의 삶을 재구성하는 주요한 인식소로 기능하고 있다. 일상적인 풍경과 세태를 묘사하는 이러한 영상언어적 표현들은 마치 네오리얼리즘적 양상을 보는 듯하다. 이는 이른바 분산적 상황, 의도적으로 약한 관계들, 방랑―형식, 상투성들에 대한 의

369~373면 참조.

13 유리 띠냐노프 외, 오종우 역, 『영화의 형식과 기호』, 열린책들, 1995, 185면.

14 로버트 리처드슨, 앞의 책, 64면.

식화, 음모의 고발 등을 말한다.[15] 그것은 곧 편안한 서사적 흐름이 관객의 의식에 안착하지 못하도록 상황과 행동, 자극과 반응의 일관상을 흐리는 영상을 가리킨다.[16] 그럼에도 불구하고 이러한 양상 역시 거대담론의 관점에서 영상매체를 전유하는 과정이라 하겠다. 파편화된 과거의 삶을 추체험하고 이를 구체적인 장면으로 분절, 재구성하는 것은 여전히 중심에 선 문학적 담론이다. "기운 센 천하장사"로 비유되는 불한당들의 삶을 언명하는 화자의 시점과 랑그가 분명하기 때문이다.

#1 새벽의 모란여관

삭제. 나는 지우는 자이다.

#2 욕실

이빨을 닦을 때마다 나를 흡수하는 거울. 그 순간 나는 유일하게 이빨에 사로잡힌 자. 나는 어제의 흔적을 지우기 위해 집요하다. 거울 속에서 명령을 수행하는 저 단순한 표정과 함께.
— 이장욱, 「용의자」 부분

이 작품은 본격적으로 시나리오라는 구성을 빌어 일상의 풍경을 환상적으로 그려낸다. 그 과정에서 여러 영상매체가 화자의 사유를 잇는 계기들로 등장하고 있다. 이러한 정황은 자아의 내면을 시적 몽유의 형식으로 펼치는 것과 같다. 장 콕토가 실험한 바 있듯이 〈시인의 피〉(1930)는 자기 자신을 은유하는 주인공을 통해 시적 몽유의 세계를 영상으로 구현한다. 여

15　질 들뢰즈, 앞의 책, 377면.

16　안숭범, 「시와 영화의 수사론적 비교 연구」, 『문학과 영상』 8권 1호, 2008. 12, 677면.

기서 난해하고 충격적인 숏들은 무성영화의 이미지가 담아낼 수 있는 시적 상상의 세계를 포착한다.[17] 이장욱 시의 모호한 신(#)들은 이에 비견되는 언어적 영상들이라 하겠다.

판타지적 상상력이 현대 문화에 차지하는 위상은 매우 높다. 판타지는 영화나 게임 등 문화산업에서 거부할 수 없는 블루오션으로 주목되고 있다. 판타지의 부각은 그 자체로 거대담론의 해체를 증거하는 현상일 것이다. 환상이라는 화소는 그 자체로 비현실적 몽환의 구성물인 동시에 이데올로기의 억압으로부터 비롯되는 정치적 사유로서의 의미를 지닌다. 지젝에 따르면 상징적 현실은 하나의 허구로서 비일관성과 균열로 점철되어 있으며, 판타지는 그러한 사실을 은폐하는 기능을 한다.[18] 판타지는 따라서 현실 혹은 상징적 질서의 구조적 원리를 드러내는 동시에 가로막는 이중적 계기일 수 있다. 현대시에서 보이는 판타지적 이미지는 위와 같은 이데올로기의 중층적 존재를 반영하는 시적 영상이라 하겠다.

> 불지 마 꺼질 것 같아
> 건드리지 마 다칠 것 같아
> 상처 옆에 눈이 내린다 창문을 두드린다
> 한밤중에 일어나 눈동자를 열고 모니터를 꺼낸다
> 붉고 싱싱한 잘 익은 놈으로
> 너에게 줄게 아무것도 먹지 마
> 이것만 있으면 모니터 속 아이리스
> 보라색 꽃잎 가장자리 휘어진 엷게 눈웃음치는
> 이슬보다 영롱한 0과 1
>
> —유형진, 「모니터킨트—eyeless.jpg」 부분

---

17 위의 글, 687면.

18 슬라보예 지젝, 주은우 역, 『당신의 징후를 즐겨라!: 할리우드의 정신 분석』, 한나래, 1997 중 역자 서문(11~12면) 참조.

영상언어의 전유 방식 중에서도 이전의 경우와 근본적으로 달라지는 계기 중 하나는 디지털 코드의 보편화일 것이다. 「모니터킨트」는 비트의 세계로 이루어진 디지털 영상매체의 운명을 그리는 작품이다. 이러한 양상이 본격화되면서 이른바 서정의 구투를 재구하려는 경향이 일반화되고 있다. 이는 20세기 후반 대두된 인식 지평의 전회와 긴밀히 관련된다. 최근의 문학적 상상력은 바로 디지털 영상언어의 상상력이 그 근간을 이루고 있다는 점에서 기존의 실험적 지향과는 다른 의미망을 형성한다.

위에서는 문자 대신 디지털 코드, 즉 "0과 1"이 "이슬보다 영롱한" 대상으로 부각된다. 이에 상응하는 존재는 곧 '모니터킨트'이자 '눈 없는 존재'("눈이 없는 꽃", "eyeless")가 된다. 앞서 살펴본 김수영의 시에서 '눈'의 기능은 '언어'를 사라지게 하는 변인이었지만 여기서는 문자 자체가 존재하지 않는다. 즉 디지털 코드라는 신세계가 '눈'의 부재를 결정하는 상수가 된다. 양자의 차이는 곧 주체의 차이이기도 하다. 라깡의 유명한 비유를 들자면 문자, 곧 편지는 현실의 질서요 이데올로기를 상징한다. 편지는 언제나 결국 목적지에 도착된다. 그러나 위 작품에는 편지, 즉 문자 자체가 부재한다. 이는 디지털 시대의 분열된 주체, 이를테면 "자기 자신을 실정적으로 주어진 이질적인 실체로 경험하는 한에서 실체"일 수 있는 주체의 시적 영상이라 하겠다.[19]

한 사제가 악기 하나를 동굴로 들고 왔다
그는 악기를 연주한 후

---

[19] "편지는 항상 그 목적지에 도착한다"는 J. 라깡의 명제에 대한 지젝의 해석은 슬라보예 지젝, 「왜 편지는 항상 그 목적지에 도착하는가?」, 위의 책, 27~70면 참조. 인용은 슬라보예 지젝, 이수련 역, 『이데올로기라는 숭고한 대상』, 인간사랑, 2002 중 라클라우의 「서문」, 15면.

동굴의 흐르는 물에 악기를 씻었다

악기 속에서 무언가 떨고 있는 소리가 들렸다

사제는 악기를 동굴의 바닥에 내려놓은 후
동굴을 빠져나왔다 이윽고
동굴의 벽에서 기어 내려온
뱀 한 마리 악기 속으로 스르르 기어 들어갔다
악기 속엔 사람이 하나
웅크리고 누워 있었다
뱀의 목을 뜯어 먹고 미덕을 지니고 있었다
뱀의 몸을 다 뜯어 먹고
그는 천천히 발음했다

나는 음표는 몰라도 쉼표는 다른 피아니스트들보다 더 잘 연주한다

그는 푸른 음문이 새겨진 자신의 피부를 곡예하고 있다
　　　　　—김경주, 「어그야 혹은 파롤—작곡가 신나라에게」 부분

　현대시에 등장하는 파격의 이미지는 새로운 언어와 상상력을 환기한다. 위 작품은 자신의 시형식 자체로 가시적인 파격성을 추구한다. 이는 언어의 의미망을 넘어 존재로서의 시를 추구하는 또 다른 양상이라 할 수 있겠다. 위 작품에는 악보가 먼저 실린다. 부제목이 환기하는 대로 작곡가 신나라의 것으로 보이는 악보 아래 "항해 중인 어두운 배 밑으로 몰래 출렁출렁 따라온 탈처럼/그가 이 악보를 주며 말했다./"착상시킬 것. 그리고 아무것도 떠나지 마라.""는 경구가 붙는다. 이 작품은 이러한 가시적 장치들을 동반하고 있는바 이에 대한 참조가 없고서는 해독될 수 없는 시각적 상징기호라 하겠다.

신나라의 악보는 그가 독일에서 작곡한 음악극(musictheatre) 〈어그야〉의 대본이다. 음악극은 음악, 노래, 대화, 춤 등이 결합된 극양식이다.[20] 하지만 위 작품에서 그 실체를 파악하기는 어렵다. 악보의 이미지만이 부각될 뿐이다. 음악극 〈어그야〉는 "혹은 파롤"로 대체되면서 '착상' 자체의 발상을 전경화시키는 계기로 존재한다. 본문 중에는 아르투르 슈나벨의 표현("나는 음표는 몰라도 쉼표는 다른 피아니스트들보다 더 잘 연주한다")을 인용하여 음악적 파격을 전유하고 있다. 여기서도 강조되는 것은 기존과는 다른 방식의 예술적 영감이다. 이들 발화(파롤)를 대체할 어떤 랑그도 존재하지 않는 발화 자체의 영상이 곧 「어그야 혹은 파롤」인 것이다. 이처럼 현대시의 일부 경향은 다양한 예술적 발성법을 한 편의 시 속에 조각하는 식으로 종합적 매체언어를 시도하고 있으며, 그 자체로 시뮬라크르의 장이고자 한다. 이는 디지털 영상언어가 지닌 특장이기도 하다.

거대담론 시대의 '영화시'적 양상은 소위 '기계주의' 인식론과 미학에 의거하고 있었다. 예컨대 영화시를 모색한 김기림의 초기 미학과 문학관을 지배한 것은 서구 미래파류의 동력학적 속도감이나 기계주의 세계관이다. 페르낭 레제, 장 콕토 등에 대한 관심도 결국은 전위예술의 실험적이고 도전적인 세계관이나 방법론에 기초한 것이었다.[21] 하지만 1980년대 이후 시적 세계관에 영향을 미치는 영상매체의 성격은 디지털적인 것으로 특화된다. 디지털은 매체가 아닌 매질이요,[22] 지속성과 입체성을 지닌 영상에 더

---

20 "musical theatre(musictheatre) is a form of theatre combining music, songs, spoken dialogue and dance." http://en.wikipedia.org/wiki/Musical_theatre.

21 조영복, 「김기림 시론의 기계주의적 관점과 '영화시(Cinepoetry)'—페르낭 레제 및 아방가르드 예술관과 관련하여」, 『한국현대문학연구』 26집, 한국현대문학회, 2008. 12, 240면.

22 정과리는 디지털이 원소단위라기보다는 일종의 알고리즘(화학반응식)이라는 점, 그에 따라 변화의 경계가 철폐된다는 점 등을 주목한다. "디지털은 이미지를 창출

해 양방향성을 보완한 이야기 형태라 할 수 있다.[23] 이는 기계주의적 세계
관에 상응하는 모더니티의 입론을 넘어 새로운 시적 존재론의 모색을 증
명하는 현상이라 하겠다.

이러한 실정은 기존의 시문법이 천착해야 할 새로운 지평이기도 하다.
문제는 영상언어적 상상력과 표현이 지니는 문학적 의미에 있다. 일부 극
단적 실험시들이 지향하는 파편화된 현실 인식과 존재론적 고립은 시학의
궁극적 목표라 하기 어렵다. 현대시의 영상언어 전유는 새로운 시대를 조
명하고 견인하는 문화적 실천의 한 차원이어야 할 것이다.

3. 매체 활용과 의사소통의 사례

3.1. 수업방법과 내용

다음으로 디지털 매체를 활용한 어문학 교육과 이를 통해 글쓰기 및 의
사소통의 효과를 도모한 사례를 제시하고자 한다.[24] 본 수업방법을 적용하
여 진행했던 강의의 수업절차 및 수업활동을 개관하면 다음과 같다. 주교
재는 『호모로퀜스』[25]를 사용하였다. 이는 강원대학교 삼척캠퍼스에서 〈한

하되, 그것을 보관의 형식으로가 아니라 기획의 형식으로 한다. 즉 디지털은 미래
를 '재현적으로' 선취한다. (중략) 디지털적 알고리즘은 시공간의 저항을 받지 않는
다. 즉 모든 것은 원리적으로 실시간으로 전지구적으로 이루어진다." 정과리, 「영
상언어와 문학」, 『한민족어문학』 56집, 한민족어문학회, 2009. 12, 19~20면.

23 김광욱, 「스토리텔링의 개념」, 『겨레어문학』 41집, 겨레어문학회, 2008. 12, 253
면.

24 이하 내용은 남기택, 「디지털 시대의 한국어문학 교육」(『한국어문화』 3호, 한밭대
한국어문화연구소, 2009. 12)을 재구성.

25 신철하 편, 『호모로퀜스』, 한국문화사, 2003. 본 연구와 관련된 실제 강의는
2007~2008년도에 진행되었다. 본고에 제시되는 자료는 이때 강의의 결과에 근거

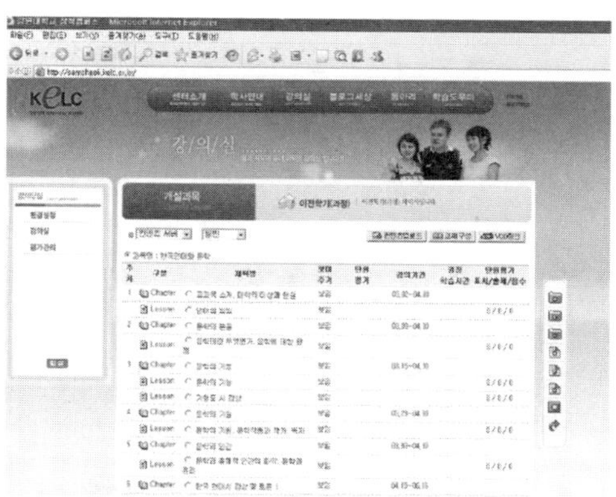

<그림 1> 디지털 캠퍼스 강의교재 관리 메뉴

국 언어와 문학〉 강좌의 기본교재로 기존에 사용되던 텍스트로서, 중요한 것은 교재와 더불어 관련 참고자료 및 시청각 자료를 준비하여 이론수업과 병행하는 차원이다. 본 강좌의 주교재 체재에 따른 주요 강의주제는 "문학의 본질과 기능, 문학작품과 작가, 한국문학과 여성성, 한국 현대시 감상, 한국 현대소설 감상, 문학과 하이퍼텍스트, 문학과 영화의 공통점과 차이점, 표현기법, 시와 영화, 소설과 영화, 대중문화의 이해" 등이다.

본 강좌는 또한 온라인 강좌(본 대학의 '디지털 캠퍼스' 활용)를 병행하였다.(〈그림 1〉 참조) 주당 3시간의 수업 중 1시간이 사이버 강좌로 진행되었다. 이 시간에는 학생들이 강의요목을 확인하거나 해당 작품에 대한 감상 등을 수행하였다. 담당교수가 교재의 주요 내용을 요약하고, 관련 참고자료를 사전에 제시함으로써 문학에 관심이 없는 학생들의 참여도를 높이고자 하였다.

오프라인 강좌는 주로 이론 강의와 관련된 작품을 감상하는 시간으로 할애되었다. 관련 작품 감상방법이 중요한데, 단지 교재에 수록된 작품만

한 것이다.

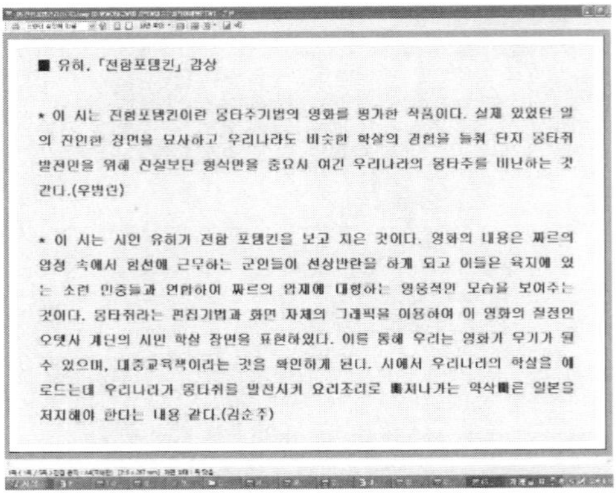
■ 유하,「전함포템킨」감상

★ 이 시는 전함포템킨이란 몽타주기법의 영화를 평가한 작품이다. 실제 있었던 일의 잔인한 장면을 묘사하고 우리나라도 비슷한 학살의 경험을 들춰 단지 몽타쥐 발전만을 위해 진실보단 형식만을 중요시 여긴 우리나라의 몽타주를 비난하는 것 같다.(우병련)

★ 이 시는 시인 유하가 전함 포템킨을 보고 지은 것이다. 영화의 내용은 짜르의 압정 속에서 함선에 근무하는 군인들이 선상반란을 하게 되고 이들은 육지에 있는 소련 민중들과 연합하여 짜르의 압제에 대항하는 영웅적인 모습을 보여주는 것이다. 몽타쥐라는 편집기법과 화면 자체의 그래픽을 이용하여 이 영화의 절정인 오뎃사 계단의 시민 학살 장면을 표현하였다. 이를 통해 우리는 영화가 무기가 될 수 있으며, 대중교육책이라는 것을 확인하게 된다. 시에서 우리나라의 학살을 예로드는데 우리나라가 몽타쥐를 발전시켜 요리조리로 빠져나가는 약삭빠른 일본을 처지해야 한다는 내용 같다.(김순주)

〈그림 2〉 개별 작품 감상 프리젠테이션 자료

을 감상하는 것이 아니라 최근 문학작품을 미리 준비하여 읽고(디지털 캠퍼스 활용), 또한 관련 문학작품을 영상화한 텍스트를 선정한 후 부분적으로 감상하였다. 수업시간에 영상자료 전편을 감상하기는 어렵기 때문에 교수자는 관련된 부분을 미리 캡처하는 등 주요 장면을 숙지할 필요가 있다.(〈그림 2〉 참조)

이론 강의와 관련 작품 감상이 끝난 이후에는 반드시 학생들의 의견을 듣는 형식을 짧게라도 가져나가고자 하였다. 시간이 허락하는 한 조별 토론, 자유 발표 등을 통해 의견을 개진하였고, 그 밖에는 주로 디지털 캠퍼스의 토론방을 활용하여 자유로운 시간에 개별적인 의견을 제시하도록 하였다.

이 과정에서 학생들 의견에 대한 피드백이 중요하다. 교수자는 토론방의 댓글을 통해 필요한 경우 학생별로 개별적 강평의견을 제시하였고, 전체 의견을 정리하여 주요 내용을 다음 차시의 서두에 개관하는 형식으로 피드백을 진행할 수 있었다.

본 수업방법은 기본적으로 강의와 발표, 토론, 디지털 캠퍼스 활동 등으로 이루어진다. 매시간 강의주제에 대한 교수자의 설명이 있고, 강의 중에 수시로 관련 자료를 감상한다. 학생들은 제시된 자료를 감상하고 자신의 생각을 발표나 조별 토의, 디지털 캠퍼스 토론방 등을 통해 제시한다. 따라서 본 수업방법에 있어서 중요한 교수활동은 수업컨텐츠의 개발과 피드백 활동이라 하겠다. 담당교수는 수업 전에 다양한 수업컨텐츠를 개발함과 동시에 해당 텍스트의 주요 의미와 감상법을 요약해야 한다. 이를 프리젠테이션 자료로 준비하고 관련된 시청각 자료를 구동할 수 있는 시스템을 점검한다. 수업 중에는 이를 체계적으로 설명하고 관련된 자료를 학생들에게 제시한다. 수업 후에는 반드시 피드백이 뒤따라야 한다. 수업 중의 학생의견에 대한 코멘트는 물론 수업 후 다양하게 이루어지는 학생의견에 대하여 정리하고 참조점을 제시할 필요가 있다.(〈그림 2〉 참조) 따라서 수업 후의 활동에는 디지털 캠퍼스의 토론방 의견에 대한 댓글과 이를 요약하여 다음 차시를 준비하는 과정이 포함된다. 이상 내용을 효과적으로 제시하기 위해서 미리 프리젠테이션 자료를 준비하는 것이 필수적이다.

또한 디지털 캠퍼스의 강의자료 개발을 빼놓을 수 없다. 본 수업방법은 디지털 캠퍼스를 활용한 사이버 강좌를 병행함으로써 학생들의 자유롭고 능동적인 참여를 유도하였다. 따라서 교수자는 해당 대학의 사이버 캠퍼스 환경을 숙지하고 주별 강의주제에 따른 강의자료를 개발해야 한다. 교수자 스스로가 사이버 캠퍼스 환경을 모르거나 익숙하지 못한 경우가 아직도 많다. 본 수업방법에서는 사이버 캠퍼스를 통해 주요 교재의 핵심적인 내용을 제시함은 물론 관련된 영상자료를 감상할 수 있는 공간으로 활용하였다.

이상의 교수활동에 따라 매차시 강의주제가 검토되었다. 다음은 한국 현대시 감상 시간에 다룬 작품(황병승, 「세븐틴」)에 대한 학생들의 반응과 교수자 강평 내용이다.

    ＊ 주된 해석 : 세대 차이, 현실 비판(물질주의, 인간소외), 타락한 청소년, 살인, 불륜, 떠돌이 인생, 이기적인 세태, 인간의 양면성 등.

    ＊ 부정적 견해 : 어렵다, 난해하다, 이해할 수 없다, 소통이 불가능하다.

    ＊ 긍정적 견해 : 고정관념 파괴, 독특한 개성, 비판적 사회의식.

    ＊ 교수자 강평 : 이해할 수 없다는 것이 부정적 평가의 근거가 될 수 있을까? 우리 현실의 문제와 연관지어 생각해 볼 것. 신세대들의 사고방식과 문화를 기성세대는 '이해하기 힘들다'고 한다. 그렇다고 해서 신세대 문화가 부정적인 것은 아니다. 결과적으로 서로를 인정하고 이해하려는 태도가 필요. 작품 감상시 "잘 모르겠다, 어렵다"는 말로 끝내지 말고, 애정을 갖고 작품의 의미와 가치를 파악하기 위해 노력할 것.

주제별로 볼 때 가장 많은 비중을 두었던 부분은 '문학과 영화'이다. 이는 학생들의 관심도가 가장 높은 주제임은 물론 최근 한국어문학 관련 양상을 검토하는 효과적인 계기가 될 수 있기 때문이다. 디지털영상시대를 맞이하여 문학에 있어서도 영화와의 결합이 적극적으로 모색되고 있다. 이러한 현상이 지니는 양면성, 즉 장점과 단점에 대해서 다양한 영상자료를 매개로 학생들 스스로 질문하고 자신의 입장을 정립해가는 방향으로 수업이 진행되었다.

본 수업방법에서 가장 중요한 역할이 교수자의 수업컨텐츠의 개발에 있다. 다양하게 생산되는 텍스트 중에서 한국어문학의 이해에 적합한 텍스트를 선별하고, 비판적 이해를 위한 방향을 마련하는 작업이 필요하다. 시와 소설을 한 편 감상할 때도 영상자료를 병행할 수 있는 텍스트를 선정하는 것이 필요하다. 문학과 영상자료를 병행했을 때 작품에 대한 수용과 이해도가 높아지기 때문이다.

다음으로 학생활동은 수업 전 주요교재의 검토, 수업 중 강의를 통한 교과목 이해와 실습 및 토론, 수업 후 디지털 캠퍼스 토론방을 통한 개별의견 제시 등이 주된 내용이라 하겠다. 특히 조별 감상 및 개인별 작품 이해가 강조되었다. 학생들은 매시간 주어지는 개별 텍스트 감상시간에 능동적으로 참여해야 한다. 중요한 것은 이를 유발할 수 있는 시스템과 여건을 마련하는 것이다. 본 수업방식에 진행되었던 주요 학생활동을 항목화하여 제시하기로 한다.

① **디지털 캠퍼스 토론방 활동** : 학생들의 능동적 참여가 중요함에도 불구하고 실제 강의진행 상황에서 이를 구현하기란 쉬운 일이 아니다. 현재 강원대학교 삼척캠퍼스의 경우 교양강좌 정원이 60명으로 설정되어 있다. 60명이 모두 참여하는 토론을 진행하기는 현실적으로 불가능하다. 따라서 조별 활동이나 기타의 대안이 필요하다. 본 수업방식에서는 디지털 캠퍼스를 활용한 토론방 활동을 수행하였다.

② **조별 활동** : 학기초에 조단위를 편성, 필요한 경우 모둠 활동을 전개하였다. 주로 문학작품 감상 및 강평 시간이었고, 학기당 3~4회 정도 진행시키는 것을 원칙으로 하였다. 효율적인 강의 내용 전달을 위해 지나친 조별 활동 역시 지양해야 한다. 조별 토의 내용은 '조별 활동 결과보고서'를 제출하는 동시에 조원 중 한 사람이 발표하였다.

③ **관련 자료 조사** : 자신이 좋아하거나 최근 감상했던 작품을 조사하는 시간을 가졌다. 학생 스스로의 관점에서 텍스트를 선별하고 그에 반영된 한국문학과 문화의 성격을 간략히 분석하여 디지털 캠퍼스에 제시하였다.

④ **백일장** : 국문학이나 문예창작 전공자가 아니고는 대학 생활 동안 시 한 편을 쓰기가 어려운 것이 사실이다. 그러한 기회가 거의 없기 때문이다. 교양국어 성격의 본 강좌에서 중간고사 이후 백일장 시간을 가져 학생들의 참여를 유도하였다. 그 결과 진솔하고 나름대로의 의미를 담은 작품을 볼 수 있었다.

⑤ **학습과제** : 본 수업방식에서는 디지털 캠퍼스를 활용한 학습과제 이

외에 다음과 같은 과제 및 결과물이 도출되었다.

ⓐ 중간리포트(교재에 수록된 소설 4편을 읽고, 한 편을 골라 감상문 작성) : 김영하의 「비상구」를 읽고 나서(고경용) : 김영하의 「비상구」라는 소설을 읽었다. 맨 처음 그 여자애 배꼽 밑에는 화살 문신이 있다 라는 말로 시작된다. 처음 이 문장을 읽고 나서 무슨 소린지 도통 알 수가 없었다. 그 자체로 문신이 있다는 말인지 아니면 그 속에 무언가를 의미하는 것이 있는지 궁금하였다. 하지만 이 소설을 다 읽고 난 지금도 궁금증을 해결하지 못하였다. 그냥 그 자체로 문신이 있다는 말로 받아들이면 되는 것인가?

이 소설은 방황하는 10대 청소년들의 모습을 적나라하게 표현한 것 같다. 솔직히 나는 이 작품을 읽으며 생각한 것이 야하다, 이런 소설도 작품이라 말할 수 있는 것일까? 어떻게 이런 소설이 이 책에 실릴 수 있었을까? 하는 것이었다. 청소년들이 주인공으로 나와 청소년으로서는 해서는 안 되는 일들과 각종 범죄들을 저지르며 하루하루를 아무런 꿈도 없이 희망도 없이 살아가는 모습을 그리고, 이런 무의미한 삶의 끝을 보여주고 있다. 이 소설의 작가가 단순히 이런 모습을 독자에게 전달하려 했을까? 이렇게 살지 말라는 것을 전달해주려고 한 것일까?(이하 생략)

ⓑ 기말리포트 : 졸업자격인증제 독서분야 추천도서 중에서 국내저서를 택일하여 읽고 감상문 작성

본 수업방법의 평가기준은 중간고사(30%), 기말고사(30%), 수시작문 및 과제물 평가(20%), 발표 및 토의 평가(10%), 출석(10%) 등과 같았다. 특히 수시로 진행된 개별작품 감상과 디지털 캠퍼스 참여 정도를 중요한 비중으로 평가하였다. 기말고사 이전에 수행된 시험 및 과제물에 대해서는 그 결과를 리뷰, 이를 통해 학습과정을 복습하고 문제점이 무엇인지를 환기하는 시간이 필요하다.

3.2. 효과 및 행동 변화

본 수업방법을 통해 기존의 문자교재에 의존하는 전통적 문학개론, 교양 국어 성격의 강좌를 보다 흥미롭고 다양하게 접근할 수 있었다. 교수자의 입장에서도 최신의 문학담론을 점검하고 수용할 수 있는 하나의 계기가 되었다. 학생의 경우 구태의연한 문학이라는 통념에서 벗어나 보다 적극적이고 능동적인 자세를 지닐 수 있었다. 특히 디지털 캠퍼스를 이용한 사이버 강좌와 오프라인 강좌에서의 각종 시청각 매체는 디지털에 익숙한 신세대 학생들의 자발적 흥미를 유발하여 보다 원활한 의사소통을 가능케 하였다.

본 수업방식을 진행하기 위해서 교수자는 많은 준비를 해야 한다. 먼저 다양한 문화컨텐츠의 현황을 파악하고 적합한 강의자료를 준비하는 과정이 필요하다. 또한 디지털 캠퍼스의 환경 및 운용방법에 대해 강의 전에 충분히 숙지하고 있어야 한다. 많은 자료를 준비한다고 해서 모든 문제가 해결되는 것은 아니다. 텍스트의 효과적인 제시방법, 시간분배, 즉각적인 피드백 등을 항상 고민해야 한다.

학생 역시 자발적인 방식으로 디지털 캠퍼스에 참여해야 하므로 교과목에 대한 관심과 참여도가 이전 학기에 비해 높아짐을 느낄 수 있었다. 딱딱한 문학이론과 텍스트에 비교적 용이하게 접근하는 모습을 보였으며, 결과적으로 한국어문학에 대해 보다 친숙해지는 계기가 될 수 있었다고 본다.(〈그림 3〉 참조)

관련 시청각자료를 활용한 수업은 상대적으로 학업 성취도를 높인 것으로 판단된다. 각종 참여 구조를 통해 학생들의 남다른 표현 능력을 확인할 수 있었고, 다양한 전공의 학생들이 모인 교양강좌임에도 문학작품에 대해 진지하게 사유하는 모습을 보여주었다. 이에 대한 근거자료로서 학생 백일장 및 개별작품 감상(디지털캠퍼스 토론방 활용)의 실례를 제시하기

<그림 3> 토론방 활동. 개별작품 단상과 선호 작품 제시 화면

로 한다.

ⓐ 학생 백일장 작품(시제 : 5월)

저는 다른 사람에게 안 보이는 것으로 봐선 소극적이고 부끄러움이 많습니다.
하지만 저는 저에 대해서 대단하다고 느끼고 있습니다.
제가 있으면 우리나라의 사람들이 모두 움직이고 있기 때문이죠.
제가 있어서 사람에 대해 조금이라도 생각할 수 있기 때문에 행복합니다.
하지만 제가 없어도 가족과 선생을 생각해주셨으면 좋겠습니다.

(정다훈, 「자기소개서」)

오월은
푸른 하늘 저 멀리
새 노래 소리들을 띄워놓고
산마다 푸른 팔을 벌려
어깨동무를 한다.

오월은
작은 나무들의 뺨마다

예쁜 꽃잎을 오려붙이고
흐르는 시냇물 위에도
휘파람 소리를 감아놓는다.

(김태석, 「5월은 우리 모두의 생일이다」)

대학은 처음으로 5월을 맞이한다.
─아직 5월일 뿐이었다.

나는 강의실로 터벅대던 도중
─혹은 자취방에 갈 적이나, 특히 독서실에 갈 때에

문득, 멈춰 서서
나를 포위하듯이 가꾸어진 화단을 바라보았다.
─그 상황은 강요된 운명 같은 것이다.

갖가지 꽃들이 가을을 맞이한 단풍처럼
갖가지 색채에 젖어 탄생의 수채화(水彩畵)를 발한다.
─태양을 지상으로 추락시킨 열정의 대가이다.

그것들은 비슷해 보였으나 자세히 보면
꽃들이라 묶을 수 없는 각자 다른 생명을 띤 존재들이다.
─아마도 그들이 흘린 땀과 피를 머금고 있기 때문이니라.

아직 이른 5월임에도
지옥 같은 열기는 이곳을 뜨겁게 달구었으나,
나는 오한을 느끼며 파카(parka) 속에 묻는다.
─움츠리기에 작아지고 작아진다.

(박학래, 「5월의 대학」)

ⓑ 한줄 토론 : 디지털 캠퍼스 토론방의 개별작품 감상 내용(대상작품 :

김수영, 「VOGUE야」)

　　시인이 정확히 말하고자 하는 것을 이해할 수는 없었지만 "밑바닥만을 보아온, 빈곤에 마비된 눈에 하늘을 가리켜주는 잡지 VOGUE야"에서 미국의 선진 대중문화를 상징하는 듯 보이는 '보그'가 "밑바닥만을 보아오고 빈곤에 마비된 눈"을 가진 시인에게는 선망의 대상이 될 수밖에 없다는 말인 듯하다. 그러면서도 아들에게 이 현실을 보여주고 싶지 않은 것은 현실과 근대문화와의 격차 사이에서 괴리감을 느끼는 시인의 마음이 드러난 것 같다.(심현우)

　　김수영의 시 「VOGUE야」를 보면 1960년대에 쓴 시인데도 시대가 무색할 만큼 마음에 와 닿았던 것 같다. 요즘 사람들 또한 겉모습에 많은 중점을 두고 있는 부분이고 다음 세대에는 그런 허영심을 불러 일으켜 주고 싶지 않은 화자의 마음도 담겨져 있는 듯싶다.(남미영)

4. 맺음말 : 교양 및 글쓰기 교육의 방향

　　이 글에서는 어문학 수업에 있어서 디지털 매체를 활용하는 하나의 사례를 제시하였다. 또한 문학과 영상언어의 관련성에 대한 이론적 고찰을 시도하였다. 오늘날에는 대중매체의 급속한 발달과 관련하여 교육환경 및 교수법을 재고하려는 노력이 요청된다. 한편 매체의 발달이 가져오는 부정적 효과에 대해서도 많은 이들이 우려하고 있다. 각종 대중매체는 정보 전달의 흐름에 있어서 대개 일방향적이라는 특성을 지닌다. 컴퓨터와 인터넷은 쌍방향 소통을 구조적으로 가능케 하였지만, 그 수준은 아직 미약한 것이 사실이다. 익명성을 악용한 부정적 사례는 사회적 문제로까지 확산되고 있다. 디지털 매체를 전유하는 수업방법은 한국어문학에 대한 이해는 물론 대중매체에 대한 인식을 긍정적으로 고양하는 계기가 될 수 있으리라 본다.

　　이와 관련하여 디지털 매체와 언어가 궁극적으로 별개가 아니라는 점을 강조할 필요가 있다. 디지털 매체에 의한 의사소통이 주류 방식으로 확산되어 가는 현상은 부정할 없는 실정이라 하겠다. 반면 현 단계 대중매체는 순기능적인 면보다 역기능적인 면이 강하고, 경우에 따라서는 국어의 체계를 파괴하거나 혼란을 가중시키기도 한다. 언어의 중요성을 이해하고 올바른 언어 사용을 생활화하는 것 역시 지식인의 책무이자 교양교육의 요건이다. 디지털 매체의 적극적 활용은 의사소통의 수월성을 도모함은 물론, 결과적으로 언어 순화의 방법이기도 하리라 본다. 어문학에 대한 기존의 장르 개념 역시 재고가 필요하다. 디지털 시대의 문화와 예술 경향은 미래를 전망하는 것이 불가능할 정도로 급변하고 있다. 고정된 장르 개념에 국한되는 시야를 벗어나 현 단계 문화현상의 특징으로서 융복합성을 이해해야 할 것이다.

이 글에서 제시한 수업방법은 디지털 캠퍼스를 통한 사이버 강좌를 병행함으로써 학생들의 능동적인 참여를 유도하였다. 디지털 캠퍼스는 주요 교재의 핵심적인 내용을 사전에 공유하고 관련된 영상자료를 감상하며 개인의 의견을 제시하는 공간으로 활용되었다. 또한 본 수업방식에서는 수업형태의 변화뿐만이 아니라 디지털 영상화 시대에 문학의 존재 의의는 무엇인가를 주요한 내용으로 설정, 학생들과 함께 고민하고자 하였다. 이러한 질문과 방식을 통해 보다 높은 학습 효과를 도출할 수 있었다. 평가에 있어서는 전문적 지식보다는 학생들의 능동적 참여 여부를 주요 지표로 설정하였고, 평가 방식으로 지면을 통한 시험 형식뿐만 아니라 다양한 학습 참여 정도(발표, 조별 토론, 디지털 캠퍼스 활용 상황 등)를 대등한 비중으로 평가하였다. 디지털 매체가 보편화된 오늘날, 이를 활용한 다양한 의사소통 방법 개발은 어문학 교육의 양질전화와 관련되는 주요한 기제라 하겠다.[26]

---

26 이 글은 단행본 기획 의도에 따라 주석에서 밝힌 바와 같이 재구성한 것입니다.

이산적 글쓰기의 한 모색

오 연 희

1. 텍스트에서 글쓰기로

더 이상 문학이 무엇이고, 한국문학이 무엇이라고 단언할 수 있을까? 문학작품을 텍스트로 호명하는 순간, 문학과 비문학의 구별은 더 이상 유용한 것이 아니게 된 것은 아닐까? 혹자는 더 이상 문학 작품과 다른 글쓰기와의 구별은 무의미하다고 단언하면서[1], 문학 연구는 이제 특정한 종류의 글쓰기(문학적 글쓰기)만을 특권적으로 다루는 것에서 벗어나 모든 글쓰기를 문화적 실천의 관점에서 다뤄야 한다고 주장하기도 한다.

지금 우리는 사회의 규범과 상식이 근본에서부터 흔들리는 시대에 살고 있는 것이다. 우리가 문학이라 부른 것이 사실은 '근대' 문학이었고, 그것은 특정한 제도의 소산이었다는 것, 따라서 현재의 문학 개념이 더 이상 유효한 것이 아니라면, 새로운 문학은 현재의 변화를 수용할 수 있어야 한다는 것, 그리고 새로운 문학은 생성이나 창조의 문제라기보다는 합의의

---

1 앨빈 커넌, 최인자 역, 『문학의 죽음』, 문학동네, 1999, 284면.

문제라는 점 등이 오늘날 우리가 직면해 있는 담론적 현실이 아닌가 한다.

본고에서는 문학과 비문학, 삶과 예술의 경계가 무너지고 있는 시대에 글쓰기란 바로 그런 혼란과 무질서에 뭔가 새로운 질서와 체계를 부여하려는 실천일 수 있다는 점에 주목하고자 한다. 사실 90년대 이후 근대문학 연구의 특징 중 하나는 바로 개념사 연구로의 편중 현상이었다. 개념사 연구란 자명한 것으로 이해되는 문학의 주된 개념어들이 특정한 역사적 시기에 어떤 방식으로 담론화 되고 지식으로 분화되었는지를 추적하면서 그것들의 학문적 성립과 배치의 결과를 규명하려는 시도이다. 그러나 이처럼 최근의 문학연구가 급격히 문학에서 문화로, 텍스트에서 개념/제도로 기울어져 가고 있는 현실이 어쩌면 진정한 문학의 위기가 아닌가 하는 반론 역시 심심찮게 제기되곤 한다. 결국 중요한 것은 그것이 작품으로 불리든 텍스트로 불리든, 텍스트/작품 자체여야 하기 때문이다. 이런 저런 종류의 텍스트들을 한데 묶어 특정 분야로 분류해 놓는 문제는 별도로 하고, 오직 개별 텍스트만이 그 텍스트가 속하는 장르에 도전해 이를 변형시킬 수도 있고 전혀 새로운 장르의 탄생을 주도할 수도 있다.

하지만 텍스트란 거의 무한대에 가까울 만치 그 숫자가 많다. 그나마 다행인 것은 실제로 각각의 텍스트들이 자기 고유의 글쓰기를 하고 있다는 것은 있음직하지 않다는 점이다. 왜냐하면, 여기서 글쓰기란 글쓰기 행위 자체일 뿐만 아니라 글의 스타일이라는 의미를 동시에 갖기 때문이다. 이 세상에 개별 텍스트의 수에 비해 글쓰기[2]의 수가 비교도 안 될 만치 적다는 것은 전혀 의심의 여지가 없어 보인다. 이는 매우 충격적인 결론으로

---

2 바르트의 말을 빌자면, 글쓰기(에크리튀르)는 랑그나 개인적 파롤, 문체와 다르다. 그것은 랑그(가령 한국어)를 사용하지만 개별적 수준의 문체들을 포괄하는 상위개념이다(권용선, 「1910년대 근대적 글쓰기의 형성과정 연구」, 인하대 박사논문, 2004, 9면에서 재인용).

우리를 이끄는데, 하나의 글쓰기가 한 개별 텍스트보다 더욱 개별적이라는 역설이 그것이다. 고로 텍스트는 많되 글쓰기는 별로 없다. 사태가 이러하기에 텍스트의 문제는 곧 글쓰기의 문제가 되는 것이다. 본고에서는 오늘날 글쓰기의 지형도를 살펴보고, 근대적인 글쓰기의 배치도가 형성되게 된 과정과 맥락을 문제시하여 새로운 글쓰기의 가능성을 적극적으로 모색해보고자 한다. 글을 쓴다는 것 자체가 결국은 소망의 행위라고 믿기 때문이다.

2. 문학의 확장으로서의 글쓰기

근래 들어 글쓰기의 중요성이 지금처럼 강조된 시기는 아마도 없었을 것이다. 비단 언어 관련 종사자들뿐 아니라 과학자, 기술자, 정치가, 사업가, 운동 관련 종사자, 연예인 등 관련 분야가 무엇이든 현대인이라면 누구나 일상생활 속에서 말하고 쓰는 기술의 필요성을 절감하고 있는 것이 현실이다. 나아가 현대인은 일상적인 사업보고서나 프리젠테이션의 준비, 혹은 인터뷰나 면접 같은 사회적인 필요가 아니더라도, 대개는 개인 홈페이지나 블로그 등을 통해 자기를 알리고 다른 사람들과 소통하고자 하는 개인적인 욕구를 갖는다. 따라서 오늘날 불고 있는 글쓰기 열풍은 사회적 필요와 개인적 욕구가 맞물린 21세기의 특징적인 문화적 현상으로 보아야 할 것이다.

이런 추세에 발맞춰 현재 대부분의 대학들이 계속해서 문학 교육을 다양한 종류의 글쓰기 교육으로 전환하고 있는 것은 어찌 보면 당연한 현상이면서도 다른 한편으로는 기존의 학과로서의 문학 교육에 있어서의 변화를 알리는 신호이다. 다양한 학문 분야에서 필요로 하는 글쓰는 기술을 가르치는 것이 현재 문학교육의 주분야가 되어 가고 있는 것이다. 여기서 기존의 문학은 말이나 그림, 도표같은 소통 방법들, 그리고 인쇄, 라디오, 비디오 등과 같이 정보를 효과적으로 수집, 구성, 전달하는 다양한 소통 양식들 중 하나에 불과한 것으로 밀려난다. 문학이 지식 계보 내에서 점차 자신의 자리를 잃어가고 있다는 탄식은 그리 과장된 것만은 아니라고 보아도 무방할 듯싶다. 오늘날 급격히 쏟아져 나오고 있는 글쓰기 및 수사학 관련 책자들은 정확히 이런 현실을 반영한다. 근대 이후 잊혀졌던 전통적인 문학의 이상, 즉 글을 쓰고 사고하는 확실한 방법으로서의 문학에 대한 이상이 새롭게 힘을 받아가고 있는 현실 말이다. 이제 더 이상 문학 작품과 다른 글쓰기와의 구별은 무의미해진 것이다.

사실 문이재도의 문학관을 굳이 들먹이지 않더라도, 문학은 오랫동안 읽고 쓰는 행위와 관련된 정신수양의 영역으로 치부되어 온 것은 주지의 사실이다. 서양의 경우에도, 현대적인 의미에서의 문학이란 용어는 18세기 후반에 들어서야 겨우 사용되기 시작했다.[3] 문학은 사실상 처음부터 텍스트 중심의 근대적인 제도였던 것이다. 19세기에 설립된 커다란 국가적 연구 도서관들의 수장 도서들이 문학을 구체적인 모습으로 드러내기 전까지 문학이란 제도의 실체는 모호했다.[4]

---

3 앨빈 커넌, 앞의 책, 25면.

4 앨빈 커넌에 따르면 근대 문학은 다음과 같은 과정을 거쳐 하나의 제도로 공식화되기에 이른다. 즉 근대가 표방한 과학적 합리주의는 현대 사회에서 지식의 공식적인 양식이 되어왔다. 하지만 예술가들은 창조적인 상상력이라는 그와 반대되는 거울을 소유함으로써 자신의 영역을 굳건히 지켰다. 문학도 예외는 아니어서, 문학은 단지 이야기나 서사가 아닌 신화로 다루어짐으로써 몇 가지 이점이 있었다. 우선 문학은 인류의 오랜 과거, 언제나 존재했던 인류의 소망과 연결되었고, 무엇보다도 미신과 비합리성을 철저하게 부정하는 합리적 사회에서, 신화로서의 문학은 과학에 대해 스스로를 내세울 여지를 마련했던 것이다. 이로써 문학은 비문학적 서사 및 글쓰기를 타자화시킴으로써 자신의 영역을 확고히 구축할 수 있었다(앨빈 커넌, 앞의 책, 45~50면).

우리나라의 경우도 예외는 아니어서, 근대적 글쓰기란 자국어의 발견과 쓰여진 구어라는 새로운 인공어를 창출하는 문제와 연동된 사건[5]이었고, 다른 한편으로는 세계와 대결하는 고립된 개인이란 근대적 주체가 만들어지는 과정과 맞물린 사건이었다. 다시 말해서 고립된 자아에 대한 인식과 그것을 표현하는 것으로서의 글쓰기, 그리고 고립된 독서 행위를 기반으로 하는 청중에서 독자로의 이행 등은 결국 근대문학의 삼위일체라 하기에 손색이 없을 듯하다.[6]

그리하여 문학은 이 근대적 자아의 '내적 진실'을, 다른 글쓰기는 '외적' 진실을 나타낸다고 하는[7] 문학과 글쓰기의 분리가 근대 이후 확고해진다. 물론 이는 개인과 사회를 나누는 부르주아적 구분과, 정신과 세계를 나누는 서양의 고전적 구분에 근거한 것이지만, 사실상 문학적 글쓰기와 비문학적 글쓰기가 근대 사회에서만큼 명확하게 구분되었던 적은 역사상 한 번도 없었다고 단언할 수 있다. 특히 오늘날 읽기와 쓰기의 문제는 인쇄출판을 전제로 한 책이란 매체에만 국한되는 것도 더 이상 아니다. 이제 텍스트는 문자 언어의 영역을 넘어 가능한 모든 기호의 영역으로까지 확대되고 있다.

결국 문학이란 삽처럼 한정된 사물도 아니고 산처럼 주어진 현실도 아니다. 문학이 다가오는 시대에 사회적 삶속에서 의미 있는 역할을 담당하려면, 기존 질서와 문학 및 글쓰기와의 관계를 다시 한 번 생각해 보아야

5 　권용선, 「1910년대 근대적 글쓰기의 형성과정 연구」, 인하대 박사논문, 2004, 6~8면.

6 　권용선에 따르면, 그밖에도 원근법적 시선의 발견과 신문잡지 매체를 통한 시각 훈련의 과정, 교통공간의 변화와 여행의 경험 등이 세계를 이전과는 다른 방식으로 이해하는 하나의 창구로 기능했고 이를 통해 새로운 글쓰기가 시도되었다고 한다 (권용선, 앞의 논문, 6~8면).

7 　레이먼드 윌리엄즈, 박만준 역, 『문학과 문학이론』, 경문사, 211면.

한다. 적어도 지금은 대학 교과 과목으로서의 문학의 존재는 대단히 불안
정하다고 보여진다. 이는 현재의 글쓰기 규범과 글쓰기 교육이 심각한 위
기에 처해있다는 것을 의미하는 것이다. 실로 문학의 위기란 문학이란 실
체의 위기라기보다는 문학적 담론의 위기가 아닌가 한다.

　이에 본고에서는 새로운 글쓰기론이 문학의 위기를 넘어, 문학의 확장
으로 나아가는 길을 개척할 수 있을 것이라고 본다. 이를 위해 전근대적인
규범과 가치를 현재적으로 전용하고자 하는데, 여기서 전근대성이란 근대
논리가 야만의 이름으로 배격한 열등한 중세적 가치[8]와는 성격이 다르다.
오히려 근대 담론이 억압해온 보편적인 삶의 지혜 일반을 일컫는 말로, 그
중 글쓰기와 관련된 분야는 뭐니뭐니 해도 수사학 분야일 것이다. 실제로
근대 이후, 정확히 17세기 이래 수사학은 모던 시대의 학문에서 철저하게
소외되어[9]온 대표적인 분야이다. 툴민은 과거 수사학의 부활을 통해 근대
적 이성의 불균형을 바로 잡아야 한다고 주장하거니와, 오늘날 수사학의
부활은 분명 전근대적 가치들을 현재적으로 전용하려는 탈근대적 논의들
가운데서도 단연 독보적으로 눈에 띄는 현상이다. 이에 과거의 수사학과
현재의 수사학 관련 논의들을 비교해 봄으로써 글쓰기의 문제로 확대된
문학에 대한 사유, 혹은 글쓰기에 대한 문학적 사유를 좀더 구체적으로 탐
색해볼까 한다.

8　가령 문명화된 상태=유럽의 관습과 풍속이란 기준으로 현재의 야만이나 미개 상
　태의 민족들을 인류의 초기 단계로 규정하는 인간의 박물학같은 관점에 대한 비판
　은 다음을 참조 바람(강상중 · 이경덕 · 임성모 역, 『오리엔탈리즘을 넘어서』, 이산,
　1997, 88면).

9　스티븐 툴민, 『이성으로의 귀환』, 240면.

3. 수사학들

1950년대 이후 꾸준히, 특히 최근 몇 년 사이에 급격히 수사학은 다시 부활하였다. 물론 관련 분야 종사자들에겐 단 한 번도 수사학이 잊혀졌던 적이 없었지만, 어찌됐든 부활한 수사학은 '새로운'과 같은 다양한 수식어구를 달고 우리 삶의 전 분야로 화려하게 컴백(?)했다.[10] 이러한 컴백의 배후엔 절대적 객관성으로 위장한 권력의 음모로부터 벗어나야 한다는 우리 시대의 요구가 깔려 있다. 그리하여 과거 수사학을 몰아내고, 객관적 진리의 탐구를 보증해주던 과학적 방법은, 청자를 고려한 수사적 방식의 대화에 다시금 자신의 자리를 내주게 되었다. 그 결과 우리 모두는 설득에 능한, 그리고 설득을 뒷받침하는 탐구에 능한 고전적 수사학자의 모습으로 돌아오게 된 것이다.

수사학은 주지하다시피 기원전 5세기 그리스 시칠리아에서 참주들에게 재산을 빼앗긴 사람들이 소송과 재판을 하는 과정에서 변론술로 태어나, 소피스트, 이소크라테스, 아리스토텔레스, 퀸틸리아누스, 키케로 등의 논증적이고 문학적인 다양한 테크닉이 가미되면서 서양 학문의 전통으로 자리잡았다. 엄밀한 의미에서 이들 고전 수사학은 말 잘 하는 기술을 연구하는 학문이었다. 그것이 오랜 세월을 거치면서 "납득시키고 설득하기, 동의의 창출," "그럼직한 것, 견해, 개연적인 것을 적절한 이유들과 논거들

---

10 우선은 다음과 같은 우리 사회의 변화된 인식이 수사학의 부활에 중요한 역할을 했음을 부인하기 힘들다. 즉, 의미란 그 자체로 고유한 것이 아니라 상황에 따라 선택적으로 결정된다는 것, 오늘날과 같이 다원화된 사회에서 다양한 입장들간의 미시적 의사소통의 문제가 중요해졌다는 것, 경험이나 자료에 입각한 과학적 방법론이 주관성을 피해갈 수 있다는 신념이 흔들리고 있다는 것 등이 그것이다. 그 결과 오늘날 과학자 및 인문학자들, 정치가와 기업가들은 공히, 설득에 능한 수사학자로 거듭나고 있다.

을 들어 추론들을 암시하거나 대신 이끌어 내며 받아들이게 하기" 등 다양한 목적들과 관련되면서[11] 고전 수사학은 논거를 찾아내는 발견, 찾아낸 논거들을 정리하는 배열, 배열된 것을 말로 바꾸는 표현, 표현된 것을 갈무리하는 암기, 갈무리된 것을 드러내는 발표의 다섯 분야로 나뉘게 된다.[12] 롤랑 바르트는 이 다섯 부분을 일종의 '수사적 기계'로 보고, "그 투입구에 추론의 조야한 자료들, 여러 사실들, 말하고자 하는 주제 등을 넣고 입력하면 …(중략)… 다섯 부분들을 거치면서 일종의 공정 과정을 거쳐 그 배출구로 구조화되고 설득을 위해 완전무장된 완성된 담론이 나온다"고 기술[13]하고 있는데, 그만큼 고전 수사학은 말을 다룸에 있어 가장 효과적인 단 하나의 방식만을 인정했다.

현재 가장 많이 인용되고 있는 아리스토텔레스의 수사학은 수사학과 시학이란 두 체계를 대조하는 데서 출발했다. 이는 문학과 비문학을 구분하는 현대적 구분의 중요한 논거가 되기도 하는데, 이때 시학과 대비되는 수사학이란 말 잘 하고 글 잘 하는 기술과 동일시된다. 아리스토텔레스는 수사학을 "각 경우마다 설득하기에 적당한 것을 순이론적으로 발견해내는 능력"이라 정의한다.[14] 이는 대중의 수준, 즉 상식 혹은 일반적인 생각의 수준에 자발적으로 격하되어 맞춰진 논리학이다. 그런데 현대의 수많은 영화, 신문 연재소설, 광고 문구들은 이러한 아리스토텔레스식 규칙을 표어로 삶고 있다. 즉 그것들은 대중이 가능하다고 생각하는 것에 맞춰져 있는 것이다.

---

11 그 이외에도, "즐겁게 하기, 유혹하거나 조종하기, 자신의 생각을 사실인 것으로 상대가 받아들이도록 정당화하기," "비유적 의미의 설정," "비유적, 문체적 언어, 문학어의 사용" 등이 있다.

12 현대의 작문이론은 거의 이 고전 수사학의 방식을 따르고 있다. 즉 주제설정, 자료 수집 및 분류, 개요짜기, 집필, 이는 고전수사학의 5분야에 정확히 일치한다.

13 김현 편, 『수사학』, 문학과지성사, 1985.

14 김현 편, 앞의 책, 50~76면.

특히 후기 아리스토텔레스 학파의 연구 논문들은 오늘날 학술 논문의 기본적인 골격을 완성시키면서 특정한 글쓰기를 하나의 규범으로 특권화시키는데 지대한 영향을 미쳤다. "그 일의 성질이 허락하는 정도의 엄밀성을 각각의 영역에 따라 구하는 것"이 필요하다고 하여 각 영역에 따라 서로 다른 수사학을 제시했고, 이들 영역 안에서는 유형별로 말하기 방식을 고정시켜 놓았던 것이다.[15] 왜 그들은 때로는 머리말의 끝에 위치하고 때로는 본론의 시작 부분에 위치하는 논제의 자리에 대해 그토록 악착같이 토의했던 것일까? 그 이유는 이들 수사학자들이 보기에 사물들의 위치에는 어떤 목적이 항상 있게 마련이었다. 즉 이들에겐 "네가 어떤 식으로 분류할 것인지 내게 말해 주면, 난 네가 누구인가를 말해줄 수 있다"[16]는 식의 진술이 가능했다.

그런데 이처럼 때로는 하위 개념들로 쪼개고, 때로는 산만한 부분들을 모으면서 단계적으로 나아가는 식의 '수사학 기계'가 현대 작문 교재에서 고스란히 답습되고 있고, 나아가 고대의 논문이란 특정한 글쓰기가 현재 대학에서 학문을 연구하는 학자 집단의 중심적인 글쓰기 방식이 되고 있음[17]은 두 번 생각해도 의아하지 않을 수 없다. 21세기 학문의 중심적인 글쓰기 방식인 논문이 낡은 수사학에서 비롯된 것이라는 점은 고전 수사학에서 열거해 놓은 말하는 순서가 현재의 논문 형식과 어떻게 관련되는지만 보아도 알 수 있다.[18]

---

15 조우현, 「이론과 방법」, 『학문의 현대적 인식』, 일념, 1990, 452면.

16 김현 편, 앞의 책, 72면.

17 김영민, 『탈식민성과 우리 인문학의 글쓰기』, 민음사, 1998.

18 고전 수사학에 따르면, 머리말은 관례적으로 두 가지 계기를 지닌다. 하나는 호의의 획득이다. 이는 호기심을 일깨우고 주의를 기울이게 만드는 것이며, 다른 하나는 체계적 주제 분할로 다음에 이어질 내용을 예고해 준다. 맺음말은 사실의 층위를 포함하는데, 이는 재론하기와 요약하기이다. 진술부는 사실 혹은 사실이라고

일단 사물화되면 상투어는 문맥과 상관 없이 고정된 내용을 지니게 된다. 어떤 대상을 설명하는 학술적인 글에서 하나의 도식만을 설정해 놓고 획일적인 단어들의 위치나 제한된 언어[19]만을 허용한다면, 설명 대상이 무엇이든 우리는 결코 올바른 지식에 도달할 수 없을 것이다. 특히 이같은 도식적 글쓰기는 기술적 방법론을 가지고 가치관련된 어떤 결정을 내리려는 학자나, 시어의 개념성 혹은 역사적 언어의 은유성을 파악하고자 하는 사람들의 사기를 아예 겪어버림으로써, 현실에 대한 지배적 관점을 공고히 하는 데 기여하게 된다.

현재 대학의 문학 강좌가 글쓰기 강좌로 대체되고 있는 현상을 두고 문학의 '죽음'[20]으로 보느냐, 아니면 문학의 사회적 적용[21]의 일종으로 보느냐는 전적으로 문학을 어떻게 정의하느냐에 따라 달라질 문제이다. 또 나아가 학문 분과로서의 문학의 지위가 사라질지도 모른다는 우려[22]나, 현재와 같은 학문 분과의 영역 나눔 자체가 문제라는 식의 주장[23] 모두 마찬가지

가정된 것의 설득력 있는 제시이다. 진술부는 두 가지 필연적인 성격을 지니는데, 비장식성, 즉 명확하고 사실임직하고 간결해야 한다는 것과, 기능성, 즉 나열된 사실들이 뭔가를 설득하도록 기여할 수 있는 것이어야 한다는 점이다(김현 편, 앞의 책, 32~70면 참조). 오늘날 학계에서의 논문 형식은 정확히 이런 글쓰기 규범을 내재화하고 있으며, 특히 서론이나 결론이 없는 논문은 학술적 글쓰기에서 치명적인 결격 사유가 될 수 있다.

19 가령 객관적인 논문에서 은유적 언어 사용을 제한한다든지, 이야기 형식의 사용을 특정 분야의 글쓰기로만 국한시킨다든지 하는 것이 그런 예가 된다.

20 앨빈 커넌, 앞의 책, 251면.

21 가야트리 스피박, 태혜숙 역, 『다른 세상에서』, 여이연, 2003, 205면. "우리는 그들(특정 작가들) 속에서, 또는 그들을 통해 그들의 시대를 봄과 아울러 우리 자신들이 시공간에 어떻게 얽매여 있는지를 고려함으로써 그런 인식 안에서 행위하기를 상상해 보기 위한 것임을 명심해야 합니다."

22 앨빈 커넌, 앞의 책, 284면.

23 가야트리 스비팍, 앞의 책, 232~233면. 미셸 푸코도 『지식의 고고학』에서 학제 구분의 불편을 토로한 바 있다. "새로운 개념적 도구들을 요구하고 신선한 이론적 기

내부 논쟁에 불과한 것으로 치부될 수 있다. 하지만 현재 대학에서 이루어지고 있는 작문 교육이 기존 사회의 상식과 관습을 반복 생산해내는 낡은 수사학에 근거함으로써 현 사회의 지배적인 문화를 공고히 하는 데 기여하고 있다는 점은 분명 문제적이다. 스피박의 표현을 빌면, "집단적인 제도화된 행위"로서의 작문 교육인데, 각 학문 분과는 그 분야의 특성을 대표한다고 간주되는 특정 언어만을 취함으로써 다른 언어를 주변화시키고 있는 것이다.

사회적 가치관/신념들과 과학적 가치관/신념, 과학과 시, 역사와 문학, 보통 언어와 은유적 언어 등과 같은 이분법적 대립은 현재 대학 학문 분과를 구획하는 중요한 기준이자, 각 학문 분과에서의 연구 방법 및 글쓰기 방식을 규정짓는 지배적인 규범이다.[24] 그 밖에도 공적 영역과 사적 영역, 정신 노동과 육체 노동 등 우리 사회의 지배적 이념은 무수한 이항대립에 근거해서 작동된다. 이렇듯 미지의 영역을 반복해서 둘로 나눔으로써 그 영역을 우리가 정복한다고 생각하는 아리스토텔레스식 사고가 바로 낡은 수사학의 근본 이념이며, 현재 작문 교재 나아가 학계에서 통용되는 '논문'이란 독점적인 글쓰기 방식의 이데올로기인 것이다. 언어의 생산은 우리의 실천이다.[25] 따라서 낡은 수사학에 기반한 현재의 작문 교육과 학계의 관행이 되어 버린 '논문' 형식의 글쓰기는 재고될 필요가 있다. 그렇다면 "새로운" 수사학이 글쓰기에 대한 우리 시대의 요구에 부합

초들을 요구하는 새로운 대상이 (여기 있다)…진정한 괴물이…훈육된 실수를 저지르는"(미셸 푸코, 이정우 역, 『지식의 고고학』, 민음사, 2000, 224면).

24 그 중에서도 가장 대표적인 것이 자연과학과 인문과학을 나누는 이분법적 기준인 다음과 같은 이항대립이다. 인간의 체험의 세계/과학의 세계, 의미의 세계/사실의 세계(세계평화교수협의회 엮음, 『학문의 현대적 인식』, 도서출판 일념, 35면).

25 가야트리 스피박, 앞의 책, 203면.

할 수 있을 것인가?

4. 새로운 수사학들

학문의 현대적 수사법을 탐구했던 새로운 수사학자들은 수차에 걸쳐 학문 연구에서, 그리고 일반적인 글쓰기 교육에서 과거 수사학에서와 같은 강압적 주장이 어떤 폐해들을 가져올 수 있는지를 명확히 인식하고 있었고, 그럼으로써 학문 연구 방법론에 대한 재인식의 계기를 마련했다. 그들은 끊임없이 우리에게 과거를 넘어 우리가 자신의 새로운 이야기들을 만들어내도록 격려하고 고무시킴으로써 낡은 수사학을 쇄신하고 현대화시켰다.

가령, 학문 연구에서 이야기 형식의 복원은 앨라스데어 맥킨타이어의 『미덕을 찾아서』의 주제이기도 하다. 여기서 그는 경험적으로 증명된 일반화를 추구하는 사회과학은 가능하지도 않고 받아들여질 수도 없는 것이라고 비난하면서, 대신에 인간의 삶을 가치평가하고자 하는 모든 시도는 그것이 사회학이든 윤리학이든 삶의 서사적 구조에 초점을 맞춰야 한다[26]고 주장한다. 나아가 넬슨 등이 가담한 '탐구의 수사학'자 그룹도 자신들의 탐구 행위가 "각 학문 연구 영역에 고유한 수사학적 체계를 밝혀내는 것이며, 그럼으로써 각 학문 영역을 아우르는 공통의 논리를 찾아내는 것"[27]임을 분명히 했다.

결국 새로운 수사학은 주장하는 방식과 내용은 서로 다르지만 논증방식

---

[26] 앨라스데어 맥킨타이어, 앞의 책, 201면.

[27] 존 넬슨 외 저, 박우수 · 양태종 외 옮김, 『인문과학의 수사학』, 고려대 출판부, 2003, 23면.

을 다양화함으로써 개별적인 특수한 사유화의 과정을 보장한다는 공통점을 지닌다. 대표적인 것이 1987년 인문과학의 수사학 총서를 발간한 소위 '탐구의 수사학' 자들의 수사학을 들 수 있다. '학문과 공공 부문에 있어서 언어와 논증'이란 부제가 붙은 이 책에서 이들은 '학문 연구의 방법에 깃들어 있는 수사적 특성을 밝혀, 단일하고 획일적인 방법론을 부정하고…변방의 사물과 현상이 갖는 고유한 특성을 강조'하는 다양한 논증 방식을 탐구한다고 밝히고 있다. 사실 말을 효과적으로 사용하기 위한 수사적 장치들은 어느 하나로 고정될 수 없고, 말이 행해지는 때와 장소에 따라 그 적합성이 요구된다. 또한 다양한 논증방식들이 특정한 상황에 고정될 필요도 없다.

크로스화이트의 「이성의 수사학」과 리처즈의 「수사학의 철학」에서도 이러한 논증과 글쓰기의 다원성에 대한 강조가 두드러진다. 크로스화이트는 '다양한 입장들 간의 차이를 드러낼 수 있도록 논증방식을 다양화해야 하는데, 그것은 새로운 논증방식의 발견에서 찾기보다는 논증 행위 이론의 재구성을 통해 가능하다고 본다. 여기서 논증 행위의 재구성이란 특정 영역에 고유한 논증 방식[28]을 그와는 전혀 다른 영역에서 전유해 사용하는 것을 뜻한다. 리처즈 역시, 「수사학의 철학」에서 이와 유사한 입장을 취함으로써 고전 수사학과의 거리를 확실히 한다. 여기서 리처즈는 순수한 지시적 담론이 과학이고, 순수한 정서적 담론이 시라면, 수사학은 양자를 아우를 수 있는 방식을 탐구해야 한다는 것이다. 즉 우리의 사고는 분류하기이며, 그 자체로 비유적인 것이므로, 사람은 누구나 유사성을 발견하는 눈을 통해 말하며 살아간다. 고로 모든 언어의 사용은 비유이며, 비유를 구

---

28 가령, 자연과학에 고유한 논증방식은 관찰과 경험, 다시 말해 귀납적인 예증법이 될 것이고, 인문학에 고유한 논증방식은 연역법이 될 것이다.

사하는 데 있어선 정도의 차이만 있을 뿐이다. 이는 기존의 수사학과 언어 이론이 당연시하던 과학적 언어와 시적 언어 사이의 이분법을 허무는 주장이며, 실제로 새로운 수사학이 언어에 대해 과거의 수사학과는 다른 태도를 취하고 있음을 분명히 보여주는 것이다.

그러나 한편으로 우리는 새로운 수사학이 낡은 수사학으로부터 그리 멀리 나아간 것은 아니라는 증거들을 도처에서 발견하게 된다. 가령, 아리스토텔레스의 망령은 21세기 현대 사회에서도 여전히 그 위세를 떨치고 있다. 즉 실증주의와 낭만주의에 의해 비판받으며 일시적으로 주춤하던 아리스토텔레스의 수사학은 1960년대 롤랑 바르트, 움베르토 에코 등 유럽의 기호학자들에 의해 그 가치가 재평가되면서 광고, 영화 등을 학제적으로 연구하는 '이미지의 수사학'으로 거듭 태어나기도 했고, 또 미국 쪽에서는 신비평의 전통을 계승한 서사학자들에 의해 '신아리스토텔레스'학파가 새롭게 부활하기에 이른다. 낯설게 하기와 더 자세히 세밀히 보기 등 이제 거듭 태어난 수사학은 대상을 새롭게 인식하려는 현대의 요구에 발 빠르게 대응해 가고 있다.

5. 탈수사학: 이산적 글쓰기의 한 모색

새로운 수사학은 근대적 글쓰기를 비판적으로 성찰해 볼 수 있는 훌륭한 개념적 도구들을 제공해 주었다. 하지만 그것이 낡은 수사학이든 새로운 수사학이든, 결국 수사학이란 누구나가 그럴 듯하다고 느끼는 것에 매달려 삶 자체를 쉽게 유형화할 수 있게 한다는 점에서 공통점을 지닌다. 새로운 수사학은 독창적이라고 알려진 것들의 상당수가 이미 있었던 것의 변형에 지나지 않는다는 것을 가르쳐 주며, 인간의 상상력은 유형화될 수 있다는 것을 가르쳐 준다. 고로 사람은 많되, 글쓰기는 적어지는 것이다.

오늘날 우리는 도처에서 축소될대로 축소된 삶의 영역을 점유하고 있는 인간을 목격하게 된다. 세계화가 인간의 영역을 확장시켜 놓은 듯 하지만, 사실 지구상의 모든 인간의 운신의 폭을 그만큼 획일화하고 축소시켜 놓았다고 하는 것은 누구나 절감하고 있는 현실인 듯하다. 그렇다면 오늘날 소망의 사유로서의 글쓰기가 삶의 새로운 가능성을 제시할 수 있어야 한다면, 그런 글쓰기란 기존 언어에서 무언가를 제거한 언어, 곧 뺄셈의 언어가 되어야 할 것이라는 들뢰즈의 말은 우리에게 시사하는 바가 크다.[29]

사람은 많고 글쓰기는 적다. 쿤데라식으로 말한다면, 바로 글쓰기들이 우리를 사용하고 있으며, 우리는 그들의 도구요, 꼭두각시 인형이요, 그들의 분신이라는 역설이 성립한다. 우리는 특정인을 가리켜 파시스트, 민족주의자, 동성애주의자 등으로 부르곤 한다. 마찬가지로 글쓰기에서도 학술적 글쓰기와 문학적 글쓰기 등과 같은 글쓰기의 유형이 각각의 텍스트를 규정해버린다. 기존의 분류표에서 벗어난 무언가를 실천하려는 사람은 엄청난 탄압(?)을 감수해야만 하는 것이다. 모든 사람이 참아야 하는 것을 한 개인만이 참기를 거부함을 용납지 않는 인격상의 평등이 공동체 안에는 엄연히 상존해 있기 때문이다. 결국 인격상의 평등이 우리 모두가 살고 있는 이 세상과 화합하지 않는 것을 금지시켰다. 이것은 근대성이 인간에게 가하고 있는 일상적인 폭력의 한 양상이라고 보아도 그리 틀리지는 않을 것이다. 이 속되고 일상적인 힘겨룸에서 패배하는 쪽은 물론 항상 소수자이다.

현재 어떤 글쓰기가 그 사람을 대표한다고 말할 수 있다면, 우리는 기존의 언어에서 권력적 요소, 보편적 요소를 지속적으로 제거해나가는 뺄셈의 언어와 기존의 언어에 새로운 권력적 요소, 보편적 요소들을 더해나가

---

29 질 들뢰즈, 『의미의 논리』, 한길사, 1999, 360~361면.

는 덧셈의 언어로 양분해볼 수 있을 것이다. 공동체의 동의와 관습에 자신의 견해를 더해나가는 수사학적 글쓰기가 덧셈의 언어라면, 한번도 듣지 못한 도망가는 의미를 만드는 것, 새로운 소리, 이미지를 만들어나가면서 일종의 외국어처럼 언어 속의 언어, 도망가며 이탈하는 글쓰기가 바로 뺄셈의 언어이다. 뺄셈의 언어란 일상적인 힘겨룸에서 항상 패배하는 언어, 침묵을 강요당하는 언어, 자신을 온전히 재현하기 위해서는 현실의 판도가 바뀌어야 하는 언어이며, 이런 글쓰기를 "이산"[30]적 글쓰기라 부른다면, 현재 글쓰기의 지형도에서 이런 글쓰기가 점유하는 지점을 정확히 나타낼 수 있지 않을까 한다.

이산(diaspora)이란 말은 원래 유대인의 민족적 이산 상황을 뜻하는 용어지만, 오늘날에는 전쟁 식민지화의 역사적 경험이 깊이 결부된 난민이나 이민 상황을 가리키며, 본래의 의미보다 넓은 맥락에서 사용되고 있다. 요컨대 디아스포라는 끊임없이 현재 살고 있는 장소와 고향/고국 사이의 뒤엉킨 긴장관계를 내포하는 개념이다. 따라서 디아스포라의 글쓰기는 수사학적 글쓰기가 전제로 하는 그 어떤 상식과 관습에도 속해 있지 않은 글쓰기이다. 다른 한편 디아스포라의 글쓰기는 현재의 삶이 억압과 폭력에 의해 자유롭지 못하다는 것을 끊임없이 의식하고, 그러한 현실의 억압과 폭력을 전경화하는 글쓰기이다.

"네 정체를 밝혀라"라는 수사학적 물음에 대해, 이산적 글쓰기는 "내 옷 밑에는 더 이상 드러낼 비밀이라곤 아무것도 없어. 그 비밀이란 건 너의

---

30 '이산(diaspora)'이란 말은 오늘날 서구를 지방하려는 탈식민주의 기획에서 아주 중요하게 다루어지는 용어이다. 과거 이 용어는 전형적으로 모국의 상실과 관련된 모든 흩어진 민족들(특히 유대인)의 인종적 혹은 문화적 일체감을 강조하기 위해 사용되었다. 반면 최근 탈식민주의 연구에서 이 말은 차이, 이질성, 혼성, 그리고 지구상의 모든 혹은 대부분의 민족들이 특정한 지역출신이지만 지금은 다른 곳에서 살고 있다는 사실을 나타내는 용어로 사용된다.

환상일 뿐이야"(레이 초우)라고 외치는 디아스포라의 이주민들처럼 끊임없이 이탈해가는 언어, 그리하여 근대적 글쓰기의 규범이라는 것 자체가 허구일 뿐임을 드러내는 언어이다.

언어는 항상 권력을 행사하고 지배를 유지하는 수단이어 왔다. 때로는 강자의 지배 이데올로기이기도 하고, 때로는 약자의 저항 이데올로기로 사용[31]되기도 했다. 언어제국주의가 기존의 언어들을 자기안에 동화시켜 몸집을 불리는 덧셈의 언어라면, 그에 대한 저항의 전략은 그것으로부터 끊임없이 이탈하고 이주하는 언어, 뺄셈의 언어이자 이산의 언어가 되어야 한다. 글쓰기란 우리가 현실을 구성하는 사유의 방식, 나아가 현실을 변혁하는 소망의 한 방식이기 때문이다. 따라서 이산적 글쓰기란 우리가 사는 현실이 어떠해야 하는가에 대한 강력한 당파적 인식의 표명이며 삶에 대한 태도인 것이다. 나아가 현재의 문학교육은 기존의 수사학 일변도의 글쓰기 교육에서 벗어나 일상인의 감각에 충격과 이에 따른 성찰의 계기를 제공해주는 글쓰기를 격려하고 고무시킬 수 있는 것이 되어야 할 것이다. 이산적 글쓰기란 바로 이런 점에서 글쓰기에 대한 문학적 사유 혹은 문학적 태도의 다른 이름인 것이다.

『인문학 연구』 2007년 봄호에 수록

---

31 김영명, 「세계화와 언어문제」, 『아시아문화제』 17호, 한림대 아시아문화연구소, 2001. 8, 228면.

서정과 시의식으로서 글쓰기

오 홍 진

언어의 심연, 신과 인간 사이에서 요동치는
— 2000년대 젊은 시인들의 시와 언어

1

시는 본질적으로 보이지 않는 세계를 언어로 표현하려 한다. 시의 이러한 특성은 두 가지 점을 생각하게 한다. 먼저, 시가 보이지 않는 세계를 표현한다고 할 때, 시는 이미 언어(일상언어)로 구성된 세계를 넘어서고 있다는 점을 명시할 필요가 있다. 시인을 통해 시가 스스로 말한다는 하이데거의 시학은 시에 묘사된 세계가 일상의 세계와는 엄밀하게 '다른' 세계임을 암시한다. 그렇지만 시의 세계는 '언어'로 표현되는 세계라는 점에서 일상의 세계에 그 바탕을 두어야 한다는 한계 조건을 태생적으로 갖는다. 언어가 주체화의 상징적 조건이라는 말을 굳이 덧붙이지 않더라도, 언어는 그것을 받아들이는 주체(시인)의 형상을 선험적으로 구성한다. 보이지 않는 세계를 지향함으로써 언어를 넘어서는 시의 첫 번째 특성은, 이로써 언어로 구성되는 일상의 세계로 다시 복귀해야 하는 시의 두 번째 특성으로 이어진다. 언어는 '다른' 세계로 나아가기 위한 시적 수단이면서, 동시에 다른 세계에서 지금 이곳의 일상으로 되돌아오는 시적 수단이라 할 수 있다. 시의 언어는 일상의 세계에서는 억압된 '무의식'의 세계로 끊임없이 나아가지만, 그럼에도 시의 언어는 '무의식'의 세계 언저리에서 끊임없이 맴돌기만 한다. 신의 언어(완전한)와 인간의 언어(불완전한) 사이에서 요동하는 시의 언어는 이런 점에서, 지상에 발을 디딘 채 천상의 세계를 지향하는 시인들의 지난한 여정과 다를 수 없다고 하겠다.

2000년대의 젊은 시인들이 표현하는 시의 세계(언어)는 무엇보다도 이러한 무의식의 세계와 변함없이 맞닿아 있다. '오래된 기억'의 세계를 여전히 시의 중심에 두고 활동하는 시인들도 그러하지만, 소위 '미래파'라 불리며 분열증적인 사유에 빠져드는 젊은 시인들의 분열증적 세계 역시 궁극적으로는 보이지 않는 무의식의 세계를 시의 언어로 포착하려 하고 있다. 그들에게 언어는 지금 이곳의 현실에서는 사라질 수밖에 없는 '오래된 기억'을 지금 이곳으로 불러내는 주술적인 언어이며, 또한 '아버지'의 억압이 사라지지 않는 세상을 야유하고 조롱하는 '저항의 언어'이기도 하다. 중요한 것은 전자의 언어가 자연의 부드러운 이미지와 연계된 '부드러운' 언어의 쓰임새에 집중한다면, 후자의 언어는 유기체로서의 신체를 조각조각 잘라내는 끔찍한 상상력만큼이나 '끔찍하고 건조한' 언어를 사용한다는 점이다. 물론 '부드러움'과 '건조함'이라는 어사가 시의 가치를 평가하는 기준으로 작동하는 것은 아니다. 그것은 2000년대 젊은 시인들이 지향하는 세계가 그만큼 다르고, 그들이 펼쳐내는 이미지 역시 그만큼 다르다는 것을 의미한다. 동일한 시대를 살고 있지만, 그들은 다른 세계를 꿈꾸고 다른 세계의 언어를 구사하고 있는 것이다.

산모롱이 한 굽이 돌아 당신을 만나러 간다. 당신의 희미하고 둥근 눈썹을 예전에 내가 어루만지기나 하듯이 꺼져가는 달을 어루만지는 허공, 저렇게 오래 배웅하는 것도 큰 상처가 될 것이다. 잠깐 눈발은 그쳐 있다. 산새가 다시 운다. 울음이 성성하다. 나와 당신 사이에 싸락눈에 묻힐 산모롱이가 한 굽이 있다.
　　　　　　　　— 문태준, 「산모롱이 저편」(『맨발』, 창비, 2004) 전문

　　방죽으로 가는 길에는 수많은 애기똥풀이 흔들렸다. 하얀 자갈들이 방죽 주변으로 길게 누워 있었다. 이 바람을 건너면, 방죽 안으로 갈 수 있어. 그는 느리고 졸린 뱀처럼 작은 개울을 건너 방죽 안으로 들어갔다. 나는 맨발을 봄날의 햇빛에 말렸다. 그는 애기똥풀을 뚝 부러뜨리고 노란 진액을 손톱에 발랐다. 어렸을 때, 여자애들은 애기똥풀로 이러고 놀았어. 방죽의 끝에는 얼굴이 노란 여자애들이 우리를 바라보고 있었다. 그는 천천히 주변에 널린 들꽃의 목을 꺾어 방죽으로 던졌다. 꽃모가지들이 뚝뚝 진액을 흘렸다. 파문이 일었다. 해는 지고, 둥그런 물결들이 하늘로 올라갔다. 저 물에 들어가서 꽃의 목들을 건져와. 나는 맨발로 그를 건너갔다. 발 없는 여자애들이 방죽을 흘러다녔다. 노란 달이 천천히 수면 위로 떠올랐다. 바람을 건너가고 있었다.
　　— 이영주, 「바람을 건너가고 있었다」(『108번째 사내』, 문학동네, 2005)
　　　　　　　　　　　　　　　　　　　　　　　　　　　　　전문

　　문태준의 「산모롱이 저편」과 이영주의 「바람을 건너가고 있었다」는 '나와 당신'의 관계를 시적으로 형상화하고 있다는 점에서 공통점을 찾을 수 있다. 하지만 그 관계를 언어로 드러내는 방식은 사뭇 다른데, 문태준이 "당신을 만나러" 가는 산모롱이의 주변 풍경을 '어루만지듯' 묘사한다면, 이영주가 묘사하는 "방죽으로 가는 길"은 "느리고 졸린 뱀"의 이미지처럼 '나른하고 건조하게' 펼쳐진다. 문태준은 "꺼져가는 달을 어루만지는 허공"을 보며 "당신의 희미하고 둥근 눈썹을" 어루만진다. 그러므로 당신을 만나러 가는 길은 허공이 어루만지는 달을 만나러 가는 길이며, 한편으로 "예전에 내가" 어루만지던 당신의 둥근 눈썹을 만나러 가는 길이기도 하다. '꺼져가는 달'과 '희미하고 둥근 눈썹'이 유비되는 장소에 "나와 당신"이 있고, "나와 당신 사이에 싸락눈에 묻힐 산모롱이가 한 굽이 있다." 시

적 주체와 대상의 거리(사이)가 무화되는 절대적인 공간(시간)을 시화하는 이 시에서, 문태준은 인류가 기억해야 할 '오래된 세계'를 불러낸다. 김수이가 지적(『서정은 진화한다』, 창비, 2006)하는 바, 그 세계가 '자연의 매트릭스'에 갇힌 서정시의 세계로 한정되어 있긴 하지만, 문태준은 오래된 기억의 세계에서나 가능한 시의 세계를 '부드러운' 언어로 되불러내고 있는 작업을 변함없이 보여주고 있는 것이다.

그러나 이영주의 「바람을 건너가고 있었다」는 "얼굴이 노란 여자애들", "꽃모가지들이 뚝뚝 진액을 흘렸다", "발 없는 여자애들이 방죽을 흘러다녔다"와 같은 시구에 드러나는 대로, '나와 당신'이 유비되는 세상을 거부한다. 당신은 내가 건너가야 할 장소이지, 나와 더불어 하나가 되는 장소는 아니다. 방죽으로 가는 길 위에서 벌어지는 환상을 건조한 언어로 묘사하고 있는 위 시에서 시적 주체는 "주변에 널린 들꽃의 목을 꺾어 방죽으로 던"져야만, 그의 소망대로 "바람을 건너"갈 수 있다. 방죽이 꽃들의 무덤이 될수록, 그리고 발 없는 여자애들이 방죽을 흘러다닐수록, 화자는 바람처럼 가볍게 방죽의 끝으로 나아갈 수 있다. 시적 주체가 바람을 건너서 가려 하는 세상은 분명하지 않다. 기억의 세계를 이야기하고 있고, 또 기억 속의 놀이("애기똥풀을 뚝 부러뜨리고 노란 진액을 손톱에 발랐다")를 통해 바람을 건너가려 하지만, 기억은 더 이상 시의 종착점이 아니라 시의 세계가 조각나고 파편화되는 지점으로 나타난다. 화자가 바람을 건너갈수록 "꽃모가지들이 뚝뚝 진액을" 흘리지 않는가. 그로테스크한 이미지만큼이나 건조하게 표현되는 이영주의 시어는 결코 조화될 수 없는, 그렇지만 그 조화의 상태를 포기할 수 없는 시적 주체의 내면을 정확하게 드러내고 있는 셈이다.

문태준과 이영주의 시에서 언어는 보이지 않는 세상을 보이게 만드는 주술적인 힘을 지니고 있다. 그들이 꿈꾸는 세계는 다르지만, 언어를 통해서만 그들은 꿈의 세계로 들어설 수 있다. 주체와 대상의 거리가 철저하게 무화되는 문태준의 시에서 언어는 상징계의 언어가 아니라 상상계의 언어를 지향한다. 그래서 문태준의 언어에는 분열이 있을 수 없다. 그가 소망하는 세계는 그가 불러내는 언어와 행복하게 만난다. 그럴 수밖에 없지 않겠는가. '오래된 기억'은 시인을 통해 이 세상으로 퍼져나가고 시인은 그 기억과 더불어 지금 이곳에서는 볼 수 없는 새로운 세계를 시화한다. 「그믐이라 불리는 그녀」에 묘사되는, "옻처럼 검고 얼음처럼 차디차지만 / 얼굴에는 개미굴이 여럿 나 있지만 / 다리는 사슴보다 야위었지만 / 그녀의 너른 속뜰로 들어가 / 마음이 쉬어가는 날이 많았다"는 조모의 형상이 실상 문태준의 시가 도달한, 오래되고 익숙한 언어적 세계일 것이다. 이영주 시의 언어가 상상계의 언어를 지향하면서도, 문태준 시의 언어와 갈라지는 지점은 바로 이곳에서 찾을 수 있다. 그녀에게는 조모의 세계는 없고, 다만 "지나가는 사내의 팔뚝에 발톱을 박는"(「그녀들」) 그녀들의 세계가 있을 뿐이다. 세상은 적대적으로 공존하는 세상이지, 문태준의 조모처럼 "마음이 쉬어가는" 장소가 아니다. 안주할 곳이 없는 시적 주체의 감각은 풍경을 조각나고 파괴된 풍경으로 포착한다. 이영주의 건조하고 차가운 언어는 그녀가 바라보는 세계의 차가움(끔찍함)을 반영한다. 두 젊은 시인의 시에 나타나는 시적 세계의 이러한 차이는 우리가 살아가는 세상이 그만큼 다질적으로 공존하고 있음을 보여준다. 세계가 다양하게 공존하는 세상이라면, 그 세계의 언어 역시 다양하게 분화될 수밖에 없다. 문태준과 이영주의 시는 그처럼 다양하게 분화되는 언어적 세계의 한 단면을 드러낸다 하겠다.

2

시적 언어의 주술성은 인간의 언어에 내포된 이중성과 이어져 있다. 바

벨탑의 언어(인간의 언어)는 무엇보다도 불가능한 것(보이지 않는 것)을 가능하게(보이게) 만드는 신의 완전성을 하염없이 열망하고 있다. 하지만 그러한 열망이 언어에 의해 끊임없이 좌절될 수밖에 없다는 것을 또한 인간은 알고 있다. 따라서 시적 언어의 주술성은 언어의 한계에 갇힌 인간이 그 언어의 한계지점을 뛰어넘으려는, 실현 불가능한 열망을 표현한다. 신은 언어의 외부에서 언어를 말하지만, 인간은 언어의 내부에서 언어의 외부를 끊임없이 엿보려 한다. 이를테면 김선우의 「신(神)의 방」에서 시인은 "인간의 배변 장소와 돼지우리가 함께 있는 아주 재미난 방"인 '통시'를 '신의 방'으로 이야기한다. 사람의 똥을 주식으로 하는 돼지가 사는 곳이 '통시'라면, 신의 방은 생명과 생명이 교류하는 방이고, 한 생명이 다른 생명에게 공양되는 방이다. 보이는 세계에서 보이지 않는 생명의 의미를 파악하는 「신의 방」은 그 때문에 주술적인 언어로 넘쳐난다. 신의 방을 순간적으로 '엿본' 시인의 감각이 '통시'를 순식간에 신의 방으로 뒤바꾼다. 시인의 감각은 여기서 일상의 감각을 뛰어넘어, 의미화되기 이전의 시적 감각의 차원에 도달한다. '통시'라는 시어에 깃들인 생명(신성)의 존재감은 실로 보이는 세계와 보이지 않는 세계의 경계에서 요동하는 시인의 실존적 정황을 정확하게 보여준다 하겠다.

서른 해 넘도록 연인들과 노닐 때마다 내가 조금쯤 부끄러웠던 순간은 오줌 눌 때였는데 문 밖까지 소리 들리면 어쩌나 힘주어 졸졸 개울물 만들거나 성급하게 변기물을 폭포수로 내리며 일 보던 것인데

마흔 넘은 여자들과 시골 산보를 하다가 오동나무 아래에서 오줌을 누게 된 것이었다 뜨듯한 흙냄새와 시원한 바람 속에 엉덩이 내놓은 여자들 사이, 나도 편안히 바지를 벗어내린 것인데

소리 한번 좋구나! 그중 맏언니가 운을 뗀 것이었다 젊었을 땐 왜 그 소

릴 부끄러워했나 몰라, 나이 드니 졸졸 개울물 소리 되려 창피해지더라고
내 오줌 누는 소리 시원타고 좋아라 하는 것이었다

그러고 보니 딸애들은 누구 오줌발이 더 힘이 좋은지, 더 넓게, 더 따뜻
하게 번지는지 그런 놀이는 왜 못하고 자라는지 몰라, 궁금해 하며 여자들
깔깔거리는 사이

문 밖까지 땅 끝까지 강물소리 자분자분 번져가고 푸른 잎새 축축 휘늘
어지도록 열매 주렁주렁 매단 오동나무가 흐뭇하게 따님들을 굽어보시는
것이었다
       — 김선우, 「오동나무의 웃음소리」(『도화 아래 잠들다』, 창비, 2003)

김선우의 시 세계는 문태준의 시 세계와 닮아 있지만, 문태준이 시화하
는 '따뜻한 조모'의 세계와는 분명하게 갈라지고 있다. 문태준의 조모가
'어머니'에 대한 남성의 환상을 자극하는 존재라면, 김선우의 시에 나타나
는 여성들은 스스로 독립한 채 저마다의 목소리를 내고 있다. 여성들의 일
상적인 삶을 일상적인 언어로 표현하는 「오동나무의 웃음소리」는 일상의
삶 이면에 감추어진 삶의 진실을 '오동나무'라는 외부의 시선으로 제시하
고 있다는 점에서 특징적인 작품이라 할만하다. '오줌소리'라는 일상적인
(그럼에도 비일상적인 것으로 치부되는) 사건에 '우연하게' 참여함으로써
겪게 되는 상황을 해학적으로 묘사하는 이 시에서, 시인은 오줌 누는 따님
들을 흐뭇하게 굽어보는 오동나무의 모습을 초점화 하고 있다. "푸른 잎
새 축축 휘늘어지도록 열매 주렁주렁 매단 오동나무"는 시의 문맥상 따님
들의 오줌으로 길러진 생명을 의미할 것이다. 생명이 생명을 낳는 세계라
는 거시적인 세계관에서 보자면, 오줌소리를 부끄러워하는 존재들은 분명
반—생명적인 존재라 할 수 있다. 오줌소리와 더불어 놀 줄을 모르는 우리
시대 따님들의 슬픈 현실은 거대한 생명의 연쇄망을 부정하는 근대문명의

반−생명적 현실과 무관하지 않을 것이다.

시적 언어의 주술성은 이처럼 상황의 이면을 투시하는 시인의 태도에서 비롯된다. 김선우가 주목한 '통시'나 '오줌소리'는 누구나 볼 수 있는 일상적인 대상이지만, 아무나 표현할 수 없는 언어의 세계로 구성된다. 인간의 언어로는 도달할 수 없는 '신의 방'은 일상적인 삶을 충실하게 살아가는 시인의 존재로 하여 시적인 언어로 다시 태어난다. 인간의 이성이 빚어낸 세계만을 과학적인 세계로 규정하는 이 시대에, 시의 언어는 과학의 언어로는 포착할 수 없는 '다른 세계'를 표현한다. 따님들의 오줌소리를 오동나무의 웃음소리와 연결하는 시인의 감각을 과학의 언어가 따라올 수 있겠는가. 사물을 세세하게 분석하는 과학 언어는 이러한 오동나무의 웃음소리를 분석하는 과정에서 직접적인 한계에 부닥친다. 사물의 본질을 확연하게 내보이는 언어는 근대적 주체의 환상일 뿐, 실제의 사물들은 항상 언어의 의미화를 거부하며 스스로의 길을 걸어간다. 고정된 의미를 향한 근대적 주체의 열망이 빚어낸 과학 언어의 지시적 세계는 실상 근대적 주체의 환상에 의해 구조화된, 불완전한 언어의 세계에 불과했던 셈이다. 시의 언어를 통해 신화적 세계의 중심에 들어서려는, 젊은 시인 김근의 다음 시역시 근대주체의 이러한 환상에서 멀찌감치 비껴나는 언어로 그 세계를 표현하고 있다.

> 누가 어미의 장사를 지내줄 것인가 누가
> 어미의 육체를 장엄하게 썩게 할 것인가
> 내 갈라진 혀는 여태도 길고 사나우니
> 내 날카로운 독니로 찢고 발긴
> 어미의 살점은 또 어느 허공에 뿌려질 것인가
>
> 어미이기도 하고 어미가 아니기도 한
> 아들이기도 하고 아들이 아니기도 한

암소이기도 하고 수소가 아니기도 한
이 질긴 슬픔의 끄나풀은 누가 끊을 것인가
— 김근, 「뱀소년의 외출」(『뱀소년의 외출』, 문학동네, 2005) 1장

어미의 살점을 찢고 세상에 태어난 뱀소년의 이야기를 담고 있는 이 시에서, 세상의 존재들은 이미 역설적인 구조 속에 내던져져 있다. 뱀소년이 어미의 살점을 찢는 순간, 그는 "어미이기도 하고 어미가 아니기도 한 / 아들이기도 하고 아들이 아니기도 한" 존재가 된다. 존재의 탄생이 정체성의 혼란으로 이어지는 이야기는 물론 신화적 세계 어디서에서나 공통적으로 변주되는 이야기이다. 「뱀소년의 외출」 이곳저곳에 등장하는 역설적인 상황들, 이를테면 "허물을 벗어도 허물 안의 기억은 / 허물 바깥에서 사라지지 않는다"(3장), "늙은 소녀와 내가 아기를 낳으면 / 뱀이기도 하고 소년이기도 한 / 할미이기도 하고 소녀이기도 한 / 아기가 태어날지 궁금했다구"(4장)와 같은 시적 정황들은 안과 바깥, 젊음과 늙음, 인간과 동물이 구분되지 않는 신화적 세계의 중요한 특성을 분명하게 보여준다 할 것이다.

문제는 김근이 이러한 신화적 정황들을 하필이면 시의 언어로 표현하는 이유를 생각해야 한다는 점이다. 「그림자 밟기」에서 시인은 다양한 연대에 존재하는 다양한 얼굴들(1973년의 나, 2000년의 나, 2040년의 나……)을 묘사하면서, "2040년 나가 모든 주름으로 2005년의 나를 비웃는다 2005년의 나의 얼굴에 검버섯이 피어난다 몸에선 조금씩 무덤들이 자라기 시작한다"고 노래한다. 시간은 앞으로 나아가기만 하는 것이 아니라, 뒤로 물러나왔다가는 과거의 존재에게 영향을 미치기까지 한다. 2040년에 존재하는 '나'의 주름이 2005년의 나의 얼굴에 서서히 드리워진다면, 어느 것을 '나'의 본모습으로 생각해야 할까? 뱀이면서 소년이고, 할미이면서 소녀인 아기가 이 세상에 태어난다면, 그런 존재를 과연 지금의 일상적인 언어로 표현할 수 있겠는가? 과학의 언어로는 볼 수 없는 세상을 김근은 노

래하고 있다. 보이지 않는 세계를 기억하는 자의 언어는 그러므로 이것도 저것도 아닌, 또한 이것이기도 하고 저것이기도 한 '불연기연(不然其然)'의 언어로 표현될 수밖에 없다.

보이지 않는 세상을 향해 불가능한 여정을 시작한 시인에게 언어는 그 불가능한 여정을 가능하게 하는 '고정점'의 역할을 담당한다. 보이지 않아도 표현해야 하는 것이, 시인의 운명이 아니던가. '감각적 변이의 과정을 노래로 만드는 언어구성체'(박수연, 『말할 수 없는 것과 말해야만 하는 것』, 랜덤하우스중앙, 2006, 15면)로 시를 정의하는 박수연의 생각을 눈여겨 보아야 하는 이유도, 시인의 감각은 보이는 세계의 보이지 않는 이면을 '순간적으로' 포착해야 하기 때문이다. 그럼에도 그러한 감각의 순간은 고정된 의미로 남아 있을 수 없다. 감각이 언어로 표현되는 순간, 감각은 변이를 시작한다. 감각은 언어를 통해서 표현되지만, 감각은 그 언어의 의미화(고정화)를 동시에 거부한다. 언어로 사물의 현실을 재현한다는 재현론적 관점의 너머에서, 김근의 신화적 상상력은 시작되고 있는 것이다. 끊임없이 허물을 벗고, "어느 것이 허물 안의 기억인지 / 어느 것이 허물 바깥의 기억인지"(「뱀소년의 외출」 3장) 혼란스러운 세계를 살면서, 확고한 진실을 표현한다고 말하는 것은 얼마나 허망한 일인가. 김근의 언어는 그처럼 혼란스러운 세상의 경계에 서서, 그 경계를 가로지르며 질주하고 있다. "이편과 저편의 경계가 물렁물렁해"(「거울」)지는 바깥을 향해, "바람이 불 때마다 눈알 빠진 해골들 / 후두둑 후두둑 육탈된 시간으로 쌓여넘치는"(「바리데기」) 세상을 향해 시인의 언어적 촉수는 살아 움직이고 있는 것이다.

3

주술적인 언어와 분열증적인 언어가 시의 중심을 형성하는 2000년대의 시단에서, 윤임수의 시는 1980년대 저항시(민중시)의 계보를 잇고 있다는 점에서 눈여겨 볼만하다. 첫 시집 『상처의 집』(실천문학사, 2006)에 등장하는 수많은 존재들은 보이지 않는 세상을 향한 주술적인 몸짓이나, '아버지'의 세계에 힘겹게 저항하는 분열증의 몸짓과는 다른 언어의 표정을 내보인다. "세월에 덧나고 금간 / 상처와 상처가 서로 붙들고 / 쓰러질 듯 쓰러질 듯 쓰러지지 않는 / 그 오래된 끈기를 보고 싶다"(「상처의 집」)는 자기 다짐처럼, 시인은 오래된 끈기를 여전히 간직하고 있는 존재들의 삶에 시적인 관심을 기울이고 있다. 「철도 궤도공의 편지 2」를 보면, 오래된 끈기는 "내 뜨거운 땀방울의 당당함"으로 지속되는 '노동의 힘'으로 나타난다. 2000년대에도 노동하는 사람들은 분명히 있는데도, 그들의 삶을 묘사하는 시는 시간이 흐를수록 줄어들고 있다. (신)서정의 시선으로 바라보는 자연의 시학이 1990년대 시단을 풍미했다면, 2000년대의 시는 분열증의 언어들로 넘쳐나고 있다. 1980년대와 2000년대는 분명히 '다른 세상'일 것이다. 1980년대의 가열차고 열정적인 언어로 2000년대의 세상을 노래하기에는 그것을 노래해야 하는 시인부터 우선 지쳐 있다. 은밀하게 작동하는 자본의 논리 앞에서 시인은 더 이상 열정적인 시를 짓지도, 희망찬 미래를 앞당기기 위해 열렬하게 노래 부르지도 않는다. 시대가 그런 것인가, 아니면 현실에 발 딛고 있어야 할 시인들이 현실을 방기하는 것인가?

> 웅크려 떠돌던 쓸쓸함이
> 이 산정에 모여 눈물꽃 피웠구나
> 차가운 세월에 한껏 떠밀려온 슬픔이
> 이렇게 모여 겨울꽃 피웠구나
> 이 능선부터 저 골짜기까지
> 함부로 쓸어대는 구름 안개 속에서
> 서로서로 맨살 부비며 차곡차곡 살아올라
> 더 단단하구나

더 투명하구나
거친 바람도 까짓것
훌훌 떨쳐내는구나

— 윤임수, 「얼음꽃」(『상처의 집』) 전문

산정의 얼음꽃이 단단하고 투명한 이유는 "차가운 세월에 한껏 떠밀려 온 슬픔이" 눈물꽃을 피워냈기 때문이다. 슬픔이 깊을수록 얼음꽃은 더 단단해지고, 단단해지는 만큼 더 투명해진다. 투명한 세계를 투명하게 묘사하는 윤임수의 시어는 그래서 정갈한 향취를 풍긴다. 그의 시에는 1980년대 노동시에 등장하는 열정적인 투사는 없지만, 노동하는 삶의 이력을 자신만만하게 내세우는 수많은 존재들이 그 자리를 메꾼다. 옹골찬 내면으로 감싸여진 노동자들의 삶은 얼음꽃처럼 투명한 삶이지만, 한편으로 "거친 바람도 까짓것 / 훌훌 떨쳐내는" 단단한 삶이기도 하다. 그러한 삶을 따뜻한 시선으로 바라보는 시인이기에, 윤임수의 시어는 투명하고 단단한 언어로 표현될 수밖에 없다. 주목할 만한 것은, 윤임수의 투명하고 단단한 언어가 시적 주체의 자기다짐을 요청하는 사물들의 언어와 직접적인 연관을 맺고 있다는 점이다. 이를테면 "낮은 곳에서의 온전함이 더 힘들다는 듯 / 단련된 눈동자만이 더 반짝인다는 듯 / 퍼렇게 멍든 몸부림으로 다가와서 절대 허물어지지 말라고 손 내미는 그대"(「파도」)로 묘사되는 '파도'는 단순히 시적 주체의 가열찬 다짐을 확인하는 시적 매개항이 아니다. 시적 주체와 사물(파도)은 '동등하게' 마주하고 있다. 서정시의 특성 상 시적 주체의 감각은 '파도'를 동일성의 맥락으로 포착하지만, 그럼에도 그 동일성은 근대적 주체의 자기동일성과는 분명하게 다른 맥락을 이루고 있다. 파도는 "멍든 몸부림으로 다가"오는 사물이라는 점에서, 절대적인 공간(시간) 속에 유폐된 사물이 아니다(이 점이 윤임수의 시가 문태준의 시와 갈라지는 지점이다). 스스로 살아 움직이는 대상이 파도인 바, 파도의 그러한 특성이 시적 주체의 절망적인 삶에 새로운 '생명성'을 부여하는 계기를 마련한다. 요컨대 윤임수의 시어는 사물의 내재성을 파괴하지 않는다. 사물과의 동일성을 지향하되, 사물과의 차이성을 유지하는 정신이 윤임수의 투명한 시어를 낳게 한 시적 원동력인 셈이다.

고통받는 타자들을 향한 윤임수의 긍정적인 시선이 타자들과 함께 하는 언어의 세계를 가능하게 했다면, 병(病)을 통해 시적 주체의 자기다짐을 내보이는 박진성의 시는 '병'이라는 타자와 함께 펼쳐가는 새로운 시의 세계를 묘사한다. 그에게 언어는 병을 드러내는 언어이면서, 동시에 병과 함께 병을 치료하는 언어로 나타난다. 병원의 의사는 "불안 강박 우울 공황 발작"으로 그의 병을 진단하지만, 그는 자신의 병을 마음 속의 "아라리"(「아라리가 났네」)가 발동을 해서 생긴 병으로 생각한다. 아라리 때문에 생긴 병이라면 아라리의 리듬에 맞춰 몸을 흔들면 되는데, 의사는 그것은 생각하지 않고 '심전도'만 찍자고 한다. 이처럼 박진성의 시는 고통받는 몸을 묘사하고 있지만, 개인의 몸을 벗어나 사회적 몸의 문제로 나아간다. 사회적 몸은 규율에 끊임없이 얽매여야 하는 몸이다. "아라리가 내 몸도 이렇게 뒤집어서리 환장허겄다고 나도 아리아리가 나아안네 부르고 있는디 내 몸이 꽃이파리마냥 바르르 떨고 있는디 그 냥반들이 응급실에다 나를 쳐 넣은규"(같은 시)라는 화자의 항의를 우리는 어떻게 받아들여야 할까? 근대적 이성에 반하는 행동을 '비정상적인 것'으로 규정하는 사람들에게 환장해서 "바르르" 떠는 몸은 '정상적인' 몸이 아니다. 정상과 비정상을 가르는 기준이 몸의 비정상적인 '떨림'이고, 그것은 병원이라는 제도적 장치를 통해 '병'이라는 낙인을 받는다. 병을 타자화한 근대세계의 경계에서, 박진성은 병과 함께 살기를 선택한다. '아라리'는 몸속에서 자연스럽게 벌어지는 몸짓이므로, 아라리의 리듬에 따라 시인은 노래를 부르고 몸을 흔든다.

　　새로 비탈에 선 느티나무, 차갑다, 편서풍이 몰고 오는 모래 바람 속 수
령 사백 년의 목숨은 타클라마칸이거나 산둥반도, 스물일곱의 내 발이 디
디고 있는 경기내륙지방 하천의 지류를 품고 흔들린다, 흔들린다, 소리를
내느라 잔뜩 긴장한 물결은 바람의 몸을 받아내겠지 목으로 숨 쉬면서, 황
사라는데, 여자야……새로 비탈을 깔고 있는 느티나무 뿌리가 목, 숨, 목,
숨, 여자야 여자야 숨쉬러 가자 황사바람이 불어오는 곳에는 무서운 짐승
이 산단다 病이 숨을 끓으려는가 실핏줄처럼 물에 길 내는 물고기 한 마리
는 온몸이 목이어서 느티나무도 온몸이 목이어서 오오 목숨
— 박진성, 「목숨」(『목숨』, 천년의 시작, 2005) 전문

　　아라리의 리듬은 죽음을 거부하는 삶의 리듬이기에 급박하다. 그런데,
이 시는 급박한 가운데도, 주변의 생명들과 연결되어 있는 목숨이 '목숨'이
라는 '당연한 사실'을 표 나게 내세운다. 목숨은 목으로 숨을 쉬는 것이라
서 목숨이지만, 더 나아가 목숨은 온몸으로 숨을 쉬는 살아 있는 존재들의
목−숨이기 때문에 '목숨'이다. 목으로 쉬는 숨은 온몸으로 쉬는 숨이다.
온몸으로 숨을 쉰다면 병이 찾아올 틈이 있겠는가? 목숨은 그러므로 온몸
이 될 수밖에 없다. 목숨이 끊어지면 온몸도 사라진다. 목숨의 시학이 온
몸의 시학으로 변주되는 이 지점에서, 박진성이 이야기하는 '아라리'의 시
학이 개재한다. 몸으로 체험하는 병이 아라리의 리듬을 타고 언어화되는
순간을 보여주는 박진성의 시는 그만큼 몸의 리듬에 충실한 언어를 사용
한다. 온몸이 '목'인 물고기와 느티나무를 맞이하려면 시인 스스로도 온몸
이 '목'이 되어야 한다. 병원의 병은 온몸이 목이 되는 순간을 '병'으로 규
정하지만, 시인은 그 순간을 아라리가 펼쳐내는 생명의 순간으로 기억한
다. 출렁출렁 흔들리는 몸의 리듬에 따라 박진성의 시어 역시 리듬을 타며
'아라리'의 시적 세계를 구성한다. '미래파' 시인들의 분열증에 익숙한 사
람들에게, 박진성은 분열하는 주체의 새로운 리듬을 보여준다. 조각난 신
체의 끔찍함을 적나라하게 드러내는 '미래파'의 시인들과는 어긋나게, 그

는 온몸이 목숨일 수밖에 없는 세계를 이 세상으로 불러낸다. 목숨이 언어의 리듬에 포착되는 특이한 순간을 박진성은 시화하고 있는 셈이다.

4

2000년대 젊은 시인들의 언어는 다양하다. 주술적인 언어로 보이지 않는 세상을 갈망하고, 건조하고 분열증적인 언어로는 근대세계의 끔찍함을 야유한다. 그런가 하면 타자들의 세계를 타자들의 언어로 재구성하려는 시도를 내보이기도 한다. 세상이 다질적인 세상으로 변한 만큼, 세상을 바라보는 시인들의 세계관도 달라졌고, 그것을 표현하는 언어 역시 다르게 나타난다. 보이지 않는 세계를 봐야 하고, 말할 수 없는 것을 말해야 하는 것이 시인의 운명이라고 하던가. 2000년대의 시인들이 펼쳐내는 다양한 언어들은 실상 시인이라면 짊어져야 할 이러한 운명을 다양하게 받아들인 결과물이라 해도 좋을 것이다.

시인에게 언어는 타락한 현실의 너머를 불러내는 주술로 인식되지만, 언어는 그 주술을 타락한 현실의 일상과 맞부딪치게 함으로써 시인이 부여하는 의미에서 끊임없이 벗어나려 한다. 신의 언어를 향한 시인의 갈망이 커질수록 일상의 구조화된 세계에 정착하려는 언어의 욕망 역시 커진다. 언어를 향한 시인의 욕망과 일상을 향한 언어의 욕망이 맞부딪치는 장소에서 2000년대 젊은 시인들의 다양한 시의 세계(언어)가 구현된다. 언어는 젊은 시인들을 서정적인 자연으로 이끌고, 분열된 주체(세계)로 이끌며, 목숨 있는 존재들을 변함없이 사랑하는 세계로도 이끈다. 시어는 언어를 대하는 주체의 삶을 통해 '해석된' 언어이므로, 시어에는 이미 세상(언어)을 바라보는 시인의 세계관이 내포되어 있다. 2000년대 젊은 시인들의 시는 다양한 언어로 다기한 삶의 세계를 표출한다. 자본의 논리가 점점 일상의 감각을 좀먹는 상황에서, 2000년대 시인들의 언어―시어는 자본의 논리가 좀먹는 세상과는 반대되는 세상의 언어로 우리가 지향해야 할 '다른 세계'를 불러내고 있는 것이다.

『시와 상상』 2007년 봄호에 수록

남 기 택

2000년대의 시쓰기

1. 현대시의 신구

이 책은 '글쓰기'를 표제로 세워 우리 시대의 글쓰기 교육과 문학적 글쓰기의 향방을 모색하고 있다. 파편적으로 구성된 이 책의 논거들이 인류 문명과 함께 해온 저 에크리튀르(écriture)의 지평을 어느 한 지점이나마 횡단할 수 있을 것인가. 그것은 불가능에 가까운 일이겠지만, 그럼에도 불구하고 담론의 공준을 해체하고 재구성하는 것은 우연한 사건이었을 터, 우리의 작은 노력들 역시 글쓰기의 운명을 부르는 의미 있는 시도이리라 본다.

이 글에서는 현대시의 신구에 관한 하나의 입장을 제시하고, 2000년대 신예 시작의 양상을 예시하고자 한다. 먼저 '새로움의 이중성'에 대해 생각해 본다.[1] 새로움은 현대시의 장르적 본성이다. 미적 모더니티를 이념으로 태동한 현대시는 문이재도(文以載道)의 전근대적 문학양식과 근본적으로 다른, 신생의 미학적 범주였다. 현대시라는 존재 자체가 경이로운 언어구

---

1 이하 남기택, 「양날의 운명」(『시평』 2010년 9월호) 재수록.

성물인바 그에 관한 모든 것이 새롭지 않을 수 없다. 이때 새로움이란 시가 존재하는 한 동시에 성립하는 발생의 에테르와 같다.

그렇다고 해서 모든 시가 새로운 미적 성취를 달성하는 것은 물론 아니다. 한국 현대시사 100년의 과정에서 명멸해온 수많은 시어들은 시적 성패가 존재는 물론 신구의 문제만이 아니라는 명백한 사실을 증거한다. 새로움이란 다양한 변수들에 의해 중층결정되는 것이며, 경우에 따라서는 역사적 배경에 좌우되기도 한다. 우리 현대시가 급성장했던 1930년대에 오장환은 당대의 모더니스트 중 한 사람인 백석을 두고,

> 그는 조금도 잡티가 없는 듯이 단순한 소년의 마음을 하여가지고 (중략) 우리들이 어렸을 때에 들었던 이야기와 그 시절의 생활을 그리고 기억에 남는 여행지를 계절의 바뀜과 풍물의 변천되는 부분을 날치있게 붙잡아다 자기의 시에 붙여놓는다. 그는 아무리 선의로 해석하려고 해도 앞에 지은 그의 작품만으로는 스타일만을 찾는 모더니스트라고밖에 볼 수가 없다.(「백석론」, 『풍림』, 1937. 4)

라고 쓴다. 또 다른 글에서는 정지용, 김기림, 이상 등에 대해 "그 의도만으론 신문학이라고까지 말할 수 없다"면서 "조선에 새로운 문학이 수입된 지 30년 가차운 동안 어느 것이 진정한 신문학이었느냐고 한다면 그것은 『백조』 시대의 신경향파에서 '카프'에 이르기까지 그들의 그룹이 가장 새로운 문학에 접근한 것이었다"(「문단의 파괴와 참다운 신문학」, 『조선일보』, 1937. 1. 28) 라고 말한다. 그가 말하는 새로움은 형식이 아닌 내용이요, 그 중에서도 '참다운 인간'을 표방하는 인간주의적 관점이었던 것이다.

이 자리에서 오장환의 편내용주의를 옹호하거나 폄하할 여지는 없다. 문제는 '새로움'이라는 범주 자체가 상대적인 것이어서 이론적 공준을 설정하기 어렵다는 사실이며, 오장환의 입장 역시 이에 대한 시의적 연관을 지닌다는 점이다. 이러한 실정적 곤란이 명백할 뿐만 아니라 주어진 지면

도 턱없이 짧다. 그럼에도 불구하고 새로움의 정의와 공준을 향해야만 함
은 문학이 지닌 운명적 궤적이자 또 하나의 아이러니일 것이다.

2000년대 전후 '젊은' 시편들을 보면 형식적 새로움을 추구하는 경향이
두드러짐을 발견하게 된다. 형식적 실험을 의도적으로 전유하는 부류들은
마치 우리 시대의 아방가르드를 자처하는 듯하다. 단형 서정의 언어구성
물이라는 장르적 특성은 시로 하여금 신속하고 농도 깊은 전위의 포즈를
가능케 하는 물리적 조건일 것이다. 한편 여기에는 단순히 파격적 형식이
라고 한정하기 어려운 상황과 배경이 작동하고 있음을 알아야 한다. 그 중
대표적인 요인으로 이데올로기와 언어의 문제를 들 수 있다. 달라진 이들
지평은 시적 신구를 규정하는 새로운 변인으로 중요한 의미를 지닌다.

거대담론의 시대를 선회하여 문학적 이데올로기가 닿은 지평은 미분화
된 가치의 세계였다. 파편화된 현실 속에서 공론장 기능을 상실한 문학은
'종언'이라는 고진 식의 명제를 유행시키기도 한다. 에이브럼즈의 분류를
참조하지 않더라도 문학이 현실을 반영한다는 것은 보편적 상식에 가깝
다. 미분화된 현실을 시의 새로움이 섭렵하는 것은 당연한 수순이라 하겠
다. 더더욱 단형 서정의 장르적 구조와 철저한 개별 추상의 시작 메커니즘
은 현실 추이에 따른 신속한 기동을 야기한다.

불끈!
막 할례를 마치고 솟구친 붉은머리전사
돌창을 들어 맹수의 급소를 겨냥하던 여인들의 후예
뿌리 속 대장장이들이 수백 밤 벼린
암술! 첫 창날을 수직으로 들어 올려 태양을 겨냥하네
—조명, 「모란꽃 전사」 부분

위와 같이 상상력의 범주가 국경과 문화를 초월하는 양상은 보편적 현
상이 되었다. 자연의 일부를 묘사하는 데에 인간의 문화와 제도적 단위를

넘어서는, 사물의 종적 경계를 초월하는 언어들이 작동한다. 이를 위시하여 왕성한 탈경계적 상상력은 기존의 미학적 기준을 대체코자 하는 시적 전위와도 같아 보인다. 삶의 의미와 물성의 체현으로 수렴되던 구심으로부터 자유로워진 문학적 이데올로기의 신지평이 그 앞에 전제되어 있다.

숨은 이데올로기에 관한 지젝의 설명이 세계적인 관심을 촉발한 것은 이러한 현실적 토대와 무관하지 않다. 보이지 않는 실재를 지향하는 시 역시 그 시도 자체가 새로운 것이다. 문제는 드러나지 않는 이데올로기의 역규정으로서 시적인 신구 역시 제도화되고 있는 양상이다. 이와 관련된 문제적 현상 중 하나는 미분화의 질서에 따라 이합집산하는 문단 흐름일 것이다. 현대시의 새로움은 이 흐름에 따라 제작되는 중이기도 하다.

다음으로 언어의 문제가 있다. 각종 매체를 잠식중인 디지털 코드는 종전의 의사소통 방식을 발본적으로 재구성하기에 이른다. 그것이 새롭다 함은 기존 언어 기호의 질과 지시방식을 근본적으로 달리한다는 점이다. 그로 인해 언어의 외현은 무궁하게 확장되고, 재현의 도구에 목마른 시어들은 자연스럽게 디지털 알고리즘을 숙주로 삼고 있다.

새로움을 담보하는 시단의 기제로서 언어의 혁신만한 것은 없다. 제도적으로 새로움을 담보하는 신예들의 시편은 손쉬운 예시일 수 있겠다. 가령 "네가 변하는 순간 어쩌면 나는 그때 죽었지/난 산 사람처럼 살지 못했고 죽은 자들처럼 태연하지 못했다//(달은 멈추고 너는 잠시 머물러, 잃어버린 춤을 춘다)"(주하림, 「척(chuck)」)에서, 괄호 속의 사유와 밖의 사유는 시간과 공간을 달리하는 이겹의 언어로 배치된다. 표제는 그것을 'chuck'이라 표상한다. 이처럼 신생의 시어들은 하이퍼링크로 연결된 아이콘처럼 개별 텍스트의 문자기호가 지닌 가시적 의미 범위를 가볍게 넘어서고자 한다.

디지털 코드가 부여한 시적 심급은 단순히 시어의 외장에만 그치지 않고 구조와 상상력을 아우른다. 디지털 알고리즘은 단지 전유의 대상이 아닌 시어의 물성 자체를 재구성하는 것이다. 시적 운산이 지향하는 궁극적 목표를 디지털 코드는 생래적 자질로 지니는바 이보다 더 매력적인 시어는 없는 셈이다. 그 결과 시는 너도나도 전위가 된다. 그러나, 그것은 과연 새로운가.

새로운 문학적 패러다임은 서정의 본질을 회의하고 있으며, 디지털 코드는 언어의 보편적 지시방식을 재구하는 중이다. 오늘날 이데올로기와 언어의 입지는 실로 다른 차원을 지닌다. 주체를 구성하는 이데올로기의 호명은 스스로에 의하기도 한다. 현대인은 필연적으로 '아이디'라는 자기 존재의 명명을 지닌다. 그것은 삼자에 의해서가 아닌 스스로 부여되는 것이다. 시적 주체의 구성 자체가 새롭게 변모되고 있는 형국이다. 이른바 문자의 위기에도 패러다임과 매체의 변화가 집약된다. 종이판본 중단을 예고한 『뉴욕 타임즈』의 일화는 활자매체의 위기를 상징적으로 보여준다. 언어가 처한 새로운 질서와 운명을 전조하고 있는 것이다. 이 이질적인 이데올로기와 언어의 존재 방식 앞에서 시어의 향할 길은 어디인가. 그것이 무엇이든 새로움의 기제가 지닌 본질에 주목할 필요가 있다. 현대시의 새로움은 이러한 현상 위에 있고, 그럼으로 인해 전혀 새롭지 않은 시 외부의 '포즈'요 매너리즘일 수 있기 때문이다.

시적 주체의 자발적 구성과 시어의 테크놀로지는 그 자체로 시의 예술적 수월성을 담보하지 못한다. 이는 현대시의 새로움이 소재주의로부터 비롯되는 것이 아닌 한 명백한 사실이다. 예술적 전위로서의 기능 역시 동궤의 맥락에 놓인다. 네그리 식 다중의 실현은 문학 외적인, 지극히 정치적인 가능성이다. 문학장의 실천, 더 건강한 아비튀스를 향한 의식적 지양이 필요한 이유가 여기에 있다.

이제 우리 현대시는 100년의 역사에 이른다. 한 세기를 거친 몸은 피로한가 성숙한가. 그에 대한 판단에 앞서 신구의 정의가 제도화되는 분명한 관성을 주목해야 한다. 매체의 현재 수위를 포함하여 문학장의 제도화는 두 방향에서 가능성을 낳고 있다. 우선은 문학권력으로부터 자유로운 물적 토대로서의 가능성이다. 다양한 문학적 메커니즘은 차이와 다양성의 이념을 현재화함은 물론, '敍情'으로부터 '抒情'으로의 역사적 과정을 당대의 장 위에 재현하고 있다. 현장문학, 지역문학, 생태문학 등의 범주도 그 결과물들일 것이다. 역으로 또 다른 제도적 폭력으로서의 가능성이 상존한다. 수많은 에콜과 자기만족적 장, 아마추어리즘이 그 사이에 길항하고 있다. 이 역시 상징권력의 헤게모니와 같이 문학장의 문제적 요소로서 시적 새로움에 있어서도 심각한 장애 요인일 것이다.

그럼에도 불구하고 시를 재단할 궁극적 공준과 제도는 존재하지 않는다. 긍정적 삶의 실천과 건강한 문단 정치가 필요한 것은 이러한 아이러니로부터 비롯되는 문학장의 선험적 운명이라 하겠다. 현대시는 새로움으로써 진부해지는 양날의 운명 위에 성찰의 순간으로 항상-이미 존재하고 있다.

2. 도약과 변주, 혹은 매너리즘

다음으로 2000년대 젊은 시작의 양상을 예시해 본다.[2] 신예들의 작품을 읽는 가장 큰 즐거움은 참신함의 체감일 것이다. 어느 지면을 보더라도 구태의 반복을 당선작으로 내세우지 않는다. 숙련된 정량의 실력임에도 신선함이 부족하다거나, 이를 위한 과잉된 의도의 아쉬움은 대개 심사의견의 단골 수사 중 하나다. 그리하여 시인의 탄생을 알리는 순간은 첨단의 언어를 확인하는 계기이자 한국시의 미래를 조망하는 지표가 된다.

---

2 이하 2008년 등단한 시인들을 대상으로 한 남기택, 「말(言), 달리다」(『현대시』, 2008년 11월호) 재수록.

　그러나 새로움을 강조하거나 '의도의 오류'를 지적하는 심사 후기는 동시에 허사에 가깝다. 어느 작품이 기존의 반복이거나 관념의 산물이기만 하겠으며, 어떤 도구라도 투사된 경험의 정량을 재단할 수는 없다. 그 역시 명망가의 주관일 뿐이다. 시가 지닌 장르적 본성은 '언어의 경제'를 추구할 수밖에 없는바, 이로부터 비롯되는 경험과 표현의 갈등은 시의 숙명일 것이다. 모든 시적 현상은 그 긴장의 정도를 조절하는 창작자의 취사선택인 셈이다.

　이처럼 '새로움'이라는 것은 시인의 경험과 언어적 표현의 길항에서 파생되는 양질전화의 결과이며 질감이라 할 수 있다. 그런데 우리 문학장이 공고히 견지하고 있는 '등단'의 메커니즘은 이를 '제도적인 것'으로 강제하는 조건이 되기도 한다. 이것이 정도를 더하면 새로움이라는 것은 자폐적인 언어유희의 감각으로 전도되고 만다. 이 역시 한편의 신생일 수 있겠지만, 문제는 시가 존재하는 근원적 이유—미적 순간이라는 경험의 소통 등—가 제도의 강제에 의한 강박적 기교로 전락하게 되는 현실이다.

　신진 시인의 발생 메커니즘에 존재하는 부작용은 일종의 기우일 수도 있겠다. 이제 볼 신예들의 작품은, 길지 않은 '제도' 이후의 시간에, 저마다의 개성으로 능숙하게 그것을 넘어서고 있는 듯하다. 이 글의 분류가 있다면 대개 방법적 편의를 위한 차원이겠다. 이번 신작시편 곳곳에서 재기 가득한 언어의 순간을 맞게 되는데, 특히 시가 생산되는 현장인 일상적 삶을 노래하는 시편들이 우선 주목된다.

　　나는 우주목이다. 오래전 죽은 나는 머리는 땅을 향하고 뿌리는 하늘을 향한다. 잘 삭힌 줄기로는 소리를 만든다. 바람 한 점 없는 이 골짜기는 어느 산의 정상일까. 삭풍에 헤맨 등 감싸주는 손이 있어 따뜻하다. 생전에 울어보지 못한 꿈들, 꺼이꺼이 울 준비를 한다. 소박하고 면밀하며 슬기롭고 광적인 소리, 가슴으로 짓쳐든다.(중략)정신과 혼의 마찰로 빚어지는

세기와 세기사이, 인내의 시간은 느리다. 신기라는 말과 불협화음이란 말
이 태어난다. 애당초 세상에서 가장 아름다운 소리의 실마리는 불협화음
에 있다.

—이선애, 「첼로」 부분

사람 인(人)자 둘, 깊이 새겨진 오른 손과/내 천(川)자 흐르는 왼손 마주
대본다./사람, 사람과 물줄기가 내 생의 요약인가./물길 어디쯤에서 아직
합수하지 못한/그 누구 만나기도 하겠지.

—이영혜, 「손금 보는 밤」 부분

잎이 만발하던 진록의 나무에/본래 있었던 말들이 사라졌다/말들이 사
라지자 겨울이 꽁꽁 얼었다/겨울이 선명하다는 것은 드러난다는 것인가/
저 말발굽들은 언제 저리도 단단히,/시간의 옷깃에다 갈고리를 채웠을까/
슬픔을 문 낱낱의 입에게/내 고드름이 날을 세워 묻고 있다/허공을 끌고
가는 빈집의 뼈에 대해

—이일림, 「드러나다」 부분

이선애의 시는 악기에 관한 사유와 이입된 감정으로 '소리'를 묘사한
다. 시적 발상을 비교적 평범한 언어로 그려내는 감각 속에는 일상에 대한
시적 응시의 오랜 시간이 매개되어 있을 것이다. 「첼로」가 드러내는 '나'
의 감각은 '소리'로 이루는 욕망('꿈')의 현시인 셈이다. "세상에서 가장 아
름다운 소리의 실마리는 불협화음"이라는 발견이 일상과 꿈의 능숙한 변
주 근저에 자리한다. 다른 작품에서 "황사 자욱한 그와의 거리"(「문자메시
지」)라는 표현은 화자의 오랜 인연이 간직한 거리이자 사물과 시선이 유지
하는 영원한 미적 거리를 드러낸다. 시의 숙주가 이러한 거리의 발견과 재
현의 반복이라는 것을 이선애의 시는 감각하고 있는 듯하다.

이영혜의 시는 불연기연과 같은 보편적 진리에 천착한다. "사람, 사람
과 물줄기가 내 생의 요약인가"라는 각성은 "어둠 속에서 축축하게 삭아가

던/석관 속 시간의 체취"(「오래된 시간 냄새」)의 인식 등과 더불어 가장 깊은 존재와 시간에 대한 지속적 천착의 결과로 보인다. 상투적 언어의 외장에도 불구하고 이 시편들이 평범한 선시의 경구로부터 다른 결을 형성토록 하는 것은 바로 반복된 경험으로부터 숙성된 시선일 것이다.

존재의 감각을 현시하려는 욕망은 모든 시의 근원적 욕망 중 하나이다. 이일림 역시 그 궁극의 믿음을 시로 답한다. 발가벗은 혹한의 시간에 투명한 언어 혹은 "빈집의 뼈"가 드러난다. 익어가는 밥알들이 "서로 모여 할 말"(「노을, 기차를 타다」)들을 기록하고 있는 시적 정황도 일상의 풍경이 비의로 간직한 '뼈'의 다른 모습들이겠다.

이상 작품들은 소재적 차이에도 불구하고 소리, 시간, 사물 등 존재의 다양한 양태를 형상화하고 있다. 이런 이미지들은 일상의 풍경에 시적 응시가 가닿는 방식들이다. 일상을 변주하는 다층의 감각들은 그대로 우리 시가 지닌 보편적 방식이자 시사적 연속성의 심급들이라 부르고 싶다. 현실의 매순간에 애오라지 시적 발견을 향하는 응시의 시간이 여실하다.

한편 시적 인식이 항용 지녀야 할 관념의 거리를 주의해야 할 것이다. 의식을 조절하는 자신만의 방식이 중요할 터인데, 신예들의 작품이 보이는 또 다른 특징 중 하나는 전경화된 관념이다. 이때 체험과 응시를 재현하는 언어에 대한 단속과 중재가 절실하다.

> 둥근 알약이 떴어요. 나는 해를 한 알 마셔요. 물 한 컵에 갑자기 세상이 환해지죠. 한 알의 태양을 삼키는 순간 내 머리에 하루가 켜져요. 빛 한 점 뜨지 않는 날, 나는 커튼 뒤에 숨어요. 하루 전의 나를 드래그하고 복사해 줘요. 내가 간절할 수 있는 것은 오직 뜨거운 기운에 의지하는 일. 휘발성 강한 하루에 나는 중독되었어요.
>
> ―최형심, 「밤을 주세요」 부분

　　전설 속에서 데려온 새 한 마리 키운다/쇄골뼈 아래쪽 연약한 곳에서 부
화한/새끼 매 한 마리/(중략)/태양의 하품이 귓속에서 모욕적으로 웅얼거
린다/지붕 위로 올라간 어수룩한 녀석/정오의 태양을 덥석 문다/부리가
녹아내리고 일순간 태양이 꺼진다/새파랗게 질린 광장, 불새가 난다

—하린, 「불새」 부분

　　물소 떼가 이마를 밟고 지나가는 밤마다/오래된 두통에 대해 생각했다/
지층을 갈라놓는 이명을 들으며/나는 왜 그것을 패배라 부르지 않았던가/
날 밝으면 이유 없이 늪으로 걸어갔다/되돌아올 때마다 무너져있던 베이
스캠프

—황수아, 「세렝게티의 밤」 부분

　태양을 "둥근 알약"에 등치시키며 그것을 통해 명암을 변주하는 최형심
의 상상력은 우주적이다. 하린 역시 "태양의 하품"을 겨냥하며 내면의 신
화를 '불새'로 부활시킨다. 황수아의 시는 소떼로부터 "지층을 갈라놓는
이명"을 환기하는 이국적 상상력을 통해 자아의 실존을 묻는다. 이들 작품
은 문학(최형심, 「시 복용 설명서」)과 가족(하린, 「야구공을 던지는 몇 가
지 방식」), 내면의 고투(「2루타」)라는 전형적인 시적 발상과 더불어 지극한
주관의 세계를 이끌어가고 있다. 과잉된 관념으로 의도적으로 이미지들을
교란시키는 이들 시인의 문제적 발상법은 연상의 고리를 손쉽게 허용하지
않는 의미의 비약을 도모하고 있다. 이 우주적인 언어들이 이룰 경계는 시
적인 것과 그렇지 않은 것 사이를 넘나들지만, 그만큼 치열한 시적 사유의
부산물이라는 점에서 모두 '시적인 죽음'의 흔적들이다.
　결국 이들 작품의 일상은 지극히 비의적인 것으로서 미세한 감각으로
비일상적 가치를 깨닫는 발견의 순간들이다. 비일상적 일상성의 질감은
주관적인 언어의 표현을 통해 재현되는 만큼 때로는 비약적이고 때로는
시적 경구를 이루는 다양한 진폭을 지닌다.

한편 치열한 시적 사유의 공간에서 사라지는 것은 동일자의 존재감이다. 물적 직관의 세계가 감각으로 살아나는 장에서 자아의 상실은 시의 장르적 속성을 비껴가는 벌거벗은 꿈이기도 할 것이다.

진짜 나는 없어/그래서 텅 비어버린 나는 가끔씩 누군가를 기다리고 싶어지지
—조혜은, 「그녀의 인사」 부분

그리하여 나의 지문이 수면 위에 번지는 밤/물결을 딛는 두 발이 아득해지고/나는 완벽하게 어둠 속으로/사라질 수 있을 것이다
—한세정, 「사소한 어둠」 부분

조혜은과 한세정이 위의 작품들에서 공통적으로 '나의 부재'를 묘사할 때, 혹은 기타 작품들에서 단절의 공간(조혜은, 「3층 B동」)과 착란의 내면(「굿바이 걸즈」)이 전경화될 때, 이들 모두는 불가능한 소통에 대한 감각을 드러낸다. 일상의 언어로 재현되지 않는, 사라진 구체의 이면에 남은 것은 실존의 고독이요 존재의 아픔이라는 점은 쉽게 짐작된다. 지극한 존재의 아픔을 전면에 내세우는 데에는 시적 개연을 상쇄하는 모험이 동반될 것이다.

이은규 역시 범상치 않은 상상력의 범위를 보여준다. 자연의 미세한 현상들을 부려 상상의 끈을 이어가는 이 시인의 재주는 특출하여, "모든 유언은 허공의 귀를 수신처로 삼는다/마침표를 자꾸 지우며 끝을 유예시키는 바람"(「없는 데서 보고 듣다」)과 같이 부재의 시공간에 대한 감각을 노래하고 있다. 무궁한 시간과 순환을 그리는 자연의 순간을 포착하려는 시도는 제목 그대로 "없는 데서 보고 듣다"는 행위로 묘사된다.

사실 작품은 이론을 선취한다. 예컨대 "잎은 나무의 수많은 눈꺼풀/둥치가 바람에게 말을 걸고 나무의 기억이 흔들린다/기억 몇 잎 떨어진다 해도 한 뼘 그늘을 개의치 않을 나무", 이와 대비적으로 "우리는 식물이 아니어서

꼭 두 개의 잎을 갖는 슬픈 種"(「나무의 눈꺼풀」) 등에서는 존재를 향한 반성
과 무한한 양태의 순환을 볼 수 있다. 이 역시 정형화된 인간의 감각으로는
공감하기 어려운 소통의 순간에 대한 희구이다. 이들이 그린 새로운 존재의
감각과 언어는 어느 이론으로도 정형화할 수 없는 신세계의 지평이다.

　비슷한 맥락에서 정은기의 작품은 "창 밖으로 덩굴을 감아올리던 호박
꽃과 그 꽃이 한 순간에 시드는 시간, 그 시간이 흘러가는 어둠 속, 그 속
에서 외로움이 풀 뜯던 자리, 그 자리에 담배꽁초 무성하게 군락을 이루었
다. 담요에 기생하는 세균처럼 그녀의 호흡기를 부식시키는 외로운 암세
포"(「내가 아는 쓸쓸한 여자」)와 같이 자폐적인, 고유하고 절대적인 세계
를 그린다. "힘을 다해 저 길을 깨물고 있는 맨홀뚜껑이/바닥에 귀를 붙이
고 엿듣는 소리/하수가 지나는 높이로 누워 본 적이 있는 사람이라면/그
것이 치부를 숨기는 소리라는 것을 알 것이다"(「파이프 오르간을 위하여」)
역시 가장 낮은 삶의 태도로부터 건져 올린 신생의 감각일 것이다.

　　편지광 유우를 다시 만난 것은 물방울이 떨어지던 어느 저녁, 공원의 한
　　벤치에서였다. 유우는 맞은편 벤치에 앉아 노란 포스트잇에 뭔가를 적고
　　있었다. 아주 오래전에 내가 줬던 유리 반지를 낀 채로. 유우는 나를 알아
　　보지도 못했다.//전날 나는 꿈을 꾸었다. 편지광 유우의 검은펜이 나타나
　　자신의 심장은 겨우 다섯 개에 불과하다고 말했다. 적어도 백 개가 될 때
　　까지는—. 하필이면 그때 꿈에서 깨고 말았다. 목이 말랐다.//때로는 이런
　　꿈도 꾸었다. 하나 둘 셋 넷. 편지광 유우는 숫자를 센다. 의미 같은 건 없
　　어. 그저 이렇게 세는 게 좋을 뿐이야. 좋을 대로 해. 삼육구 삼육구 삼육
　　구 삼육구. 편지광 유우는 여전히 남들과 사이좋게 지내는 법을 모른다.
　　그것이 유우를 외롭게 하는 동시에 빛나게 한다. 나는 매번 문장을 적다
　　말고 꿈에서 깬다.//이 도시 곳곳에는 암호가 적혀 있다. 편지광 유우가
　　자신의 검은펜을 데리고 이 도시로 흘러들어온 이상 이제 그것들을 무심
　　히 지나쳐 버릴 순 없게 되었다.
　　　　　　　　　　　　　　　　　　　　　　　　—이제니, 「편지광 유우」 부분

이제니의 작품은 최근 신예들의 경향을 상징적으로 보여준다. 그의 이국 취향은 단순한 기교가 아닌, 자신만의 세계로 숙성되어 독특한 발상법에 이른 듯하다. 이와 더불어 새로운 감수성과 상상력, 완고한 자신만의 관념 등 시인의 확고한 내면을 형성하고 있는 현상은 최근 '젊은' 시단의 주류적 경향이라 하겠다. 이것은 무성한 상상력의 지평, 활발한 언어의 신생 등을 통해 '문학의 죽음'을 가볍게 넘어서는 우리 시의 자생력일 것이다. 이 고유하고 절대적인 개체들의 세계 속에서 "두더지의 구조화된 굴은 뱀의 무한한 파동으로"(네그리·하트, 『제국』) 대체되며, 이를 통해 문학적 다중의 존재를 확인하게 됨은 우리 문학장의 소중한 발견이 아닐 수 없다.

3. 도저한 미래

하지만 그것조차 하나의 반복이라면 시가 지닌 아방가르드는 또 다른 형식이 된다. 경계해야 할 '제도의 연장(延長)'은 매너리즘만을 가리키는 게 아닐 것이다. 외재적 형식을 기만하며 내재적 형식에 침잠하는 양가적 인식틀 속에는 시적 발상이 항용 경계해야 할 '상상의 제도화'가 내포되어 있다.

> 정원의 길은 둥글고 버섯의 왕은/포자의 모자를 쓰고 어둠의 수풀 속을 걸어간다./어둠의 수풀 수풀 수풀 그런 수풀 수풀 수풀.//(중략)//내 취향 내 기행 내 만행 내 악행 내 결백./나는 과거의 사람처럼 말하는 버릇이 있고/이 작은 인공의 숲에서 검은색으로 은둔 중./거미줄 시계풀 곤충들의 소리에만 귀 기울인 채/너는 네가 믿는 유령의 모습으로 희미하게 읽히고.
> —이제니, 「그림자 정원사」 부분

위 작품은 다양한 자연의 현상을 소재로 '나'와 '그림자 정원사'의 운명을 랩과 같은 리듬으로 변주한다. 시적 정황은 "이 작은 인공의 숲"에서 펼쳐지는 "내 오랜 그림자의 끝"을 향한 여정을 펼치는데, 의미의 재현을 목적으로 하지 않는 리듬과 감각의 세계가 오히려 시적 실체로 오롯한 작품이라 하겠다. 이러한 구도는 「독일 사탕 개미」에서도 반복된다. 실로 "아무런 개연성도 없는, 이렇다 할 논리도, 열쇠처럼 확실한 의미도 없는 네버엔딩"(「편지광 유우」)의 시상들이 서사화되는 시편들이다.

문제는 시인의 경험과 언어의 지평이 거쳐야 할 소통 가능한 물화의 순간에 대한 배려이다. 이를테면 「그림자 정원사」는 궁극적으로 자아의 내면이 확장한 '검은' 자연의 세계에 집중되어 있다는 점에서 휴머니즘적이다. 이제니의 자연은 지극히 자아중심적인 인식틀을 벗어나지 않고 있는 것이다. 그 자체가 문제라기보다 그러한 구도는 작품이 전제한 자연의 숱한 개방을 단절하는 선험적 조건이 된다.

그리하여 이제니의 시는 젊은 시의 가능성과 한계를 동시에 보여준다. 이들 텍스트는 우리 시가 걸어야 할 또 다른 지평, 이른바 사회학적 상상력과 문학적 소통의 가능성을 이중적으로 드러낸다. 사족이지만 시의 토대는 건강한 문학적 사회이다. 사회적 삶이 있기에 고유한 '나'가 존재할 수 있다. 이 관계론적 삶 혹은 존재의 조건을 시인 고유한 경험과 언어의 지평은 수용할 수 있어야 한다. 소통은 그 견고한 기반이 물화되는 언어의 순간에 빚어지는 자연스러운 시의 값일 것이다. 무릇 시에는 우수리가 없다.

그럼에도 불구하고 그들의 언어, 잘 빠진 육체를 지닌 그 몸들이 자유롭다. 푸른 초원을 달리는 야생마처럼. 이 역시 아름다운 서정의 풍경일 것이다. 날것인 상상의 향연이 이르는 길들, 설명할 수 없는 역동의 순간들, 그 위의 말들은 거침이 없다.

오 홍 진

서정의 윤리학
– 서정성의 의미를 묻다

1

　김지하 시인의 『예감에 가득 찬 숲 그늘』(실천문학사, 1999)을 읽다 보면, 우리는 곧바로 '생명'의 경이를 체험하는 시인의 실존적 상황과 대면하게 된다. 유신시대 말기, 서울 교도소의 독방에 갇힌 시인은 "갑자기 천장이 내려오고 벽이 가까이 들어오"는 착란상태, 곧 벽면증(壁面症)의 상태에 빠진다. 타락한 세상과 맞서 싸운 투사(시인)에게 찾아온, 이 피하지 못할 실존적 상황 앞에서 시인은 무엇을 할 수 있을까? 싸워야 할 '적'이 뚜렷하게 보인다면 그 보이는 적과 싸우면 되지만, 싸워야 할 적이 보이지 않고 그것이 내면에서 움터나오는 적으로 인식될 때, 시인은 속수무책으로 그 상황을 감내할 수밖에 없다. 그렇지 않겠는가. 자신의 '몸'을 죽이지 않는 한 벽면증은 사라지지 않을 것이고, 벽면증이 사라지지 않는 한 실존의 위기 역시 극복될 수 없을 것이다. 김지하는 바로 이러한 실존의 위기상황에서 생명의 경이로움을 체험한다. 감옥의 쇠창살과 시멘트 받침 사이에 먼지가 쌓여 이룩된 토양에서 피어난 '개가죽나무'(풀)를 보면서, 시인은 "민들레씨와 그것을 보면서 온종일 울었습니다"라고 고백한다. 시인의 상황이 개가죽나무의 상황과 유비되는 순간에 잉태되는 생명의 경이(희열)는 실존의 심각한 위기상태에 빠졌던 시인의 삶을 새로운 생성의 삶으로 뒤바꾸는 계기로 작용했던 셈이다.

김지하의 이러한 경험은 비단 그 혼자만의 '독특한' 체험은 아니다. 지병으로 삶과 죽음의 길을 오락가락했던 시인 김광섭 역시, 아픈 몸을 이끌고 나간 산책의 길에서 '채송화'라는 경이로운 생명과 마주하고 있지 않은가. 그가 채송화를 통해 발견하는 '생의 감각'(「생의 감각」)은 어떤 악조건 속에서도 생명의 꽃을 피우는 존재들의 삶(감각)과 맞닿아 있다. 시인의 아픔(고통)은 사물(채송화)들의 척박한 토양과 어울려 시인(주체)과 사물(대상)의 거리감을 상쇄하는 역할을 하고 있다. 아프기 때문에 시인은 사물의 보이지 않는 아픔을 볼 수 있고, 아프기 때문에 시인은 묵묵하게 살아가는 사물들의 삶과 대면할 수 있다. 김지하가 체험한 '개가죽나무'와 김광섭이 시화한 '채송화'라는 사물들은 시인의 내면에서 구성된 사물들이지만, 한편으로 두 시인을 새로운 삶으로 인도하는 '특별한' 사물들이기도 하다. '세계의 자아화'(조동일) 혹은 '회감'(슈타이거)이라는 말로 통칭되는 서정의 의미는 따라서 사물의 심연과 마주한 순간의 주체, 그리하여 사물과 하나가 될 수밖에 없는 시인의 존재를 함축적으로 전제한다. 사물과 하나가 되고 싶다고 해서 사물과 하나가 될 수 있는 것은 아니다. 스스로의 힘으로는 도저히 극복할 수 없는 삶의 고통이 시인의 감각을 사물의 심연으로 향하게 한다. 이런 점에서 서정의 언어는 근본적으로 치유의 언어로 표현되지 않을 수 없다. 인간의 욕망과 언어가 불화의 관계로 공존하는 우리 시대의 서정시[1]에서 서정의 세계가 여전히 순기능을 발휘하는 이유는 서

---

1 유성호, 『침묵의 파문』, 창비, 2004, 80면.

정이라는 의미 속에 내포된 치유의 기능과 무관할 수 없을 것이다.

소위 '미래파'(권혁웅, 『미래파』, 문학과지성사, 2005)로 통칭되는 젊은 시인들의 등장을 계기로 개진되고 있는 서정에 대한 최근의 논의는 '치유의 언어로서의 서정성의 맥락을 어떻게 의미화할 것인가'라는 문제와 근본적으로 맞물려 있다. 서정적 주체는 '이미' 사회적 상황과 불화하고 있고, 그래서 타락한 근(현)대 사회의 폭력에 항상 노출되어 왔다. 근대사회를 살아가는 주체가 서정성을 지향한다는 것 자체가 근대사회의 폭력을 넘어서려는 시적 주체의 의지로 의미화되지 않는가. 오래된 기억을 노래하고, 분열된 주체의 조각난 신체들을 묘사하는 근래의 시적 경향들을 본다면, 서구의 근대 낭만주의에서 착상되고 완성된 역사적 개념으로서의 서정[2]은 그 현실적 의미를 상실해가고 있다. 자연이 파괴되었는데, 파괴되지 않은 자연을 노래한다고 해서 그것을 과연 서정이라 부를 수 있을까? 인간과 자연의 관계가 도구적으로 바뀌었는데, 인간과 자연의 조화로운 관계를 시화한다고 해서 그것을 과연 서정이라 말할 수 있겠는가? 사물을 바라보는 시인도 아프지만, 시인이 바라보는 사물 역시 중증의 병에 걸려 있다. 아픈 몸에 생명의 기운을 불어넣어주던 '채송화'는 더 이상 자신의 아픈 몸을 치유하지도, 또한 시인의 아픈 몸을 치유해 주지도 못한다. 그것이 우리가 살아가는 현실이고, 동시에 시인이 살아가는 현실이다.

'시인은 숲으로 가지 못한다'는 도정일의 도저한 절망[3]을 생각하지 않더라도, 숲은 이미 오염되었거나 인간의 웰빙을 위한 도구적인 수단으로 변해 버렸다. 치유의 언어로서의 서정이 시적 주체의 고통만을 치유하는 언어가 아니라, 시적 대상(사물)의 고통에 귀를 기울이는 언어라는 점에 주

---

2 유성호, 위의 책, 68면.
3 도정일, 『시인은 숲으로 가지 못한다』, 민음사, 1994.

목해야 하는 이유는 여기에 있다. 유성호의 주장대로 "주체가 꾸는 꿈의 형식이자, 그 좌절의 흔적을 타자와 공유하는 상상적 기록이기를 멈추지 않는 것"[4]이 서정이라면, 서정은 타락한 세상에서 좌절한 주체가, 그럼에도 불구하고 타자(사물)를 향해 끊임없이 나아가는 상상적—윤리적 도정이라 할 수 있다. 서정의 주체는 타자들의 형식(삶)을 통해 좌절된 삶의 흔적을 다시 이 세상에 불러낸다. 타자들이 직면한 고통을 아파하는 주체가 서정의 주체이고, 타자들의 고통을 새로운 생성의 힘으로 뒤바꾸는 주체 역시 서정의 주체이다. 시적 주체는 여전히 아프지만, 이제 타자(사물)도 아프다. 사물들은 그래서 아픈 주체들이 '관조'하는 대상으로는 더 이상 남아 있을 수 없다. 아픔을 아픔으로 내보이는 타자(사물)들의 광경에 시적 주체는 어떻게 대응해야 할 것인가? 이 질문에 우리 시대의 '서정성'이 나아가야 할 길이 내포되어 있는 셈이다.

2

1990년대 시는 1980년대의 이념적 성향에 대한 반작용으로 '자연'의 형상을 시적 대상으로 복권하였다. 자연의 아름다움을 탐닉한 성향의 시들을 반민중적 정서로 규정한 1980년대의 시정신과는 어긋나게, 1990년대 시인들은 폭압적인 현실을 비껴가는 이상향으로서의 자연(형상)을 묘사하는데 많은 관심을 집중하였다. (신)서정으로 의미화되는 이 시기의 자연묘사는 근대문명의 세계와는 대별되는 자연, 정확하게는 근대문명의 폐허에서 벗어난 미학적 '자연'의 형상으로 나타났다. 그런데 미학적 자연은 근대문명의 세계를 거부했지만, 근대문명의 기초가 된 근대적 주체의 시선은

---

4 유성호, 앞의 책, 80면.

포기하지 않는 이중적 인식의 산물이었다. 근대문명을 거부하되, 근대적 주체의 시선은 포기하지 않는 방식이 1990년대 (신)서정의 미학적 바탕이었던 셈이다. 이런 점에서 (신)서정의 맥락으로 접근된 자연의 형상은 근대문명과 자연의 이분법이라는 인식구조에서 벗어날 수 없었고, 이에 맞춰 시인이 살고 있는 근대세계는 절대적으로 부정되는 상황에 직면하게 되었다. 실제의 세계와 접맥되지 않는 자연의 절대화는, 자연의 풍경을 바라보는 시인의 시선을 강조할 수밖에 없었고, 그것은 자연의 형상을 변화될 수 없는 절대적 미의 세계로 묘사하는 서정의 세계를 가능하게 하였다.

우포에 와서 빈 시간 하나를 만난다
온 나라의 산과 언덕을 오르내리며
잇달아 금을 긋는 송전탑 송전선들이 사라진 곳,
이동 전화도 이동하지 않는 곳.
줄포 마름 생이가래 가이연(蓮)이
여기저기 모여 있거나 비어있는
그냥 70만 평,
누군가 막 꾸다 만 꿈 같다.
잠자리 한 떼 오래 움직이지 않고 떠 있고
해오라기 몇 마리 정신없이 외발로 서 있다.
이런 곳이 있다니!
시간이 어디 있나,
돌을 던져도 시침(時針)이 보이지 않는 곳.
— 황동규, 「우포늪」(『우연에 기댈 때도 있었다』, 문학과지성사, 2003)
전문

우포에서 만난 "빈 시간 하나"는 근대사회에서는 볼 수 없는 세계이다. 근대적 시간의 너머에서 멈추어 있는 세계가 우포이고, 그래서 우포는 '늪'으로 표현될 수밖에 없다. 근대세계를 상징하는 '도시'를 떠나 우포의 절대적 세계에 도달한 시인의 모습을, 우리는 이 시에서 여실히 발견할 수 있다. 문제는 그가 발견한 '우포늪'이 시인의 내면이 아니면 결코 현실화될 수 없는 '허상의 공간'이라는 점에 있다. 현실에서 벗어난 허상을 노래한다는 것 자체가 문제가 되지는 않을 것이다. 허상은 보이는 세계의 보이지 않는 의미를 드러내는 타자들의 장소일 수 있기 때문이다. 하지만 황동규의 「우포늪」에 나타나는 시적 화자의 시선은 철저하게 주체의 시선에 종속되어 있다. 보이는 세계와 보이지 않는 세계를 더불어 노래하지만, 그리고 보이지 않는 세계의 진실을 현대인들은 통찰할 줄 알아야 한다고 시인은 생각하지만, 그것은 시적 화자의 내면에 갇힌 채 미학적인 형상으로 표현되고 있다. 송전탑, 송전선이 사라지고, 이동전화가 이동하지 않는 곳이 세상 어딘가에 분명히 있을 것이다. 또한 "이런 곳이 있다니!"라는 시인의 감탄을 눈여겨보지 않더라도, 이러한 장소를 발견한 사람들은 누구나 근대세계의 풍경과는 '다른' 세계를 "정신없이" 바라보게 될 것이다. 근대사회의 시간이 사라진 세계, 근대세계의 "시침이 보이지 않는" 절대적인 세계와 대면한다는 것은 현대인들에게는 그만큼 실현되기 어려운 일이기 때문이다.

그러나 황동규는 그러한 절대적인 세계를 근대적 주체의 시선, 다시 말해 타자의 시선을 배제한 주체의 시선으로 복원하고 있다. 잠자리 한 떼는 오래도록 움직이지 않고, 해오라기 몇 마리는 외발로 서 있는 풍경에는 그것을 바라보는 주체의 시선만 오롯이 부각될 뿐, 그렇게 보이는 타자(사물)들의 시선은 애초부터 배제되어 있다. 시간은 흐르지 않고 '늪'처럼 고여 있다. 그래서 보이는 세계만이 진실이고 보이지 않는 타자들의 세계는 그 진실의 뒷면으로 감추어진다. 우포는 절대적으로 존재하는 자연인가, 아니면 자연이라는 거대한 생명체의 한 부분으로 존재하는 자연인가? 시인은 우포를 절대화(미학화)함으로써 우포가 깃들어 있어야 할 자연(생명의 토대)의 세계를 우포의 외부로 몰아낸다. 거대한 생명의 띠로 연결된 자연의 세계는 오염된−오염되지 않은 자연의 세계로 동강나고, 오염되지 않은 우포의 세계가 시인이 지향해야 할 시적 세계의 형상으로 나타난다. 우포의 사물들은 아파하지 않는다. 우포와 이어져 있을 자연은 "온 나라의 산과 언덕을 오르내리며 / 잇달아 금을 긋는 송전탑 송전선들"로 아파하고 있는데, 우포만 절대적인 공간(시간)에 파묻혀 아파하지 않는다. 그것이 가능한가? 시인의 시선에 포착된 우포의 세계는 그러므로 근대적 주체의 탄생과 더불어 절대공간(시간)의 내부로 내몰린 사물들의 세계와 다르지 않다. 절대공간(시간) 속에서 펼쳐지는 사물들의 움직임이 근대주체의 시선으로 완벽하게 파악되듯, 우포의 절대적인 공간(시간) 역시 시적 주체의 시선 앞에서 완벽하게 아름다운 모습을 드러낸다. 사물의 아픔을 인정하지 않는 근대과학의 세계가 근대세계를 부정하는 (신)서정의 세계에 도래하고 있다는 점은 역설적이다. 사물의 외부에서 사물의 세계를 '관조'하는 근대적 주체의 시선은 김수이의 지적처럼 '자연의 매트릭스에 갇힌 서정시'(『서정은 진화한다』, 창비, 2006)의 그릇된 여정을 보여준다. 타자의 아픔을 볼 수 없는 서정적 주체의 자연 예찬은 일종의 포즈이고, 그런 점에서 문학적 허위일 뿐이다. 1990년대 (신)서정에 내포된 문제는 실상 이러한 근대적 주체의 시선으로 자연을 절대화하는 시적 주체들의 문제와 본질적으로 맞물려 있다고 하겠다.

    나무가 악기인 것은
    지워지지 않으려 온몸으로 울기 때문이다.
    나무들이 우는 소리
    능선을 넘어
    온 산을 쏟아져 내리는 폭포를 이룬다.
    나무가 악기인 것은

지워짐과 지워지지 않음을 넘어
전력을 다해 울기 때문이다.
눈 갠 하늘 아래
기진한 나무들이 하얗게 얼어붙었다.
녹아내린 눈이 가지 끝에 고드름으로 달려 흔들리며
풍경 소리를 낸다.
나무가 악기인 것은
소리의 끝에서 무심하기 때문이다.
　　　　— 김진경, 「나무가 악기인 것은」(『지구의 시간』, 창비, 2005)에서

　김진경의 「나무가 악기인 것은」에는 황동규의 「우포늪」과는 달리 사물들의 관계가 시의 전면에 표 나게 내세워져 있다. "눈발이 가득히 바람에 불려"(같은 시)가는 시적 상황을 근간으로 시화되는 나무의 형상(소리)은 스스로 악기(소리)가 되어 자연 속의 풍경을 이루는 겨울나무의 모습(삶)으로 나타난다. 나무가 온몸으로 우는 것은 "지워지지 않으려" 하기 때문이다. "무심"이라는 시어에 오롯이 부각되는 것처럼, 나무는 무언가를 이루기 위해 우는 것이 아니라, 스스로의 생명을 더 큰 자연의 생명 속에서 실현하기 위해 우는 것으로 묘사된다. 그러므로 "나무들이 우는 소리는" 온 산을 쏟아져 내리는 폭포를 이룰 수밖에 없다. 한 그루의 나무만 우는 것이 아니라 자연 속의 나무는 바람이 세차게 불면 불수록 더욱 크게 운다(울어야 한다). 메마른 나무 위로 차갑게 불어오는 바람이 자연이라면, 그 자연의 바람과 만나 더 크게 우는 나무 역시 자연이다. 무심이라는 말은 스스로 그러한 자연의 나무, 자연의 바람을 표현할 것이다. 돌려 말하면 무심은 자연을 바라보는 시인의 마음을 드러내는 시어이지만, 한편으로 자연 스스로 펼쳐내는 타자성의 세계를 의미하기도 한다. 시적 주체가 없을지라도 바람은 불고 나무는 그 자리에 서 있겠지만, 시적 주체가 있어야만 나무는 악기가 될 수 있다. 무심은 그러므로 겨울나무에서 감각을 보

는 존재(주체)의 무심이기도 할 것이다.

나무가 전력을 다해 우는 것처럼, 이 세상의 모든 사물들은 무언가를 이루고, 또한 그 무언가를 허물며 끊임없이 살아간다. 인간이 시간 속에서 시간과 더불어 살아가듯, 자연(사물) 역시 시간의 역사 속에서 시간과 어울려 저마다의 자리를 찾으며 살아간다. 이를테면, 눈 갠 하늘 아래 나무는 하얗게 얼어붙은 채 기진해 있지만, 동시에 "녹아내린 눈이 가지 끝에 고드름으로 달려 흔들리며 / 풍경소리를 낸다." 절대적인 공간(시간) 속에 파묻힌 사물은 도저히 도달할 수 없는 이러한 풍경이 김진경의 이 시를 타자성의 시학으로 이끄는 힘으로 작용한다. 서정의 주체는 사물들의 그러한 힘과 '더불어' 무심의 세계로 빠져든다. 이 세계는 그러므로 그가 사는 세계와는 '다른 세계'이고 또한 그가 사는 세계처럼 변함없이 운동하는 세계여야 한다. 운동하는 사물의 세계에서는 타자의 아픔이 곧 나의 아픔으로 전이될 수 있다. 바람이 한 그루의 나무만을 위해 불지 않듯, 타자의 아픔 역시 타자의 아픔만으로 한정될 수는 없다. 자연은 그것을 본래부터 지니고 있기에 자연이다. 나무의 소리는 또 다른 나무의 소리를 부르고, 그 소리는 나무를 넘어 자연의 소리로 거듭난다. 자연이 스스로 이룩하는 영원한 시간은 이런 점에서 끊임없이 미분화(微分化)되는 사물들의 소리와 다를 수 없다. 시적 주체는 그러한 미분화된 타자들로 이루어진 세계의 한 구성원으로 나타날 뿐이다. (신)서정의 세계에 드리워진 근대적 주체의 시선을 반성하는 자리에서 펼쳐지는 타자성의 시학은 김진경의 최근 시가 지향하는 바가 무엇인가를 새삼 시사해준다 할 것이다.

3

'미래파'라 불리는 젊은 시인들의 '서정'은 황동규나 김진경이 도달한 서정의 세계와 여러 가지 면에서 다르다. 황동규와 김진경이 실제의 자연에서 시적 영감을 얻는다면, '미래파' 시인들은 디지털화된 세계, 요컨대 가상의 자연을 시적 대상으로 삼는다. 그들이 살아왔던(살고 있는) 세계가 다른 만큼, 그들이 사유하는 방식도 다르고, 그것을 표현하는 방식 역시 다르다. 미래파의 시에는 조각난 신체들이 여기저기 흩어져 있고, 또한 조각난 신체(예컨대 눈)들이 저마다 살아남아 펼쳐내는 끔찍한 형상의 세계가 곳곳에 출현한다. 어머니의 살을 야금야금 뜯어먹고 탄생한 '뱀소년'(김근, 『뱀소년의 외출』)이 있는가 하면, 108번째 사내를 희생양으로 삼아 신성의 세계에 이르는 시적 주체(이영주, 『108번째 사내』)도 있다. 시의 이름을 달고 발표되지만, 서정의 함의와는 차별되는 상황을 미래파의 시인들은 살아가고 있는 셈이다. 그러므로 그들에게 황동규나 김진경이 묘사하는 서정의 세계는 자신들의 경험과는 동떨어진 '다른 세계'일 수밖에 없다. 그들이 느끼는(체험하는) 자연은 결코 사물과 하나가 될 수 없는, 정확히 말하면 끊임없이 분열되고, 조각나는 세계로 나타나기 때문이다.

　　나에겐 고향이 없지 고향을 잃어버린 것도, 잊은 것도 아닌, 그냥 없을 뿐이야 그를 만난 건 내가 Time seller Inc.라는 회사에서 일할 때였지 그곳은 시간이 없는 자들에게 시간을 파는 일을 해 그것은 불법이지 그곳의 시간들은 대부분 훔친 것들이거든 나는 시간의 장물을 관리하는 일을 맡고 있었지 어느 날 그가 자신의 시간을 사줄 수 없겠냐고 문의를 해왔어 그는 오자마자 고향 이야기를 꺼냈어 그의 고향은 남쪽의 바닷가 마을이었는데 고향에서 지내던 어린 시절의 시간을 팔고 싶다고 했어 들어보니 사줄 가치도 없는 흔해빠진 시간을 들고와선 아주 비싼 가격을 부르던군 (……) 그래서 그의 시간을 헐값에 샀어 아무도 사 가지 않은 그의 시간을 쓰겠다고 한 순간부터 이상한 일들이 벌어졌지 밤이면 잠을 이루지 못하고 신호등을 기다리다가도 깜빡깜빡 잠이 들었지 끝내는 눈을 뜨고 꿈을 꾸며 걷게 되었지 꿈꾸며 걷는 길가엔 은갈치떼가 몰려다니고 해초들이 발목을

감싸서 걸을 수가 없었지 나는 예전의 고향 없는 내가 그리워졌어 그때의
평화로움은 다시는 나를 찾아주질 않았지
　　　— 유형진, 「피터래빗 저격사건 — 의뢰인」(『피터래빗 저격사건』, 랜덤
하우스중앙, 2005)에서

　유형진의 시적 화자는 고향이 없다. 고향을 잃어버린 것도, 또 잊은 것도
아니라 "그냥 없을 뿐"이라는 화자의 고백에 주목하자. 애초부터 고향이 없
으므로 고향을 그리워할 필요도, 이유도 없다. 그에게는 지금 살고 있는 '이
장소'가 바로 고향이다. 훔친 시간을 파는 직업을 갖고 있는 그에게 고향은
사고 팔 수 있는 장소 이상은 아닌 것이다. 그래서 교환가치로 전화될 수 없
는 기억(고향)을 피터래빗에 사자마자, 화자의 주변에서는 이상한 일들이
벌어지기 시작한다. 밤에 잠을 이루지 못하고, 신호등을 기다리다가 깜빡
졸기도 한다. 그런가 하면 눈을 뜬 채 꿈을 꾸는 그의 눈에 은갈치떼가 나타
나기도 한다. 시간의 장물을 관리해야 할 사람에게 문득문득 펼쳐지는 기
억의 세계는 그 자체로 공포스러운 경험의 세계이다. 고향을 공포의 장소
로 의미화하는 이 지점에서 유형진의 시적 화자인 '모니터킨트'(「모니터킨
트」)가 탄생한다. 0과 1 사이의 디지털 공간 속에 존재하는 모니터킨트의
세계는 가상적인 이미지를 현실세계로 대체한다. 거기에는 은갈치떼라는
이미지는 있어도 은갈치떼라는 실상은 없다. 이미지가 실상을 대체하는 시
뮬라크르의 세계에 기억 속의 아늑한 고향이 존재할 수 있겠는가? 화자는
그러한 고향의 이미지(기억)를 되팔 수 없자, 저격수를 고용해 피터래빗을
죽이려고 한다. 한 개인(주체)의 정체성을 구성하는 기억은 이제 시의 외부
로 내몰릴 상황에 직면한다. 기억이 배제된 서정시를 생각해 보라. 그리워
해야 할 장소가 전혀 없는 주체에게 과연 서정의 세계는 가능할 수 있을까?
　『이상한 나라의 엘리스』에서 엘리스를 환상의 세계로 인도한 흰 토끼는
"피터래빗"이 되어 화자를 고향의 세계로 인도하지만, 그 때문에 그는 죽

어야만 하는 상황에 봉착한다. 가상세계의 화자는 가상세계에만 존재해야한다. 엘리스가 환상세계를 체험한 후 현실로 돌아왔다면, 가상세계의 화자는 현실세계를 겪자마자 가상세계의 "고향 없는" 상황을 한없이 그리워한다. 실제의 현실과 마주하는 순간을 죽음의 순간과 동일시하는 화자는 더 이상 다른 세계를 꿈꾸지 않는다. 오직 현재의 시간만이, 그것도 앞으로 흐르는 '분절된 시간'만이 있어야 한다. 도대체가 고향의 은갈치떼가 시간의 장물을 관리하는 그와 무슨 상관이 있단 말인가. 상상의 세계로 이끈 피터래빗이 죽어야 하는 이유는 여기에 있다. 피터래빗은 근대적 시간과는 반대의 길을 제시했고, 그것을 가상세계에 존재하는 화자에게 비싼 가격으로 팔려 했다. 상상(기억)의 세계에도 '시간'은 있지만 그것은 끊임없이 현재를 교란하는 시간으로 존재한다. 고향을 부정하고, 현재의 질서를 중시하는 존재에게 이러한 교란의 시간은 곧 죽음의 시간으로 인식되고 있는 셈이다.

유형진 시의 '독특한' 점은 이러한 피터래빗의 세계마저도 그의 시에서 부정되고 있다는 점이다. 모니터킨트에게 피터래빗의 세계는 이미지로 구성된 세계이지 결코 현실화될 수는 없는 세계이다. 「나는 17세기 스페인의 항구, 눈부신 범선의 돛대에 펄럭이는 바람이다」라는 시에 표현되는 대로 시인은 "그늘 밑 쥐구멍"을 통해 엘리스처럼 상상의 나래를 펼친다. 그녀에게 세상은 상상하는 현실이지, 그대로의 현실(기억)은 아니다. 모니터킨트에게 그대로의 현실이 있을 수 있겠는가. 그것은 '훅 불면' 금방 날아가 버리는 '덧없는' 세상(「모니터킨트」)으로 나타날 따름이다. 그녀만의 눈으로 구성되는 현실은 그러므로 기존의 서정적 시선으로는 도달할 수 없는 '다른 세계'이다. "쥐를 따라" 들어간 세상에서, 그녀는 "길고 매끄러운 뱀"이 되고 "아프리카의 버펄로, 배고픈 표범, 이집트 공주의 애완동물"이 된다. 분열된 주체의 눈으로 바라보는 세상은 수많은 사물들이 환유적으로 맞물려 있는 세상이다. 근래의 젊은 시인들의 시에 공통적으로 표현되는 이러한 세계는 그만큼 '서정'에 대한 젊은 시인들의 생각이 바뀌고 있음을 나타낸다. '자연'을 근대적 주체의 시선으로 동일화하는 (신)서정의 세계나, 존재의 아픔을 자연(사물)의 아픔과 연관짓는 '다른 서정'의 세계는 젊은 시인들에 이르러 분열된 주체가 바라보는 조각난 세계로 변화된다. 세상을 구성하는 눈이, 또한 서정을 인식하는 시인들의 눈이 더 이상 '자연'에 주목하지 않고 있는 것이다. 발랄한 상상력으로 무장한 이들의 시적 세계를 우리는 어떻게 바라봐야 할까? 사물 혹은 주체의 상처를 치유하는 언어로서의 서정적 언어를 이들의 시에서도 기대할 수 있을까? 김민정의 「날으는 고슴도치 아가씨」라는 시를 보자.

자물쇠 단단한 철창 안에서만 잠들 줄 아는 날 내다 팔기 위해 아빠는 포수를 그림자로 갈아입는다 나는 도망치지만 발빠르게 헛돌아가는 외발자전거는 땅속 깊이 층층 계단으로 쌓아내린 뼈 마디마디를 뭉그러뜨리며 또 다른 사각의 메인 스타디움 안에 발 빠진다 끝도 없이 페달을 감아대는 레이스 끝에 홈스트레치에 접어들자 관중석마다 빽빽이 들어차 있던 나들이 일제히 일어나 박수로 내 나침반을 겨냥한다 어서어서 속력을 더 내렴, 너만 도착하면 완성된 퍼즐 속에서 우리들 되살아날 수 있을 거야 숟가락 들어 한 입 떠낸 아이스크림같이 희게 흰 등뼈로 사격용 표적 하나 전광판에 부조되어 있다 포물선을 타 넘어가는 장외 홈런볼에 올라탄 내가 엿 같이 찰싹 하고 내 실루엣 위에 달라붙는 순간, 탕! 소리와 함께 아빠의 눈알이 10점 만점의 놀라운 사격 솜씨를 자랑하며 과녁 정 중앙을 홉뜨고 들어온다 아빠가 마스카라 칠해 달군 속눈썹을 깜빡거릴 때마다 내 몸에 바숴져 내리는 퍼즐 조각들이 까만 섬유소의 꼬임 안으로 쏟뜨려진다 그러나 낄낄거리며 인조 속눈썹을 떼어내는 아빠, 그걸 방비 삼아 내 키만 한 007 가방 안에 나들을 싹싹 쓸어 담고는 자물쇠로 채워버린다.
　　　　　　— 김민정, 「날으는 고슴도치 아가씨」(『날으는 고슴도치 아가씨』,
　　　　　　　　　　　　　　　　　　　　　　　　　　열림원, 2005)

　김민정의 시적 주체는 끊임없이 말을 한다. 마침표는 없고 쉼표들만 간간이 눈에 띄는 말들의 세상에는 분열된 주체가 있고 그 주체를 철창 안에 가두려는 아빠가 있는데, 그들이 이루어내는 풍경은 말 그대로의 지옥 같은 풍경이다. 퍼즐 조각처럼 흩어져 있는 '나들'을 향해 철창 안에 갇힌 주체는 탈출을 시도하지만 아빠의 눈알(총알)에 맞은 '나'는 조각난 '나들'과 함께 007가방 속에 갇혀버린다. 현실 속에 존재하는 사물들을 낯설게 배치하여 철창에서 벗어날 수 없는 주체의 삶을 드러내고 있는 이 시를 과연 기존의 서정시 문법으로 해석할 수 있겠는가? 이 시는 "지하에 계신 淫父와 淫母가" 지배하는 세계에서 "화살이었다가 우산이었다가 낚싯대였다가 장대높이용 장대로 키 자라는 한 마리의 거대한 고슴도치가 되어"(같은 시) 음부와 음모의 세계에 반역하는 작가의 상상력을 기발하게 펼쳐내고 있다. 하지만 이러한 기발한 상상력은 실상 상상의 너머, 요컨대 지금 우리가 살고 있는 이곳의 현실로 되돌려지지 못한다. 고슴도치의 가시는 음부와 음모의 세계에 저항하는 유력한 수단이지만, 동시에 그것은 스스로의 세계에 유폐되어 타자성의 세계로 나아갈 수 없는 주체의 뚜렷한 한계를 내포한다. 고슴도치가 된 화자는 음부와 음모의 세계와 변함없이 싸울 것이고, 그 싸움은 상상 속에서 더욱 격렬한 싸움으로 발전할 것이다. "이미 죽은 내가" '엄마아빠'의 살집을 뜯어내 살수제비를 끓인다는 끔찍한 상상력(「살수제비를 끓이는 아이」)이 그러한 격렬한 싸움이 계속되고 있음을 입증한다.

　그럼에도 김민정의 그로테스크한 이미지에는 감옥에서 벽면증에 걸려 시름시름 앓다가, 그 아픔을 일순간에 물리치는 사물과의 '순간적인' 만남을 시화하는 과정이 부재한다. 상상은 있지만, 그 상상은 사물들을 '통해' 펼쳐지는 상상이 아니라 작가의 관념 속에서 빚어진, 철저하게 '계산된' 상상으로 나타난다. 끔찍함이 더해갈수록 그것을 읽는 독자들의 뇌리에 끔찍함의 이미지만 남게 되는 이유는 여기에 있다. 끔찍한 이미지 자체가 문제가 되지는 않을 것이다. 끔찍함이 끔찍함으로 끝나버릴 때, 시는 해석의 다양한 길을 스스로 막아버린다. 다른 세계로의 탈출이 미래의 긍정성을 창출하지 못하고 미래의 담론 속으로 닫혀버릴 때, 시의 미래 역시 담론 속의 미래로 닫힐 수밖에 없다. 시인이 가장 끔찍해하는 것은 '아빠의 눈'으로 세상을 바라보는 것이 아니었던가. 아빠의 눈을 벗어나려는 치열한 상상이 반―아빠(반―오이디푸스)의 끔찍한 상상(담론)으로 변용된다고 해서 새로운 시의 미래가 도래하는 것은 아니다. 근대적 세계를 향한 저격수(유형진)가 되든, 음부의 세계에 저항하는 상상력의 투사(김민정)가 되든, 그들은 다시 그들이 살아야 할 세계로 돌아와야 한다. 그것은 경계를 탐험하는 자들이라면 거부할 수 없는 운명이다. 미래파 시인들이 펼쳐내는 세계에는 이미지 자체의 끔찍함 때문에 '새로운' 이미지가 넘쳐나지만, 거기에는 우리가 살아내야 할 현실의 아픔이 끔찍한 만큼 거세되어 있다. 미래파 시인들의 '새로운 서정'을 미래의 서정으로 자신 있게 내세울 수 없는 이유는 현실의 아픔을 포기하는 순간, 시는 이미 시(문학)의 한계를 뛰어넘는 작업을 포기하고 있기 때문이다.

4

김지하는 시인이 현실 속에서 겪는 고통과 그 극복의 양태를 '흰 그늘'이란 말로 표현하고 있다. 그늘이 없는 시인이 모든 사람의 마음을 울리는 시를 쓸 수는 없다. 김지하가 이야기하는 '흰 그늘'은 그의 미학 사상을 대표하는 개념인 '기우뚱한 균형―카오스모스' 개념과 연관되지만, 그 밑바탕에 깔려 있는 것은 아픈 세상을 아프게 바라보는 시적 주체의 형상이다. 사물을 도구화한 근대적 주체들에게 자연은 '아프게' 바라봐야 할 세계가 아니라, 지배하고 정복해야 할 세계였다. 자연을 향한 근대 주체들의 서정(낭만주의)은 이러한 지배와 복종의 대상으로서의 자연을 거부하는 데서 출발했다. 하지만 자연을 바라보는 그들의 태도 역시 여전히 근대적이었다. 자연(사물)이 아픈 주체의 대상화된 자연으로만 인식될 때, 스스로의 생명으로 뿜어내는 자연의 실제적 힘은 아픈 주체의 치유를 위한 수단으로 변질될 수밖에 없었다. 이제 자연 역시 자신의 아픔을 내보이기 시작한다. 시적 주체의 아픔도 치유되어야 하지만, 동시에 자연의 아픔도 치유되어야 한다. 이런 점에서, 시적 주체와 사물이 마주하는 순간에 펼쳐지는 서정적 순간은 무엇보다도 타자(자연)에 대한 아픔을 아픔으로 느끼는 시적 주체의 감각을 떠나서는 생성될 수 없다고 해야 할 것이다.

서정에 드리워져 있는 그늘은 시적 주체의 그늘이기도 하지만, 시적 대상(사물)의 그늘이기도 하다. 김지하의 말대로 그러한 그늘'들'이 '흰 그늘'로 변화되기 위해서는 사물을 바라보는 주체의 시선을 주체 스스로 반성하는 과정('기우뚱한 균형'을 파악하는 과정)이 필요하다. 근대적 주체의 시선으로 바라보는 자연의 형상이 여전히 자연의 아픔에 닿지 못하듯, 타자의 그늘을 부정하는 정신이 치유의 정신으로서의 서정의 정신에 다가갈 수는 없다. (신)서정이든, '다른 서정'이든, 아니면 '미래파' 시인들의 분열된 '서정'이든, 서정의 맥락 속에는 무엇보다도 타자의 아픔을 치유하는 정신이 새겨져 있어야 한다. 오염된 자연과 오염되지 않은 자연을 분리하고, 오염되지 않은 자연을 바탕으로 시적 주체의 고통을 치유하는 방식은 정확히 서정적 주체가 극복해야 할 근대적 인식론의 한 산물일 뿐이다. 자연에 대한 관심이 부쩍 커진 만큼이나 자연을 대상화하는 태도 역시 강화되는 이 시대에, 서정시를 포기하지 못하는 시인들이 주목해야 할 점은 바로 근대적 인식론 너머에서 저마다의 생명력을 뿜어내는 타자(사물)들의 이러한 정신일 것이다.

『딩아돌하』 2007년 봄호에 수록

한 상 철

서정의 분화
– 이병률론

1

이 슬픈 사내는 늘 홀로 떠돈다. 티벳 가는 서쪽 길 위, 동유럽을 가로지르는 종단열차 안, 늙은 악사를 찾아 나선 카리브 해의 섬나라에서도 그는 혼자다. 돌아와 머무른다고 사정이 달라지는 것은 아니다. 사내의 주변에 머무는 것들이야 있지만 혼자이긴 마찬가지다. '자궁제거수술을 받은 고양이'(「고양이 감정의 쓸모」)[1], '말라버린 화분'(「공기」), '빈 페인트 통'(「통」), '잊고 있었던 옥상 위의 고추모종'(「이사」), '잘못 온 편지'(「아무것도 아닌 편지」), '얼굴도 모르는 위층 여인의 물 내리는 소리'(「조선족여인」) 같은 것들이 그들이다. 이 사내를 둘러싼 것들이 이러하니, 길 위에서 만나는 이들에게로 슬픔이 전염되어 간다는 사실을 새삼스러워하지 않아

---

[1] 이하 본문 인용시의 출처는 다음과 같다.
이병률, 『당신은 어딘가로 가려한다』, 문학동네. 2003.
_______, 『바람의 사생활』, 창작과비평사. 2006.

도 되겠다. 가족도 예외는 아니어서 '아버지', '어머니'(「희망의 수고」)조차
도 단역일 뿐 말이 없다. 혼자이므로 '어디로든 가지 않아도' 되고, '어디든
지나가도'(「동유럽종단열차」) 된다.

　이 슬픈 사내에게 소식은 늘 엇갈림으로 온다. 사촌인지 육촌인지 모를
형은 돈을 부치라 할 뿐 행불이다. 그의 집에 찾아든 노인은 기억을 잃어
버린 채고, 칼을 갈러 들어온 부부는 눈이 먼 채다. 그들과 대화하려니 한
발 앞서거나 뒤로 물러나 있어야 한다. 마주 섰다면 그들은 이 사내의 눈
빛을 받아낼 수 없었을 것이다. 그렇다고 아예 어긋난 것은 아니어서, 약
간의 돈을 송금해 주거나 말을 들어주는 것, 커피를 물린 칼갈이 남자에게
꿀차 한 잔 내 주는 것이 그의 답장이다. 가만히 생각해 보면 그건 우리들
의 시대에 어울리지 않은 소통방식이다. 엇갈린 채로 이어진다는 것. 이것
을 두고 소통에 실패했다고 말할 수도 있겠다. 하지만 분명한 것은 엇갈림
도 혼자서는 할 수 없다는 사실이다. 외려 엇갈림으로만 하는 소통에서라
면 만나는 사람이 누구인지나, 만남의 필연적인 이유가 무엇인지는 큰 문
제가 아닐 수 있다. 그러므로 잘못 온 편지에도 '과도한 세상이 다시 그를
결박하지 않기를 / 그가 더 이상 모두를 미워하지 않기를'(「아무것도 아닌
편지」) 바랄 수 있는 것이겠다.

　이 슬픈 사내는 늘 자본주의의 풍경에 속하지 못한 채다. 빚 받으러 들
어간 허름한 식당에서도, 도시를 점령해버린 월드컵 응원 인파 속에서도,
그는 참견하거나 훈수 두는 법이 없다. 그저 가만히 바라보거나 정성스레
귀 기울일 뿐이다. 다만 이 속 늙은 구경꾼의 예리한 눈빛은 일상을 풍경
으로 잘라내는 데 능숙하다. 현실을 절단해냄으로써 나를 당기고 밀어내
는 삶을 배경이자, 사건이며, 이야기로 만들어 버리는 것이다. 현명하거나
혹은 약삭빠르게도 그는 삶을 자신에게로 당기려 하지 않는다. 흘러가도
록 내버려 두거나, 혹 남겨진 것들을 찾아 돌아보는 것이 이 사내의 방식

이다. 힘을 줌으로써가 아니라 힘을 뺌으로써 사내는 자본주의적 삶을 대상화한다. 속하지 못한다고 말할 수 없는 것은 아니어서 집으로 돌아오는 길 위, 사내는 이렇게 묻는다. 당신도 목숨 걸고 자본주의의 풍경이 되는 일을 합니까'(「저녁 풍경 너머 풍경」)

언제나 남겨지는 것은 슬픔이되, 이 사내의 슬픔은 마치 말로 이루어진 마임mime 같아서 '고백'도 아니요, '독백'은 더더욱 아니다. 그의 슬픔은 어떤 몸짓이거나 표정이어서 아픈 삶을 그저 놓아버리지 못하게 만든다. '감각'에 지나친 '독백'과 '사유'에 매몰된 '고백'의 '난경(難境)' 속에서, 이 사내의 말로 지은 슬픔이 오롯한 것은 이 때문이다. 그래서이겠다. 사내의 슬픔이 '문득 부닥친 한 목숨에게 / 뼈가 아프도록 검고 차가운 피를 채워 넣는 일'(「피의 일」)인 것은.

2

홀로 떠돌거나, 혹은 헤어지거나, 비루한 삶에 온통 먹먹해질 때에도 이병률의 시는 시종일관 정갈하다. 처연하지만 차갑지 않은, 팽팽하지만 어느새 맥 풀려버리는 일종의 내파(內波)가 은은하게 흐르는 탓이다. 내파란 시의 내부에서 시나브로 발생하는 정서의 울림이다. 이 울림은 그의 시를 음악적으로 향유하게 만든다. 시는 '지각'(가장 음악적인 시라도 읽어야 한다)을 통해 향유되지만, 음악은 '감각'(가장 시적인 음악이라도 들려져야 한다)을 통해 작동한다. 그러므로 음악적으로 읽힌다는 것은 감각의 작동이 지각된다는 뜻이다. 이 사태의 결과가 정서의 울림일 것이다. 울림의 언어적 형식, 운과 율은 긴요하지만 충분하지 않다. 운과 율 이전에 작동하는 보다 발본적인 영역을 떠올려야 하기 때문이다. 이병률 시의 내파는 바로 이 지점에서 작동한다. 의미 이전에 정서의 울림이 먼저 온다는 말이다. 때로 그것은 수술대 위의 암고양이에게 비친 '섬광'(「섬광이다」)처럼 온다. 사람과 풍경이 섞여들며 익어가는 술병 속의 '형편'(「아직 얼마나 오래 그리고 언제」)처럼 온다. 늦은 밤 쓰레기 뒤지는 사람의 눈빛을 알아챈 탓으로 세상에 미안해 할 때(「누(累)」) 온다. 그것이 물질적인 세상을 떠돌던 내력에서 온 것인지, 숨겨진 삶의 구석구석을 절단해내는 날카로운 시선에서 온 것인지는 분명치 않다. 다만 확실한 것이 하나 있기는 하다. 이 모든 사태의 배후에 '이를테면 이런 이야기'(「장미의 그늘」)가 놓인다는 것이다.

　받을 돈이 있다는 친구를 따라 기차를 탔다 눈이 내려 철길은 지워지고 없었다

　친구가 순댓국집으로 들어간 사이 나는 밖에서 눈을 맞았다 무슨 돈이기에 문산까지 받으러 와야 했냐고 묻는 것도 잊었다

　친구는 돈이 없다는 사람에게 큰소리를 치는 것 같았다 소주나 한잔하고 가자며 친구는 안으로 들어오라 했다

　몸이 불편한 사내와 몸이 더 불편한 아내가 차려준 밥상을 받으며 불쑥 친구는 그들에게 행복하냐고 물었다 그들은 행복하다고 대답하는 것 같았고 친구는 그러니 다행이라고 말하는 것 같았다

　믿을 수 없다는 듯 언 반찬그릇이 스르르 미끄러졌다

　흘끔흘끔 부부를 훔쳐볼수록 한기가 몰려와 나는 몸을 돌려 눈 내리는 삼거리 쪽을 바라보았다 눈을 맞은 사람들은 까칠해 보였으며 헐어 보였다

　받지 않겠다는 돈을 한사코 식탁 위에 올려놓고 친구와 그 집을 나섰다 눈 내리는 한적한 길에 서서 나란히 오줌을 누며 애써 먼 곳을 보려 했지

　　만 먼 곳은 보이지 않았다

　　요란한 눈발 속에서 홍시만한 붉은 무게가 그의 가슴에도 맺혔는지 묻
고 싶었다
—「외면」 전문

　　신자유주의의 시대에 가난하고 힘없는 이들의 '행복'을 문자로 붙잡아내
는 것은 쉽지 않은 일이다. 압도적인 자본주의적 현실을 가로질러야 하기
때문이다. 우리 시대의 자본주의는 그 이후에 대한 전망마저도 삼켜버린,
단 하나의 심연(深淵)이다. 자본주의적 현실이 홀로 선명해진다는 것은, 그
배후에 존재하는 균열과 간극 또한 깊어진다는 사실을 뜻한다. 보다 풍족
해질수록 보다 빈곤해진다는 자본의 역설, 이것이야말로 '손가락을 끊어
서 끊어서 으스러뜨려서 내가 알거나 본 모든 배후를 비비고 또 비벼서'
(「아무것도 그 무엇으로도」)라도 불러내야할 모든 문학적 '고백'의 배후다.
그리하여, 세계를 뒤덮어 버린 자본의 풍경 너머로 기차는 달리고, 이야기
는 이어진다.
　「외면」의 슬픈 사내는 자본주의적 현실의 한 귀퉁이에서 나지막하게 번
져가는 반자본주의적 파장을 아름답게 붙잡아낸다. 흔히 합리적인 정신이
라 칭해지는 것, 즉 세계를 계산하고 통제하는 방식은 우리들의 삶을 작동
시키는 원리다. 그것은 계급을 구분하지 않는 단 하나의 규격화된 질서다.
혁명과 투쟁보다는 안정된 직장, 가족과 보내는 여가, 중형차, 아파트를
원하는 부르주아적인 프롤레타리아의 시대. 이제 합리적인 계산의 정신
은 자본가와 노동자 모두를 자본주의적 욕망의 공모자로 연대시키는 근거
가 되었다. 하나의 욕망이 지배하는 사회에서는 계급도 하나요, 행복의 조
건도 하나다. 그런 의미에서, '돈'으로 얽힌 네 인물의 만남(1연에서 3연)을
지배하는 것은 익숙한 삶의 틀, 합리성이다. 물론 화자는 사건에 직접적으

로 연관되지 않았다는 의미에서 일종의 방관자이다. 하지만 방관자도 엄연히 현실 위에 놓인 존재. 네 인물은 동일한 삶의 틀에 갇혀 있지만 물질적 조건에 따라서, 가해자(화자와 친구)와 피해자(몸이 불편한 사내와 몸이 더 불편한 아내)로 갈라설 수밖에 없다. 이것은 선택의 문제가 아니라 구조의 문제다. 삶의 위계질서는 의지와 상관없이 작동한다. 그런데 4연을 기점으로 이러한 구도가 역전되면서 전혀 다른 상황이 전개된다. 채무자에게 '행복'을 묻는 친구와 빚 독촉하러 온 이들에게 밥을 내놓는 부부(4연)가 씨줄로, '식탁' 위에 밥값을 올려놓고 나서는 친구(7연)와 '홍시만한 붉은 무게'에 대해 묻는 화자(8연)가 날줄로 교직되면서 가해자와 피해자라는 위계질서가 교란되는 것이다. '행복'에 대한 문답은 가해자와 피해자의 위치를 뒤바꿔 놓지만, 그렇다고 새로운 위계질서를 만들어내지는 못한다. 다만, 위계질서의 전복은 계산의 논리, 합리의 정신이라는 삶의 틀에 균열을 가져온다. '돈'으로 매개된 단일한 삶의 틀이 '행복'에 대한 문답 속에서 붕괴된 것이다. 이러한 사태는 네 인물을 구체적이고 생생한 삶의 현장으로 되돌려 놓는다. 이들에게 '행복'은 '눈발'에 가려 보이지 않는 '먼 곳'이다. 하지만 그 '먼 곳'으로 눈을 돌리는 순간, 각자의 가슴 속에 돈으로 살 수 없는 생생한 삶의 의지가 '홍시만한 붉은 무게'로 맺히는 것이다.

그럼에도, '행복'에의 전염이 자본주의적 조건을 바꿔내거나, 새로운 현실을 추동해내는 힘으로 전화(轉化)하는 것은 아니다. 이것은 독이자 약이다. 가난한 부부의 '행복'은 멀찍이 떨어진 화자의 시선에 담겨 '불쑥' 던져질 뿐, 해석되거나 묘사되지 않는다. '행복'에 대해 묻고 답하는 과정 어디에도 구체적인 실물로서의 '행복'은 없다. 그것은 느닷없이 불려졌을 뿐, 마지막까지 실감으로 느껴지거나 명료하게 판단되지 않는다. 그러므로 이 '행복'은 지각(perception)이거나 인식(recognition)의 차원에 놓여 있는 것이 아니다. 그것은 지각이나 인식 이전의 무엇, 들뢰즈에 의해 정동(affect)

이라고 명명되던 그것과 닮아 있다. 「외면」의 '행복'은 아직까지 구체적으로 지각되지도, 명료하게 판단되지도 않은 날것 그대로의 감각이다. 이것은 일종의 판단중지(Epoche)상태다. 따라서 이 사태는 새로운 개입을 요구한다. 현실적인 '행복'은 지각되고, 인식되어야만 현존할 수 있다. 그러기 위해서는 정동의 차원이 지각의 차원으로 구체화되거나 인식의 차원으로 발전해야 할 터인데, 이 과정에서 시를 읽는 우리는 시의 내부로 당겨지며 동시에 시의 외부로 확장된다. 방관자로서의 화자는 지각과 인식의 몫을 고스란히 남겨 놓음으로써 독자들을 지각과 인식의 실제적인 주체로 만든다. 감각된 것의 내부를 상상함으로써 개별적 실감에 이를 수 있으며, 감각된 것의 외부를 지향함으로써 구체적 인식에 도달하게 되는 것이다.

가진 것 다 팔아 전세를 얻어 맘놓고 어질렀다는, 그제야 흐느껴 울었다는 노인 李씨

마비된 반쪽 몸을 한참을 옮기다가도, 반쪽 살을 발라 햇빛을 섞어 말리다가도 집은 멀다 숨이 차 그늘에 앉은 李씨에게 집은 현실처럼 멀다 공원한 바퀴를 다 못 돌았는데 공원 몇 바퀴를 돌고 있는 노인들이 가만 앉아 있는 李씨에게 貰를 가져왔느냐 묻고 연못 수면에서 놀던 나뭇잎들은 운동복처럼 무거워지고

— 「전세」 부분

나는 가만히 들었다
섬에 가자고 했다 잘못 들었다 집에 가자고 했다
생활이 말이 아니어서 미안하다 아니 생활을 넘지 못해 미안하다
앉자고 했다 잘못 들었다 웃자고 했다
바다를 건너자 했다 다리를 건너자고 들었다
그래도 살자고 했다 아니 삼키자고 했던가

— 「파도」 부분

자본주의의 합리적 정신은 우리 주변의 삶을 감정이 탈색된 풍경들의 파노라마로 바꾸어 놓았다. 그 속에서는 '사람'도, '자연'도 더 이상 주인공일 수 없다. 그들 역시 풍경의 일부가 되어, '사천칠백만 언저리에 소수점으로'(「소년들」) 작동할 뿐이다. 산책 나온 반신불수의 노인에게 집으로 가는 길은 '현실처럼' 멀고, 거리의 응원인파에 밀려다니는 맹인부부에게 삶은 '바다를 건너'는 일만큼 힘겹다. 그 고달픈 인생의 파고를 가만히 지켜보거나 들어주는 것 말고 사내가 달리 할 수 있는 일은 없다. 이처럼 앞뒤가 잘려나간 풍경들은 「식구들」, 「한 손이 다른 한 손에게」, 「저녁의 습격」, 「아무것도 그 무엇으로도」, 「검은 물」, 「희망의 수고」 같은 시를 거치면서도 시종일관 반복된다. 그 어느 경우에도 조심스럽게 엿듣거나 멀찍이서 바라볼 뿐 어쩌자는 말이 없다. 그런데, 사내의 머뭇거림과 엿들음, 물러남과 진중함이 오히려 그것을 읽어내는 우리를 '자본주의의 풍경' 속으로 자꾸만 밀어 넣는다. 인식으로 판단되지 않은 감각의 말들이 오히려 적극적인 개입을 유발하는 것이다. 이 사내의 이야기에는 전후가 없다. 왜 그렇다거나, 이렇게 해야 한다고 말하지 않는다. '이를테면 이런 이야기'가 있다고 말할 뿐이다. 그러므로 이 풍경에 참여하기 위해서는 그 앞과 뒤를 스스로 만들어가야 한다. 눈에 보이지 않는 것을 보는 눈과 말할 수 없는 것을 말하는 혀를 가지고, '풍경의 뼈'(「풍경의 뼈」)를 발라 왔으니 이제 살과 피는 당신의 몫이라는 것이다. 그런데 자신의 의지를 빼버린 이 비어있음이, 오히려 우리로 하여금 무엇인가를 끊임없이 채우게 만든다. 그래야 한다는 도덕과 당위를 통해 설명하거나 결말짓지 않는 것. 즉 보여주되 비워두는 것이 그의 방식이다. 이처럼 앞과 뒤가 생략된 풍경은 보는 사람에게 각자의 몫으로 개입할 것을 요구한다. 그것은 생략된 것들을 스스로 채우게 만든다. 그러므로 사연은 없고 풍경만 남는 것이 아니라, 각자의 사연을 품은 풍경이 놓여 있는 셈이다. 누군가의 사연으로 채워질 수 있다

면, 그 풍경은 기억으로 열려진 창(窓)과 같다. 그것은 아픈 삶을 그냥 놓아
버리지 못하게 하면서도, 시적 자아와의 동일시는 허용하지 않는다. 이 소
격효과 속에서, 더 이상 세계는 일방적으로 판단되거나 무의미하게 감각
되지 않는다. 오직 강박되지 않은 향수자의 개별적 체험만이 풍경의 내부
를 풀어 헤칠 수 있다. 그것은 우리의 현재가 잃어버린 것들을 우리 스스
로 복원하게 만들기에 종요롭다.

3

　여기저기 찢기고 잘려나간 자본주의의 풍경 속에서도 사람들은 살아간
다. 과거를 잃어버렸거나 미래를 저당 잡힌 채이므로 자기분열의 모순 속
에 놓여 있지만, 그럼에도 삶은 부정될 수 없는 현실이다. 현실이란 내가
세계와 연결되어 있다는 자각이다. 나와 연동함으로써 현실을 구성하는
것은 나의 외부, 결국 '타자'다. 그러니 현실적 삶은 타자와의 관계를 통해
서만 작동할 수 있다. 가족과 친구들, 사람들, 물리적 조건, 역사적이고 정
신적인 가치에 이르기까지 나를 둘러싼 타자의 광막함은 인간을 관계의
존재로 만든다. 이것은 어울릴 줄 모르는 그 사내에게도 마찬가지다. 다만
타자와 만나는 방식이 사뭇 다르다. 그는 '대화'을 통해 타자와 대면하려
한다. 하지만 그의 대화는 부재하는 대상에게 거는 말이다. 그러니 그 대
화는 항상 엇갈림일 수밖에 없다. 엇갈림의 대화가 가능하기 위해서는 기
억이 작동해야 한다. 바로 이것, 기억으로 이어지는 대화가 이 사내가 세
상과 소통하는 방식이다.

　　줄자와 연필이 놓여 있는 거리
　　그 거리에 바람이 오면 경계가 서고

묵직한 잡지 귀퉁이와 주전자 뚜껑 사이
그 사이에 먼지가 앉으면 소식이 되는데
뭐 하러 집기를 다 들어내고 마음을 닫는가

전파사와 미장원을 나누는 붉은 벽
그 새로 담쟁이 넝쿨이 오르면 알몸의 고양이가 울고
디스켓과 리모컨의 한 자 안 되는
그 길에 선을 그으면 아이들이 뛰어노는데
뭣 때문에 빛도 들어오지 않는 마음에다
돌을 져 나르는가

—「화양연화」 부분

아무리 기다려도 주인은 오지 않고 내심 앓는 소리로 끓고 있는 냄비에만 마음이 쓰였다. 허기 때문이기도 했지만 뭔지 모를 그것이 다 졸아 타버리면 어쩌나 하는 마음에 뚜껑을 여니, 두 줄로 포개어져 끓고 있는 두부에 붉은 물이 들고 있었다. 도마 위에는 긴 머리칼 한 올과 가지런히 썰어놓은 파 한 뿌리, 아, 나도 모르는 사이, 냄비 안에 파를 집어넣고 숟가락을 들어 한 입 두부를 자르고 있는 나.

—「아물지 못하는 저녁」 부분

이 사내에게는 두 개의 '화양연화'(花樣年華)가 있다. 처음 것은 이미 흘러간 것들, 아마도 다시 오지 않을 어느 순간에 관한 영화 속의 이야기이다. 복고풍 옷을 걸친 화면 속의 두 남녀는 한 시절의 인연을 비밀로 품은 채 살아간다. '인생에서 가장 아름답고 행복한 순간', '화양연화'는 그들 각자를 살게 하는, 같지만 다른 힘이다. 두 번째 '화양연화'는 함께 있음에도 만나지 못하는 것들, 즉 '사이'에 관한 사내의 이야기이다. '줄자'와 '연필', '묵직한 잡지 귀퉁이'와 '주전자 뚜껑', '전파사'와 '미장원', '디스켓'과 '리모컨', '빈집'과 '새로 이사한 집'은 '바람', '먼지', '벽', '선', '길'로 나뉘어 있거나 막혀 있다. 이들을 통해 우리는 '나'와 '세계' 사이에 난 틈을 들여

다본다. 그러므로 이것은 서로를 향해 있지만 만날 수 없는 것들, 즉 엇갈린 소통에 관한 이야기이기도 하다. 두 개의 '화양연화'를 돌아나온 후에야 이 사내가 떠도는 이유를 짐작하겠다. '화양연화'를 기억하며 살아야 하는 사람들은 각각 남겨질 뿐 만나지 못한다. 기억에 얽매여 있는 한, 그들은 서로를 향해 있지만 결코 마주할 수 없다. 그러니 기억에 미친 자들은 머물 수 없는 것이다. 이처럼 세상과 어울리지 못하고 떠도는 사내의 외로움은 그와 관계한 것들 속으로 열병처럼 번져나간다.

이 외로움이, 주인을 잃고 '앓는 소리로 끓고 있는 냄비'를 보고도 그냥 지나칠 수 없는 마음의 정체이겠다. '뭔지 모를 그것이 다 졸아 타버리면 어쩌나 하는' 걱정에 '냄비 안에 파를 집어넣고', '숟가락을 들어 한 입 두부를' 잘라 먹기까지 '주인'은 등장하지 않는다. '나'의 말과 몸짓만 있을 뿐이다. 부재하는 타자와 소통하려니 매개가 필요할 터, '끓고 있는 냄비'는 알 수 없는 너와 나를 잇는 기억의 사슬이다. 그러니 아슬아슬하게 이어지는 사내의 소통을 '화양연화'식 소통이라 불러도 되겠다. 기억하되 만날 수 없고, 부딪치되 내보이지 않는다는 것, 그것은 친구를 위해 한밤중에 미역국을 끓이는 소란함(「오래된 집」)처럼 딴전 피우는 부산스러움이거나, 방문을 두드리는 옆방 남자의 외로움을 슬프게 외면하는 마음(「이야기를 할 수 있을까요」)이다. 이 마음의 풍향계는 한 발 늦거나, 혹은 저만치 밀려나 있기 일쑤다. 그도 아니면 잘못 전해진 '문자'에 멋쩍어 하거나(「별」), 이미 떠나간 것들의 뒷모습에 눈 떼지 못하는 미련(「한 사람의 나무 그림자」)이기도 하다. 다시 한 번, 이 홀로 하는 소통은 계산적인 우리 시대의 질서에 어울리지 않는다. 그것은 기억으로 이루어진 소통이다. 흘러가되 돌아오지 않을 기억으로 이어져 있다는 것, 그러므로 이 사내의 상처는 치유될 수 없다. 그 치유는 끊임없이 유보될 뿐이다.

그러기야 하겠습니까마는
약속한 그대가 오지 않았으면 좋겠습니다
날을 잊었거나 심한 눈비로 길이 막히어
영 어긋났으면 하는 마음이 굴뚝 같습니다
봄날이 이렇습니다, 어지럽습니다
천지사방 마음 날리느라
봄날이 나비처럼 가볍습니다
그래도 먼저 손 내민 약속인지라
문단속에 잘 씻고 나가보지만
한 한 시간 돌처럼 앉아 있다 돌아온다면
여한이 없겠다 싶은 날, 그런 날
제물처럼 놓였다가 재처럼 내려앉으리라
햇살에 목숨을 내놓습니다
부디 만나지 않고도 살 수 있게
오지 말고 거기 계십시오

— 「화분」 전문

　　이쯤 되면 이 사내의 소통은 차라리 병(病)에 가깝다. '약속한 그대가 오지' 않기를 바라는 마음이야 오죽할까마는, 사내는 절박하게 '부디 만나지 않고도 살 수 있게 / 오지 말고 거기 계십시오'라고 말한다. 이것은 생존의 문제다. 그저 지나간 인연이니 보고 싶지 않다고 투정 부리는 것이 아니다. 살기 위해서 만날 수 없다는 것이다. 당신이 오지 않아도, '한 한 시간 돌처럼 앉아' 기다리는 마음이니 됐다는 것이다. '화양연화'는 과거이지만 그것이 기억으로 작동하는 한 지속된다. 그 기억은 나와 그대의 관계를 지속시키는 공통의 연대감이다. 그런데 역설적이게도 이 공통감은 나와 그대가 분리된 상태에서만 작동할 수 있다. 분리를 통해 유발된 간극이 과거의 공통감을 지탱시키는 실제적인 힘인 것이다. 기억의 대상이 현실화되는 순간 기억은 더 이상 작동할 수 없게 된다. 새로운 기억이 만들어질 것이고, 과거의 공통감은 사라질 것이다. 그러니 그대는 오지 말아야 한다.

　기억으로 이루어진 소통이 지녀야 할 첫 번째 조건은 엇갈림이지만, 그 것을 실제로 지속시키는 힘은 '설레는 일 없도록 다'(「거인고래」) 내려놓는 것이다. 「스미다」, 「공기」에서 시작되어 「나비의 겨울」, 「겹」, 「한 사람의 나무 그림자」, 「이야기를 할 수 있을까요」, 「동유럽종단열차」, 「아무것도 아닌 편지」, 「아무도 모른다」에 이르는 마음의 지도를 압축하는 것은 내려 놓는 것, 즉 버림이다. 어쩌면 엇갈린 소통 자체가 버림을 익숙하게 만드 는 것인지도 모른다. 그러므로 약속해 놓고도 그가 오지 않기를 바라는 마 음의 자리는 소유가 아니라 버림이다. 소유는 기억을 바래게 하지만 버림 은 기억을 연장시킨다. 그 버림을 견뎌내려면 눈과 귀로부터 벗어나야 한 다. 더럽고 역한 것, 낡고 녹슨 것, 찌들고 무너진 것으로 가득한 세상을 떠돌되 아직까지 말해지지 않은 것들의 속삭임을 들을 수 있어야 한다. 이 사내의 떠돎과 헤어짐, 먹먹함과 슬픔이 되먹여지는 자리는 여기다. 그것 은 나에게 주어진 삶의 껍질을 털어내는 일이기에 버림이며, 엇갈림으로 지속하기에 소통이다. 어차피 주어진 삶의 조건이란 지극히 현실적인 것 아니던가. 채우고 배설하고, 가리고 숨어들어야 살 수 있는 것, 세상 어디 에서도 그 조건은 다르지 않다. 보이는 것, 말해진 것이 다르다고 그 조건 마저 바뀔 수는 없는 것이다. 그럼에도 우리의 눈은 보인다는 이유로 말해 졌다는 이유로 삶을 비웃고, 마음대로 재단하며, 자신의 것으로 소유하려 한다. 무엇이든 가져야만 맘 놓을 수 있는, '목숨 걸고 자본주의의 풍경이 되는 일을' 해야만 살아남을 수 있는 우리들의 시대는 이 모든 것을 대수 롭지 않게 만든다. 그 한복판에서 소통을 꿈꾸려는 자는 지니기보다 버릴 수 있어야 한다. 그 버림의 조건은 기억이며, 기억은 과거의 공통감을 전 제한다. 그러므로 덮어두어야 한다면 덮을 줄도 알아야 한다. 버림은 눈과 귀로 하는 것이 아니라 삶으로 실천하는 것이다.

4

삶이 웅숭깊어질수록 말로 붙잡히지 않는 것들도 많아지는 법이다. 붙잡히지 않는다고 존재하지 않는 것은 아니다. 다만 불려지지 않았을 따름이다. 그것들을 일컬어 말의 잉여(剩餘)라고 부를 수도 있겠다. 시적 현실이 가정될 수 있다면 그 발화점은 이곳일 것이다. 말이 곧 세계일 수는 없다. 하지만 세계는 말로써 현재화한다. 그런 의미에서 말은 현실이되, 현실 너머의 잉여를 품고 있다. 말을 통해 현실의 안과 밖을 가른다는 것은 주체와 대상이 끊임없이 나누어진다는 뜻이다. 근대적 주체는 언어적 현실을 통해 세계를 대상화해왔다. 말로 세계를 구성하는 한, 세계는 존재하는 것이 아니다. 다만 인식될 뿐이다. 이 구도가 수많은 포스트모던의 담론을 불러왔겠지만, 정작 자본주의적 현실은 여전히 팽창 중이다. 그러므로 중요한 것은 '종언'이나 '극복'이 아니다. 현실 '자체'다.

사유로 붙잡을 수 없는 것, 즉 말의 잉여가 발생하는 순간 주체와 대상의 이분법적 구도로는 감당할 수 없는 시적 현실이 만들어진다. 불려본 적 없는 것들, 이름붙이지 못한 것들을 실감할 수 있다면 근대적 주체의 시선은 더 이상 유지될 수 없다. 그것은 아직 대상화되지 않은 것이므로 주체의 시선으로는 붙잡을 수 없는 것들이다. 그러므로 주체도, 대상도 구성되기 이전의 어떤 원지점이 필요하게 된다. 이처럼 말의 잉여는 이성적 사유의 영역을 넘어선 실감의 차원, 즉 현재의 연속을 넘어서는 사유 이전의 영역에서만 작동할 수 있다. 기억으로 이어지는 소통이 그렇다. 그것은 이미 지나가버린 것들을 하나의 공통감각으로 되살려 놓는다. 그것을 이름하여 우리는 과거의 공통감이라 부를 수 있겠다. 그렇다면 불려본 적 없는 것들로 이루어진 도래하는 공통감이 짐작될 수 있을 것인데, 아직 오지 않은 것이므로 그것은 오래되었지만 미래에 속한 무엇이겠다.

　애초 내가 맡은 일은 벽에 그려진 그림의 원본을 추적하여 도화지에 옮겨 그리는 일이었다 부러진 이 가지 끝에 잎이 달렸을까 이 기와 끝에 매달린 것이 하늘이었을까 하루 이틀 상상하는 일을 마치고 처음 한 일은 붓으로 벽을 터는 일이었다 벽에다 말을 걸듯 천천히

　도저히 겹치지 않는 다른 그림이 나왔다 누군가 흰 칠을 해 그림을 지우고 다시 그린 것이 아닌가 하여 벽 한 귀퉁이를 분할한 다음 붓으로 열흘을 털었다

　연못이 그려져 흐르고 있었다 다시 다른 구석을 닷새를 터니 악기를 든 사람들이 소리를 지르고 있었다 성문을 지키는 성지기가, 죽은 물고기가 올려진 천칭의 한쪽 모습도 보였다

　흰 칠을 하고 바람이 지나면 그림을 그리고 지워지면 다시 흰 칠을 하여 그림을 올리고

　다시 흰 칠을 하고 그림을 그려 흰 칠과 그림이 누대를 교차하는 동안 강이 불어나고 피가 튀고 폭설이 내려 수천의 별들이 번지고 내밀한 것처럼 밀리고 씻기고 쓸려 말라갔던 벽

　벽을 찔러 조심스레 들어내어 박물관으로 옮기면서 육백여 년 동안 그려진 그림이 수십겹이라는 사실에 미어지는 걸 받치느라 나는 가매지고 무거워진다 책 냄새를 맡는다 살 냄새였던가

— 「별의 각질」 전문

　말의 물질성이 비켜갈 수 없는 시의 운명이라면 시인이란 '벽에 그려진 그림의 원본을 추적하여 도화지에 옮겨 그리는' 자인지도 모른다. 원본은

벽으로 덮여 있으니, 남은 것은 기억에 의지해 벽을 터는 일이다. 원본을 본 자가 아무도 없으니, '흰 칠을 하고 바람이 지나면 그림을 그리고 지워지면 다시 흰 칠을 하여 그림을 올'리는 것이겠다. 이것은 말의 물질성을 뚫고 그 너머의 어딘가에 닿으려는 오래된 충동의 끝자리다. 눈 앞에 놓인 현실의 끝자락을 붙잡고, 그것의 잉여를 찾아나섰기에, '도저히 겹치지 않는 다른 그림'들이 '밀리고 씻기고 쓸려 말라갔던' 것이다. 이 그림들을 붓으로 털어내려니, '나는 가매지고 무거워'지는 것이다. 시인에게 현실이란 사유되기 이전에 '상상'되는 것이다. 시의 영토는 역사나 철학과는 달라서 사유 이전의 상상으로 세계를 드러내고자 한다. 그러므로 '가지 끝에' 매달린 '잎'이나 '기와 끝에' 매달린 '하늘'을 상상하는 언어는 현실적이되 현실 너머를 지향한다. 그것은 말의 잉여를 불러온다. '흰 칠'을 걷어내자, '연못'이 흐르고, '악기를 든 사람들'이 소리 지르고, '성지기'가 보인다. 죽음을 매달고 있으니 '천칭'은 한 쪽 만을 보이는 것이다. '도저히 겹치지 않는' 그림들이 겹쳐 있으니, 이 벽이야말로 말의 잉여가 지어놓은 존재의 집이다. 기호들이 일으키는 관계의 구도를 넘어선 곳에 존재하기에 말이 주는 환영(幻影)과는 다르고, 말 이전의 실재로부터 떨어져 나왔기에 존재의 비의를 품고 있다고 여겨지는 것이 말의 잉여, 즉 실감으로서의 세계다. 물질적인 효과로는 표현할 길이 없는, 다른 시간대에 속한 빛의 이중성이 그 같을까. 이 속에, 기호적 속성 너머 자리하는 그 말해지지 않은 것들의 소요(逍遙) 속에 오지 않은 것들, 아직 말해지지 않은 것들의 진정성이 놓인다.

　　이 계절 몇 사람이 온몸으로 헤어졌다고 하여 무덤을 차려야 하는 게 아
　　니듯 한 사람이 한 사람을 찔렀다고 천막을 걷어치우고 끝내자는 것은 아
　　닌데

　　봄날은 간다

만약 당신이 한 사람인 나를 잊는다 하여 불이 꺼질까 아슬아슬해할 것
도, 피의 사발을 비우고 다 말라갈 일만도 아니다 별이 몇 떨어지고 떨어
진 별은 순식간에 삭고 그러는 것과 무관하지 못하고 봄날은 간다

상현은 하현에게 담을 넘자고 약속된 방향으로 가자한다 말을 빼앗고
듣기를 빼앗고 소리를 빼앗으며 온몸을 숙여 하필이면 기억으로 기억으로
봄날은 간다

당신이, 달빛의 여운이 걷히는 사이 흥이 나고 흥이 나 노래를 부르게
되고, 그러다 춤을 추고, 또 결국엔 울게 된다는 술을 마시게 되더라도, 간
곡하게

봄날은 간다

이웃집 물 트는 소리가 누가 가는 소리만 같다 종일 그 슬픔으로 흙은
곱고 중력은 햇빛을 받겠지만 남쪽으로 서른세 걸음 봄날은 간다
　　　　　　　　　　　　　　　　　　　—「당신이라는 제국」 전문

어찌할 수 없는 '슬픔'은 말해지는 것이 아니라 배어나오는 것이다. 살
과 뼈가 먼저요, 말은 다음이라는 얘기다. 말해지기 전이므로 이 슬픔에
는 '약속된' 형상이 없다. 그것은 사유되는 것이 아니라 감각되는 것이다.
끝낼 수 없는 삶의 상처들이 들숨과 날숨으로 섞여 들며 하나의 숨결을 이
루는 것이다. 이것을 내파라 부른다. 종요롭게도 이 내밀한 정서의 파동
을 붙잡아 매는 것은 속절없이 가는 '봄날'이다. 진중한 '슬픔'의 내파를 무
심한 '봄날'의 반복과 대비시킴으로써 두 개의 리듬이 만들어진다. '아슬
아슬'하게 당겨진 말들의 팽팽함을 당나귀 걸음처럼 가뿐하게 풀어버리는
끝소리들의 탄력이 하나요, 달아오른 달뜸 속에서 서늘한 관조를 길어 올
리는 결구('봄날은 간다')의 반복이 둘이다. 운과 율로 이루어진 리듬은 시
적 형식이지만, 정서의 파동과 연동하는 순간 그것은 삶의 형식으로 전화

(轉化)한다. 이 리듬이야말로 이병률이 세상을 연주하는 방식이다. 광적인 속도의 시대를 가로지르는 음풍농월(吟風弄月)의 리듬감이되, 정서의 파동에 연동함으로써 삶으로 되먹여지는 산조(散調)다. 이 가녀린 삶의 리듬이 자본주의의 심연을 뒤흔든다. 이냥 흘러가는 현실을 가르고, 그 안에 담겨진 아픈 삶을 불러 모아 공명시킨다. 그가 '난경(難境)' 속으로 빨려들지 않고도 난경을 살아내는 것은 이 때문이다. 그것은 삶의 지속이자 해체다. 이 삶의 리듬 속에서 자본주의적 현실은 반자본주의적 서정으로 분출하며 갈라지는 것이다.

마침내 이냥 흘러가던 '봄날'은 우리네 삶으로 당겨지고, 다시 밀려가며 살아있는 리듬이 된다. '별이 몇 떨어지고 떨어진 별이 순식간에 삭고 그러는 것과 무관하지' 못하게 된 것이다. 그러니 '헤어짐'과 '상처', '잊혀짐'과 '울음'에 '아슬아슬해할' 일이 아니라는 것이다. '말을 빼앗고 듣기를 빼앗고 소리를 빼앗'은 채로 '봄날'은 가지만 '그 슬픔'에도 '흙은 곱고 중력은 햇빛을' 받을 것이다. 이것은 거역할 수 없는 삶의 리듬이요, 그러므로 과거이자 현재, 현재이자 미래다. 분리가 없으니 지나가버린 것들이 아니요, 도래할 것들이 아니다. 모두가 그 자리에 있을 뿐이다. 다만 불려지지 않았고, 만져지지 않았을 따름이다. 실감할 수 있지만 세상의 말로 붙잡히지 않으니, '봄날'은 사유되는 것이 아니다. 다만 감각될 수 있을 것인데, 그렇다면 이것은 말을 넘어선 말, 즉 말의 잉여다. 주체와 대상의 이분법적 구도 이전에 존재하는 명명(命名)되지 않은 세계다. 그러므로 규명되는 것이 아니라 향수되는 것이다. 고정된 의미의 체계에 복속하는 것이 아니라 다른 삶과 연동함으로써 향수자의 의식 속으로 파고들어간다는 말이다. 그럼에도 사유 이전이니 여기에 '약속된 방향'은 있을 수 없다. 다만 모든 것을 한 데로 묶어내는 리듬, 즉 하나의 공통감이 있을 것이다. 이것은 과거이자 미래이며 나이자 너이다. 풍경이자 고백이며 기억이자 소통이다. 약속되지 않은 하나의 공통감이며 '여태 내 손끝으로 밀어보지 못한' '갸륵한 시간'(「무늬들」)이다. 그러니 누군가 아프고 슬퍼할 때, 또 다른 누군가는 가슴 졸이고 손 내미는 것이겠다. 하여 당신은 '혼자이다가 내 전생이다가 저 너머'(「저녁의 습격」)인 것이겠다.

『작가마당』 제17호(2010 하반기)에 수록

김 현 정

한성기 시의 고향의식과 시적 형상화

1. 머리말

한성기는 1923년 함남 정평에서 출생하여 1984년 62세의 일기로 생을 마감하기까지 5권의 시집과 1권의 시선집을 발간하였다.[1] 1942년에 함흥 사범학교를 졸업한 그는 고향이 아닌 충남 당진의 합덕보통학교에 발령을 받게 된다. 그러나 몇 년 안 되어 해방의 좌우익간의 첨예한 대립과 분열, 그리고 6·25전쟁으로 인한 분단으로 인해 그는 실향민이 된다. 이후 그는 줄곧 충남, 대전에서 거주한다. 그러니까 한성기가 고향에서 보낸 삶의 기간은 스무 해 정도 되는 것이다. 유년시절과 학창시절의 추억이 담겨있는 '스무 살'까지의 삶과 그 이후의 삶 사이에는 커다란 간극이 있다. 이 두 시

---

[1] 한성기는 첫 시집 『山에서』를 1963년 배영사에서 간행한 것을 시작으로 『落鄕以後』(활문사, 1969), 『失鄕』(현대문학사, 1972), 『九岩里』(고려출판사, 1975), 『늦바람』(활문사, 1979) 등의 시집을 출간하였다. 1982년에는 그의 회갑을 기념하여 시선집 『落鄕以後』(현대문학사)를 간행하였고, 2003년에는 박명용 시인이 그의 사후 20주년을 기념하여 『한성기 시전집』을 발간하였다.

기의 삶은 연속적인 삶이되 결코 연속적이지 않은 삶이기 때문이다. 시인은 이러한 불연속적인 삶을 잇기 위해 '귀향에 대한 희망'을 놓지 않는다. '끝이 없는 기다림'일 수밖에 없는 그의 삶은 결국 정신외상과 결핍을 안고 살아가야만 하는 실향민의 운명적인 삶이었다.

그는 여타의 실향민들과 일정 정도 차이점을 보이고 있다. 그의 시에 실향민이라면 노래했을 법한, 분단 현실이 가져다 준 트라우마나 결핍, 그리고 실향민의 애환 내지는 고향과 가족에 대한 그리움 등이 거의 등장하지 않는다. 실향민이면서 실향민의 삶을 표출하지 않기란 그리 쉽지 않다. 그럼에도 그가 이처럼 실향민으로서의 삶을 형상화하지 않고 자연친화적인, 서정적인 시를 노래한 이유는 무엇일까? 이에 대한 해명이 이 논문의 핵심 내용이 될 것이다. 사실, 한성기의 시에 고향에 대한 그리움과 실향민으로서의 애환이 아주 없는 것은 아니다. 다만, 그것이 구체적으로 드러나지 않고 다른 대상으로 전이되어 나타나거나 징후적인 양상으로 표출되고 있을 뿐이다. 그가 '낙향', '실향' 등 고향과 연관된 단어를 시집 제목을 사용하고 있는 점에서도 이를 발견할 수 있다. 그의 내면에 항상 '고향'에 대한 그리움이 깊숙이 자리하고 있었음을 짐작할 수 있다. 본고에서는 그의 시에 나타난 고향의 의미를 분석해보고자 한다. 시인이 고향에 대한 그리움을 어떠한 방식으로 표출하고 있고, 실향민인 그가 고향상실로 인한 허무의식과 결핍을 어떠한 방식으로 치유하고 극복하고 있는지를 조망하고자 한다.

지금까지 한성기 시에 대한 연구는 그의 문학사적 성과에 비해 열악한 형편에 놓여 있다. 1990년 이전까지는 주로 한성기 시에 대한 평문이나 서평, 그리고 월평이 주를 이루었다.[2] 이들의 글은 대부분 한성기 시의 전

2　서평이나 단평으로 이형기, 「조용한 法悅」, 『現代詩學』, 1970. 3 ; 정한모, 「당당하고 카랑카랑한 목소리 韓性祺—「近作抄」」, 『현대문학』, 1970. 4 ; 윤석산, 「自然과 文

체적 면모보다는 한 시집, 또는 한 편의 시만을 다루고 있기 때문에 본격적인 연구로 보기 어렵다. 1990년 이후 한성기에 대한 연구가 서서히 진행되기 시작한다. 한성기의 시적 공간에 주목하여 분석한 기법적인 연구로 박명용, 김석환의 논문을 들 수 있다.[3] 그리고 1990년대 후반에는 한성기 시에 대한 학위논문이 나왔는데,[4] 이 논문은 한성기의 시의 구조와 주제 양상을 체계적으로 연구하고 있다. 2000년대에는 한성기의 시를 장자의 인식론에 입각하여 시선의 변화와 타자와의 소통양상을 분석한 박슬기의 논의가 있다.[5] 그러나 이들의 연구는 한성기의 시적 공간과 타자와의 소통 양상, 그리고 한성기 시의 구조와 주제 양상에 대해 거의 초점이 맞추어져 있기 때문에 한성기의 시에 투영된 고향의식에 대한 연구와는 거리가 없지 않다. 정진석의 논문에 '그리움'이나 '유년회귀' 등에 대한 논의가 이루어지고 있지만, 이 또한 고향의식에 대한 본격적인 논의로 보기 어렵다.

따라서 본고에서는 기존의 논의에서 배제되거나 간략하게 언급된 한성기의 시에 나타난 고향의 의미를 추출해보고자 한다. 그가 향수를 어떻게

明의 對比―韓性祺 第四詩集 〈九岩里〉, 『시문학』, 1975. 12 ; 조남익, 「한성기씨의 詩集 『九岩里』를 읽고」, 『충남일보』, 1979. 12 ; 윤석산, 「思無邪의 발길―韓性祺詩集 『늦바람』」, 『현대시학』, 1979. 12 ; 이관묵, 「自然과 時代精神의 正直性」, 『현대시학』, 1982. 2 ; 송재영, 「秩序와 造化의 詩學―韓性祺論」, 『현대문학』, 1983. 1 ; 하현식, 「自然, 그리고 人間回復의 갈망」, 『현대시학』, 1986. 12 ; 조남익, 「한성기, 이수복의 시」, 『현대시학』, 1987. 3 ; 양애경, 「한성기 시의 공간」, 『시·시론』 창간호, 충남시문학회, 1988. 12 등이 있다.

3 박명용, 「한성기 시 연구」, 『인문과학논문집』, 대전대 인문과학연구소, 1994. 9 ; 김석환, 「한성기 시의 공간 기호 체계」, 『예체능논집』, 명지대 예체능연구소, 1995. 12. 이외에도 송기섭, 「삶과 시의 조화미―한성기론」, 『서구문학』 3호, 1997. 11

4 정진석, 「한성기 시 연구」, 한남대 박사학위논문, 1998.

5 박슬기, 「한성기 시에 나타난 시선의 변화와 타자와의 소통 양상」, 『어문논총』 제3호, 어문학회, 2005.

표출하고, 고향상실로 인한 허무의식과 결핍을 어떠한 방식으로 극복하고 있는지를 고구해보고자 한다.

2. 고향과 이향(離鄕), 그리고 유랑의식의 시작

한성기는 1923년 4월 3일에 함경남도 정평군 광덕면 장동리 82번지에서 부친 한탁영(韓鐸英)과 모친 이만길(李萬吉) 사이에서 4남 5녀 중 3남으로 출생한다. 한학을 하던 부친의 영향으로 그는 유년시절부터 붓글씨 공부를 하게 된다. 한학과 붓글씨보다는 신학문이 유용했을 일제강점기에 부친이 한학을 강조한 데에는 민족의식을 고취시키려는 아버지의 의도가 일정 정도 담겨진 것으로 보인다.

그의 출생지인 정평은 함경남도 남쪽에 위치한 곳으로, 쌀, 약초, 과수 등의 농업과 수산업이 발달하였다. 정평 가까이에 큰 도시 함흥시와 흥남시가 인접해 있지만, 그의 고향은 산으로 둘러싸인 오지였다. 외딴집이었던 그의 집에 종종 호랑이가 출현해 개를 잡아가기도 한 곳이다. 그가 "우리 집은 외딴집이었는데, 5살 때인가(?) 어머니께서 호랑이가 나타났으니, 가만히 있으라고 하면서 '찌놈, 찌놈' 하셨지요. 방문의 작은 유리문으로 내다 보았더니, 마당에 큰 호랑이가 있더군요. 그 이튿날 보니, 개 한 마리를 물고 갔더군요. 이것이 가장 어렸을 때 기억이지요."[6]라고 술회한 바 있다. 커다란 호랑이가 나타났다는 사실과 개 한 마리를 잡아간 사실은 시인에게는 적잖은 충격을 주었을 것으로 판단된다. 그러나 다른 한편으로 이러한 자연친화적인 고향은 자연을 사랑하고 시적 감수성을 키우는 데 아주 적합한 곳이었다.

---

6 정진석, 「한성기 시 연구」, 『한남어문학』 제9 · 10집, 1983, 199면.

8세가 되던 해에 그는 정평소학교에 입학하나 개인 사정으로 1년을 휴학한 뒤 재입학한다. 그것은 그가 너무 어려서이기도 했겠지만, 이 시기에 있었던 물에 빠진 사건과 연관이 있는 듯하다.

> 무턱 일곱 살 때 물에 빠져 죽을 뻔 했던 일을 생각해 보는 때가 많다. 장마에 냇물이 부를대로 부른 외나무 다리를 건너다가 그만 물속으로 빠져 버린 것이었다. 이십 전후해서 그 무렵 나는 하찮은 일을 가지고 몇 번이나 죽었으면 하였을 때도 이왕 죽기로 하면 물이 빠져서 평안히 죽고 싶다는 생각이었다. 지금도 나는 물에 빠져죽는다면 오히려 고통없이 평안할 것이라는 체념에 잠기는 때가 많다.[7]

이 시기 처음으로 익사 직전의 위험한 상황을 경험한 그는 커다란 충격을 받은 것으로 보인다. 스무 살 무렵 가끔 일이 잘 안 풀릴 때 '익사 충동'에 빠지는 것도 이와 무관하지 않은 듯하다. 여기에서 "이십 전후"는 시인이 충남 당진에 교사로 부임하던 그 시기이다. 당시 함경도가 아닌 충청도로 교사 발령받은 것이 어쩌면 시인에게 '자살 충동'까지 느끼게 한 충격적인 사건이었음을 가늠할 수 있다.[8]

정평소학교를 졸업한 그는 함흥중학교에 진학하게 되는데, 이 시기 그의 가족도 함흥으로 이사를 가게 된다. 유년시절부터 아버지에게 글씨를 배우던 그는 중학교에 들어가면서 그것에 더욱 매진한다. 영어나 수학보다도 더 흥미를 느꼈을 정도로 열심히 한다. 그는 "남들이 영어나 수학을 푸는 동안 나는 글씨공부만을 했다. 그래서 영어나 수학은 겨우 낙제점수를 면했던 것 같다."고 했으며, 심지어는 일본에 수학여행을 가서도 "어디

---

7 한성기, 「나의 문학수업」, 『현대문학』, 1956. 10, 81면.
8 제자들이나 문인들이 한성기에게 함경남도가 아닌 충남 당진으로 교사발령 난 이유에 대해 물으면, 그는 성적이 좋지 않아서라고 겸손하게 대답했다고 한다.

구경 한번을 제대로 못했다. 붓과 먹과 종이를 사가지고 오기가 바빴다. 그야말로 〈광(狂)〉이었다."[9]라고 술회하고 있다. 이처럼 시인은 '글씨'에 대해 매력을 많이 느꼈다. 그러나 이후 그가 함흥사범학교에 진학한 것을 보면 당시 글씨 공부 외에 다른 과목도 열심히 했음을 짐작할 수 있다. 당시 사범학교는 인기가 높아 거의 수재들만이 들어갔기 때문이다.

충남 당진군 합덕보통학교로 첫 발령을 받게 되면서 그는 충남(대전)과 인연을 맺기 시작한다. 한성기는 아무 연고도 없는 당진에 홀홀단신으로 내려오게 된 것이다. 당진으로의 교사발령은 '자살충동'을 느꼈을 만큼 시인에게 적잖은 충격을 가져다준다. 이때부터 시인에게는 '귀향 본능' 내지는 '낙향 본능'이 더 생겼는지도 모르겠다. 이러한 고향에 대한 생각을 떨치는 일은 무엇에 집중하는 것이다. 그리하여 시인은 1944년에 일본 문무성에서 실시하는 고등학교 교사자격 검정시험('서예 부분') 준비에 놀라운 집중력을 발휘하여 당당히 합격하게 된다. 이후 그는 당진 합덕중고등학교로 전출하여 서예와 국어를 가르치다가 해방을 맞이하는 기쁨을 맛보게 된다. 그러나 해방의 기쁨도 잠시 해방 정국은 좌우 이데올로기의 갈등과 분열 양상을 보이기 시작했다. 이후 좌우 이념의 골은 깊어져 첨예한 대립 양상으로 번졌다. 이러한 양상은 남북이 분단될지 모른다는 불안감의 증폭과 그에 따른 고향과 가족에 대한 그리움의 배가를 가져오게 된다. 이때 혈육애와 향수에 대한 연민으로 인한 고독감으로부터 벗어나기 위해 그는 독서를 하게 된다. 오로지 외로움과 향수를 달래기 위한 독서였던 것이다.[10]

9　한성기, 「나의 이력서」, 『현대문학』, 1982. 4, 140면.

10　김현정, 「'둑길의 시인', 한성기를 찾아서」, 『작가마당』 17호, 2010년 하반기, 254~5면 참조.

25살 되던 해에 결혼하고 이듬해에 딸까지 얻은 한성기는 외로움과 향수라는 트라우마를 일정 정도 치유하게 된다. 이 시기 그는 당진 합덕중학교에서 대전사범학교로 직장을 옮겨 유능한 초등학교 교사를 배출하기 위해 심혈을 기울인다. 사랑스러운 아내와 귀여운 딸이 있는 이 시기는 고향에 대한 향수를 잊게 해 준 시인에게 가장 행복한 시간이었다.

그러나 이러한 행복은 한국전쟁과 아내의 죽음으로 인해 깨지고 만다. 전자는 혈육을 더 이상 못 만날지도 모른다는 좌절감과 절망감을 가져다주었고, 후자는 육체적 고통과 정신적 공허감을 수반하였다.

> 아내가 시름시름 누웠다. 처음에는 예사 감기거니 했는데 기침소리가 이상해서 진찰을 받았더니 폐가 나쁘다고 했다. 고교시절 폐를 앓는 여자를 사랑했으면 할 때와는 사정이 다르다. 조금 당황해졌다. 병세가 기울어가면서 나는 초조했다. 이제 죽는구나 하는 생각이 들었을 때 나는 앞이 캄캄했다.[11]

처음에는 아내의 증상을 대수롭지 않게 여겼던 시인은 아내가 각혈을 할 정도로 증세가 악화되자 당황하기 시작한다. 아내가 죽을 수도 있다는 불안감이 현실로 나타난 것이다. 시인은 이러한 슬프고 막막하고 캄캄한 현실에서 탈출하기 위해 시를 쓰기 시작한다. 10년 동안 각고의 노력 끝에 어느 정도 궤도에 오른 글씨를 과감히 버리고 시에 몰입하게 된 것이다. "시(詩)에의 야릇한 매료…… 아니 그보다는 그렇게 하지 않고는 미칠 것 같은 그때 내 정신상황을 나는 한마디로는 말 못한다."[12]라고 그가 술회한 것처럼 시를 쓰지 않으면 안 되는 절박함이 진하게 배어난다. 시를 쓰

---

11 한성기, 「앞이 캄캄해서」, 『한국문학』, 1977. 3, 257면.
12 위의 글, 258면.

는 일만이 그 "구렁"에서 헤어날 수 있다고 시인은 확신했던 것이다.

우연한 순간

꽃병은 울며 돌아 앉은 너의 모습. 가까이 가
서 그 가녀린 어깨를 툭툭 치고 보면 벌써
너는 굳어버린 하나의 병이 된다.

꽃병 속에 불어 넣은 것…… 그런 것이 있다면.
우리들 죽어간 사람으로 굳어버린 속에서 피
어나는 꽃이 아닐까?

—「꽃병 〈2〉」 부분(『산에서』)

시인은 탁자 위에 놓인 꽃병을 보고 사별한 아내의 뒷모습을 떠올린다. 죽은 아내를 많이 닮은 꽃병을 시인은 건드려 보지만 벌써 "굳어 버린 하나의 병"이 된다. 차안(此岸)의 세계에 있는 시적 화자와 피안(彼岸)의 세계에 머물고 있는 아내가 서로 만날 수 없음을 상징적으로 드러내고 있는 것이다. 꽃이 굳어버린 꽃병을 살아나게 하듯, 죽은 아내를 살아나게 하는 것은 결국 '시'였음을 암시하고 있다.[13] 그에게 시쓰기는 죽은 아내와의 보이지 않은 만남이자 대화의 통로였던 것이다.

죽은 아내에 대한 그리움과 연민의 정으로 시작된 시쓰기는 이후에도 지속된다. 한성기는 당시 유일한 문학잡지였던 『문예』(1952년 5 · 6월호)에 투고하여 모윤숙에게 초회 추천을 받게 되는데, 그 작품이 시인의 대표작이 된 「역」이다.

---

13 김현정, 앞의 글, 257면 참조.

푸른 불 시그널이 꿈처럼 어리는
거기 조그마한 역이 있다

빈 대합실에는
의지 할 의자하나 없고

이따금
급행열차가 어지럽게 경적을 울리며
지나간다

눈이 오고
비가 오고……

아득한 선로위에
없는듯 있는듯
거기 조그마한 역처럼 내가 있다.

위 시는 아득한 선로 위에 있는 듯 없는 듯 존재하는 간이역과 같은 시인의 심정을 잘 드러내고 있는 작품이다. 당시 모윤숙은 추천평에서 이 시를 "버릴 것을 다 버려버린 간결하고 압축된 이메－지가 좋았"다고 평하고 있으며, 아울러 천상병 등과 함께 "우리 시단의 새로운 별이 될 것"이라고 하였다. 이렇듯 초회부터 호평을 받은 한성기 시인은 이후에도 '간결하고 압축된 이미지'를 지속적으로 보여준다. 이듬 해 9월에 2회 추천받게 된 「병후(病後)」에 대해 모윤숙 시인은 "평범하고 단조로웠으나 이미 틀이 잽히기 시작한 안정된 자세를 사주기로 한 것"이라고 말하였다. 그러나 이 잡지가 폐간되는 바람에 시인은 1955년 4월에 당시 유일한 잡지인 『현대문학』을 통해 박두진 시인에게 추천을 받아 문단에 데뷔하게 된다. 박두진 시인은 "조용한 관조에서 오는 나직하나 청순한 조그만 경탄"을 포착하는 안정된 면을 긍정적으로 보면서 "감성의 섬세성과 밀도와 온기를 잘 간직하며 발전"시켜 나갈 것을 주문하고 있다. 한성기 시인은 소감문에 "생각할수록 아까운 시간이 흘러가고 있는 것입니다. 귀를 기우리며 저 물굽이처럼 소리 없이 흘러가고 있는 시간의 흐름을 바라다보는 것은 참으로 즐거운 유실(遺失)입니다. (……) 두 어린것 옆에 있으면 나는 한량없이 평안해 지는 것입니다. 일상을 내 의식 속에 있는지 없는지 알 수 없는 이 어린것들을 나는 능금알처럼 지켜보고 있으면 또 저 기차에 올랐을 때의 그 물소리 같은 것이 들려오는 것입니다."라고 쓰고 있다. 아이들을 바라보는 경이로운 눈빛과 순수한 마음을 읽을 수 있다. 아내와의 사별 후 겪었던 그리움이나 고독보다는 새로 꾸민 가정에서의 안정된 모습도 엿볼 수 있다.

3. '자연'의 발견, 고향의 발견

'시인'이라는 칭호를 부여받은 한성기는 이후 『현대문학』을 비롯한 여타의 잡지에 시를 발표한다. 아내의 죽음으로 인한 고독과 막막함, 그리고 그리움 때문에 시작된 시쓰기가 하나의 생활이 된 것이다. 그러나 아내와 사별한 후 다가온 고독감이 재혼하여 단란한 가정을 꾸린다고 하여 모두 없어지는 것은 아니었다.

> 탁보가 돼 가고 있었다. 시 가지고도 채울 수 없는 공허는 술로 때웠다. 매일같이 취해다녔다. 주위에서 좀 절제했으면 좋겠다고 권고도 있었으나, 듣지를 못했다.
> 그때 대전에는 글쓰는 분들의 열기가 대단했다. 문학청년들의 기세라고나 할까. 곧 大作이라도 쓸 것같이 모두 기고만장했다. 돌려가며 합평회를 하고, 돌려가며 술상도 차려냈다. 이때 이 모임을 〈지랄대회〉라고 이름을

붙였다.

　건강이 망가져갔다. 무쇠가 아니라면 그렇게 퍼마시고 무사할리 없었다.

　(……)

　백약이 무효다. 저축을 다 빼쓰고 집을 팔아도 그래도 병은 차도가 없었
다. 결국 직장을 버리고 추풍령을 찾아들었다.[14]

당시 "시 가지고도 채울 수 없는 공허"를 강하게 느꼈음을 알 수 있다. 이 공허감은 두 가지로 압축할 수 있다. 그 하나는 죽은 아내의 빈자리에서 오는 고독과 허무의식일 것이고, 또 하나는 민족분단에서 파생된 '실향'에서 오는 그리움이었을 것이다. 시인은 이러한 고독과 허무의식, 그리고 그리움을 달래기 위해 폭음을 한다. 술에 의해 망각된 기억들이, 술이 깨면 다시 현실로 돌아오고, 그는 그 현실을 다시 잊기 위해 술에 의존해야만 했다. 이렇듯 술을 가까이 한 연속적인 생활에 의해 건강을 잃게 된 그는 결국 병상에 눕게 된다. 술로 그것들을 치유하는 데에는 한계가 있었던 것이다. 병원에 입원해 치료를 받아도 병에 차도가 없자 그는 학교를 그만 두고 추풍령 용문산 기도원으로 들어가게 된다.

　잠이 오지 않았다./ 석 달 열흘을 아무리 애써보아도/ 잠이 오지 않았다.// 병원과 약방을 찾았으나/ 나를 잠들게 하지 못하는 약들/ 밤이면 안경너머로/ 내 병을 짚던 의사의 얼굴// 잠이 오지 않았다/ 사람의 수단과 방법의 한계// 山을 향해 떠났다.// 마을이 멀어져 가고/ 世上이 멀어져 갔다.// 사람들의 목소리가 멀어져가고/ 차바퀴 구르는 소리가/ 멀어져 갔다./ 병원도/ 약방도// 山에 도착하던 날부터/ 쿨쿨 잠을 잤다.

　　　　　　　　　　　　　　　　　　　　　　 ―「처방」 전문(『실향』)

14　한성기, 「어느 날의 돌개바람」, 『현대문학』, 1982. 4, 141면.

몸과 마음이 모두 병든 상태에서는 잠도 오지 않는다. 이를 잊기 위한 수면을 위한 병원의 처방과 약들도 시인에게는 백약이 무효였다. 그는 "사람의 수단과 방법의 한계"를 여실히 느끼게 된다. 그리하여 시인은 "산"으로 떠난다. 속세에서 떠나듯 모든 것을 버리고 떠난 것이다. 놀랍게도 불면증에 시달리던 그는 이곳에 도착한 뒤 숙면을 취하게 된다. 인간세상에서 얻은 마음의 병은 곧 탈속의 세상에서 치유할 수밖에 없음을 보여주고 있는 것이다. 그는 이곳에서 마음의 안정을 찾기 시작한다. 그곳에서 그는 기도를 드리고 조석으로 예배에 참석하며 지난 일들을 반성하게 된다. "절름발이 문둥이 폐결핵자(肺結核者)들/ 틈새에 앉아 기도를 드리면서/ 하루 아침엔 몹시 울었다./ 그 울음의 조금은 서러웠고/ 조금은 고마웠다."(「특별기도」)라고 노래하는 데서 이를 발견할 수 있다. 절름발이, 문둥이, 폐결핵환자들과 함께 낮에는 산에서 나무를 하고 나무 밑에서는 기도하고 방에는 강당에 모여 "참회의 눈물"을 흘린다. 이러한 과정을 통해 몇 년 동안 혹사했던 육체와 정신이 점차 원래의 상태로 회복하기 시작한다.

한성기의 추풍령 생활은 곤궁한 삶이었다. 시인의 아내가 광주리 행상을 하며 돈을 벌기도 하고, 대전사범학교 제자들의 도움을 받기도 했다. 한성기 시인은 신병을 치료 중이었기 때문에 가계에 보탬이 될 만한 일을 할 수가 없었다. 다만 그는 제자들에게 도움을 청하는 것 외에 별다른 뾰족한 수가 없었다. 어떤 제자는 한 달 월급 중 하숙비를 빼고 다 드리기도 하고, 제자들이 성금을 모아 추풍령에 직접 가서 전달하기도 했다고 한다. 또한 시집이 나오면 제자들이 마치 자기 일처럼 시집을 구입했다고 한다. 대전사범학교 제자인 한상수 작가는 당시를 이렇게 회고한다.

1963년 겨울방학. 나는 청양에 있는 대전사범학교 동문들로부터 모금한 성금을 가지고 추풍령 용문산 기도원을 찾아갔다. (……) 그날 저녁 밥상

앞에서 나는 목이 뜨거워져서 밥을 삼킬 수가 없었다. 여러 가지 정황으로 보아서 쌀밥이 나올 수가 없는 상황인데 하얀 쌀밥에다가 꽁치구이까지 밥상에 오른 것이다. 아마 모처럼 제자에게 평상시처럼 내놓을 수가 없기 때문에 급히 어떻게 준비한 것 같았다. (……) 한참 자다가 보니 부엌에서 무슨 소리가 났다. 선생님은 바람이 너무 세게 불어대니까 내가 추울까봐 찬송가를 부르며 군불을 때고 있었다.[15]

한성기 시인의 인간적인 면을 엿볼 수 있는 대목이다. 비록 가난하고 힘들게 살아갈지라도 멀리서 온 제자를 위해 성심껏 배려하려는 시인의 모습을 엿볼 수 있다. 이처럼 시인은 학생들에게 공포의 대상이기도 했지만, 제자들을 많이 아끼고 사랑한 스승이기도 했다. 추풍령에서의 생활은 이렇듯 시인에게 많은 변화를 가져다주었다. 먼저 건강을 어느 정도 되찾았고, 많은 시를 쓰게 된다.

그리하여 그는 1963년에 첫 시집 『산에서』(배영사)를 발간한다. 그는 〈소감〉에서 "하나님의 사랑"과 "대전사범동문"들에게 감사를 표하고 있다. 전자가 자신의 망가진 몸을 회복하는 과정에서 받은 도움에 대한 감사라면, 후자는 첫 시집을 발간하는 과정에서 받은 도움에 대한 감사라 할 수 있다. 〈축사〉를 맡은 박남수의 글은 〈소감〉의 내용을 요령있게 풀이해준다. 한성기의 작품세계가 더 깊어진 것에 대해 기쁨을 표하며 그것은 "생경한 종교 이론의 해설이 아니라 체험이 뿜는 빛"이며 "앓음을 통한 건강이요, 그 건강을 통한 긍정"이라고 말하고 있다. 또한 "앓고 있는 시인을 늘 물심양면에서 돕고 있는 갸륵한 그의 제자들이 이 시집 간행에도 전적인 힘"을 쏟은 것에 대해서도 "어지러운 세상에 이런 「제자의 길」이 살아있다는 것"은 기적같다고 언급한다. 이 시집의 주된 내용과 발간 과정을 엿볼 수 있

---

15 한상수, 「푸른 꿈을 심어준 스승」, 『시문학』, 2001. 1, 102~103면.

는 내용이다. 이 시집에 수록된 시 한 편을 보기로 한다.

꽃이파리는 떨어져 어디로 갈까/ 꽃이파리의 떨어지는/ 서러운 모습을 보면서/ 이내 나는 어지러웠었다./ 꽃이파리의 짧은 낙하/ 떨어져서 오히려 오래 보이는/ 당신의 모습/ 그것은 모양이 없어지고 비로소/ 나타나는 뜻/ 당신의 모습/ 우리는 그래서 떨어지는/ 아름다운 것에서/ 두 가지의 모습을 보는가./ 하나는 보이는 꽃이파리로/ 하나는 보이지 않는 뜻으로/ 하나는 쉬 잊을 수 있는 것으로/ 하나는 영 잊혀지지 않는 것으로/ 하나는 순간으로/ 하나는 영원으로/ 꽃이파리는 떨어져 어디로 갈까?/ 떨어져 아득한 땅구비를 돌아서/ 돌아온/ 당신의 모습/ 충만한 열매/ 영원의 모습/ 떨어져 간 것이 어찌해서 이처럼/ 온전한 것으로 삼키어 버렸을까/ 열매 속으로 보는 꽃이파리/ 가지마다 기쁨은 넘쳤고/ 떨어져서 오히려 우러러 뵈는/ 당신의 모습

—「열매」 전문(『산에서』)

위 시는 역설의 미학을 여실히 보여주고 있는 작품이다. '꽃이파리'의 낙하를 통해 중층적인 면을 보여주고 있다. 꽃이파리를 통해 보이는 것과 보이지 않는 것을, 쉽게 잊을 수 있는 것과 영원히 잊혀지지 않는 것을, 순간적인 것과 영원한 것을 발견하게 된다. 그것은 분리되어 있는 것이 아니라 공존하는 것이다. 불교에서 말하는 "색즉시공, 공즉시색"도 느껴진다. 꽃이파리를 통해 열매를 보고, 열매를 통해 꽃이파리를 볼 줄 아는 경지에 다다른 것이다. 그리하여 사별한 아내에 대해서도 더 이상 차안의 세계에 가두어 '떠남'에 집착하지 않고 이 떠남을 통해 당신의 모습을 오랫동안 제대로 볼 수 있게 되었음을 표출하고 있다. 대전에서 같이 활동한 시인이자 선의의 라이벌의식을 느꼈던 박용래 시인은 이 시에 대해 굉장한 호평을 했다고 한다. 어느 날 최원규 시인과 서점에 들렀다가, 신간문예 월간지에 실린 이 시를 보고 아! 하고 탄성을 지른 뒤 "한성기 대단한데 최선생! 한성기 시를 다시 한번 살펴봐요"라고 말한 뒤 한성기 시인을 불러내

밤새워 술을 마셨다고 한다.[16] 그만큼 동료 시인들을 감동시킨 수작이었던 것이다. 한성기 시인을 종교적 영향을 받았지만, 결코 그 종교적 테두리에 머물지 않고 종교라는 '산'을 뛰어 넘은 것이다. 그의 아들 한용구 목사는 "아버지는 외로웠다. 그것은 그리움 때문이었다. 고향이 그리웠고 친척이 그리웠다. 사람이 그리워서 길을 걸으셨다. 길을 걷다가 사람을 만나고 물소리를 듣고 자연을 온몸으로 묻혀와 시를 쓰곤 하였다."고 말한 뒤 "그는 하나님을 믿었다. 종종 외롭고 답답하면 혼자서 소리내어 기도하셨다. 그러나 교회엔 나가지 않으셨다. 사람들의 위선이 자꾸만 눈에 거슬려서였다."고 말한 바 있다.[17] 이는 한성기 시인이 종교적 행위보다도 자신의 상처를 치유하고 사물을 객관적으로 바라보려는 것에 치중했음을 시사하는 것이라고 할 수 있다.

첫 시집 발간되던 시기에 한성기는 5년 간의 투병생활을 끝내고 하산하게 된다. 몸과 마음을 추스린 그는 생계를 위해 충청북도 영동군 황금면 추풍령리에서 '추풍령 문구점'을 차린다. 그러나 평소 교직생활과 시 쓰는 일밖에 모르던 시인이 운영하는 이 가게는 그리 성공하지 못한다. 하지만 시인은 이때 많은 아이들을 만나게 된다. 그의 시에 아이들에 대한 시가 심심치 않게 나오는 것도 당시 아이들을 접한 경험이 적잖게 작용했을 것으로 추측된다.

아이들을 보고 있으면 그 뭐라 말못할 순색(純色)감정이
나는 좋다.

---

16 최원규, 「시인 한성기 이야기」, 『시문학』, 2001. 1, 87~88면.
17 한용구, 「고독과 동경으로 보낸 세월―나의 아버지 한성기」, 『호서문학』 제15집, 1989. 11, 156~157면.

새금파리 풀잎 같은 것
단순히 그런것만을 가지고도 저렇게 끄칠줄을 모르는 자미(滋味)나는
나날.

무엇일까—
우리들 눈에는 보이지 않는
항시 그들에게만 있어 초롱 초롱 보이는 저것은.

먼 초록의 아침을
처음으로 눈이 뜨인 뒤, 더 크지도 더 늙지도 않는 햇볕속에서
저렇게 줄곳 놀고 있었을 아이들.

그 아이들이 주고 받는 순한 저 목소리가 나는 좋다.
— 「아이들」 전문(『산에서』)

위 시처럼 시인은 평소 아이들의 순수한 시선과 아이들끼리 주고 받는 순한 목소리, 그리고 아이들의 뛰어노는 모습까지 모두 좋아했다. 아이들의 눈, 목소리, 행동 등을 지극히 아이들의 시선으로 바라보는 데서 이러한 좋아함은 가능해진다. 어른들의 시선이나 선입견이 개입되지 않은 순수한 시선을 지니고 있을 때, '아이−되기'의 시선을 지니고 있을 때 아이들과의 소통이 이루어지게 되는 것이다.

추풍령 문구점을 그만둔 뒤 시인은 영동으로, 예산으로, 조치원으로 이사하게 된다. 고향을 떠나올 때부터 시작된 그의 유랑의식은 한 곳에 정착하지 못하고 지속적으로 떠돌이 생활을 하게 만든 것이다.

1969년에 제2시집 『낙향 이후』(활문사)를 발간한다. 첫 시집 『산에서』에서 뽑은 시와 개작한 시, 그리고 첫 시집 이후 발표한 신작시를 묶은 것이다.

언제나 쓸쓸히 비워 있는/ 뒤 울안에 앉아서// 문득 나는/ 혼자가 아니
라는 생각이다./ 한 그루 수목을/ 바라다 보면서/ 벌써 여러 해를 나와 함
께/ 마음 속에 있어 준/ 모습// 그것은 시체말로 나의 애인이래도 하나/ 서
있을만한 자리를/ 차지하고// 나의 등과 등을 해 주었고/ 나의 마음과 한
가지 마음해 주었고/ 저처럼 나에게도 깊이 눈감는/ 버릇을 주었고// 이제
나에게 끊임없는 소원까지/ 주면서// 우리 서로 만났다가도 별로/ 말없이
헤어지는/ 일상의 벗들처럼// 문득 나는/ 혼자가 아니라는 생각이다.
— 「나무」 전문(『낙향이후』)

한성기는 〈후기〉에서 건강 때문에 "10년 내내 서울 한번 다녀오지 못
한 채 시골에만 눌러 있"었고, "거의 매일같이 시골길을 이십리씩" 걸었
다고 언급한 바 있다. 시골길을 걸으며 자주 보는 대상 중 하나는 '나무'
일 것이다. 추풍령에서 투병생활하던 시절도, 영동, 예산, 조치원으로 옮
겨다니던 시절도 그의 곁에는 언제나 나무가 동행했다. 아카시나무, 미
루나무, 살구꽃나무 등이 말이다. 그 나무들과 눈인사를 하고 대화를 했
다. 철마다 바뀌는 나무빛도 자세히 관찰했다. "나의 애인"처럼 언제나
곁에서 "나의 등과 등"을 해주었고, "나의 마음과 한 가지 마음"해 주었
으며, "깊이 눈감는 버릇"을 주었고, "끊임없는 소원"까지도 준 것이다.
이는 오랜 기간동안 변함없이 교감하면서, 통찰하면서 가능해진 것이라
할 수 있다.

4. 소요유적인 삶을 통한 고향의식 확장

1972년 세 번째 시집 『실향』(활문사)을 출간한다. 당시 한성기 시인과 친
분이 두터운, 잡지 『현대문학』을 주관하던 조연현 평론가가 〈서(序)〉를 맡
았는데, 그는 그곳에서 한성기 시인은 "내가 즐겨 읽는 몇 사람밖에 안 되
는 시인 중의 한 사람"이고 그의 시 중 「둑길」에 애착을 많이 가지고 있다

고 밝힌다.

> 매년같이 둑길을 걸었다./ 벌써 4년째// 어떤 때는 먼 山만 바라보며/ 어
> 떤 때는 발 밑만 바라보며// 당분간 내가 살아가는/ 방법은 이것뿐// 당분
> 간 내가 살아가는/ 방법은 이 둑길을 걷는 일 뿐// 처음에는 심심해서 걸
> 었다./ 다음에는 습관이 돼서 걸었다./ 다음부터는 즐거워서/ 걷는 둑길//
> 둑길에서 만난 사람은 별로 없었다./ 둑길에서 만난 사람은/ 간혹 낯설은
> 햇살// 열심히 둑길을 걸으면/ 나는 사람이 보일 것 같아서// 열심히 둑길
> 을 걸으면/ 나는 지구의 끝이 보일 것 같아서
>
> —「둑길Ⅶ」 전문(『실향』)

'둑길'을 걷게 된 이유가 잘 나와 있는 시이다. "당분간 내가 살아가는/
방법은 이 둑길을 걷는" 것이기 때문이다. 처음에는 "심심해서" 걸었고,
그 다음에는 버릇이 되어서, 나중에는 "즐거워서" 걷게 된다. 둑길을 열심
히 걸으면 "사람이 보일 것 같아서" 시인은 지속적으로 걸은 것이다. 그는
그가 사는 유성에서 짐잠 방향으로 "애인" 만나러 가듯 거의 매일 둑길을
걸었다. "바쁘게 돌아가는/ 세상"에서 빗겨서서 "서서히 도는/ 둑길"(「둑
길Ⅵ」)을 유유히 소요유(逍遙遊)하듯 걸은 것이다. 시인은 대전에서 추풍
령으로, 추풍령에서 다시 대전으로 돌아왔지만 그에게 이러한 공간적 이
동은 그다지 중요한 것이 아닌지 모른다. 그 공간적 이동을 뚫고 불어오
는 바람처럼 시인의 내면에는 '고향'에 대한 그리움이 내재하고 있었기 때
문이다. 이 고향에 대한 향수와 그리움 때문에 시인은 그것을 달래기 위해
한 곳에 머무르지 못하고 지속적으로 자리이동을 해야만 했다.

1970년대 중반에 『현대문학』(1975)과 『현대시학』(1974) 추천 심사위원으
로 위촉받은 그는 대전, 충남지역에서 작품을 쓰던 많은 문인들을 중앙문
단에 데뷔하게 만들었다. 이 두 잡지의 추천 심사위원을 그가 작고하던 때
까지 역임하게 된다. 참고로 그가 문단에 추천했거나 영향을 준 사람은 대

전사범학교 출신들을 포함하여 40여 명에 이른다.[18] 이들 중 작고한 문인도 있으나 아직도 왕성하게 활동하는 문인들도 상당수 존재하고 있다. 이는 모두 한성기의 배려라 할 수 있다.

『실향』이 출간된 지 3년 만인 1975년에 제4시집『구암리(九岩里)』(고려출판사)를 출간한다. 구암리는 당시 시인이 살던 마을 이름으로, 현재는 유성구 구암동으로 되어 있다. 시골로 내려온 그는 20여 년 동안 줄곧 길을 걷는다. 시인이 〈자서〉에서 "길을 걷는 일이 즐겁다. (……) 햇살의 범벅, 바람의 범벅, 시골은 내 시의 고향이다."라고 언급한 것처럼, 그는 즐거운 마음으로 시골길을 걸으며, 그 길을 햇살과 바람, 나무 등과 "범벅"이 되어 동행했다. 그곳은 그리운 것들이 다 모여 있는, 시의 고향이었던 것이다.

> 해마다 내가 작아 보이는
> 시골 10년
> 해마다 내가 허름해 보이는
> 시골 10년
> 나뭇가지마다
> 누가 문질러댔을까
> 해마다 더 야들야들하고
> 해마다 더 새록새록한
> 초록의 연한 빛깔

18　한성기 시인이 추천한 문인으로는 윤석산, 최문휘(『시문학』), 박명용, 한병호, 정진석, 이극래, 변재열, 김원태, 박재화, 최문자, 곽우희(『현대문학』), 이명희, 이관묵, 최선근, 김순일, 최창열, 오완영, 조인자, 박상일(『현대시학』) 등 20여명이며, 한성기 시인이 도움을 준 문인으로는 오명규, 이장희, 장시종, 한용구, 한상각(시인), 김동권(소설가, 수필가) 등이 있으며, 대전사범학교 출신으로는 남정현, 조선작, 이규희(소설가), 서석규, 장욱순, 심경석, 한상수, 구진서, 김영수, 서재균, 도재희, 조윤장(아동문학가), 안명호, 정광수, 김학응, 이정숙(시인) 등이 있다.(정진석, 「한성기 시 연구」, 한남대 박사학위논문, 1998, 184면 참조)

누가 제지하는 사람이 없는데도
선뜻 들어서지 못하는
그 길
한참을 주춤거리다가
다른 길로 돌아서 갔다

—「신록」 부분(『구암리』)

해마다 야들야들하고 새록새록해지는 신록을 경이롭게 바라보고 있는 시이다. 시인은 누가 제지하는 사람도 없는데, 플라타너스의 신록이 넘치는 학교에 가질 못한다. 그리하여 "한참을 주춤거리다가" 에둘러 다른 길로 돌아갔다는 점에서 시인의 경이로움의 극치를 엿볼 수 있다. 이렇듯 시인은 길을 걸으면서 만나는 풍경을 결코 예사롭지 않게 목도한다. 김윤성 시인이 이 시집 〈발(跋)〉에서 언급한 것처럼 한성기 시인은 유성의 긴 둑길을 걸으며 새로운 서정이나 새로운 시 따위를 찾은 것이 아니라 "스스로 만족할 수 있는 「삶의 성숙」을 성실하게 추구"하고 있었던 것이다. 이러한 점이 여타의 시인과 다른, 한 차원 높은 시정신이라 할 수 있다. 그의 시 「새와 둑길」을 보면 "10년을 내리/들길만을" 걸었는데 "이제 그만했으면/ 돌아설 때도 되지 않았느냐고?"하는 질문이 나오는데, "들길은 더 끌어쌓고/ 산은 더 아득하"(「새와 둑길」)기 때문에 돌아가기에는 아직 이르다고 답하고 있다. 무언가를 찾으려고 들길을 걸었다면 아마도 강산이 변한다는 10년을 걸었을 때 회귀할 수도 있었을 것이다. 그러나 시인이 추구하는 것은 아직 진행 중인 '삶의 성숙'의 시선으로 사물들을 지속적으로 바라보는 일이다. 그러다 보면 사물들이 다르게 보이고, 들길이 다르게 보이며, 만나는 사람들도 다르게 보이기 때문이다. 연작시 「산」도 추풍령에서 바라본 첫 시집 『산에서』에 나오는 연작시 「산에서」와 사뭇 다르다. 투병 과정에서, 절박한 심정에서 바라본 '산'은 심적 근거리에서 바라본, 구체화되어 있는 대상이고, 둑길을 즐겁게 걸으며 느끼는 산은 심적 거리의 조절이 가능한, 객관화되어 있는 대상이기 때문이다.

한성기는 문명과 대비되는 자연을 아주 소중한 대상으로 인식한다. 그리하여 그는 "자연은 스승이다. 그리고 자연은 사랑이다. 시골길을 걸으며 내가 보고 배운 것은 너무 많다. 말많은 세상에 말이 없는 스승. 이따금 바람결에 들려 주시는 말씀 조용하면서 당당하고 나직하면서 카랑카랑한 목소리"[19]라고 말하고 있다. 이처럼 시인은 자연을 겸허하게 받아들인다.

1977년에 시인은 딸이 있는 충남 서산군 근흥면 안흥만으로 이사를 간다. 그곳에서 시인은 바다와 섬들을 바라본다.

바다는 춥다
바다는 타향
멀미를 하며
돌아오는 밤배 위에서
홑것을 입은 아이
나는 떨었다

바다는 춥다
바다는 타향
겨우내
눈은 내리지 않고
바다에서 불어대는 바람
어느 날 밤
잠에서 깨어나
이제는 지쳐서
목이 쉬어버린

---

19 한성기, 「그 술맛, 그 바닷물빛」, 『소설문학』, 1982. 9, 152면.

네 목소리를 들었다

— 「바다는 타향」 전문(『늦바람』)

그러나 시인에게 바다는 아직 낯설은 대상으로 다가온다. 그리하여 시인은 바다를 "타향"으로 비유하고 있다. 1연에서 시적 화자는 겨울바다 위를 달리는 밤배에서의 추위를 느끼고 있고, 2연에서는 바다에서 부는 바람의 "목이 쉬어버린" 소리를 듣는다. 바다에 낯선 풍경은 "콩알 속에서/ 팥알 골라내듯/ 사람들 잡답(雜沓) 속에서/ 가려내는 이곳 사람들"(「콩알 팥알」)이라고 묘사하고 있는 데서도 엿볼 수 있다. 바다에 적응하지 못한 시인의 이질감을 느낄 수 있다. 시인에게 토박이들이 외지인들을 가려내는 모습은 낯선 풍경으로 다가온 것이다. 또한 "섬에서/ 나온 사람/ 무엇을 잃었는지/ 멍청하구나/ 너의 뒤에/ 너를 받치던/ 바다가 없다"(「부재」)라는 한 시에서는 섬에서 나온 이들이 객지에서 살면서 잃은 것은 "바다"라고 하며, 그들을 뒷받쳐 주던 "바다가 없다"는 것이 그들을 슬프게 한다고 노래한다. 시인이 이렇게 노래하는 데에는 시인 역시 무언가를 잃어버리고 산다고 생각하기 때문이다. 그것은 고향에서 자신을 키워준 "산"이지 않을까. 그 잃어버린 산을 찾기 위해 시인은 분주히 떠돈 것이다. 추풍령으로, 구암리로, 태안으로 말이다. 마음의 고향, 그리움의 고향을 찾아 유랑한 것이다.[20]

태안에서 2년 정도 머무른 시인은 1978년에 충남 논산군 두마면 신도안(현 계룡시)으로 이사를 하고, 다시 1년 후에 대전시 유성구 원내동(진잠) 168-1으로 거주지를 옮긴다. 이때 나온 시집이 다섯 번째로 낸 『늦바람』(활문사)이다.

---

20 김현정, 앞의 글, 275면 참조.

시골에
내리면서
우리는 입맛을 다셨다
서로 낄낄거리며
누가 이 맛을
알까봐
쉬쉬했다

— 「바람이 맛있어요(Ⅲ)」(『늦바람』)

　산과 둑길, 바다를 노래하던 시인은 유동성이 강한 '바람'에 대해 노래하고 있다. 시골에 부는 바람맛을 시인은 익히 잘 알고 있다. 바람맛에 익숙한 그는 혹여 다른 사람들이 그 맛을 알까봐 숨죽인다. 보통 사람들은 같은 공간에 있어도 바람의 맛을 모르는 경우가 많다. 산에 오르고, 둑길을 거닐며 그 맛을 터득한 시인은 이제 고정적인 대상을 뛰어 넘어 유동적인 대상인 바람의 맛까지 깨달은 것이다. "새벽이면 청자를 구워내듯 밝아오는 산이며 나무들, 시골로 내려가는 버스창가로 바람에 풀풀 풀내 꽃내 바람이 맛이 있다. 지금 막 밭에서 따온 수박맛처럼"(시선집 『낙향 이후』〈자서〉)이라고 하여 관념적이거나 추상적인 맛이 아닌 구체적인 맛을 보여준다. 자연을 스승으로, 사랑의 대상으로 인식하지 않고서는 불가능한 일이다. 이처럼 시인은 바람을 통해 길뿐만 아니라 '보이지 않는 길'이 주는 의미까지도 읽어내고 있다.

5. 맺음말

　한성기는 흔히 '둑길의 시인', '바람의 시인'으로 일컬어진다. 그만큼 '둑길'을 많이 걸었음을, 그 둑길을 걸으며 불어오는 바람을 만끽했음을 의미하는 말이다. 그는 고독해서 둑길을 걸었고, 사람이 그리워서 둑길을 걸었다. 걸으면서 고독과 허무의식, 고향에 대한 향수를 달랬던 것이다. 산에 오르고, 둑길을 거닐며 그 맛을 터득한 시인은 유동적인 속성을 지닌 바람의 맛까지 알게 된다.

함흥사범학교를 졸업하고 충남 합덕초등학교로 발령됨에 따라 그는 충청도와 인연을 맺는다. 8·15해방과 한국전쟁 등 굵직한 역사적 사건을 접하고 급기야는 민족분단이라는 비극을 경험한 시인은 고향을 상실한다. 실향민이 된 이후에 그는 귀향 욕망을 지닌 채 '끝이 없는 기다림' 속에서 지내야만 했다. 아내와의 사별, 아이의 죽음 등이 이와 겹치면서 그는 극도의 고독과 허무의식과 향수에 빠져들게 되었다. 게다가 폭음까지 하게 된 그는 절망의 나락으로 빠진다. 이때 그를 구해준 것은 다름 아닌 '자연'이었다. 자연을 통해 실향의 상처를 치유하기 시작한 것이다. 시인은 산을 통해 고향의 모습을 전유한 것이다. 이후 그는 '둑길'을 통해 실향에서 비롯된 고독과 향수, 그리고 허무의식을 달래기 시작한다. 그리고 '바다'를 통해 '바람'의 의미까지 읽어낸다. 이처럼 한성기는 '실향'의 아픔을 또 다른 고향인 자연을 통해 치유한 것이다. 산과 둑길, 바다 등 그가 가는 곳이 곧 고향의 또 다른 곳이고, 제2의 고향이 된 것이다.

따라서 한성기 시에 나타난 고향은 유년시절 체험한 고향이미지로 표상되지 않고, 확장된 고향의 이미지인 또 다른 산, 둑길, 바다로 형상화된 것이다. 이러한 점이 고향을 노래한 다른 시인과의 차별성을 지닌다고 할 수 있다.

『현대문학이론연구』 제45집(2011. 6)에 수록

3

서사전략과 현실인식으로서 글쓰기

심훈의 『永遠의 微笑』에 나타난 근대적 글쓰기의 양상

김 화 선

1. 머리말

1933년 7월 10일부터 朝鮮中央日報[1]에 연재되고 1935년에는 漢城圖書株式會社에서 단행본으로 출간된 심훈의 『永遠의 微笑』는 『常綠樹』와 더불어 지식인의 귀농 모티프를 다루고 있는 대표적인 농촌 계몽소설로 꼽힌다. 그러나 『영원의 미소』는 작가론의 차원에서나 『상록수』, 『織女星』 등 심훈이 창작한 일련의 소설 텍스트와 관련된 논의 과정에서만 주로 거론되고 있을 뿐 『영원의 미소』에 대한 본격적인 작품론은 찾아보기 힘들다. 본고는 농촌계몽소설로 인정받고 있는 『영원의 미소』가 지니는 의의를 논하기에 앞서 『영원의 미소』가 창작되고, 단행본으로 출판된 시기를 먼저 주목하고자 한다.

---

1 「朝鮮新聞發達史」(霞汀, 1934년 5월호 新東亞)에 의하면 中央日報가, 1933년 2월 대전에서 출옥한 여운형을 사장으로 추대하고 동년 3월에 '朝鮮中央日報'로 제호를 바꾸었다. 여운형은 상해에 있을 때부터 심훈을 대단히 아꼈다고 한다. 류병석, 「심훈의 생애 연구」, 『국어교육』 14집, 1968, 18면에서 재인용.

『영원의 미소』가 연재되고 단행본으로 출판된 1933년에서 1935년은 근대계몽기로부터 이어져오던 어문운동이 근대화되던 시기로서, 조선어학회가 '한글 맞춤법 통일안'을 제정(1933년 10월 29일)하고 이를 보급하기 위해 경성 방송을 통해 한글 강좌를 방송하고, 한글 강습회를 열고, 신문이나 잡지에 통일안 해설을 연재하고 한글 통일안 보급회를 조직 운영하는 등 활발한 한글 보급 운동을 전개하던 때이다. 특히 조선어학회의 기관지인『한글』은 이광수의『흙』, 이태준의『달밤』과 함께 심훈의『영원의 미소』를 통일안으로 인쇄된 유명 문인들의 신간 서적으로 적극적으로 소개하고 있어 주목을 요한다.

『한글』지는 "심훈씨의 작「永遠의 微笑」출판, 소설가 심훈씨의 장편소설「永遠의 微笑」를 일즉 조선중앙일보에 연재하여, 만천하 독서자에게 열광적 환영을 받던 것으로, 지금 한성도서주식회사에서 출판하는 중인데, 철자는 순전히 한글 통일안에 의지한 것이라 한다."[2]라는 광고를 게재하면서『영원의 미소』를 대대적으로 광고하고 있다. 또한『영원의 미소』를 단행본으로 출판한 한성도서주식회사는『한글』지의 인쇄를 담당하던 곳으로 맞춤법 통일안에 의거하여 신철자 활자로 심훈뿐 아니라 이광수, 이태준의 창작집을 출판하였다. 이러한 사실은 심훈의『영원의 미소』가 신문과 출판인쇄 미디어와 소설의 관계를 극명하게 보여주는 텍스트임을 암시한다. 새로운 철자로 인쇄된다는 것은 새롭게 통일된 어문정책을 실현하는 것 이상의 의미를 지닌다. 그것은 이에 상응하는 새로운 문자해독능력과 글쓰기 능력을 요구하기 때문이다. 신문에 연재되고 이어서 새로운 철자법에 따라 단행본으로 출판된『영원의 미소』는 한글이 근대소설의 단어 표기와 문장 구성에 직접적으로 사용되어 근대적 매체로 기능하고 있는

---

2 『한글』제2권 제7호, 1934. 10.

소설 텍스트이다.

덧붙여 문자보급과 브나로드 운동의 실천의 일환으로서『영원의 미소』는 중요한 몫을 담당하고 있음을 지적하고자 한다. 주지하듯이 조선일보사는 1929년 7월부터 1935년까지 "귀향남녀학생 문자보급운동"을 실시하였고 동아일보사는 1931년부터 문자보급운동의 일환으로 농촌운동인 '브나로드 운동'을 펼친 바 있다. "브나로드라는 것은 러시아말로 '민중에게로'라는 말인데 19세기에 러시아의 지식계급들이 농민노동자에게로 들어가서 몸소 체험도 하고 지도도 하던 운동을 지적한 것인데 우리는 그중에서 다만 민중에게로 라는 뜻을 취해온 것"[3]이라고 밝힌 바와 같이 동아일보사가 주관한 브나로드 운동은 전인구의 80%에 가까운 문맹률을 낮추려는 상업적 의도와 식민지 조선인에게 교육의 균등한 기회를 주지 않으려는 일제의 술책이 부합한 결과물로 이해할 수 있다. 민족주의 우파의 타협적인 개량주의 운동으로, 민중교육의 기회를 확대한 민족교육운동으로 평가되는[4] 브나로드 운동은 1935년 총독부에 의해 사실상 금지되면서『상록수』를 비롯한 소설로 수렴된다. 이광수의『흙』, 심훈의『영원의 미소』와 『상록수』, 이석훈의『황혼의 노래』등 일종의 서사적 계몽 프로젝트라 이름붙일 만한 이들 소설이 창조해낸 서사는 브나로드 운동이라는 이름으로 구체적인 의의를 획득한다.

근대소설의 매체가 되는 활자어와 한글보급운동의 독본 역할을 한 소설, 그리고 브나로드 운동을 통한 한글(조선어)에 대한 자각의 스펙트럼은 『영원의 미소』를 심층적으로 이해하기 위해 먼저 고려되어야할 항목들이

---

3 『동아일보』, 1931. 7. 16.
4 이혜령, 「신문·브나로드·소설」, 『근대어의 형성과 한국문학의 언어적 정체성』, 대동문화연구원 동양학학술회의 발표자료집, 2007. 2, 43면.

다. 어문의 근대화 과정을 둘러싼 이러한 맥락에서 심훈의『영원의 미소』
는 새롭게 제정된 한글 맞춤법 표준안을 구체적으로 실천한 텍스트로 선
전되고, 브나로드 운동의 실천적 결과물로 인식되면서 그 의의를 획득하
기 때문이다. 그러나 앞에서 이미 언급한 바와 같이 기존의 논의는 동아일
보사 창간 15주년 기념 장편소설 현상모집에 당선된『상록수』를 중심으로
이루어져 왔으며『영원의 미소』에 대한 논의는 단편적 수준을 면하지 못하
고 있다. 따라서 본고는『영원의 미소』를 어문의 근대화 정책과 소설의 긴
밀한 관계를 보여주는 중요한 텍스트로 인식하고, 근대적 글쓰기의 양상
과 작중인물의 형상화 방식의 상관성을 중심으로 어문의 근대화 과정이
실질적인 문학 텍스트를 형성하는 서사 구조에 어떤 영향을 미치고 있는
가를 살펴보고자 한다.

2. 소설에 반영된 근대적 매체의 글쓰기

『상록수』보다 2년 앞서 창작된『영원의 미소』는 남녀 주인공인 수영과
계숙이 농촌으로 돌아가는 과정을 다룬 작품으로, 브나로드 운동의 맥락
에서『상록수』와 동궤에 놓인다. 조선중앙일보에 연재된『영원의 미소』는
농촌 계몽을 표면적으로는 내세우고 있으나 신문에 연재된 소설로서 대
중적 흥미를 고려한 연애소설의 성격 또한 강하게 지니고 있다. 계숙을 사
이에 둔 수영과 병식, 경호의 복잡한 삼각관계의 구도와 연애 감정에 대한
섬세한 묘사는 독자를 의식한 작가의 의도를 짐작하게 한다. 따라서『영원
의 미소』의 서사구조는 농촌계몽의 중요성을 설파하고 허위 지식인을 비
판하려는 작가의 이념적 목표와 젊은 지식인들의 연애 감정과 사랑이라는
대중적 기호의 두 축으로 이루어지는데, 이 두 축을 연결하면서 서사를 진
행해나가는 중요한 기능을 편지와 신문/잡지의 기사가 담당하고 있다.

2.1. 소설에 나타난 편지의 기능 : 연애편지와 은밀한 내면의 고백

근대소설은 가정과 개인의 사생활이라는 사적인 영역을 공적 영역으로 확장하면서 사랑과 성(性)의 문제를 중심으로 새롭게 발견된 내면성을 다루는 방법의 하나로 편지라는 사회적 소통방식을 활용한다. 본격적으로 내면을 고백하는 서술자가 등장하고 근대 여성의 생활이 소설의 중요한 소재가 됨으로써 편지 형식은 매우 유용한 형태가 되었던 것이다.[5] 편지를 매개로 읽고 쓰는 의사소통의 방식은 연애편지 형식으로 근대소설의 전개에 개입한다. 1910년대 후반 단편소설에서 편지가 계몽의 기제, 개인의 고립과 소통을 동시에 보여주는 기제였다면 1920년대 편지 형식의 소설은 사랑에 관련된 내밀함을 공적으로 현시하면서 근대적 개인의 주체성을 표현하고 있다.[6] 1930년대에 발표된 장편소설인 『영원의 미소』는 서사 구조 속에 편지를 적극적으로 수용하면서 다양한 차원에서 이를 활용하고 있다.

먼저 『영원의 미소』에서 편지는 수영과 계숙, 병식, 경호의 연애편지의 형태로 구체화되면서 낭만적 사랑의 세계를 독자들에게 제시하는 역할을 담당하고 있다. 연애편지는 수영과 계숙, 병식의 절절한 사랑의 감정을 독자에게 효과적으로 전달해주는 기능을 하고 있을 뿐 아니라 발신자가 뚜렷하지 않은 수많은 연애편지를 통해 계숙을 향한 뭇남성들의 욕망을 기호화하고 있다.

---

5   천정환, 『근대의 책 읽기』, 푸른역사, 2003, 166면.
6   노지승, 「1920년대 초반, 편지 형식 소설의 의미―사적 영역의 성립 및 근대적 개인의 탄생 그리고 편지 형식 소설과의 관련에 대하여」, 『민족문학사연구』, 2003, 351~379면.

① 한번은 이런 일이 있었다. 나팔바지에 칠피구두를 신고 왜뜩삐뜩 하고
들어온 부랑청년이 화장품부로 빙빙 돌아다니다가 사람이 흩어진 눈치
를 보고는 계숙의 곁으로 슬금슬금 오더니 『실례지만……』
하고는 조그만 편지 한장을 계숙의 손에다가 쥐어주고는 뒤로 아니돌
아다보고 나갔다. 계숙은 얼떨김에 무엇인지도 모르고 편지를 받아줬었
다가 급히 뜯어보고는 ……[7]

② 잠겼던 책상 서랍을 열고 감추어두었던 종이 뭉텅이를 꺼내어 방바닥
에다 쫙 펼쳐 놓는다. 병식의 눈앞에 깔린 것은 이삼십장이나 됨직한 편
지다. 분홍봉투, 미색봉투, 양봉투에 조선봉투가 뒤섞이고 괴발개발 끄
적인 글씨, 축문 글씨처럼 꼭꼭 박아 쓴 글씨가 술이 취한 병식의 눈에
는 돋보기 안경이나 쓰고 보는 것처럼 아리숭아리숭 하였다. (249면)

남녀 간의 직접적인 만남이 쉽지 않았던 당시에 편지는 청춘남녀가 자
신의 감정을 표출할 수 있는 용이한 수단이었음에 틀림없다. 계숙의 "동창
생이요 여류문사로 한참 신문잡지에 이름이 오르내리는" "경자도 어느 대
학생과 편지 내왕이 빈번"한 터에 더구나 "함박꽃처럼 탐스럽게 생긴" 계
숙을 향한 젊은 남성들의 욕망은 계숙이 취직한 백화점에 직접 찾아와 연
애편지를 전해주고 가는 예문 ①의 구체적 사건으로 제시된다. 한때는 사
회운동을 하던 신여성 계숙이 뭇남성들의 욕망의 대상으로 인식되고 있는
것을 보여주는 것이 바로 연애편지이다. "○○ 백화점 화장품부에서 물건을
파는 마네킹껄" 최계숙에게 쏟아지는 연애편지는 그녀가 일하는 백화점
이라는 공간과 맞물려 분별없이 분출되는 욕망을 상징하는 기호로 기능한
다. 그녀에게 향하는 남성들의 연애 감정은 연애편지로 기호화되고 계숙

---

7 심훈, 『상록수, 영원의 미소, 기타』, 한국문학전집 17, 민중서관, 1959, 239면. 앞으
   로의 『영원의 미소』 인용은 면수만 밝힘.

은 "멀쩡한 젊은 사람이 그래 대낮에 할 일이 없어서 이따위 편지쪽을 써가지구 댕긴단 말요?"라는 호령과 함께 모여든 구경꾼들 앞에서 "편지를 쪽쪽 찢어서 그 자의 얼굴에다 끼얹"는 대담한 거부의 행위를 하면서 "장난군들을 퇴치시"켰다. 갖가지 필체나 봉투 색깔만큼 다양한 연애의 욕망은 계숙을 수신자로 하는 연애편지로 구체화된다. 수신자 계숙을 향한 불특정 다수 남성들이 보낸 연애편지는 포우의 '도둑맞은 편지'와 같이 일종의 기의 없는 기표로 이해할 수 있는데, 이는 발신자가 불분명한 연애편지들이 그 안에 담긴 내용과는 관계없이 그녀에게 수신되었다는 사실만으로도 계숙이라는 여성을 대중적 욕망의 대상으로 규정하고 있기 때문이다. 연애편지의 수신인인 계숙은 심훈이 "인생의 쓰레기통"으로 비유하고 있는, "입을 커다랗게 벌리고 큰길을 휩쓰는 티끌을 마셔들이고, 전차나 동차소리, 버스가 사람이나 잡아먹을 듯이 으르렁대는 소리, 온갖 도회지의 소음(騷音)이 장마뒤의 개고리 소리처럼 들끓어 들어"오고, "이층으로 삼층으로 뽀얗게 서리어 오르는 먼지, 뭇사람의 땀내와 후터분한 운김, 식료품부에서 풍기는 시크무레한 냄새"가 가득한 백화점이라는 욕망의 세계에서 사회운동에 앞장선 투사로서의 모습 대신 "머리를 지져서 몇가닥을 이마에 꼬부려 붙이고 눈썹을 그리고 한갑에 이원이나 하는 코티분을 바른" "백화점 상품과 같은 「최계숙」"의 얼굴을 마주하게 된다.

　"순진하고 검소"했던 계숙이 "경박하고 사치스러운 도회지의 탈을 뒤집어" 쓰고 젊은 지식인인 수영과 병식에게 염려의 대상이 된 첫 번째 계기가 백화점에 취직한 일이라면, 두 번째 계기는 조경호의 연애편지를 수신한 사건이다. 예문 ②에 제시된 수많은 연애편지 중에는 "서울선 유명한" 전문학교 교수인 조경호가 사촌동생 경자 편에 보낸 편지도 있었다. 수영의 아버지가 마름으로 있는 지주 집안의 아들인 조경호는 계숙에게 연애편지를 쓰면서 본격적인 욕망을 드러낸다.

실제로 1935년 한 해 동안 조선 내에서 발착된 편지는 6억2천1백여만 장에 이른다고 한다. 당시 조선 인구를 약2천만으로 간주할 때 한 사람이 30통 이상 편지를 쓰거나 받은 셈이 되며, 식자율을 15~20%로 추정하면 한 사람이 연간 25~300통의 편지를 주고받은 셈이다.[8] 1935년의 편지 이용률은 1920년대부터 시작된 연애편지가 얼마나 범람하고 있었는가를 말해준다. 『영원의 미소』는 당시의 이러한 분위기를 반영하면서 신식교육을 받은 남녀주인공의 연애 감정과 이를 둘러싼 심리적 갈등을 효과적으로 재현하고 있다. 이와 같이 『영원의 미소』는 한글이라는 문자의 보급이 대중화되면서 문해력을 갖춘 남녀 사이에 통용되던 연애편지를 소설 텍스트에 채용함으로써 말보다는 글에 의존하여 이루어지던 의사소통의 실제 양상을 보여주고, 나아가 소통의 메시지에 해당되는 근대적 사랑을 둘러싼 윤리적 고민과 갈등의 제양상을 적나라하게 보여주고 있다. 이는 분명히 당시의 독자들에게 매력적인 독서의 요인으로 작용하였을 것이다.

한편 『영원의 미소』에서 편지는 솔직한 자기고백의 매체이며 자기감정을 표현하는 수단이다. 작가 심훈은 "면대해서 말을 하기 거북한 일이 있는 경우에는 편지로 하리라" 생각한 작중인물 수영의 입을 빌어 가장 은밀하면서도 직접적으로 내면을 고백하는 글쓰기의 실제를 보여준다.

> 수영은 더욱 쓸쓸한 방으로 들어가 남폿불을 켜고 이불을 두르고 앉아서 편지를 썼다. 미진했던 말을 더구나 면박하게 공격을 할 수 없던 일을 솔직하게 썼다. 사연은 대강 이러하였다. …… 일간 또 반가이 만나 뵈옵겠으나 이 편지의 답장만은 속히 해주시기를 바랍니다. 우리가 영원히 기념할 날 김 수영
> 수영은 편지를 다시 읽어보며(사연이 너무 과격하지나 않을까?) 혹시

---

8 천정환, 앞의 책, 157면.

> 도리어 오해나 하지 않을까 하고 주저하다가 (이만이나 해야 콕 찌르는 맛
> 이 있지) 하고 몇 번이나 읽고 하다가 꼭꼭 봉한 뒤에 길거리로 나가서 우
> 체통에다 넣었다. 넣고 나서도 편지가 중턱에 걸리지나 않았나 하고 우체
> 통의 옆구리를 쳐보고서야 들어갔다. (327~328면)

편지는 말이 아닌 글의 형태로 작중인물들의 내면을 담아내는 대표적인
근대적 글쓰기의 양식이다. 새로운 삶의 감정 속에 나타나는 새로운 개인
적 삶의 양식과 방식을 표현하는 수단이 된 편지는 작중인물의 내면을 의
사소통의 내용으로 한다.[9] 특히 지식인인 수영과 계숙, 병식은 편지를 쓰
면서 자기 자신의 내면을 드러낸다. 심훈은 『영원의 미소』에서 연애편지를
활용하여 대중적 연애감정에 호소하면서 독자의 흥미를 유지하는 한편,
지식인들의 자의식적 세계를 적절히 드러내고 있다.

> 친애하는 수영군!
> 　그러나 어리석은 줄은 알면서도 자네와 나의 자별하던 우정이, 글씨 한
> 줄이라도 끼치게 하네그려. 자네에게 내 부고(訃告)를 손수 쓰지 않고는
> 조만간 저승에서 만나더라도 외면이나 하지 않을는지? 그러면 섭섭할 것
> 도 같아서, 나의 최후의 필적을 자네에게 남기고가는 것일세.…… 김수영
> 이란 인간도 먹고 똥싸고 생식이나 하는 동물의 일종이겠지. 그러나 가장
> 곤란한 처지에 있으면서도 낙심하지 아니하고, 희망을 창조해 가면서라도
> 앞으로 나아가려는 그 굳센 의지(意志)와, 무쇳덩이라도 물어 뜯으려는 만
> 용(蠻勇)에 가까운 그 용기를 나는 부러워서 마지아니하네. 그 정신에 경
> 의를 표하기 위해서 이 붓을 든것을 기억해 주기 바라네. (411~414면)

예문에서 제시한 병식의 유서는 그 안에 담긴 메시지보다 먼저 "봉투 속
에서 몸서리를 칠만큼 무섭고 가장 비통한 글발이 꿈틀거리고 튀어 나올

9　리하르트 반 뒬멘, 『개인의 발견』, 현실문화연구, 2005, 211~212면.

상” 싶은 “획마다 살아있는 병식의 글씨”로 고뇌하는 지식인 병식의 삼십년 생을 증언한다. 작가는 “최후의 필적”인 병식의 유서에서 현실에 패배한 유약한 지식인의 죽음을 보여주는 동시에 이론뿐인 지식인의 태도를 비판하고 나아가 현실을 개척해나갈 수 있는 힘을 수영에게 부여한다. 피로한 지식인의 유서는 식민지 조선이 겪고 있는 고통을 극복하고 희망을 기약하는 메시지를 전하고, 계숙을 다시 수영의 동반자로 맺어주는 서사적 기능까지 담당하고 있다.

그리고 “지도 여하에 따라서는 이 동네의 중심 세력을 이룰만한 전위분자가 될 수 있을 뿐 아니라 새로운 의식을 주입시키는대로 어떻게든지 될 수 있는 소질을 가진 청년들”과 단결하여 “가시덤불과 같이 한데 엉키고 상록수처럼 꿋꿋이 버티어 나갈 것을 단단히 믿는” 수영의 의지 역시 병식에게 전하는 편지로 뚜렷하게 밝혀진다. 또한 대대로 내려오던 조경호 집안과의 “상전과 노예의 관계”를 “깨끗이 청산”하려는 수영의 의지도 아버지를 대필한 편지에서 분명히 선언된다.

요컨대 『영원의 미소』에서 편지는 자신의 신변에 일어난 일을 전하는 등의 적절한 의사소통의 매체로,[10] 고립된 개인의 고독한 내면을 드러내는 수단으로, 서사 구조를 완성해가는 주요한 모티프로 작용한다. 내면을 고백하는 편지 쓰기는 지식인들의 내면을 수신자인 독자에게 호소하는 기능을 수행하고, 당대의 삶과 불공평한 부의 분배 등에 대한 작가의 고민, 이상적인 농촌계몽에 대한 견해를 설파하는 수단으로도 사용된다. 심훈은

10　“우편국에서 「시골집에 긴급한 볼 일이 생겨서 총총히 길을 떠난다.」는 엽서 두장을 계숙에게와 병식에게 띄우는 것을 잊어버리지 않았다.”(329면). 이밖에 계숙의 소식을 전하는 수영과 병식의 편지, 조경호의 집안에서 아버지를 등기편지로 호출하거나 급히 자신에게 와 줄 것을 부탁하는 계숙의 편지(287면), 고향으로 내려가면서 병식과 계숙에게 보낸 수영의 편지 등이 이에 해당한다.

연애편지와 지식인들의 편지교류를 통해 대중적 사랑이야기와 농촌계몽, 그리고 지식인의 현실 각성을 담은 계몽적 서사를 완성해나간 것이다.

다만, 편지의 잦은 삽입은 감정의 폭로를 서사의 중심에 놓음으로써 개연성 있는 스토리 전개를 방해하는 한계를 지닌다. 편지쓰기는 독자로 하여금 지식인의 내면을 직접 엿보게 하는 장점이 있지만, 한편으로『영원의 미소』가 신문연재소설로서 통속적 분위기를 형성하도록 만든다. 편지 형식을 이용한 과도한 감정의 표출은 연애편지와 지식인의 편지 교류를 매개로 하여 낭만적 사랑의 감정과 계몽적 의지를 적절히 혼합하고 있다. 심훈은 작중인물들의 은밀한 사적 경험과 감정의 표출을 일종의 창작 원리로 이용하면서 낭만적 사랑과 농촌계몽에의 의지를『영원의 미소』에 담아내고 있다.

2.2. 소설에 반영된 신문/잡지의 기능
: 지식인의 구별짓기 욕망과 서사적 기능

편지쓰기와 더불어『영원의 미소』에 나타난 근대적 글쓰기 양상에서 주목할 것은 바로 신문과 잡지의 기사와 관련된 부분이다. "신문 한 장을 온 동네가 돌려보구 지굿덩이가 어디루 돌아가는지 대강 짐작을" 하는 당시 조선민중들에게 신문은 새롭게 변화해가는 세상의 소식을 전하는 중요한 매체임에 틀림없다. 실제로 동아일보 기사로 재직한 경험이 있는 심훈이 창작한『영원의 미소』의 주인공 수영의 직업은 "×× 일보사의 신문 배달부"이고, 그의 친구 서병식 역시 "한 신문사에서 문선직공을 다니"고 있다. 신문 배달부 수영은 자신이 "생후 처음으로 사귀었다는 여성" 계숙에게 매일같이 신문을 넣어준다. 신여성인 계숙의 하숙집에 신문을 몰래 넣어주면서도 정작 수영은 신문배달을 하는 자신의 처지를 부끄럽게 여기고

선뜻 자신의 감정을 계숙에게 드러내지 못하는데, 신문 배달부라는 직업은 지식인인 수영에게 자괴감을 형성하는 중요한 요인으로 작용한다.

이러한 배경에서 신문 기사는 첫째, 『영원의 미소』의 서사를 구축하는 틀로 작용한다. 계숙이는 "××여학교의 학생 대표"로 사건에 연루되어 수영과 함께 "감옥으로 넘어가서 여러달 동안 고초를 겪다가 나왔기 때문에 여류 투사로서 경향에 이름이 났다. 그때에 각 민간신문에서는 최계숙의 사진을 이단으로 커다랗게 내고 약력까지 실었었다." 이 사건과 관련하여 신문에 실린 기사는 소설 전반부에서 이미 수영과 계숙의 관계를 암시하고 있으며 소설의 결말에서 반복되면서 두 사람의 관계가 운명처럼 예정된 것이었음을 말해준다.

① 그 신문에는 수영의 사진과 계숙의 사진이 커다랗게 났다. 타원형으로 두 어깨가 겹치다시피 나란히 박혀있다. 그리고 이 두사람이 중심 인물이라는 것을 은연중에 비춘 기사까지 실린 것이었다. 『아주 여불없는 신랑 신부지?』 병식은 껄껄 웃어젖혔다. 계숙의 얼굴은 수영에게 손을 잡혔을 때 보다도 더 빨개져서 석류꽃처럼 피었다. (229면)

② 사진을 붙인 벽에서 병식이가 「영원의 미소」를 지으며 나타나서, 그의 유언대로 오늘밤의 신랑 신부의 장래를 진정으로 축복해 주는 듯 두 사람은 다시금 그 사진이 신문에 나던 당시의 추억으로 가슴이 꽉 찼다. (463면)

예문에서 알 수 있는 바와 같이 수영과 계숙이 사회 운동으로 감옥에 다녀온 사건을 보도한 신문 기사는 사건을 단순히 소개하는 역할을 하는 것이 아니라 두 사람이 연인 관계로, 나아가 신랑 신부로 발전가능성을 암시하고 있다. 병식의 말에 얼굴이 "석류꽃처럼" 붉어지는 계숙의 태도는 "타원형으로 두 어깨가 겹치다시피 나란히 박혀있다"고 묘사한 작가의 의중이 그들이 관계한 사상적 사건이 아니라 두 사람의 연애 감정에 있다는 것을 말해준다. 이 신문에 실린 사진은 소설의 결말에서 다시 언급되면서 병식의 말처럼 신랑 신부가 된 두 사람의 관계가 필연적이라는 점을 부각시킨다. 이처럼 심훈은 신문 기사를 서사를 형성하는 주요 모티프로 사용하고 있다.

둘째, 신문이나 잡지의 기사는 작중인물의 내면에 갈등을 일으키는 주요한 요인이자 그 갈등을 표출하는 수단으로 작용한다. 신문에 사진이 나면서 유명세를 타기 시작한 최계숙의 사생활은 그의 친구인 "○○○사 부인 기자로 댕기는, 그리구 문사로 유명헌" 유정신이 쓴 잡지의 기사에 의해 과장되어 전파된다.

> 잡지의 중간쯤 아랫단으로 여인동정(女人動靜)이란 꼬십란에 「최계숙양 종적 묘연」이란 조그만 제목이 걸리고 타원형으로 사진이 났다.
> 기사의 내용인즉
> 『○○사건 때 앞장을 서서 감옥까지 다녀나온 후 일약 여류투사로 이름을 들날리고, 근자에는 여류문사로 이채를 발휘하는 최계숙양은, 최근 모 백화점에서 그림자까지 아울러 사라졌다. 무슨 까닭으로 그가 돌연히 종적을 감추었을까? 최양과 절친한 어느 동무가 극비밀리에 탐지한 바에 의하면 최양은 그 사건 때에 같이 관계했던 김모(지금은 어느 신문사의 배달부)와 연애의 실마리가 얼크러져 청량리 행 전차를 부지런히 타더니 돈없는 남자에게 싫증이 났든지, 헌 신짝 버리듯하고 어느 전문학교 교수요 부호로 유명한 조정하(가명)의 제이인가 제삼부인으로 들어 간것이 판명이 되었다. 오 위대한 돈의 힘이여, 인제는 최양(?)의 염려한 자태를 호텔이나 극장 가족석에서나 발견될는지? 그러나 벌써 사랑의 결정까지 …… 두문불출하고 정양중이라니 최계숙양이여, 길이길이 행복할지어다.』 (380면)

새로운 매체는 새로운 사고와 활동과 관계를 만들어낸다. 기차나 신작로가 무엇을 실어 나르기에 앞서 그 자체로 시·공간의 변화를 이룩한 것처럼, 신문은 이전 같으면 알 수 없었던 사건을 알려지게 하고 만날 수 없었던 사람을 만나게 한다.[11] 예문에 제시한 최계숙을 둘러싼 연애담은 신문에 활자화되어 기사화되는 순간 급속히 전파되어 그녀의 사생활을 공적 담론의 영역으로 이동시킨다. 물론 여기서 중요한 의미를 갖는 것은 과연 몇 명의 독자가 이 잡지를 읽었느냐에 있는 것이 아니라 신여성으로서 신문이나 잡지에 글을 기고하는 최계숙이 느끼는 신문 매체의 전파력과 그 위상에 있다. 계숙은 조선의 구여성들과 구별되는 신여성으로서, 지식인으로서의 자신의 정체성을 글쓰기의 능력에 두고 있기 때문이다. 그러므로 계숙은 자신의 기사를 가십거리로 잡지에 기고한 정선을 무시하고 필연적으로 정선/경자와 대립하게 된다.

> 계숙은 다른 점원들과는 얼리지도 않을뿐더러 계집애들이 틈만 나면 모여서서 참새처럼 재절대는 것이 시끄러웠다. 그래서 손이 없을 때에는 한 귀퉁이에 가 돌아서서 소설이나 잡지를 읽었다. 「코론타이」의 「붉은사랑」 같은 것은 읽어 넘긴지도 오래지만 일본의 좌익작가의 소설을 끼고다니며 틈틈이 읽었다.
>
> 바로 몇해 전에는 연애편지 한 장도 똑똑히 못쓰던 동무들이 요새와서 시를 쓰느니 소설을 짓느니 하는것이 속으로는 우스웠다. 수학 여행을 하고 돌아온 여학생의 기행문이나 감상문 조각을 노루꼬리만큼 내는걸 가지고 별안간에 여류시인이니 여류문사니하고 신문 잡지에서 추켜세우는 바람에 제가 젠척하면서 곤댓짓을 하고 다니는 꼴을 볼 때에는 구역이 날 것 같았다. (275~276면)

"조선절을 잘 할 줄 모르고 하기도 싫어하는" 계숙은 여류문사로서 신문과 잡지에 글을 발표하는 자신과 "연애편지 한 장도 똑똑히 못쓰던 동무

---

11 권보드래, 『연애의 시대』, 현실문화연구, 2003, 140면.

들"은 엄연히 다르다고 생각한다. 그녀가 지닌 글쓰기 능력은 부르디외식의 구별짓기[12] 욕망으로 작용하여 그녀의 자의식을 형성하는 요인이 된다. 비록 경제적인 필요에 의해 비록 "아침 여덟시부터 밤 열한시까지 잔걸음을 치고 히야까시 군에게 시달리고 점원감독의 눈총을 맞아 가면서 그날그날을 보내"며 "하루 열다섯시간 노동"에 시달리며 "돈있는 집 어린애의 군것질 값도 못"되는 "백통전 다섯잎에 몸의 자유를 팔고 지내는 여점원의 생활"을 하고 있다 해도, 그녀는 "감상문 조각이나 기행문"을 쓰는 여학생과는 다른 류의 여류문사라고 자부하기 때문이다.

그러나 시간이 날 때면 점원들과 어울리지 않고 소설을 읽는 그녀를 바라보는 작가 심훈의 시각은 매우 비판적이다. "비단안을 받친 유록빛 외투에, 녹비 장갑에, 굽높은 구두에, 아주 모던껄로 변한" 계숙은 "동경가서 학교를 마치고싶은 욕심"에 자신을 욕망하는 조경호에게서 영어를 배우는 허위의식을 지닌 조선의 신여성으로 제시된다. "소위 신여성이 남의 첩으로 들어가는 것쯤은 인젠 아주 예사"가 되어버린 "조선은 성(性)의 수난 시대(受難時代)"이며, 그런 시대에서 신여성은 "몸뚱이는 십 팔세기의 환경속에 갇혀 있으면서 모가지만 이십세기로 내어밀려는 건 한폭의 만확거리"로 비웃음의 대상으로 전락하고 "서너집 걸러 하나씩은 있"는 "황새를 따라 가려는 뱁새처럼 가랑이가 찢어진 과도기(過渡期)의 희생자"에 지나지 않는다.

계숙이 여류문사로 비판의 대상이 되고 있다면 병식 역시 유약한 지식인을 대표하는 부정적인 인물로 재현된다. "나 홀로 그네를 뛰련다./ 구부러진 고목가지에 / 고달픈 이 몸을 매달고/ 모든 근심을 잊으련다!"는 시를 남기고 세상을 등진 병식은 "어느 사립대학 문과에 학적을" 둔 "동경서 여러

---

12 피에르 부르디외, 최종철 역, 『구별짓기 : 문화와 취향의 사회학』, 새물결, 2005 참고.

해 고학을 하던 사람"으로 "어려서부터 문학에 취미를 가지고 그방면의 책을 많이 읽었기 때문에 시도 짓고 소설도 썼다. 지금도 신문잡지에 익명으로 발표하는 그의 수필이나 평론을 볼 수 있"는 문사이다. 그러나 병식은 무능력한 가장으로 사랑에 패배한 나머지 스스로 죽음을 선택하고 만다.

이와 같이 계숙과 병식이 비판의 대상이 되는 지식인이라면 수영은 이상적인 지식인의 상으로 제시되고 있다. 그 차이는 바로 문예와 현실의 차이, 곧 이론과 현실의 차이이다. 문예방면에 취미가 있는 계숙과 병식은 부정적 지식인의 상으로 제시되고 있는 반면 현실에 주목한 수영은 긍정적 지식인상으로 부각되고 있다.

> 시고 소설이고 간에 문예방면에는 취미도 없거니와 일부러 그 방면에는 재미를 붙이지 않으려는 터이라, 문예난은 훌훌 넘겼다. 그러나 제가 항상 유의하고 틈만 있으면 아직도 공부를 계속하는 농촌문제에 한하여서는 새로 나오는 잡지나 신문이나 하나도 빼어놓지 않고 읽어왔다. 정말(丁抹) 다녀온 이야기를 두고두고 우려먹고 「조선농촌문제특집」이니 「농촌진흥운동」이니 「궁민구제책」이니 하는 기사를 보다가는 『이게 다 무슨 어림없는 공상이냐. 저희는 하얀 이밥을 먹고 자빠져서 심심풀이로 이따위 소리를 늘어놓는게지. 참 정말 조선농민의 생활을 저희가 알 까닭이 있나?』하고 혼자 분개를 하기도 여러번이었다. (298면)

예문에 제시된 바와 같이 문예방면의 글은 의도적으로 읽지 않는 수영은 실제 조선농민의 생활에 관심을 갖고 신문 잡지를 읽으며 비판적 의식을 견지한다. "신문 잡지에는 밤낮 「브나로드」니 「농촌으로 돌아가라」느니 핥구 떠들지 않나? 그렇지만 공부헌 똑똑헌 사람은 어디 하나나 농촌으로 돌아오든가? 눈을 씻구 봐두 그림자도 구경을 헐 수가 없네그려. 그게다 인젠 헐소리가 없으니까 헛방구를 뀌는" 것이라는 농민들의 비판은 "신문이나 잡지에서 떠드는 개념적이요 미적지근헌 농촌운동이라는 것부터 냉

정허게 비판을 해본 뒤에 우리 현실에 가장 적실한 이론을 세워서 새로이 출발을 허지않으면 안"된다는 수영의 결심으로 구체화된다. 가난에 찌들려 귀신과 같은 몰골을 하고 있는 농민들의 처참한 현실을 목격한 수영은 "나는 농촌을 토대로 삼고 일을 허지않으면 민족적으로나 사회적으로 우리의 살길을 발견하지 못할줄 알아요."라는 다짐을 실천에 옮긴다.

『영원의 미소』에서 심훈이 말하고자 하는 진정한 농촌운동은 브나로드를 내세우는 신문이나 잡지가 만들어내는 이론상의 것이 아니라『상록수』의 박동혁이 그동안 진행되어온 브나로드 운동의 한계를 지적하면서 지식인들이 "농촌, 어촌, 산촌으로" 파고들어가 실질적인 도움을 줄 수 있어야 함을 강조한 맥락과 유사하다. "정말 일을 해야한다"는 수영의 다짐은 신문이나 잡지가 외치는 공허한 브나로드가 아니라 실질적인 농촌운동을 실행해야한다는 작가의 메시지에 다름 아니다. 수영이 다른 지식인들과 구별되는 지점은 바로 여기에 있다. 그리고 이러한 수영의 관점은 "이 땅의 지식 분자인 우리들이 이러한 기회에 전조선의 농촌, 어촌, 산촌으로 방방곡곡에 파고들어 가서 그네들과 똑같은 생활을 하면서 어떻게 하면 그네들이 그 더할 수 없이 비참한 생활에서 벗어날 수가 있을까 하는 문제를 머리를 싸매고서 생각해 봐야"[13] 한다고 강조하는『상록수』에서 보다 구체적으로 반복 심화된다.

3. 농촌 계몽 소설과 계몽의 위계화

조선의 신여성으로서 여류문사라는 자의식을 지니고 있던 계숙과 농촌의 현실에 주목할 것을 주장하는 지식인 수영의 결혼은 KAPF에 가담한 이

---

13 심훈,『상록수』, 문학사상사, 2003, 27면.

력이 있는 작가 심훈의 현실 비판적 태도에서 추동된다. 심훈은 인물의 설정부터 지주의 아들인 조경호와 마름의 아들인 수영, 가난한 신여성 계숙 사이의 삼각구도를 기획하면서 연애감정 이면에 가난과 부의 대립을 갈등요소로 도입하였다. "시골 내려가 있자니 이해없는 사람들허구 그 궁벽한 데서 귀양살이가 아닌 담에야 갑갑해서 어떻게 견디겠"냐던 계숙이 결국 수영의 동반자로서 가난고지에서의 삶을 택하는 행위의 당위성은 그녀가 지닌 계급의식에서 찾을 수 있다. 친구이자 조경호의 사촌동생인 경자의 집에서 "『누구는 이렇게 차려놓고 산담.』 하는 형용키 어려운 일종의 분한 생각이" "머리 끝까지 치밀어 올라"와 "이놈의 세상은 어째서 이다지도 고르지를 못한가"를 절감한 계숙이기에 그녀는 과감히 수영을 따라 그의 고향 가난고지로 가는 선택을 할 수 있었던 것이다. "다 같이 다리품을 파는 처지에 있으면서두 저런 훌륭헌 외투를 입는 귀부인두 있구, 저 헌털방이를 두르구 댕기는 사람도 있으니 세상이 공평치 않을 밖에" 없다고 생각한 수영의 태도 역시 사회비판적 인식을 담지하고 있다.

또한 수영의 고향 친구들도 서울 사람과 농촌 사람의 상이한 삶의 방식을 문제적으로 인식하고 있다. "우리 조선사람의 살길이 농촌 운동에 있구, 우리 청년들의 나아갈 막다른 길이 농촌이라는 각오를 단단히 했달 것 같으면" 도시의 지식인들 손에도 호미자루가 쥐어져야 한다는 수영의 친구 대흥의 주장에는 서울에서 공부했다고 하는 소위 지식인들에 대한 비판이 담겨있다. 호미자루를 손에 들고 지식분자가 "정말 일"을 할 때 진정한 농촌계몽을 위해 헌신하는 지식인이 될 수 있다는 논리이다.

> 『지식계급이 어느 시대에든지 무식하고 어리석은 민중들을 끌고 나가고, 그들을……하는 역할(役割)까지 하는게지만 지금 조선의 지식분자 같어서야 무슨 일을 허겠나? 얼굴이 새하얀 학생 툇물은 실제 사회에 있어서 더구나 농촌에 있어는 아무짝에 쓸모가 없는 무용지물일세. 구름장 같

이 떠돌아서 가나 오나 거치장스럽기만 헐 뿐이지.」…『우리의 뿌럭지를
붙잡고 북돋아 나가는게 가장 신성한 의무가 아닌가? 우선 그들의 눈을
띠워 놓구야 볼일이니까……계몽운동이란 것은 어느 때에든지 가장 필요
할줄 믿네. 더군다나 우리에겐 무엇보다도 시급헌 일일세. 정신적 토대를
지어놓구나서야 볼일이 아니겠나 그뒤라야……」(377면)

　　무지한 민중들을 이끌어가야할 막중한 책임이 있는 지식분자가 농촌에
서는 쓸모없는 무용지물일 뿐일 현실은 당연히 비판되어야 한다. 예문에
함축된 바와 같이 지식계급이 선도하는 계몽운동을 논파하는 심훈의 논리
는『영원의 미소』에서『상록수』에 이르기까지 일관되게 계몽주의적 입장
을 취하고 있다.[14] 작가의 이러한 입장은 계숙과 수영의 관계에 이미 내재
되어 있었다. "소위 이상이 있고 이해가 깊다는 모던 · 껄, 인텔리 여성을
이 벽강궁촌에다 잡아 넣을 수가 있을까? 몽당치마를 벗기고 굽높은 구두
대신에 짚신을 신키기까지의 노력은 여간이 아닐 것"으로 생각한 수영의
태도는 철저한 위계의식의 소산이며 계몽의 주체로서 그 대상을 바라보는
이분법적 시각을 소유하고 있다. "어리석은 민중을 끌고 나가"야할 막중한
책임을 지닌 지식인 수영에 비해 계숙은 경호와의 스캔들을 포함하여 항
상 문제를 일으키고 수영에 의해 교정되어야 할 문제적 대상으로 제시된
다. 다시 말해 계숙은 대상화된 존재, 계몽의 객체로 형상화되고 있는 반
면, 계숙에게 짚신을 신겨주기 위해 고민하는 수영이야말로 "시와 소설 같
은 문예란은 훌훌 넘기는" 이상적인 청년지식인의 상으로 형상화된다.
　　이러한 계몽의 위계관계는 상이한 리터러시(literacy)에서 비롯된다. 문학

14　이와 관련하여 "브나로드운동의 영향으로 창작된 귀농소설들은 학생이나 도시 지
　　식층이 주체가 되었으므로 계몽주의적 한계를 벗어날 수는 없다"는 다음의 논의를
　　참고할 수 있을 것이다. 강선보 · 고미숙, 「농촌계몽운동에 나타난 계몽주의 사조
　　의 성격 고찰―브나로드운동을 중심으로」, 『안암교육학연구』 3, 1997.

에 뜻을 둔 이상적 지식인과 눈앞의 현실을 꿰뚫는 지식인의 위계관계에서 우위에 서는 것은 문학을 포함한 이론이 아니라 현실이라는 사실을 작가는 두 인물의 위계적 구조를 통해 역설적으로 보여주고 있다. 근대적 글쓰기의 양상은 작중인물의 위상 정립에 주요한 원리로 작용한다. 작가 심훈은 문학/이론을 비판하고 문학이 놓인 허구적 세계를 현실의 영역으로 끌어올리며 그 자리에 농촌계몽소설의 위상을 정립하고자 하였다. 그러나 계숙과 수영의 위계적 관계는 농촌계몽소설이 지니는 한계로 작용할 수 있다. 계몽의 주체와 객체가 이렇게 분명한 이상, 계몽주의적 사고가 갖는 이분법적 틀을 벗어날 수 없기 때문이다. 그럼에도 불구하고 『영원의 미소』는 계숙 스스로 수영을 선택하고 그의 귀향에 동참하고 있다는 사실을 상기할 필요가 있다. 백화점을 그만두고 고향으로 떠난 수영을 따라 나서서 "비가 개고 구름이 거친 뒤에, 호미를 들고 집뒤 보리밭으로 올라"가면서 "정미소 여직공처럼 수건을 쓰고 행주치마를 두르고 짚신을 신"은 것은 바로 계숙 자신이기 때문이다. 이론과 현실의 괴리를 깨닫고 화려하고 안락한 삶을 선택하는 대신 고달픈 농촌 현실로 돌아가는 계숙의 변화 양상은 작가가 추구하는 이상적 지식인으로의 변모 과정을 그대로 보여주고 있다.

　『영원의 미소』는 남성－계몽 주체의 적극적 현실 인식 속에 여성－계몽 타자의 변모 과정을 텍스트화함으로써 계몽의 위계화라는 한계와 여성－계몽 타자에 함축된 긍정적 가능성을 동시에 내포하고 있다. 이는 농촌 계몽소설로서 『영원의 미소』가 지니는 한계이자 긍정적 측면으로 지적될 수 있는 지점이다. 요컨대 심훈은 지식계급으로서 "무지하고 어리석은 민중들을 끌고 나가"는 임무를 수행하는 미디어로서의 역할을 농촌계몽 소설에 부여하고, 문학이 현실에 개입하는 하나의 길을 적극적으로 보여주었다. 브나로드 운동이 구체적 실천으로 이행되는 과정에서, 『영원의 미소』는 근대적 글쓰기의 다양한 양상을 담론화하면서 브나로드 운동의 의의를

『상록수』로 연결해주는 문학 텍스트로 인정받아야 할 것이다.

4. 맺음말

이상으로 본고는 『영원의 미소』에 나타난 근대적 글쓰기의 양상을 중심으로 농촌계몽소설로서 『영원의 미소』가 지니는 의의와 한계를 분석해보았다. 그리하여 편지 쓰기와 신문과 잡지라는 근대적 매체를 바탕으로 한 글쓰기의 다양한 양상이 작중 지식인들의 의식에 영향을 미칠 뿐만 아니라 대중성과 계몽성이 공존하는 『영원의 미소』의 서사를 구성하는 원리로 작용하고 있음을 확인하였다. 이를 요약하면 다음과 같다. 첫째, 수영과 계숙, 병식, 경호가 교환하는 연애편지는 낭만적 사랑의 세계를 독자들에게 제시하는 역할을 담당하고 있다. 둘째, 편지 쓰기는 솔직한 자기고백의 매체로 기능하면서 근대적 개인의 내면을 표현하는 수단이 된다. 셋째, 신문/잡지의 기사는 서사를 구축하는 틀로서 스토리를 암시하는 복선과도 같은 역할을 할뿐 아니라 작중인물의 내면에 갈등을 일으키는 주요한 요인으로 작용한다.

『영원의 미소』는 한글이라는 문자의 보급이 대중화되면서 가능해진 장편소설로, 보리밭의 생명력에 비유하여 농촌계몽소설이 지향하는 유토피아를 제시하고 있다. 그러나 심훈이 말하는 지식인의 구체적인 역할은 추상적이라는 한계를 지닌다. "움을 파구 야학을 개시해서 한 사오십명의 어린이들의 눈을 띄어주고 간단헌 셈수를 알으켜 준것과 이발부를 조직해서 상투를 한 스무개 자른것과 조그만 규모의 소비조합을 하나 만들어 논것밖에 아무것두 헌일이 없"고, 조기회와 단연회를 조직하고 "야학을 설시하고 상투를 깎고 무슨 조합을 만드는 것이 농촌운동의 전부로 알고" 있는 농촌계몽운동의 실상을 스스로 비판하면서도 이를 넘어서는 실질적 계몽운동은 수영과 계숙 앞에 끝없이 펼쳐져있는 보리밭만큼이나 막연하게 제시되어 있기 때문이다. 이론에 그치고 마는 지식인들의 현실인식 태도를 비판하면서도 작가 심훈 역시 현실 인식의 한계를 노정하고 있는 것이다.

이러한 브나로드의 낭만성과 추상성은 『상록수』에서 어느 정도 극복되고 있으나 심훈이 소설의 세계에서 재현하고자 한 계몽의 정치는 여전히 '계몽적'이다. 근대적 글쓰기와 관련한 지식인 수영, 계숙과 병식의 위계적 배치는 『영원의 미소』가 지니는 한계를 드러내며 심훈이 이론과 현실의 관계, 나아가 계몽과 대중성 사이에서 타협한 농촌계몽소설의 현재성 또한 내포하고 있다.

『비평문학』 26호(2007. 8)에 수록

김 정 숙

서사와 묘사의 상호작용을 통한 원형적 주제의 확장

1. 머리말

소설가 한창훈은 1963년 여수시 거문도에서 태어나 1992년 『대전일보』 신춘문예에 단편 「닻」이 당선되어 작품 활동을 시작하였다. 그는 소설집 『바다가 아름다운 이유』(솔, 1996), 『가던 새 본다』(창작과비평사, 1998), 『세상의 끝으로 간 사람』(문학동네, 2001), 『청춘가를 불러요』(한겨레신문사, 2005), 『나는 여기가 좋다』(문학동네, 2009), 장편 『홍합』(한겨레출판사, 1998), 『섬, 나는 세상 끝을 산다』(창작과비평사, 2003), 『열여섯의 섬』(사계절, 2003), 최근에 출간한 산문집 『한창훈의 향연』(중앙북스, 2009)까지 다수의 작품을 보여주었다.

다수의 작품에 비해 한창훈에 대한 본격적인 논의는 많이 이루어지지 않고 있다. 주로 평문[1]이나 서평[2], 그리고 다른 소설가와의 비교[3]를 통해 그

---

1   신승엽, 「벗어날 수 없는 일탈, 머무를 수 없는 定住 – 전경린 · 한창훈 · 공선옥 소설을 통해 본 90년대 소설의 길찾기」, 『창작과 비평』 통권 104호, 1999.6.

의 작품 세계에 접근하는 방식이 주를 이루고 있다. 그에 대한 글들의 핵심은 주로 그의 '이야기성' '서사'에 놓여 있으며, 한창훈을 세태에 밀려 살아가는 농어촌과 소도시 하층민들의 삶을 진솔하고 해학적으로 그려내는 작가로 평가하고 있다. 특히 바다와 섬을 원형으로 한 탄탄한 작품 구성력과 섬세한 문체, 전라도와 충청도의 실감나는 사투리 구사는 한창훈 문학을 특성화하는 주요한 장점들이다. 그런데 그는 때로 이러한 장점을 그의 문학성으로 인정받는 한편에, 종종 잘 다져진 문학적 역량을 가지고 있음에도 불구하고 변화하는 현실이 던지는 예술적 도전에 민감하게 맞서기보다는 자신만의 세계를 즐기는 데 치우쳐왔다는 혐의[4]를 받기도 한다.

이 글은 그런 혐의로부터 한창훈의 작품이 어떻게 변화하고 있는가를 살피고자 한다. 20년 가까이 현실의 문제를 서사화해온 그가 2004~6년까지 3년여에 걸쳐 발표한, 표제작 「나는 여기가 좋다」를 포함하여 모두 8개의 단편을 담은 『나는 여기가 좋다』에서 새로운 지점을 찾고자 하는 것이 본 글의 목적이다. 한 대담에서 작가 스스로 "소설에 대한 외연 같은 것이 바뀌어가는구나"[5]라고 말했듯, 이 작품집은 현실재현방법과 관련하여 변화의 일단을 볼 수 있는바, 대표적인 현실재현방법인 서사와 묘사의 작용을 통해 변화의 지점을 소략하나마 논의하고자 한다. 먼저 2장에서 서사와

---

2 대표적으로 김은하, 「교란과 위반, 이야기의 그 무궁한 원천」, 『창작과 비평』 통권 113호, 2001. 9 ; 서경석, 「방법으로서의 문체」, 『실천문학』 통권 52호, 1998. 11 ; 오창은, 「섬과 바다를 향한 '교감(交感)의 몸짓'」, 『실천문학』 통권 70호, 2003. 5 등이 있다.

3 신승엽은 전경린, 공선옥과 함께 한창훈을 새로운 민중문학(리얼리즘)의 갱신이라는 관점에서 90년대 소설의 좌표를 그리고 있으며, 김은하의 글에서는 '이야기'를 중심으로 은희경, 전경린과 함께 논의되고 있다. 흥미롭게도 특이한 점은 한창훈 소설이 여성작가들과 논의되고 있는 점이다.

4 김명환, 「일찍 일어난 벌레는요?」, 『나는 여기가 좋다』, 문학동네, 2009, 278면.

5 이승우 · 한창훈 · 이문재(사회) 대담, 「구심력과 원심력, 그리고 가족의 와해」, 『문학동네』, 문학동네, 2009년 여름호, 79면.

묘사의 개념 및 위상을 간단하게 살펴본 후, 작품을 분석하는 순으로 진행한다. 특히 작품에서 묘사의 비중이 강화된 점을 비중 있게 다룰 것인데, 이는

> "문학 작품의 형식주의적이거나 구조주의적인 분석이 이야기의 분석에 치중하고, 묘사는 상대적으로 이차적인 요소로서만 취급했기 때문에 그에 관한 연구는 비교적 열세이긴 하지만 그래도 그에 관한 언급 없이 문학을 기술한다는 것은 상상하기 힘들 것이다.
> 사실 프랑스 문학사에서는 각 세기와 사조들이 자신의 특성화를 주장하고자 할 때에는 묘사에 대해 어떤 입장을 취하는가 하는 것이 가장 중요한 변수이기 때문이다."[6]

프랑스 문학사에 관한 언급을 한국 문학사에 직접 대입할 수는 없지만 실제 우리 연구의 풍토도 이야기의 구조적 분석에 많이 비중을 두어온 점에서 하나의 참조점이 될 수 있다. 어떤 의미에서 서사, 즉 이야기가 반복되면 될수록 같거나 유사한 이야기로 귀결되는 과정을 겪는다고 할 때, 그것을 새롭고 개성있는 것으로 변화시키는 것은 묘사의 힘이라고 할 수 있다. 묘사의 충실성 여부는 작가들이 자신의 특성화를 모색하는 중요한 변수인 동시에 작가의 문체와 문학성을 좌우하는 기제로 작용 의미화할 수 있다. 이 글에서 서사와 더불어 한창훈 소설의 묘사적 특징을 힘주어 살피려는 것도 그의 소설 세계의 특성화와 '예술적 도전'의 일단을 찾고자 하는 것과 연결된다.

---

6 하태환, 「묘사에 관하여」, 『외국문학』, 열음사, 1997년 여름호, 75면.

2. 현실재현방법으로서 서사와 묘사

소설에는 서사와 묘사, 대화, 논증, 독백 등 다른 여러 유형의 재현방법
이 있으며, 이중 서사와 묘사는 대표적인 현실재현방법으로 꼽힌다. 이 둘
은 소설 텍스트에서 큰 비중을 차지할 뿐만 아니라 상호작용하는 동시에
상반되는 개념으로 인식된다. G. 쥬네뜨는 「서사물의 경계」에서 서사와
묘사에 대해 다음과 같은 정의를 내리고 있다.

> 모든 서사물은 실제에 있어 긴밀하게 지극히 다양한 비율로 얽혀있기는
> 하지만 순수한 서사를 구성하는 행위 및 사건의 재현과, 소위 묘사라고 부
> 르는 것의 문제인 사물 혹은 인물의 재현을 내포하고 있다…묘사와 서사
> 를 나누는 모든 차이점들은 내용상의 차이점들로, 문자 그대로 기호학적
> 표지가 없다. 서사는 순수한 사행으로서의 행위들 혹은 사건들에 관련되
> 므로 서사물의 시간적 극적 양상을 강조하며, 반대로 묘사는 사물과 인물
> 들의 동시성 속에서 지체하며, 사행 자체를 하나의 광경으로 고려하므로
> 시간의 흐름을 정지하는 것처럼 보이며 서사물을 공간 속에 펼치는데 기
> 여하는 것이다.[7]

그런데 사실상 위의 정의를 따라 작품 내에서 서사와 묘사를 명확하게
구분하기란 쉽지 않다. 묘사와 서사는 계속적으로 상호작용하는 동시에
서사(narration)/묘사(description)에서 서사(narration)는 일정한 내용을 전달
하는 서술이라는 의미에서 서사적 요소와 묘사적 요소를 포괄하는 상위
개념으로 봐야 하기 때문이다. 이런 점에서 서사보다는 '서사성'이, 묘사
보다는 "텍스트의 특수한 유형에 의하여 구축된 '지배성'으로서의 '묘사성'

---

[7] Gerard Genette, *Frotiere du recit in Communications* 16, Paris, Seuil, 1966, 162면. 김정
숙, 「소설의 언술체계로서 서사와 묘사의 상호작용」, 『불어불문학연구』 제33집 1호,
1996, 627면 재인용.

이라고 부르는 것[8]이 적절할 것이다. 이는 행위자의 속성은 묘사적 요소로, 행위자의 행위는 서사적 요소로 구분가능하게 해준다.

곧 서사와 묘사의 대립적 범주설정은 사실상 가능하지 않다고 할 수 있다. 또한 서사(적 요소)는 행위의 연결, 혹은 사건의 연결에 의해 구성되는 이야기성이기에 플롯의 차원에서 접근 가능한 측면이 있다. 그에 비해 묘사(적 요소)는 '속성'이자 기술(description)의 문제이므로, 궁극적으로 시점과 서술자의 태도와 관련된다. 따라서 이렇게 서로 다른 층위를 보이는 범주를 이항대립으로 설정하기는 더더욱 어려워진다. 본 논의 역시 전개하는 과정에서 서사와 묘사가 대립적 개념으로 보일 수도 있으나, 전체 논지는 서사와 묘사의 상호작용을 기반으로 진행됨을 전제한다.

범주 설정의 어려움에도 전통적으로 소설은 시간예술로 정의되어 왔다. 일정한 시간의 흐름에 따라 작품 속의 인물이 상황에 반응하는 과정, 다시 말해 시간과 움직임으로 하나의 의미가 마련되는 것이 소설을 개념화하는 오랜 방식이다. 이 과정에서 서사는 현실을 재현하는 가장 유효한 방법으로 간주된다. 대표적인 방식인 서사는 넓은 의미의 '이야기성'과 함께 작가의 주제의식을 강화하는 지배적인 기능으로 작용한다. 곧 소설 속에서의 서사는 그것이 궁극적으로 상황에 의미를 부여하는, 작품의 중심 목소리를 지향[9]하는 동시에 구성이 복잡하고 이따금 중심을 이탈하는 경우도 있지만, 궁극적으로 서사작용은 중심으로의 복귀하는 방식[10]이다.

현실성을 구축하는 서사에 대한 신뢰는 역으로 현실재현의 또 다른 대표적 방식인 묘사의 기능을 축소시키는 것으로 작용한다. 전통적인 소설

---

8 위의 논문, 628면.

9 Gilles Deleuze · 김상환 역, 『차이와 반복』, 민음사, 2004, 165면.

10 박성수, 『시간 이미지: 현실적 이미지와 가상적 이미지』, 『문화과학』 14호, 문화과학사, 1998, 189면.

에서 묘사는 대체로 서사를 보존하며, 서사를 통해서 구축된 정보를 축적하는 역할을 한다는 점에서 서사에 종속된 역할을 담당했던 것이 사실이다.[11] 들뢰즈의 언급처럼 묘사가 필요하다면 그것은 서사의 방향에 구체성을 더 하는 것 이상도 이하도 아닐 것이다.

그런데 1990년대 이후 한국소설은 거대담론에서 일상의 모습 등 미시사를 다루면서 점차 묘사의 비중이 서사를 압도하는 경향을 보이고 있다. 이것은 탈근대적, 탈중심적인 인식의 변화와 맞물리는 점에서 주목을 요한다. 이런 흐름은 서사만이 현실을 소설로 가져오는 유일한 방법[12]은 아니라는 점을 시사한다. 최근 한국 소설의 새로운 서사를 모색하는 논의나 서사 외면 현상을 비판하는 목소리는 이처럼 묘사가 압도하는 현상에 대한 반작용인 셈이다. 더 나아가 이것은 서사와 묘사가 단지 진술 방식에 국한된 것이 아닌 작가의 태도와 관련되어 있다는 것을 의미한다. 한창훈의 문학적 변화도 이와 무관하지 않아 보인다.

3. 개별적 경험의 서사와 공감의 페이소스

한창훈에게 소설은 작가의 상상보다 "삶이나 이야기를 다치지 않게 언어로 옮겨놓는 것"[13]이다. 이런 의미에서 그는 "허구 제조자로서의 이야기꾼이 아니라, 경험과 기억을 통해 이야기를 건져 올리는 낚시꾼으로서의 이야기꾼"[14]이다. 따라서 서사는 인물들의 개별적 삶을 구체적으로 제시하

11　김택호, 「서사와 묘사: 인간의 삶을 재현하는 두 가지 방법과 작가의 태도」, 『한중인문학연구』 17호, 2006, 119면.

12　김택호, 위의 논문, 110면.

13　이승우 · 한창훈 · 이문재(사회) 대담, 앞의 글, 78면.

14　서영채, 「루저의 윤리: 한창훈 서사의 원천과 의미에 대하여」, 『문학동네』, 2009년

는 것으로 기능한다. 『나는 여기가 좋다』[15]의 각 작품은 크고 작은 에피소드가 결합되면서, 독자를 흡입하는 소설적 재미와 삶에의 긍정적 시선을 계속 환기한다. 각 작품은 독립적인 동시에 다른 작품에 동일한 인물과 이야기가 상호 교차하면서(「나는 여기가 좋다」, 「섬에서 자전거 타기」 그리고 「아버지와 아들」) 실제 경험의 스토리라는 인상을 갖게 한다.

각 작품들은 바다와 섬에 근거지를 두고 살아가는 사람들을 그리고 있는 점에서 공통적이다. 「나는 여기가 좋다」에서 크고 작은 배의 선장이나 선원으로 갯것을 잡아 생계를 꾸려가는 사람들, 물질이나 낚시어업 등에서 한발 물러난 노인들, 커피를 나르는 다방 아가씨 그리고 조촐한 술집에서 거즌 반생을 보내고 있는 여인 등 각 삶의 무늬들이 서사화되고 있다. 한창훈의 소설은 "이야기의 종결점을 중심으로 펼쳐지는 거대한 가상의 세계가 아니라, 여울목에서 포착된 굽이치는 삶의 풍경들"[16]을 보여준다.

전작들에서처럼 작품에는 "불우와 고독을 이끌고 방랑중이거나 완전한 정주를 희망하지만 그것을 쉬 이룰 수 없는 인물들"[17]이 등장한다. 개별 서사들은 정주와 이주의 범주 안에서 진행된다. 표제작 「나는 여기가 좋다」는 빚을 내 마련한 배마저 정부가 사들이고 더 이상 선장으로서 살아갈 수 없는 그에게 아내는 육지로 떠날 것을 종용하며 그동안 별러왔던 헤어지자는 통보의 상황을 보여준다. 육지로 떠나 사람답게 살아보고자 하는 아내의 이주 의지와 끝까지 뱃놈으로 남고자 하는 오십 줄에 이른 그의 정주 의지는 두 삶을 아프게 가른다. 또한 밤눈을 보며 지난 사랑을 회오하는

여름호, 121면.

15 본 논문의 텍스트는 한창훈의 『나는 여기가 좋다』(문학동네, 2009)이며, 인용할 경우 인용문에 작품명과 인용면수만 기입하기로 한다.

16 앞의 글, 121면.

17 김은하, 앞의 글, 265면.

여인네의 그리움(「밤눈」)도 넓게는 정주의 한 양상이다. 빚 이천에 섬으로 팔려오다시피 한 다방 아가씨 미정이가 섬을 떠날 때를 기다리는 것, 아들 이 육지에 나가 살기를 바라는 아버지의 희망(「아버지와 아들」)은 모두 이주의 욕망들이다.

그러나 이들 기대와는 다르게 미정이는 바다 사내 용철이의 순애보에 마음의 족쇄를 풀고 섬에 정착(「올 라인 데코」)할 것이다. "여러 해 타행에 나가 있었던 탓에, 이곳에서의 새로운 정착을 위해서라도 관계 복원은 필수" 여서 동네 선후배들과 공을 찼던 아들은 뚝심있게 자립하여 일가를 이룰 섬어부가 될 것이다. 바다에 수장된 남편과 기일을 지키며 섬에 남아 있는 할머니(「바람이 전하는 말」), 세상을 떠돌다 정착한 그곳에서 죽음을 맞이한 그(「가장 가벼운 생」)는 영원한 정주인 죽음으로 귀의할 것이다. 거문도 노인들의 짧은 여행을 담은 서사의 형식(「삼도노인회 제주 여행기」)이나 자살을 하기 위해 섬으로 온 그녀(「섬에서 자전거 타기」)의 이야기도 모두 이주와 정주라는, 탈향과 회향의 자장 안에 놓여 있다. 이러한 삶은 섬을 터전으로 살아가는 있는 사람들의 기층문화가 붕괴되는 과정과 근대적 세계의 교체 사이(접점)에서 비롯된다. 작가는 이러한 운동성을 통해 "하긴 표주박처럼 살았다. 바다 한가운데 몇 뼘 땅일 뿐인 섬과 몇 발자국 나무판자인 배에 떠서 살았던"(『나는 여기가 좋다』, 33면) 삶들을 형상화하고 있다.

그런데 밑바닥 인생의 고통과 삶의 쇠락함은 웃음이라는 장치를 통해 긍정적으로 전환된다. 첫 작품집 『바다가 아름다운 이유』(솔, 1996) 이후 "정감어린 입말과 유머러스한 입담"[18]은 한창훈의 자기 세계를 확보하게 하는 특장이다. 새로운 의미를 전달하거나 웃기는 이야기를 창작의 원칙으로 삼은 그는 동어반복의 언어보다는 웃음을 주는 언어를 통해 깊이와

---

18 신승엽, 앞의 글, 58면.

건강성을 획득하고자 한다. 빠른 호흡의 단문장의 연쇄와 인물 간의 대화로 진행되는 서사는 유머와 페이소스를 유발한다. 섬에 팔려와 커피를 나르는 다방 아가씨 미정과 뱃사람 사내 용철이의 결혼 발표 해프닝은 공권력을 상징하는 경찰 소장을 눌렀다는 묘한 기분까지 들게 한다. 할 말 다 하면서 끝까지 여행을 완수하는 「삼도노인회 제주 여행기」는 경로당의 진풍경을 그대로 옮겨놓은 듯 왁자지껄하다. 벌금을 물지 않으려 카바레에서 반라의 무희들을 정면으로 응시해야 하는 설정은 작위적이나 서사적 틀을 크게 벗어나지 않는다. 아버지와 아들의 고집스런 소주내기가 압권인 「아버지와 아들」에서 아버지의 "교육형 잔소리"와 아들의 되받아치는 장면은 유머의 장면을 극대화한다.

> "이런 말 너도 들어봤을 거다."
> "뭔디요."
> "일찍 일어나는 새가 벌레를 먼저 먹는다는 말."
> "……"
> "모다 사람이고 뭐고 새처럼 부지런해야 뭐라도 먹을 것이 생긴다는 말이다."
> "그럼, 그 벌레는요."
> "……"
> "일찍 일어난 바람에 잡아먹히는 벌레는요."
> 박은 윽, 했다. 지금은 말 그대로 교육인데, 피교육자가 이렇게 나올지는 생각지도 못했던 것이다. 그는 솟구쳐오르는 기운을 애써 눌렀으나 목소리마저 누르지는 못했다.
> "이 새끼야, 그 벌레는 너처럼 새벽에 들어오는 놈이여. 밤새 술이나 퍼마시고 놀다가 집이라고 기어들어오는 너 같은 새끼다 이 말이여. 그런께 잡아먹히지."
> "그러믄 술 마시고 늦게 들어오는 새도 벌레를 잡아먹겠네요."
> ― 「아버지와 아들」, 244~5면

참돔을 잡으러 가마고 신신당부했던 아버지는 낮에 공차고 밤새 외삼촌과 술을 마시고 새벽에 들어온 아들에게 일장 훈계를 펼치나 아들의 논리 역시 만만치 않다. 이 장면들이 즐거운 긴장일 수 있는 이유는 이 작품을 비롯해 구수하고 투박한 사투리와 유머의 미덕이 서사의 흐름에 적절하게 녹아있기 때문이다. 작가는 웃음 이면에 개인들의 구체적 삶에 배어 있는 짙은 페이소스를 설정한다. "웃는 거 말고는 약이 없는 셈이죠. 고통스러운 만큼 울다보면, 눈물 때문에 죽겠구나 싶어져서 안 울게 됩니다. 살기 위해 본능적으로 웃는"[19] 행위 이면을 작가는 들여다 본 것이다. 이것은 작가가 초기 작품부터 보여왔던 인간에 대한 따뜻한 시선과 연민, 스스로의 운명에 대한 순응 그리고 다른 이의 마음을 헤아리는 측은지심의 정서를 다시금 환기한다.

4. 원형 탐색의 묘사와 보편 주제의 강화

작품 속에 그려진 보통 사람들의 개별적인 이야기가 새로운 것은 아니다. 이전에 들어봤음직한 줄거리와 인물들의 행위는 평범한 것에 그칠 가능성도 있다. 그런데 중요한 것은 작가가 개별적 삶을 서사화하는 듯 보이지만 그것은 표층에서 봤을 때 그러하다는 점이다. 작가는 더 큰 의도를 작품 전편에 담고 있는데, 그것은 묘사를 통해 제시된다.

『나는 여기가 좋다』에는 눈에 띄는 표현들이 자주 등장한다. 예컨대 "노씹에서 정신없이 삐걱이던, 마치 불이라도 붙어 타오를 것 같던 놋좆, 하얗게 부서지며 치솟아 오르던 파도, 짐승 아가리처럼 끝없이 밀려오던 너울, 입에서 단내가 나도록 노질을 하는 젊은 그, 낚시채비, 따로 젓노를 잡

19　이승우 · 한창훈 · 이문재(사회) 대담, 앞의 글, 92면.

고 힘을 쓰던 친구, 청동의 파도 너머로 붉게 솟아오르던 아침해, 불뚝불
뚝 불거지는 굵은 팔뚝, 격벽을 밟고 선, 부풀어오른 종아리"(「바람이 전하
는 말」, 116면)의 공감각적 표현은 역동적인 생동감을 배가시킨다. 이렇게
바다와 하늘과 배와 어부가 한데 어울리는 장면의 신명나는 묘사는 소설
의 빼놓을 수 없는 매력[20]이다.

일반적으로 묘사는 작품의 첫 부분에 인물과 배경을 제시하기도 하고,
작품 말미에 여운을 주거나 열린 결말로 끝맺기도 한다. 한창훈의 작품들
도 묘사의 일반적 기능을 차용하지만, 특히 작품 끝부분에서 주제를 제시
하고 있는 점이 특징적이다. 즉 서사~행위술부의 역할이 종결되고 묘사~
형용술부가 점차 강화되면서 주제가 선명하게 부각된다.

묘사의 주체는 주로 다른 이의 이야기를 들어주는 손님(「밤눈」)이거나
외부인(「가장 가벼운 생」)이다. 이들은 작가의 페르소나라고 할 수 있는 소
설 화자나 소설가의 형상—지적이면서 내면을 들여다보는—을 띤 인물들
로, 작품 내에서 작가의 목소리를 대변한다는 점에서 중심인물보다 더 권
위를 지니고 있다.

눈이 떠나온 곳으로 올라가는 한 줄기 연기는 과거나 그리움이 현재의
모습으로 물화되어 나타난 듯도 했고 세월이 주는 어떤 춤사위 같기도 했
다. 그리고 립스틱 냄새는 역시나 독한 것이어서 내 입에는 비릿한 것이
들어찼다. 그렇다면 아침마다 화장을 할 수밖에 없을 여인네가 립스틱 바
르고, 또 이렇게 필터에 묻혀가며 담배를 피우는 것은 결국 그리움이나 독
한 어떤 것을 되새김질하는 것일지도 몰랐다. 그러자니 이 비릿하면서도
알싸한 게 마치 멀리 떠난 사내의 냄새 같기도 했다.

— 「밤눈」, 53면

20　정혜경, 「'비틀'거리면서 '꿈틀'거리는 여기」, 『창작과 비평』 통권 144호, 2009. 6,
316면.

손노인의 말은 그것으로 끝이었다. 쉬우쉬우 몰아쉬더니 오래지 않은 고른 숨이 되었다. 잠든 것이다. 나는 벽장 속 이불을 깔고 그를 옮겼는데 보기보다 무겁지 않았다. 며칠을 굶다시피 해서 그럴 수도 있었지만 나는 자꾸 오래도록 담아왔던 어떤 말의 무게가 빠져나와서 그렇다는 느낌을 떨쳐버릴 수 없었다.

그는 어쩌면 어떤 말을 만들어내려고, 또는 하고 싶은 말을 하지 못해서 병이 났을지도 몰랐다. 잠이 들자 얼굴의 주름도 움직임을 멈추고 오래된 성의 잔재처럼 낮은 키가 도드라졌고 골마다 깊은 그림자가 생겼다. 밤하늘에는 섬벽 초승달이 떴고 돌이 식었을 텐데도 고양이는 화강암 바위 꼭대기에 그대로 앉아 있었다.

— 「가장 가벼운 생」, 167면

위의 두 묘사는 서사성을 포함하면서 각 작품의 마지막에 기술된 부분이다. 「밤눈」은 여인의 대화 상대인 손님인 내가 그녀의 이야기를 압축한 것으로, 사랑이란 소유하거나 함께 있지 않아도 존재 가능한 것임을 보여준다. 작가의 페르소나라고도 할 그[21]는 열렬하거나 자극적이지 않은 관계도 그리움과 알싸한 되새김질의 기억 행위로도 삶을 풍요롭게 할 수 있음을 전한다. 후각과 시각의 이미지는 겨울밤의 정취와 어울려 사랑과 인간 관계의 본성을 독자에게 다시 환기한다. 「가장 가벼운 생」 역시 떠돌아다닐 수밖에 없었던 그의 지난한 삶을 마감하며, 내가 그의 숨을 거두어 주는 묘사로 종결하고 있다. '말'을 다 마친 후에 맞은 죽음이 오히려 평화로울 수 있음을 정적인 표현으로 응축하고 있다. 말의 무게가 곧 삶이라면 우리는 살아가는 동안 말의 무게를 가볍게 해야 한다는 것, 그리고 그럴 때에 회한이 남지 않는다는 메시지를 마지막 장면에서 정경을 통해 제시

---

21 한창훈 소설에는 작가의 페르소나라고 할 수 있는 서술 화자나 소설가의 형상을 지닌 인물이 자주 보인다. 이들에 대한 연구가 이루어진다면 작가의 욕망과 글쓰기의 양상을 살필 수 있을 것이다.

해 준다. 이는 한 여인의 잊지 못할 로맨스와 그와 아들의 상봉과 관련된 인생 역정으로만 읽을 것이 아니라 그것을 통해 삶의 본질적 속성을 들여다보라는 작가의 의도로 보인다.

분위기가 주제가 될 수 있음은 '바다'와 관련된 형상화에서 강하게 환기된다. 바다는 온갖 생명들이 꿈틀대는 한 세계이며, 인간에게 순응과 도전의 진폭을 부여하는 곳이기도 하다. 바다에는 평생 바다를 동경하고 원망하며 때로 그 앞에 생명까지 내놓아야 하는 상황까지도 운명으로 받아들이는 그들이 있다. 바다 위에 부표처럼 떠 있는 섬 그리고 그들. 바다 그 자체인 동시에 삶의 은유인 바다와 섬사람들은 한창훈이 줄곧 애정을 쏟는 대상임에 틀림없다. 이처럼 바다는 풍경인 동시에 각 작품을 통어하는 핵심 대상이다. 작가는 바다를 터전삼아 살아가는 섬사람들의 모습을 통해 "배경이 삶의 양식이 되는, 물고기와 같은 삶"(「바람이 전하는 말」, 118면)을 주제화하고 있다.

> 그때 입질이 왔고 그는 반사적으로 줄을 낚아챈다. 올라온 놈은 갈치. 다행이 물었다. 놈은 무지갯빛 몸뚱이를 거칠게 털다가 바닥에 눕는다. 등지느러미가 날렵하면서도 우아하게 물결을 탄다. 수정처럼 눈이 맑다. 깊은 바닷속을 제멋대로 헤엄치다 한순간에 사내의 손아귀에 들어온 것. 소유권이 저 스스로에서 사내에게 옮겨온 것. 불빛 찬란하게 반사되는 놈을 보며 그는 잠깐 아득해진다. 이 맛에 어장을 해왔다. 이것으로 먹고살았고, 이것 때문에 빚을 졌다. 이것 때문에 즐거웠고 이것 때문에 불안했다.
> ― 「나는 여기가 좋다」, 19면

아내와 헤어질 시간을 앞두고 바다 위에 떠 있는 배 안에서도 그는 고기를 낚는다. 갈치에 대한 묘사는 아내의 미래를 환유한다. 남편을 믿고 평생을 섬에서 산 그녀는 자신의 생에 대한 소유권을 돌려받기를 원한다. 찬란했을 한 인생을 바라보는 그의 눈과 아내의 눈에는 수정처럼 눈물이 고

일 것이고, 그래서 아내는 떠날 수밖에 없음을 감지하고 그는 아득해진다. 묘사는 대상을 그려내는 동시에 환유하거나 앞으로 전개될 서사 구조를 예견하는 것으로 확장한다. 곧 묘사는 한편으로는 줄거리를 조직하는 역할을 하고, 다른 한편으로는 줄거리 속에 도입하는 중복에 의해서 줄거리를 기억하게 하는 역할[22]을 한다.

바다와 함께 '바람'의 이미지는 인간 존재에 대한 보편적 의미로 한층 다가가게 한다. "그새 바람이 좀 모질게 불었나보다. 깊이를 알 수 없는 먹구름 한쪽이 터지면서 아스라이 별 무더기가 뜬다. 떴다 해도 그게 갠 것은 아니라서 바람은 여전하다. 바람이 문질러 별은 발버둥치는 듯 아른거린다."(「나는 여기가 좋다」, 26면) 삶이란 바람과 그로 인해 생기는 파도(파고)와 같은 것임을 반복적인 묘사를 통해 보여준다. "별이고 달이고 모조리 휩쓸려 가버린 바다는 여전히 바람과 파도의 세상"(「바람이 전하는 말」, 130면)이며, 그는 때로 "바다처럼 흔들렸고" 바다는 어둠과 같아 제 속엣것을 보여주지 않은 채 대책 없이 넓고 깊기만 하다. 인생은 끝없는 바람에 의한 파고의 연속이며 원초적으로 불가해한 바다와 유비된다.

더 나아가 작가는 바다를 죽음과 재생의 신화 공간으로 의미화하면서 구체적 경험을 보편적인 삶으로 확장한다. 바다(섬)는 한창훈의 작품 세계를 이루는 하나의 원형으로, 상처받은 인간들은 바다(섬)로 돌아와 상처를

---

22 하태환, 앞의 논문, 82면. 이에 대해 보충을 하면, 저자는 묘사의 기능을 다음처럼 요약한다. 우선 경계를 가르는 기능을 한다. 이 기능은 순수하게 서술적인 문장들과의 경계적인 역할을 한다. 이어서 기대된 줄거리라 완결되는 것을 늦추는 역할을 한다. 다음으로는 장식적인 역할로서, 어떤 줄거리가 실재라는 환상을 주기도 하고. 거꾸로 시적인 효과를 자아내는 자리이기도 하다. 다음으로는 뒤따르는 줄거리의 이해도와 예견 가능성, 논리적인 결함을 보장함으로써 줄거리를 조직하는 기능을 한다. 마지막으로 이런저런 인물에 대한 직접 혹은 간접적인 정보를 제공함으로써, 초점을 맞추는 기능을 한다.

위로받는다. 이처럼 바다를 중심으로 한 묘사는 주제를 보편화하고 확산하는 계기로 기능하고 있다. 각 편을 이루는 개별적 서사구조에 지속적으로 강화되면서 "묘사 텍스트의 병렬은 단순한 나열이 아니라 서로 연결되어 일정한 체계"[23]를 이루고 있다. 묘사가 반복되고 강화될수록 구체적이고 개별적이었던 삶들은 "영원히 산다는 것은 죽음"(「바람이 전하는 말」, 118면)인 동시에 정주와 이주의 보편 주제로 확장된다. 작품들에서 묘사는 단순한 이야기의 공백을 채우는 것뿐만 아니라 정주와 이주, 삶의 근본적 허망함이라는 주제를 집약화하는 역할을 수행한다. 정주와 이주는 삶과 죽음의 구체적 표현 양상이다. 바다의 죽음과 재생이 지향하는 영원회귀는 개별적 경험이 소거되어도 남는 근원 서사를 도출한다. 다양한 모든 것, 차이나는 모든 것, 우연한 모든 것을 긍정하는 의미에서 영원회귀이며, 이는 한창훈 소설의 건강성인 '긍정하는 역량'으로 이어진다.

　시각적 이미지는 시적인 분위기를 주조한다. 세밀한 묘사들이 차지하는 공간성이 극도로 강조[24]되면서 작품들은 서사예술보다 시각예술의 이미지에 더 가깝게 된다. 그런데 감정술부가 반복될수록 감상적이고 낭만적 분위기가 과도하게 분출된다. 이점은 묘사가 너무 압도되어 비의적이거나 몽환적으로 만드는 역효과를 야기한다. 밤바다의 배와 아내의 긴 웨이브 머리카락, 눈물로 번진 마스카라의 묘사 역시 서사적 정황과 관련하여 생경하게 다가온다. 낭만적 시선이 대상과 현실들을 따뜻하게 만들기도 하지만, 아래의 묘사처럼 현실의 냉혹성과 비판이 개입될 여지없이 허무감이나 존재론 자체로 무화되는 한계를 드러낼 가능성이 크다.

23　김정숙, 앞의 논문, 641면.
24　하태환, 앞의 논문, 15면.

새벽 검푸른 바다 위로 솟아오르는 붉은 해. 그곳을 향해 배를 몰고 나
아갈 때 브이 자로 퍼지는 흰 물결. 그물에 가득 잡힌 생선. 만선으로 돌아
올 때의 기쁨. 수평선 너머로 퍼지는 노을. 밤바다를 장식하는 빛. 고된 어
장 일을 끝내고 나서의 달콤한 휴식. 그래, 다들 아름답다.

— 「나는 여기가 좋다」, 21면

울거나 좋은, 때로 아름답다는 형용술부는 작품 전면에 두루 포진되고
있어 독자에게 정서적 환기를 유발하거나 공감을 유발할 수 있다. 그러나
이런 분위기에서 "어장이 죽고 나자 선원들 인건비와 기름값이 안 빠졌다.
놀면 손해가, 움직이면 손해가 되었다가 가지고 있으면 있을수록 손해"
(「나는 여기가 좋다」, 12면)인 어촌의 척박한 현실, 어양 어선 조업 중 과로
한 탓으로 쥐가 발가락을 끊고 피를 핥아먹은 아버지에 대한 에피소드, 양
식장 치어가 떼죽음을 당하는 현실은 하나의 소재로 다뤄지고 있다는 인
상을 준다. 이러한 이유로 몇 작품들은 묘사 중심의 전개가 주는 여운과
정서적 환기로 하나의 '허무한 블루스' 또는 '운명론'으로 읽히기도 한다.

5. 맺음말

이상으로 한창훈의 『나는 여기가 좋다』를 대상으로 소설에 나타난 서사
와 묘사의 작용을 분석함으로써 한창훈 소설의 변화 양상을 살펴보았다.
특히 서사와 묘사라는 현실재현방법을 통해 보조적 기법으로서의 묘사가
아닌, 주제의 심화된 구현가능성으로서 묘사라는 또 다른 기능을 탐색하
고자 하였다. 이 작품집은 이전 소설과 달리 하나의 대상을 간단하게 지
적하는 대신에 대상들과 상황들을 드러내는, 전개를 통한 사유의 비유법
인 묘사가 강화되고 있다. 그럼으로써 작가는 소설의 주제적 외연을 넓히
고자 한 것으로 추측된다. 그는 작품집에서 서사와 묘사의 기능을 최대화

함으로써 주제의식을 확장하고 있다. 서사가 개별적 인간 삶을 구체적으로 보여주는 역할을 했다면, 묘사는 바다에 집중하면서 정주와 이주, 삶과 죽음이라는 보편적 주제를 강화하고 있다. 특히 묘사는 대상을 구체화함으로써 서사의 현실성을 보완하는 것이 아니라 개별적 서사를 통합하면서 보편적 지점으로 나아가고자 하는 기능에 무게중심을 두고 있다.

묘사를 통해 작품의 중심을 구축하는 것은 한창훈이 탈역사적 태도 내지 인간 원형의 탐색으로 나아갈 것이라는 점을 짐작케 한다. 곧 이 작품집에서 묘사가 강화되고 있는 점은 구체적 현실의 형상화와 투박한 작품 세계로 평가되었던 기존의 관점을 넘으려는 시도인 동시에 작품 세계의 변화를 꾀하는 것으로 보인다. 현대소설의 중요한 특징인 서사 구조의 약화와 관련하여, 이러한 현상을 이야기성의 축소 내지 묘사의 강화로 단언하는 것은 이른 판단일 수 있다. 이것이 작가가 창작방법의 모색을 통해 소설적 변화로 나아갈지, 아니면 서사성의 부재로 인한 산문정신의 도피인지는 이후의 작품을 더 만나야 알겠기 때문이다.

소설의 발생이 독자와의 친연성에 기반한 장르라고 전제하면, 이 작품집은 독자와 유쾌하고 건강하게 소통할 수 있는 의의를 충분히 지니고 있다. 더 넓게는 최근 작가들이 주로 멀티미디어의 문화적 세례 속에서 도시적 세대 감각을 펼치는 데 반해, 여수 출신 한창훈이 실감나는 생활감각으로 그려내는 뱃사람, 뱃사람들의 삶은 쏠림현상을 보여주는 2000년대 문학의 빈 곳을 튼실하게 메워주고 있다.[25]

그런데 대상에 대한 연민과 공감의 태도와 서정적 묘사로 강화되는 변화의 조짐이 이전 작품들에서 줄곧 그려왔던 막다른 골목에 처한 사람들을 어찌할 수 없어 택한 전망 부재와 관련된 것이라면 문제적일 수 있다.

---

25 정혜경, 앞의 글, 314면.

묘사에 의한 낭만성으로 현실의 갈등이 소거되어 버림으로써 '따지고 들기' 내지 '응수'의 서사적 역동성이 반감되는 현상을 어떻게 바라볼 것인지도 숙고를 요하는 대목이다. 프루스트에게서 모든 묘사가 정신의 모험이었듯이, 이후에 나올 작품들에는 감상적이고 낭만적인 시선에 머무는 것이 아닌, "몸에서 피가 빠져 나간 것"(「나는 여기가 좋다」, 13면) 같은 묘사적 긴장이 더욱 필요하리라 본다.

『현대문학이론연구』 제40호(2010. 3)에 수록

고 영 진

이기호 소설에 드러난 글쓰기 방법으로서의 환상과 윤리

1. 들어가며 - 소설의 의도

현재 우리 서사의 가장 큰 주제는 인물이다. 하지만, 엄격하게 말하자면 서사의 인물은 그 작가가 속한 공동체의 시대적 운명에서 결코 자유로울 수 없기 때문에 완전하게 "독자적"인물이란 존재할 수 없다. 그렇지만 현재의 서사가 —특히 디지털과 콘텐츠라는— 반복된 위기를 경험하면서 가장 고민하게 된 것 역시 그 운명을 거스르는 독자적 "개인"이다. 이 시대 서사에게 암묵적이거나, 노골적으로 강요되는 속도와 힘에 대한 대안이 바로 그 기형(畸形)의 인물에 있기 때문이다. 최근의 서사에서 보이는 인물들이 독자에게 공감을 주기 보다는 충격을 주는 이유도 여기에 있다. 이러한 시대 담론을 바탕으로 탄생한 퓨전의 인물들은 크게 웃자란 어린이(최인석, 「약탈이 시작됐다」, 김려령, 「우아한 거짓말」)나, 퇴행하는 어른(천명관, 「고령화 가족」)으로 요약되며, 이들은 뒤틀린 현실에 당황하거나 휘둘리지 않으며, 쉽게 떠나고, 쉽게 돌아온다. 그들은 흥청거리는 홍대 앞에 성을 짓는 드라큐라(김탁환, 『99』), 돌연변이를 관리하는 연구소 직원

(김언수, 『캐비닛』), 실제 살인에 이용되는 시나리오를 쓰는 작가(임성순, 『컨설턴트』), 10년 동안 집 밖으로 한 발자국도 나오지 않는 305호의 앨리스(장은진, 『앨리스의 생활방식』), 정신병원 탈출을 시도하는 미치지 않은 환자(정유정, 『내 심장을 쏴라』), 마법의 쿠키를 굽는 상가 베이커리의 점장(구병모, 『위저드 베이커리)으로 실재한다. 이들은 대부분 크건 작건, 공통적으로 일종의 부정적인 환상을 담지 하는 형태로 드러나게 되는데, 그것은 "현실의 서사를 넘어설 허구의 잔여분"에 대해 묻는 작가들의 강박관념에 일부 원인이 있다.

소설의 의무감이 점차 가볍고 불투명한 것으로 변화하는 지금, 문체 역시 작가들에게는 또 다른 전략이고 기획이다. 빨리 쉽게 읽히는 멀티콘텐츠와의 경쟁에 따라 소설의 문체도 지면의 특성을 고집할 수 없다는 인식을 갖게 된 것이다. 게다가 발화의 주체가 대부분 탈주가 불가능한 소통 불능의 설정이기 때문에, 대체로 편집증이나 분열증과 같은 병리적 징후를 전제하는 인물들이 등장하면서, 문체의 역할은 사건을 전달하기 보다는 분위기를 고조시키는 데 한정된 것도 사실이다. 정체가 모호한 것에 대한 설명은 언제나 방향을 상실하게 되고, 사건 없는 이야기의 진행은 결국 과잉수사로 이어지기 마련이다. 소설가의 운명이 언어와 세계의 미묘한 간극사이에 자리한다는 것을 감안한다 할지라도 현재 서사에서 보이는 수사의 과잉은 극복해야 할 무엇[1]임에 분명하다.

1999년 월간 『현대문학』에 신인추천으로 등단한 이기호는 지금까지 단편소설집 『최순덕 성령충만기』(문학과지성사, 2004,), 『갈팡질팡하다가 내 이럴 줄 알았지』(문학동네, 2006)와 장편소설 『사과는 잘해요』(현대문학, 2009)를 통해 앞서 언급한 두 가지 고민에 대한 실험적 해법을 제시하고

---

1 손종업, 「탈문체의 시대를 떠도는 문학의 유령」, 『실천문학』, 2006.

있는 "젊은" 작가 중 하나이다. 그는 이미 "경쾌한 문체와 재기발랄한 상상력, 사회성 깊은 주제 의식"[2]과 "근대의 도구적 이성이 파생시킨 타락한 세계에 균열을 내고 부정하는 새로운 서사양식을 개척"[3]하고 "개별적인 목소리의 질감을 텍스트의 결"[4]로 옮겨 놓는다는 평을 통해 주목받은 바 있다.

이기호의 소설 역시 가장 맨 앞에는 "인물"이 있다. 이기호의 인물들은 자본주의적 욕망과 그에 희생된 비루함까지 고루 갖춘 속물들이다. 그들은 일찌감치 학교 밖으로 나와 보도방을 운영하거나, 조폭들이 차린 회사에 들어가기 위해 자기소개서를 쓰거나, 여고생 앞에서 바바리코트를 열거나, 자해 공갈단이다. 하지만, 더불어, 황소의 아이로 태어나 감자밭을 일구거나, 흙을 요리해서 먹거나, 국기게양대를 사랑하기도 하고, 남의 죄를 대신 사과한다. 이들이 현재 서사에 등장하는 다른 인물들과 변별되는 것은 그들의 기행에는 세상에 대한 적의보다는 비루한 스스로의 삶에 대한 자조(自嘲)가 섞여 있어, 결국 그들이 세상에 무해(無害)하다는 것이다. 특히, 이기호의 작품 중 총 6편[5]에 등장하는 "시봉"은 다분히 전략적 인물이라 할 수 있다. 가장 경박스러운 비속어를 연상시키는 시봉은 때로는 주인공이고, 때로는 관찰자의 역할을 하지만, 그의 작품 여정을 통해 입체성을 확보한 인물이다. 시봉의 지속적인 등장은 그의 작품에 고정된 분위기를 조장할 수 있다는 위험에도 불구하고, 현재까지는 완성도를 갖춰가며 성장하고 있다.

하지만 이기호가 좀 더 빨리 독자들과 논자들의 눈에 띈 것은, 그의 "말

---

2 고인환, 「젊은 소설의 존재 방식에 대한 몇 가지 생각」, 『오늘의 문예비평』, 2008.

3 고명철, 「근대의 전횡적 질서를 내파하는 이야기꾼」, 『실천문학』, 2005.

4 김동식, 「소설적인 세계의 비소설적 위장술」, 『문학과 사회』, 문학과지성사, 2007.

5 「햄릿 포에버」, 「옆에서 본 저 고백은—告白時代」, 「백미러 사나이」, 「당신이 잠든 사이에」, 「국기게양대 로맨스」, 『사과는 잘해요』.

하기"에 대한 고민에 있다. 그의 데뷔작 「버니」가 랩으로 구성되어 있는 것부터, 성경의 의고체, 오디오용 소설, 요리의 레시피, 피의자 조서, 자기소개서 등의 다양한 서사 양식에 대한 그의 시도는 집요해 보인다. 이러한 계획적이고 실험적인 작가의 노력은 역사를 외면하지 않는 굵직한 서사성과 맞물려 재미와 깊이를 동시에 획득하는 효과를 가지고 있다. 이와 같은 서사양식에 대한 다양한 시도의 요점은 작가가 독자에게 소설을 읽히는데 만족하지 않고 소설을 들려주려 한다는데 있다. 물론 장르의 태생적 속성상 묵독의 소설이 주관하는 주체의 권력과 헤게모니에 대한 기존의 관념은 그의 소설읽기에 정면으로 배치될 수 있다. 하지만 바로 이 때문에 그의 소설 쓰기 자체에 다분히 의도가 있음을 눈치 챌 수 있는 것[6]이다.

아도르노는 예술이 세계의 어두운 것과 죄악을 자기 자신의 내부에서 수용하는 성격을 갖고 있기 때문에 사회가 총체화되면 될수록, 이 과정의 경험을 저장하는 예술 작품을 더욱더 사회와는 다른 것이 된다는 점[7]을 지적한다. 그러므로 예술은 사회의 부정성이 지속적으로 진보를 거듭하는 도정을 카테고리적으로 규정하는 개념들을 부정하고 비판하는 형태로 진행되는 윤리적 성격을 갖고 있는 것이다. 이기호가 보여주는 소설 윤리나 실재에 대한 고민, 정상과 비정상에 대한 의심, 보편적 주제를 다루는 방식, 역사에 경의를 표하는 방법, 이데올로기적 주체들의 생태적 환상과 낭만주의적 해결방식 그리고 무엇보다도 우리를 둘러싼 모든 부정적인 것들과 함께 머물기에 대한 시도는 예술과 사회의 부정성이 변증법적으로 발전하는 양상을 그의 방식으로 해석하는 과정으로 보인다.

---

6 여기에 대한 일차적인 평가는 이기호 식의 서사가 구술성을 염두에 두면서 독자의 적극적인 참여를 끌어냄으로써 작가(소설)−독자의 열린 대화적 상상력을 통해 근대의 타락한 세계를 부정하는 서사적 효과를 극대화할 수 있다는 것이다.

7 문병호, 『아도르노의 사회이론과 예술이론』, 문학과지성사, 1993, 159~160면.

하지만 그동안 그에 대한 연구가 인물이나 문체의 "특이성" 즉, 그의 작품의 현상적 측면에만 중점을 두면서, 그 "다름"을 주목하는 것에 그친다는 아쉬움은 분명하다. 새로움에 대한 천편일률적인 평가 또한 이미 12년이 지난 그의 작품에 대한 오해로 읽히기도 한다. 즉, 랩이라는 형식의 충격 때문에, 랩으로 들려주는 이야기의 핵심으로는 쉽게 다가가지 못하는 것이다. 그의 실험이 "웃기는 유희"에 그친다는 일부의 평은 여기에 기인한다. 때문에 오히려 그의 말하기는 우선 "읽기를 방해하는 요소로 작용"될 여지에 대한 우려와 더불어 "다시 읽기의 추동"이라는 두 가지 측면에서 접근해야 한다.

본고에서는 이기호의 인물들과 그의 말하기가 부정적인 위치를 감지하는 순간 시작된다는 것을 주목한다. 그리고 그것이 결국 "고백"이라는 접점을 기준으로 분산되고 있다는 것을 다시 확인하면서 고백이라는 형식에 압도되어 그 내용이 드러나지 않는 것이 작가의 의도된 설정인지, 아님 독자들의 해석 과정에서 생긴 현상(오류)인지를 확인해보고자 한다. 이는 본래 소설가의 고민에 관한 것이지만, 장치된 전략 이후를 읽는 것은 언제나 독자의 몫이다. 그것은 결국 소설읽기 행위 중 소설가의 의도가 위치하는 곳을 알아보는 데 있다. 이기호가 부정적인 것을 환상을 통해 이야기하는 방식과, 고백이라는 윤리적 말하기를 동시에 진행하고 있기 때문에 이 시도는 유효할 것으로 보인다. 본고는 말하기 자체에 대한 고민을 통해 소설적인 것을 완성해가는 과정에 주목하면서, 현재 서사가 가야할 방향의 일부를 짚어보는데 궁극적인 목적이 있다.

2. 부정(不正)을 드러내는 실험적 서사양식 : 환상

소설에 환상적 요소가 도입되면서 주었던 문학적 충격은 소설 기법 면에서의 발전[8]을 가져왔다. 환상을 미메시스와 더불어 문학을 구성하는 2대 요소로 보았던 캐서린 흄과, 환상이란 독자로 하여금 현실과 비현실 사이에서 주저하게 만드는 것으로 이해한 토도로프의 견해를 종합해 보면, 경험적 현실과 초월적 세계를 융합시키는 환상성[9]은 문학에 있어서 창조적 측면(상상력)을 보강해주는 역할을 한다는 것이다. 따라서 환상적 요소를 도입하면서 드러나게 되는 부정적인 형태의 역유토피아는 시대의 상상력과 긴밀하게 연결되어 있다.

한편 경험적 현실에서 파악되는 인과적 법칙이 아닌 논리적 환상으로 소설을 구성하고자 할 경우, 자주 이용되는 기법중 하나가 '메타 텍스트의 환상'이다. 언어가 구체적인 현실의 대상을 지시하는 것이 아니라 언어 그 자체의 논리로 진행되는 것이다. 이러한 논리차원의 메타언어적 기능을 잘 보여주는 고차원의 소설작품이란, 모순과 역설의 원리를 내포[10]할 때만 가능해진다. 합법칙성을 중시하는 리얼리즘과는 달리 환상 문학에서는 혼돈과 우연성을 인과적 법칙에 대비시킴으로써 그러한 인과성을 원리로 생산된 텍스트들의 논리적 한계와 모순을 되짚어 새로운 차원의 텍스트를 생산할 수 있었던 것이다.

8 　김춘진, 「『알렙』과 『픽션집』:혼돈의 시대와 환상 문학의 논리」, 『외국문학』, 1997년 가을호.

9 　캐서린 흄, 한창엽 역, 『환상과 미메시스』, 푸른나무, 2000.
츠베탕 토도로프, 이기우 역, 『덧없는 행복 : 루소론 환상문학 서설』, 한국문화사, 1996.

10 　유철상, 「최근소설의 환상적 경향과 그 의미」, 한국현대소설학회, 2001.

내 별명은 바구니 물을 담으면 물이 새고 / 쌀을 담으로면 쌀이 새는 / 대나무로 만든 가벼운 바구니 / 내 머리가 가벼워 내 별명은 바구니 / 태어날 때부터 가벼워 가볍게 죽을 것 같았던 /

내 별명은 대바구니 / 아무것도 몰라 아빠도 몰라 엄마도 몰라 / 사는 것도 몰라 세상을 몰라 /

아무도 나에게 말하는 법을 가르쳐주지 않았어 / 하지만 난 이렇게 말하지 / 나도 가볍고 너희들도 가벼워 / 내 말도 가볍고 너희 말도 가벼워 / 나도 바구니 너희도 바구니 물을 담으면 물이 새고 / 쌀을 담으면 쌀이 새는 / 세상은 바구니

—「버니」, 8~9 · 14~15 · 21 · 27~28 · 36 · 38~39면

「버니」는 제도권 교육으로부터 추방된 채, 오직 돈을 많이 벌기 위해 보도방을 운영하는 어린 화자인 '나'를 통해 돈으로 환산되는 기성세대의 부조리를 신랄하게 풍자한다. 사무실에서 더러운 바지와 양말을 빨아주던 순희와 그 순희가 신음소리 같은 랩 또는 랩같은 신음소리 덕분에 '버니'라는 여성 래퍼가 되었을 때도 '나'는 연민과 경멸 사이에서 자신의 감정을 표현하지 못한다. 다만, 라임(rhyme)을 맞춘 랩(rap)으로 노래할 뿐이다. 이 작품이 주목을 받는 가장 첫 번째 이유가 바로 이 랩이라는 서사 양식이다. 근대가 시작되고 묵독이 개인의 현대를 전제하는 첫 번째 양식으로 인식되기 시작하면서, 소설양식에 시도된 이러한 도전들은 소설의 순수성을 해치는 키치나 유희로 오해되기 마련이었다. 하지만 「버니」를 읽는 데 있어 그를 제대로 이해하기 위해서는 묵독만으로는 소기의 목적을 달성하기 어렵다는 것은 사실이다. 그럼에도 불구하고 많은 논자들이 이 작품을 주목[11]하는 것은 그것이 새로울 뿐만 아니라 진지했기 때문이다. 진지한 유희

---

11 고명철(「근대의 전횡적 질서를 내파하는 이야기꾼」)은 이러한 형식이 "가볍고 흥겨우면서도 속도감 있는 랩의 리듬에 따라 전달해오는 자본주의의 구조악과 행태

에는 그런 힘이 있다.

때문에, 이 작품을 다시 읽는 목적에는 우선 왜 랩[12]이어야 했는가와 랩을 "읽어"낼 수 있는가 하는 문제가 있다. 은어와 속어를 바탕으로 반말과 파괴된 표준 문법, 효과 없는 동어 반복, 마무리 되지 않는 문장, 문장 간의 결속력을 떨어뜨리는 화법은 '무엇에 대해' 말하는가를 논하기 전에 이미 폭로적인 성격을 갖기 때문에 일탈 청소년의 문화적 저항을 대표한다. 하지만 바로 그 때문에 그 "무엇"에 대한 읽기가 방해받는 것도 사실이다. 특히 라임이 존재한다는 사실은 우리말의 가장 큰 특징인 어미의 역할을 파괴하는 것이기 때문에 문장 전체적인 의미에 대한 원칙적 무화(無化)를 선언하는 것과 같다. 기존 이 작품에 대한 논의들이 이러한 말하기가 독자들이 "술술" 읽을 수 있는 방법이라 지적한 것과는 달리, 이것이 이 "주제"를 진지하게 고민하고 있는 독자 대부분을 아우를 수 있는 효과적인 방법인가에 대해서는 더 고민이 있어야 한다. 때문에 이 작품의 다시 읽기가 갖는 가치는 과도한 설정으로까지 보이는 이 화법의 이면에는 진실을 드러내는 변별적인 방법을 알아차리는 데 있다. 즉, 이러한 말하기 방식은

악은 분명 우리가 부정해야 할 대상이면서 동시에 그러한 악무한의 세계에 살고 있는 우리의 모순 투성이의 삶을 문화적 실감으로 부각"시킨다고 했으며, 안미영(「신인류의 매혹적인 모반과 신시대의 윤리」, 『오늘의 문예비평』, 2005, 61~84면)은 랩이라는 가벼움을 강제하는 형식에 대해 "자본주의 시대 패배자의 처세법이자 패배자의 윤리"로 독해한다. 또한 김대성(「DJ, 랩퍼, 소설가 그리고 소설」, 『작가세계』 제19권, 세계사, 2007)은 "그들이 쉴 사이 없이 떠드는 이유는 말이라도 많이 해야 자신들의 처지를 잊을 수 있기 때문"이라 해석한 바 있다.

12 힙합(hiphop)으로 알려진 청소년 문화의 중요한 요소가 되는 것으로, 랩이라는 호칭은 1980년대 초에 생겼다. 일상생활의 이야기나 느낀 생각을 리듬에 맞추어서 이야기하는 랩과 기계체조나 판토마임과 흑인 댄스 음악을 연결한 곡예적인 브레이크 댄스(break dance) 등이 그 표현방식이다. 흑인 음악가 퀸시 존스는 '현대 흑인음악에 있어서 가장 혁명적인 표현방식'이라고 랩을 평가한다. 랩은 1980년대에 음악 장르화하여, 랩의 주요한 반주용 음원(音源)인 레코드 음반을 손으로 앞뒤로 움직이면서 소리를 타악기 음적으로 쓰는 스크래치·브레이크믹스 등의 방식도 유행했다.

독자가 1차 독서에서는 쉽게 알아채지 못했으면 하는 사실, 즉 작가가 노골적으로 드러내면 일회용으로 끝나버릴 시대 공통적인 고민과 문제에 대한 새로운 접근으로서 장치된 것이다. 작가는 독자가 다시 읽을 때마다, 새로운 진실을 통해 새로운 작품으로 인식될 수 있도록 하기 위해 적절하게 읽기를 방해하는 것이다. 이기호의 「버니」를 다시 읽을 때 그 틈새를 주목할 수밖에 없는 이유가 여기에 있다.

> 하나하나 말을 배우며, 하나하나 말을 익히며, 욕심이 많아진 순희, 많은 걸 알고 싶은 순희, 많은 걸 해보고 싶은 순희,
>
> —「버니」, 23면

> 가끔 그런 놈들이 있어, 새로운 걸 찾는 놈, 자기와 맞지 않는 걸 즐기는 놈들, 그러면서 자기가 부자라는 걸, 확인하려는 놈들, 계집애들은 그런 놈들과, 그 짓 하기 싫어해, 그런 놈들 특징은, 이 얘기, 저 얘기, 이 말, 저 말, 주저리 주저리, 물어보는 거야, (중략) 이렇게 저렇게 말로 그 짓을 해, 말로 그 짓을 요구해, 변태 같은 놈들, 수없이 많이 말로, 수없이 많은 말로, 오르가슴을 느끼는 변태 같은 놈들.
>
> —「버니」, 33면

> 아, 잊고 있었는데 두 가지 일이 있었어, 하나는 내가 욕을 하지 않게 되었다는 것, (중략) 훨씬 부드럽게, 욕을 해, 근데, 상소리나, 부드럽게 말하나, 말은 그게 그거야, 어차피, 말은 좆같다고 생각해, 좆나게 폼 잡고 말하나, 좆나게 무식하게 말하나, 내가 무슨 말을 하고 싶은지, 무슨 말을 했는지, 다 알아듣잖아,
>
> —「버니」, 39면

근대적 문자의 정체(停滯)를 전근대적 구술(口述)로 해결했다는 기존의 평가는 문체 이상의 영역으로 더 확대될 필요가 있다. 화자를 통해 지속적으로 강조하는 "말"에 대한 인식은 사실, 과잉수사 상태인 현재의 소설쓰기

에 대한 자조로 읽힌다. 언뜻 신세대적의 쉽고 발랄한 말하기로 보이는 이 서사 양식 이면에 전통적인 소설 양식에 대한 고민이 그대로 녹아 있기 때문이다. 결국, 이 실험적 말하기는 부정적인 현실을 더욱 부정적으로 드러내는 새로움뿐만 아니라 고루한 질문들을 효과적으로 감추면서, 정성스럽게 다시―읽는 독자들에게만 전달되는 "무엇"을 털어놓는 방식이다. 물론 랩이라는 방식이 말하기 자체의 고민을 드러내는 데 합리적인 선택이었는가에 대한 고민과 연구는 계속되어야 하지만, 이야기 방식 자체가 이야기에 미치는 영향이 강력하다는 점을 증명하고, 이러한 시도를 진지하게 계속해 왔다는 점이 더욱 더 주목할 만하다.

1 하나님의 종 하나님의 의인 최순덕에게 내린 성령의 감화 감동 이야기라 이곳에 하나의 보탬과 빠짐없이 기록하노니

2 이는 대저 믿는 자에게 내린 성령충만의 산 역사요 증거더라

3 서울 땅 아현동에 스물 두 살 된 처녀가 한 명 살았으니 그 이름은 최순덕이더라

(중략)

27 그러나 자매여 보아라 하나님께서 너를 이 땅에 보내신 데에는 다 그만한 연유가 있고 따로 쓰심을 작정하셨을 터인데 네 어찌 그를 외면하고 교회 안에만 머물려 애쓰는가 (중략)

26 아담을 전도하여 하나님의 의인으로 만들지어다. 그것이 세상에 나온 저의 의미더라 그것이 저가 천국으로 들어갈 수 있는 유일한 기회더라 순덕은 확신에 차 발길을 옮겼더라 (중략)

11 그로부터 일년하고도 반년이 더 지난 어느 교회 설교대 앞에 순덕이 서니 때는 부흥회 둘째 날 신앙 간증시간이더라

5 순덕이 이어 가로되 저가 믿음 없는 남편을 처음 만난 것은 하나님이 저를 세상에 보낸 의미를 알지 못해 방황할 때 였으니

6 하나님께서 저를 가엾이 여겨 남편을 전도하라는 사명을 내려주셨사오니 이 어찌 축복이 아니겠느뇨

7 이에 성도들이 회당 맨 좌측 끝에 앉아 있던 한 남자를 바라보니 그는 바로 아담이요 현재 순덕의 남편이더라

— 「최순덕 성령 충만기」, 234~264면

자, 좋습니다. 이 소설은 저 위 부제처럼 누군가 누군가에게 직접 소리내어 읽어주도록 씌어진 소설입니다. (중략) 이 소설은 눈으로 읽는 소설이 아니라, 듣는 소설, 즉 오디오용 소설입니다. 그래도 굳이 혼자 골방이나 도서관에 앉아 이 소설을 읽겠다면, 어쩔 수 없네요(내가 뭘 어쩔 수 있겠어요). 하지만 좀 아쉬운 게 사실입니다. 소설이라는 게 원래 그랬잖아요. 누군가의 목소리를 타고 흘러나오는 이야기, 들려주는 사람에 따라 끊임없이 변형되고 각색되는 이야기, 그게 소설의 진정한 참맛이잖아요. 이소설도 읽어주는 사람에 따라, 그의 맘에 따라, 계속 변하고 뒤바뀌고 출렁거려, 누가 진짜 이 소설의 원작자인지 모를 지경까지 흘러가길 원합니다. 나는 그런 것엔 하나도 서운하지 않으니까요. 자 이제 시작합니다. (뭐하나, 이 친구야. 이 문구가 바로 이 소설의 시작이다. 여기서부터 소리내어 읽으란 말이다)

　　　―「나쁜 소설―누군가 누군가에게 소리내어 읽어주는 이야기」, 10~13면

1) 오늘의 요리는 누구나 손쉽게 만들어 먹을 수 있는 가정식 야채볶음흙이 되겠습니다. 시간도 얼마 걸리지 않고 재료도 주위에서 손쉽게 구할 수 있는 것들이니, 바쁜 아침이나 아이들 간식용으로 아주 그만인 요리이죠. 특히 직장생활 때문에 정신없이 바쁜 부인이나 매끼 식사 걱정을 해야 하는 외로운 자취생, 아이의 영양식을 고민하는 주부들에게 적극 권장하는 요리입니다. 영양도 많고, 재료비도 저렴한 가정식 야채볶음흙, 자 그럼 시작해볼까요.

88) … 제발, 눈으로만 보지 말고요, 제발, 제발 제 말을 믿어주시기 바랍니다.

89) … 거기, 누구 아는 사람 없습니까? 누가 대답 좀 해주세요.

　　　―「누구나 손쉽게 만들어 먹을 수 있는 가정식 야채볶음흙」, 47 · 93면

문 : 피의자의 성명, 연령, 직업, 주민등록번호, 원적, 본적, 주소를 말하십시오.

답 : 이시봉, 27세, 생년월일은 1974년 2월 18일 생, 직업은 연극배우, 주민등록번호는 740218―********, 원적과 본적은 강원 원주시 단구동

172번지이고, 현재 뚜렷한 주거지는 없습니다.

—「햄릿 포에버」, 40면

「버니」 이후로 이어지는 말하는 법에 대한 고민[13]은 부정적인 상황과 비루한 인물들을 통해 더욱 더 다양해진다. 특히, 「최순덕 성령 충만기」의 성경 형식 패러디는 종교의 맹목성에 사로잡힌 최순덕의 삶을 부각시키는 데 효과적이다. 작가는 최순덕이 그처럼 절대시하는 종교 경전의 바로 그 서사 형식을 전유하여, 진짜 부정되어야할 실체에 대해 언급하되, 최순덕의 맹목적인 소명의식을 희화화하여 독자의 거부감을 완충하는 역할을 담당하게 한다. 「나쁜 소설―누군가 누군가에게 소리내어 읽어주는 이야기」 역시 적극적으로 "말하는 소설"을 지향하되, 최면술사의 화법을 응용하여 작자―독자―청자―화자의 구별을 붕괴시키고, 작품 안에 등장하는 작품과, 실제 독자가 읽고 있는 작품의 경계를 지우는 방법으로 독자의 집중을 유도한다. 종국에는 작품 안에서 시종 불러 대는 "당신"의 자리에 여러 명이 동시에 위치하게 되지만, 존재의 고정성을 의심하게 하는 화법[14]을 통해 독자는 반드시 "당신"의 위치에 서게 되는 최면을 경험하게 된다.

「누구나 손쉽게 만들어 먹을 수 있는 가정식 야채볶음흙」에서의 요리 레

13 　「최순덕 성령 충만기」는 자신이 세상에 내려온 의미가 무엇인지 몰라, 혹시 "좁디 좁은 천국의 문"을 통과하지 못할까봐 초조해 하던 순덕이 여자들 앞에서 바바리를 열어젖히는 "아담"을 전도하는 과정을 성경의 문체를 빌어 서술한 작품이다. 「나쁜 소설―누군가 누군가에게 소리내어 읽어주는 이야기」는 소설읽기와 소설 읽어 주기 자체에 대한 소설이다. 「누구나 손쉽게 만들어 먹을 수 있는 가정식 야채볶음흙」은 전쟁이 일어난 것으로 착각해 숨어들었던 방공호에 갇혀 흙은 먹기 시작한 사내가 흙 이외의 것은 먹지 못하게 된 사연을 그린 작품이고 「햄릿 포에버」는 본드흡입 사건으로 기소된 경력의 피의자인 나(시봉)가, 차서화 극단장의 개작극을 준비하면서 다시 본드를 만지면서 환각 속에서 햄릿을 만나 연극에 대한 조언을 얻지만, 어릴 때 집을 나간 아버지까지 만나게 되면서 문제가 생기는 상황을 그리고 있다.

14 　정혜경, 「백수들의 위험한 수다」, 『문학과 사회』, 문학과지성사, 2005.

시피(recipe)라는 친절하고 익숙한 화법과 「햄릿 포에버」의 피의자 조서와 같은 공적 화법은 "흙을 먹을" 수밖에 없었던 부정적인 상황이나, 본드를 불고 무대에 오르는 부정적인 환상의 서사를 독자(청자)로 하여금 무리 없이 받아들이는 역할을 담당한다. 때문에 독자들은 때로는 청자와 동일시를 이루기도 하고, 때로는 발화자와 동일시를 이루면서 발화자의 정황을 재구하는 경험을 하게 된다. 이 재구의 과정 속에서 독자는 한편으로 소설의 사건과 연루된 인물들의 관계를 탐구하기도 하지만, 이 구술적 상황을 직접 재연하게 됨으로써 문제적 인물이 겪는 현실과 환(幻)의 착종이 초래한 삶의 곤혹스러움을 새롭게 인식하게 되는 것이다.

앞에서 살펴본 소설들의 공통점은 부정(不正)적인 상황을 부정(不定)적인 방법으로 말한다는 점이다. 보도실장과 매춘소녀는 랩으로, 맹신교도는 신앙간증으로, 본드 중독자는 피의자 조서로 부정을 더욱 부각시킨다. 이러한 말하기는 자리 잡고 선 인물들의 상황을 생생하게 증언하는 동시에 이들의 비루함이 이 "노래"가 끝나도 달라지지 않을 것을 암시한다. 하지만 이것은 독자를 위한 것이 아니다. 작가가 이 부정적인 환상을 통역하지 않는 것은 오로지 작품의 인물들의 자기실현을 겨냥한 것이다. 때문에 친절하게 기꺼이 읽어주는 이야기들은 불친절할 수밖에 없다. 말하기와 읽기의 가장 큰 차이점을 "어조"라 할 때, 이들 작품에 드러난 "상상된 어조"는 분위기를 조장한다는 점에서 충분히 의도적이다. 이것이 충분히 자의적이고 선택적인 현대의 윤리와 만나면서 비루한 인물들의 처세법으로 제공된다. 고진은 환상의 에티카는 취미판단[15]의 대상이라고 했다. 이는 문화적 훈련을 통해서만 가능해지며, 그래서 있는 그대로를 감추지도 빼지도 않고 쓰는 것이 가능한 것은 오로지 소설뿐이라고 주장한다. 이기호 소

---

15 가라타니 고진, 송태욱 역, 『윤리 21』, 사회평론, 2002, 211면.

설의 미덕은 작중 인물들이 가벼움과 사적환상으로 선회하기 전, 그들이
세계와 충돌하는 과정을 보여준다는 점이다.

3. 소설의 내용형식으로서의 윤리 : 고백과 사과

　현대 윤리의 가장 큰 특징은 다의성(多意性)에 있다. 단순히 윤리를 개인
의 실존주의적 윤리와 공공선으로 명명할 수 있는 사회적 실천방안으로서
의 윤리로 구분[16]한다면 지금 소설에서 문제 삼고 있는 윤리의 문제는 이
것의 구분이 점점 모호해진다는데 있다. 동서양 모두의 근대소설을 발생
론적 관점에서 바라보면, 그 지향점이 그런 윤리에 닿아 있다는 것은 새로
운 사실이 아니다. 근대소설은 자본주의, 시민 계급의 성장, 개인주의 사
상의 발달과 밀접한 관련을 갖고 있으며, 소설을 '타락한 시대에 타락한
방법으로 진정하는 가치를 추구하는 이야기'로 규정하는 것도 이 때문이

---

[16]　이는 다양한 윤리의 문제를 범박하게 이원화한 것이다. 티탄렌코는 윤리에 대한
　정의와 개념이 관점에 따라 아주 다양함을 보여주고 있다. 곧 그에 따르면 도덕은
　세상살이의 지혜로 덕 있는 사람이 되는 길을 배우는 배움터로 영혼의 영생을 담보
　해주는 신의 계명에 순응하는 것으로 최상의 축복 즉 자기행위 속에서 얻는 개인의
　쾌락으로 행복에 이르는 첩경으로 명예 자체를 소중히 여기고 그에 대한 숭고한 봉
　사를 하는 것으로 자신의 의무를 다하는 것으로 사회질서를 유지하는 도구로 대인
　관계에서 정직에 이르는 길로 공공선에 대한 요청으로 삶의 추악함과 불의를 폭로
　하는 수단으로 즉 삶과 자신에 대한 판단으로 이상에 봉사하고 합당한 질서체계를
　수립하는 것으로 인민들을 이해하고 통달시키는 수단으로 인격의 자기표현, 즉 양
　심의 내면적 준칙에 따라 자신의 본성에 진실 될 수 있는 능력, 사람에게 특정 책임
　들을 부과하는 외적인 사회적 명령으로 개인의 자발성과 의지를 억압하는 인습으
　로 지식을 얻는 하나의 특유한 방법으로 인간의 '동물적 본능'에 재갈을 물리는 제
　도로 인간으로 하여금 자기 자신을 무지한 존재라 비하하고 그것을 감내하도록 만
　드는 거짓된 위안으로 그리고 인간 생활에 최고의 의미를 부여하는 정의 등으로 규
　정되어 있다. A. I. 티탄렌코, 견학필, 박장호 역, 『윤리학 입문』, 사상사, 1991, 113
　면 참조.

다. 현대사회에서 제기될 수 있는 윤리에 대한 여러 문제점은 단순히 명제적 사고를 강조하는 것만으로는 부족하다는 점에서도 윤리와 소설의 상관성을 찾을 수 있다. 윤리를 추상화하는 철학과는 달리 소설은 구체적이고 개별적인 경험을 다루기 때문에 시간과 장소, 사람과 사건을 연루시키는 '서사적 사고'라는 형식 안에서 스스로 사유의 공간을 창조한다. 때문에 소설은 현대인들에게 윤리의 스펙트럼이 만들어 내는 다양한 문제에 대한 인식을 제공한다는 점에서 유용한 장르이다. 현대 소설에서 윤리 문제를 거론할 수 있는 것은 이와 같은 맥락에서이다. 그리고 이 윤리 문제를 적극적으로 수용하는 글쓰기 형태가 바로 "고백"이다.

> 저는 고아로 태어났습니다. 하지만 그것에 대해서는 아무런 불만도 없습니다. …… 아무쪼록 형님들의 현명한 선택을 기다리며, 끝으로 이젠 양아치 생활을 청산, 진정한 쌈마이로 거듭나기 위해 최선을 다할 것을 다시 한 번 다짐합니다.
> ─ 내 친구 시봉의 자기 소개서(서린신용정보회사 입사용) 초고 중에서
> ─「옆에서 본 저 고백은 ─ 告白時代」, 76~79면

> 팔대이는 우리에게 자기 소개서에 빠져서는 안 될 사항들에 대해 말해 주었다. 알고 보니 자기 소개서라는 것은 우리가 생각한 것보다 훨씬 더 복잡하고 고난도의 글재주가 필요한 서류였다. 우선 꼭 들어가야 할 내용으로, 성장 배경과 성격, 생활 태도와 학창 생활, 그리고 지원 동기 및 앞으로의 포부가 있어야 했고, 그 외에 첨가해야 할 사항으로 대인 관계와 조직에 대한 적응력, 경력, 그리고 자신의 장점을 드러내는 것과 동시에 신체적 결함이나 성격상의 단점, 그리고 장애 정도까지. 그 많은 것들을 일정한 분량에 모자람이나 넘침 없이 포함시켜야 한다는 것이 팔대이의 설명이었다. 세상에 …….
> ─「옆에서 본 저 고백은 ─ 告白時代」, 83면

　　회사에 들어가기 위해서 모든 사람들이 그렇게 자신의 과거를 낱낱이
까발리는 거라면, 그렇게 해서라도 기를 쓰고 들어가려는 게 회사라면, 그
건 생각만으로도 무섭지 않은가. 그 무서움을 아무렇지도 않게 생각하는
게 더 무섭지 않은가?

—「옆에서 본 저 고백은 – 告白時代」, 94면

　「옆에서 본 저 고백은 – 告白時代」는 제도권의 현대인이라면 누구든지
한번은 반드시 쓰게 되는 가장 대표적인 실용문 중 하나인 "자기소개서"를
통해, 그동안 무의식적으로 강제되어오던 고백이라는 형식에 대해 이의를
제기하고 있다. 지하철 앵벌이로 생계를 유지하던 시봉과 나는 '쌈마이 형
님'들의 합법적인 신용정보회사에 취직하기 위해, 난생 처음 자기소개서
를 작성하게 된다. 글이라고는 앵벌이에 이용되는 전단지가 전부였던 이
들은 동네 PC방 아르바이트생 '팔대이'의 도움을 받으며, 겨우 문서를 완
성해 나간다. 하지만, 이 글을 완성하기 위해서는 이미 정해진 형식에 따
라 "진정한 자기 고백"을 해야 한다는 사실에 경악하고 공포감마저 느끼
게 된다. 진정한 자기고백이야말로 팔대이의 말처럼 타자를 감동시킬 수
있는 자기소개서의 요건이지만, 그동안 당연하게 받아들였던 비루한 삶을
새삼스럽게 들춰내어 글로 작성하는 것은 이들에게 고스란히 통증으로 다
가올 수밖에 없다. 이들은 팔대이에게 자기소개서를 대필시키지만, 그에
게 털어놓은 "고백"의 양이 늘어나면서 상황은 역전되고, 만만했던 팔대이
에게 '주눅드는' 느낌에 당황하게 된다. 결국 제대로 고백하지 못하는 시봉
에게 분노를 느낀 팔대이는 시봉의 주무기인 호치키스로 사정없이 시봉을
내리치게 된다. 그렇게 작성된 그 자기소개서는 다시 지하철 앵벌이 전단
으로 사용된다.

　물론 작가가 문제 삼는 것은 이러한 자기고백이 제도적으로 강요받고
있다는 사실에 대한 환기이다. 이렇게 강요된 자기 고백은 고백 과잉을 낳

제3부 서사전략과 현실인식으로서 글쓰기

고, 고백의 과잉은 삶의 진실을 왜곡하기 마련이다. 뿐만 아니라 사적 자유를 최대한 강조하는 근·현대의 원칙과도 배치된다는 점을 생각하면, 이 작품은 타자에게 강인한 인상을 남기기 위해 자기 고백의 제도적 강요를 받는 이 시대와 더불어 그것을 무비판적으로 받아들이는 현대인들을 동시에 풍자한다. 그에 더불어, 이 작품은 고백이라는 형식이 권력과 긴밀한 관계가 있음을 암시한다. '양아치 시봉'의 힘이 '만만한 팔대이'로 이양되는 과정은 팔대이가 시봉의 과거를 점점 더 많이 "알게"되는 과정에서 시작되지만, 시봉이 절대로 "고백의 형식"을 완성할 수 없을 것이라는 사실에서 폭발하게 된다. 더 이상 털어 놓을 것이 없을 정도로 개인을 고백하게 하는 이 제도는 이미 "소개"의 차원을 넘어선 것이다. 실제로 이러한 글쓰기의 형태는 자본주의와 긴밀한 연관을 갖게 되면서 형식 자체가 내용을 압도하는 현상을 가져왔고, 진실을 왜곡하는 "기술"적 글쓰기의 형태로 고백의 양식을 변화시켰다. 자의식에 대한 반성적 성찰 없는 고백이 주체에게 미치는 영향은 이처럼 치명적인 것이다. 작가는 고백이 "윤리적"인 형태로 완성되는 것이 얼마나 고통스러운 일인지를, 그리고 그동안 우리가 가지고 있었던 고백의 형식에 대한 진지한 의심의 필요성을 이 작품을 통해 보여주고 있다.

> 복지사들은 우리를 때릴 때마다 항상 이렇게 물었다
> "네가 뭘 잘못했는지 알아?"
> "네 죄가 뭔지 아냐고?"
> 처음, 얼마 동안 나는 아무런 대답도 하지 못했다, 내 죄가 무엇인지 알 수 없었기 때문이었다. 그러면 복지사들은 "네 죄가 뭔지 모르니까 매일 이렇게 맞는 거야"라고 말하면서 내 엉덩이를 걷어차거나 뺨을 세게 올려 붙였다. −24면

다음 날부터 우리는 계속 죄를 지으며 살아갔다. 우리는, 우리의 죄가
무엇인지 알 수 없어 언제나 고백부터 먼저 했다. (중략) 우리는 우리의 죄
를 고백한 다음, 그다음 반드시 죄를 지었다. 고백한 내용이 하루 종일 머
릿속을 맴돌아, 마음이 불편했기 때문이었다. ─28~30면

대신 사과해드립니다. 부모나 부부, 형제, 친지, 친구, 이웃 주민, 직장
동료 사이, 알게 모르게 지은 죄들을 대신 사과해드립니다. 주저 말고 연
락주세요. ─108면

─『사과는 잘해요』(현대문학, 2009)

이기호의 첫 장편 『사과는 잘해요』는 그동안 그가 단편을 통해 질문한
말하기에 대한 고민과 예술의 윤리를 소설 내부적 양식으로 승화한 첫 번
째 답이다. "죄를 찾다, 죄를 만들다, 죄를 키우다"로 구성되어 있는 이 작
품은 복지시설에서 반복적인 노동과 복지사들의 무자비한 폭력에 순응하
며 살고 있던 시봉과 진만이[17] 시설에서 나오게 되면서 시작한다. 시봉의
여동생 시연의 집으로 간 그들은 세상에 나가서도 시설 안에서 그들이 해
오던 것처럼 죄를 고백하는 일을 계속하기로 한다. 남의 죄를 대신 사과하
는 일을 통해 세상에서도 자신들의 "할(수 있는)일"을 찾은 것이다.

흥미로운 것은 이러한 사과가 시설 밖의 일상 공간에서 작동하는 방식
이다. 시봉과 진만은 동네에서 의좋기로 유명한 정육점 주인과 과일 가게
주인을 찾아가 서로에 대한 사과를 권유하게 되는데, 정육점 주인과 과일
가게 주인은 처음에는 이를 대수롭지 않게 여기거나 화를 내지만, 시봉과
진만의 사과 권유가 끈질기게 반복될수록 "혹시 있을지도 모르는" 죄에 대

---

[17] 여기서 주지할 것은 이 둘이 시설 안에서 복지사들이 주는 성분을 알 수 없는 알
    약을 통해서 퇴행적이고 환상적인 자아를 구성하고 있다는 것이다. 시봉과 진만은
    언어의 비유적 사용이나 현실적 활용을 이해하지 못하는 아이와 같기 때문이다.

한 강박관념에 시달리게 된다. 결국 정육점 주인과 과일 가게 주인은 크게 싸움을 하고, 시봉과 진만은 두 사람 모두에게 "대신 사과"하지만, 둘의 관계는 회복되지 않고, 정육점 주인이 가게를 다른 곳으로 옮기는 것으로 사건은 마무리 된다. 죄를 만드는 일은 아주 간단한 것이었다. 여기서 사과를 권유받는 데에서 끝나지 않고, 사과를 대신하겠다는 시봉과 진만의 제의를 수락하는 것은 윤리적 주체로서의 권력도 함께 이양되는 것을 의미한다. 그들이 무작정 질문하는 죄로부터 자유로운 사람은 복지시설 안과 밖 어디에도 없으므로, 겉으로는 비루하기 짝이 없는 이들의 "대리 사과업"은 막강할 수밖에 없다.

　복지시설에서 죄를 고백하는 방식이 복지시설 밖에서도 통용되는 것을 보여주면서, 작가는 일반적 세상의 병리적 징후를 은연중에 드러낸다. 이는 자신에게 가해지는 부조리한 폭력에 순응하기 위해 없는 죄를 만드는 도착된 고백의 형식인 "사과"가 생성되는 과정에 대한 것이다. 이기호 작품에 빈번하게 등장하는 학교, 군대, 불량배들의 조직, 종교단체, 병원과 같은 시설, 독재 사회 안에서 등장인물들이 보여주는 때로는 소극적이며 때로는 공포스럽고, 때로는 연민을 자아내는 갈팡질팡하는 행동은 이러한 도착된 사과의 변형이다. 하지만 이 작품에서 사과는 폭력의 합리화를 고안하거나 부조리한 폭력에 순응하는 방식일 뿐만 아니라 폭력을 발생시키는 기제이기도 한 것이다. 원칙적으로 사과는 미안하다는 부끄럽고 윤리적인 발화이지만, 사과라는 형식을 통해 죄를 고백했다는 사실 자체에 만족하는 사적 환상이 간섭하게 되면, 이는 매우 이기적인 형태로 변화한다. 진짜 피해자는 청자임에도 불구하고 죄를 고백하는 형식이 갖는 부끄러움과 고통이 죄를 상쇄시켜버리고 발화자는 청자의 의도와 상관없이 면죄부를 얻게 되는 것이다. 죄를 고백하는 것과, 죄를 사과하는 것과 용서를 비는 일은 결코 등가가 아니라는 것을 정확하게 아는 시봉과 진만은 죄를 대신 "용서" 받기 위해 폭력적인 방법도 기꺼이 감수하는 고도의 윤리를 적용하는 것이다.

세상의 모든 전제로 보이는 제도의 균열을 포착해내고 그 틈을 비집고 들어가 그것을 내파(內波)시키는 소설도 역시 제도의 하나로 존재한다. 그런 부정성의 계기를 온축하고 있는 힘일 때에만 소설은 우리가 존중할 수 있는 소설일 수 있다. 부정성의 계기를 어떻게 발현시키느냐에 대해서는 이론의 여지가 많지만 그것은 우리 삶의 영역을 벗어날 수가 없는 것이다. 그 중에서 말할만한 것들을 찾아내는 것도 중요하지만 더욱 중요한 것은 말하는 방식일 것이다. 소설쓰기의 윤리가 문제가 되는 것은 이처럼 소설이 자신의 존재 근거에 대한 근본적인 질문에 당면했을 때이다. 탈이념이 가속화되는 공간에서 소설은 오로지 윤리적이 됨으로써만 자신의 가치를 보존[18]할 수 있을 것이다. 소설이 어떻게 윤리적이 될 것인지가 아니라 소설을 선택하는 윤리가 문제가 되는 것이다

4. 나가며 – 소설가를 고민하는 소설

소설이 여기 존재하는 것은
이 세계가 소설이라는 것을 감추기 위해
그것을 위해, 지금 여기, 존재하는 것이다.

— 「수인(囚人)」, 193면

무명의 소설가 '수영'은 때때로 광화문에 있는 대형서점에 나가 그의 오래된 첫 소설책을 남몰래 보고 온다. 그의 책은 '한국 소설' 코너 구석진 책장 아래 꽂혀 있다. 그는 자신의 소설책이 서점에서 사라질까 그것이 늘

---

18 서영채, 『문학의 윤리』, 문학동네, 2005.

두려웠다. 때문에 그의 책이 늘, 그 자리에 꽂혀 있다는 사실만이 그에게 작은 위로가 되었다. 이처럼 소설가로서의 자기 증명에 갈증내던 그는 방사능 사고로 나라가 망해버린 것도 모르고 소설 쓰기에 몰두하고 있었다. 남쪽의 정부가 완전하게 소멸하고, 국민들을 선별하여 세계 각지로 이주시키기로 결정함에 따라 파견된 심판관들은 용산 국방부 지하 벙커에서 하루 열일곱 시간씩 심사 대상자들을 인터뷰하고 심사한다. 수영은 자신이 소설가임을 증명하기 위해, 광화문 교보문고에 한권 남아 있을지 모르는 자신의 소설책을 찾기 위해 시멘트벽에 곡괭이질을 시작한다.

> "만약, 저 안에 말입니다 … 저 안에 제 소설책이 없으면 … 그러면 전 어떻게 되는 겁니까?"… "제 소설책 말입니다… 혹시, 그게 저 안에 없는 경우가 생기면… 그러면 무엇으로 저를 증명해야 하는 건지, 그걸 묻는 겁니다" …"아, 형씨야 이미 증명이 다 된 걸, 뭘 그런 걱정을 합니까?" "증, 증명이라니… 제가 무, 무슨…?" "아, 이 벽을 다 깼잖아요. 이렇게 두꺼운 벽을 혼자서 다 깼는데 그 이상 무슨 증명이 더 필요합니까? 제가 그 동안 사진으로 다 찍어서 이미 서류 제출 끝냈어요." "아니, 그럼 왜 내게 책을 빼, 빼오라고 한 거죠……?" "아, 그거야 형씨에게 동기부여하려고 한 말이죠. 아, 어느 국가가 망한 나라의 소설가를 고이 받아들이겠어요? 소설 말고 뭐 다른 장점이 하나쯤은 있어야죠."
>
> — 「수인(囚人)」, 230면

이기호의 소설은 소설을 연구하는 사람들의 주목을 받기에 좋은 소설이다. 특히 이 「수인(囚人)」[19]은 소설을 고민하는 소설가가 아니라 소설가를

---

[19] 「수인」은 이미 여러 논자들이 주목했다. 특히 '자본주의적 가치체계 속에서 질식된 소설의 운명과 그러한 운명에 저항하는 소설가의 절망적인 운명(심진경), 소설가의 윤리는 결과를 예측할 수 없는 무한 노동의 윤리이며 소설가는 곡괭이를 든 노동자이고 이 소설은 육체파 노동자의 자기 선언(신형철)이라는 진술은 귀담아 들을 필요가 있다.

고민하는 소설이라는 점과, 오로지 정신적인 노동으로 인식되던 소설쓰기와 소설가의 자기 증명이 육체적으로 전환되는 과정을 통해 "소설가란 누구인가" 혹은 "소설이란 무엇인가"에 대한 자기 성찰과 반성적 질문을 반복한다. 결과를 예측할 수 없는 무한노동의 윤리를 통해 구현된 소설가의 윤리는 소설가이고자 하는 "의지"의 문제가 된다. 그가 거대한 시멘트벽 앞에서 '라이터를 켜면 생겨나고 라이터를 끄면 사라지는(233면)' 것이 전멸중인 소설의 운명이라 할지라도, 소설가의 존재론과 소설쓰기의 윤리학이라는 관점에서 이 작품은 유용하다.

> 소설 제목을 생각한다. …… 누구는 제목을 먼저 정해야 소설을 시작할 수 있다고 하지만 나는 매번 다 쓴 다음에야 겨우, 정말이지 겨우, 제목을 정하곤 한다. …… 또 다르게 보면 그게 바로 '우연을 대하는 각자의 자세' 문제인 것 같기도 하다. ……그러니 나는 이제 이 소설의 제목도 정할 수 있게 되었다. 갈팡질팡하다가 내 이럴 줄 알았지. 버나드 쇼의 묘비에 적힌 글귀이다. 갈팡질팡하다가 내 이럴 줄 알았지. 글쎄 말이다. 나도 그럴 줄 알았다. 다 지나고 난 뒤에 보니까 ……그러니까, 그러니까 말이다.
> ─「갈팡질팡하다가 내 이럴 줄 알았지」, 267·295면

리얼리티야 말로 허구라는 것을 반복해서 인식하고 있는 작가들에게 가상과 현실을 구분 짓는 누빔점이 지워지는 곳이야 말로 풍부하고 자유로운 소설적 발화가 가능한 지점이다. 그리고 여기가 상상력에 대한 문화훈련으로서의 소설이 완성되는 곳이다. 전면적인 상상의 시대에 작가들은 자명한 존재로서의 주체가 사라진 상태로 비현실 혹은 탈현실적인 상상의 문법을 시도한다. 때문에 탈현실적 상상력들은 현실의 억압적 국면을 환기하는 결여와 상실의 지표가 아니라 현실과 무관하게 발생하는 과잉과 잉여의 기호에 치우치기 쉽다. 상상력은 당대 사회와 시대를 향한 저항적이고 전복적인 기능을 하기보다 오히려 문학 자체에 내장된 구성원리 혹

은 자질로서 흡수[20]될 가능성이 있기 때문이다.

하지만 상상력[21]은 그 용어의 의미를 생각할 때 이미지를 생성하는 힘과 관련된다. 문학은 상상력의 언어를 매개로 모든 개념을 발견하고 또 은폐한다. 언어는 기본적으로 소통과 친교의 기능을 중시하지만, 문학적 진실은 도구적 이성과는 다른 진정한 방식으로 사물이나 존재들을 전유하고 판단하는 것이므로, 수단이나 기호로서의 언어는 오히려 문학의 진정성에 배치될 수도 있다. 하지만 인간의 언어는 관계성의 욕망과 분리될 수 없다. 소설의 언어가 글이 아니라 "말"이 될 때 생성되는 공감각적 체험은 작가와 독자 사이에 물리적인 접촉과 같은 환상을 불러일으키고 이것은 일어날 법하지 않는 것들을 마치 진짜처럼 여기게 하는 힘을 갖게 된다. 이것이 바로 이야기이다.

이기호 소설에서 보이는 말하기 방식에 대한 실험은 지젝이 지적한 "당신을 찌른 창"[22]으로 비유될 수 있다. 상처는 상처에 가장 직접적으로 관여한 가장 부정적인 방식 그것으로만 구원을 얻을 수 있다. 은율에 실어 그가 전하는 이야기의 비도덕과 환상은 독자들에게 의례적인 진지함을 너머 이야기 그 자체를 거부감 없이 받아들이게끔 한다. 이는 욕망이 가둬지는 방식, 욕망이 폭발하는 방식, 욕망이 뒤틀어지는 방식에 관한 고민이다. 대상에 대한 제법 진지한 오해를 바탕으로 소설가의 상상을 고백하는 이기호는 독자와의 소통에 중점을 둔 화법의 파괴를 통해 작가의 목소리를 낸다. 하지만, 그 이면에 숨어있는 것은 수사학 본래에 관한 문제와 근대적 서사양식에 대한 고민으로 결부된다. 삐딱한 인물들의 삐딱한 응시

---

20   권채린, 「상상은 어떻게 단련되는가」, 『문학과 경계』, 2006.
21   최유찬, 「상상력과 형식」, 국어국문학회 146호, 2007.
22   슬라보예 지젝, 이성민 역, 『부정적인 것과 함께 머물기』, 도서출판 b, 2007.

를 통해 세상의 말과 법, 즉 상징적 질서에 포획되지 않겠다는 무의식을 드러내면서도, 세상의 질서와 소통할 소설적 방법을 모색하는 것이다. "상상 좀 하고 살자"는 그의 발언은 주어와 술어의 변증법을 통해, 사과하기 위해 죄를 만들어 내는 선불(先拂)의 윤리를 경유하면서, 형식 자체가 목적이 되는 삶을 경계를 실천한다. 이를 통해 독자는 이미 내가 알고 있을지도 모르는 앎에 대하여 고민하게 되고, 낙오자들의 로망스를 돌아보게 된다. "작정하고 자기 이야기를 해서, 미안하다고, 다시는 그러지 않겠다"고 말하는 작가의 윤리적인 고백을 보며, 앞으로도 그의 작품에서 직감에 접근하는 리얼의 극단에서 다시 환상을 고민하는 기담을 들을 수 있길 기대한다.

『현대문학이론연구』 제44집(2011. 3)에 수록

부정적인 현실에 대항하는 사회적 소통의 관계망
– 공지영의 『도가니』를 중심으로

유 경 수

1. 서론

공지영의 문학은 한국 현대 소설사에서 중요한 위치를 차지하는데 90년대에는 여성문학의 색채가 짙은 것에 비해 2000년대에 들어와서는 사회 문제에 대한 작품도 더하고 있다. 『도가니』에서는 실제 있었던 사건을 소재로 권력과 폭력의 문제에 대해 소설 형식을 빌어 표현하고 있는데 실제 사건과 재판 과정을 사실적으로 보여주는 형식을 통해 독자가 작품을 현실과 중첩해서 볼 수 있게 하고 동시에 우리 사회를 비추는 거울 역할도 한다. 문학은 단순한 재현만을 하는 것이 아니라 그 글을 읽는 사람들의 마음을 움직여서 사회를 변화시킬 수 있다. 이 작품은 권력층의 부조리가 현실에 어떻게 나타나는지를 잘 보여주면서도 감정에 휘둘리지 않는다.

『도가니』는 공지영 전체 소설의 흐름에서 사회적인 맥락이 강조되는 지점에 위치한다. 그간의 공지영 문학이 여성과 개인의 주변에 초점을 맞추고 있었다면 『우리들의 행복한 시간』부터는 보여주는 사형 제도에 대한 문제 제기를 통해 사회적 공론을 이끌어 냈고 그 연장선에서 현실을 바꿀 수 있는 힘을 보여 주는 것이 바로 『도가니』이다.

폭력의 문제는 인간의 역사와 함께 시작된 것으로 앞으로도 종결되지 않을 것이다. 특히 권력을 가진 계층과 권력을 갖지 못한 계층 간의 대립과 투쟁은 문학 속에서 끝없이 재현되었고, 또 앞으로도 재현될 문제이다. 실제 현실에서 기득권층이 그렇지 못한 계층을 억압하는 것은 흔히 일어나는 일이다. 다만 부당한 현실을 목도했을 때 우리는 여러 가지 제한된 선택지 중 하나를 택하게 되는데 이때 우리의 선택을 제한하는 자기검열의 문제가 내부적으로 작용하게 된다. 도덕적으로 올바른 행위이지만 자신의 선택이 이익의 문제와 직결되어 있다면 우리는 쉽게 바른 행동을 선택하지 못한다. 부정적인 현실에 저항하는 것과 순응하는 것 중 어느 것을 택할지는 스스로의 판단에 의한 것이지만 이에 사회적 힘이 작용하게 되는 것은 부정할 수 없다.

공지영은 『도가니』에서 극도의 부조리한 현실을 제시하고 이에 대한 사람들의 대응 방식을 보여주고 있다. 그렇다면 문학은 작품에 재현된 부조리한 현실을 타계할 방법을 제시할 수 있는가? 『도가니』는 광주에 있는 청각장애인 학교인 인화학교에서 일어난 성폭행 사건을 바탕으로 창작되었다. 작가는 이를 통해 '이 시대에 진정으로 들을 수 없는 사람들은 들을 수 있는 귀가 없는 사람인가, 아니면 듣고도 못 들은 척하는 사람인가'에 대한 의문을 제기한다. 부조리는 소통이 부정되는 삶에서 시작되는데 이 작품에 재현된 현실을 통해 우리는 소통을 부정하는 여러 가지 방식들에 대한 고민과 사유의 문제에 직면하게 된다. 또한 이 작품은 우리가 살아가는 이 시대의 의식, 시대정신이 무엇인지에 대한 근원적 질문을 던지게 되는데 본고에서는 이에 대한 해답을 찾아야 할 것이다.

세상의 부정과 불의를 보면 우리는 일차적으로 분노하고 부정과 불의에 대해 저항하고자 할 것이다. 그러나 그것으로 세상은 변화하지 않는다는 생각이 들면 절망하고, 그 절망은 저항이 아닌 분노에서 멈추어 버리는 것이 현실이다. 더구나 그것이 장애인에게 벌어지는 부당한 일이라면, 그것은 이중 삼중의 억압으로 그들에게 작용할 것이다. 그러나 결국 우리의 분노는 분노일 뿐이다. 거기서 더 나아가지 못하는 그러한 상태, 이러한 일상이 현실을 넘어서면서 우리는 더 이상 분노조차 제대로 느끼지 못하는 시대를 살아가고 있다. 그렇다면 우리에게 남아 있는 것은 무엇인가? 우리가 살아가는 사회에 이런 현실만이 존재한다면 우리는 어떤 방식을 선택해야 하는가?

이 작품에서는 우리 사회에서 벌어지고 있는 일들에 대해 개인은 어떠한 윤리의식을 가지고 대응해야 할 것인가와 올바로 서기 위한 주체 의식은 어디에서부터 기인하는 것인가에 대해서 해답을 제시하려 한다. 개인적 장애나 가난은 스스로 선택할 수 없는 항목이다. 장애를 지닌 사람이 자존의식을 가지고 세상에서 독립하기는 쉬운 일이 아닌 데다가 가난은 대물림되기 쉬운 것 중의 하나이다. 이 작품은 우리 사회에 여러 가지 화두를 던진다.

그러면 공지영[1] 작품의 기존 연구에 대해 살펴보도록 하겠다. 이정희는 공지영의 글쓰기는 '아름다운' 자아에 대한 열망으로부터 시작해서 있는 그대로의 자기를 수용하는 삶에 대한 '아름다운' 긍정의 태도로 완결되는 문

---

1 공지영은 서울에서 태어나 1988년 계간 『창작과 비평』에 단편 「동트는 새벽」을 발표하며 작품 활동을 시작하였다. 소설집 『인간에 대한 예의』, 『존재는 눈물을 흘린다』, 『별들의 들판』이 있고 장편소설 『더이상 아름다운 방황은 없다』, 『그리고, 그들의 아름다운 시작』, 『무소의 뿔처럼 혼자서 가라』, 『고등어』, 『착한 여자』, 『봉순이 언니』, 『우리들의 행복한 시간』, 『사랑 후에 오는 것들』, 『즐거운 나의 집』이 있다. 산문집으로는 『상처 없는 영혼』, 『공지영의 수도원 기행』, 『빗방울처럼 나는 혼자였다』, 『괜찮다, 다 괜찮다』, 『아주 가벼운 깃털 하나』, 『공지영의 지리산 행복 학교』 등을 출간하였다. 21세기 문학상, 한국소설문학상, 오영수문학상, 앰네스티 언론상 특별상, 가톨릭문학상 등을 수상하였다.

학적 도정을 보여주었다[2]고 하였고 최재봉은 1990년대 한국 소설에서 페미니즘과 후일담이 주도적 흐름을 형성하게 되는 데에 공지영의 기여가 결코 작지 않았다[3]고 하였다. 강유정은 공지영의 소설적 전언은 남루한 욕망에 허덕이는 인간보다 근원적인 선을 은닉한 윤리적 인간을 향해 있다[4]고 평하였으며 임영봉은 공지영의 문학은 〈역사의 종말〉이라고 그 누가 이름을 붙여 주었든, 새로운 불화의 연대가 낳은 불행한 영혼의 비망록―역류하는 시간과 뒤섞이는 기억들과 소용돌이치는 존재에 대한 기록[5]이라고 말하고 있다.

이러한 평자들의 논의는 공지영 문학의 전반적인 사항에 대한 것으로 『도가니』에 한정된 논의는 아니다. 정혜경은 『도가니』에 대해 '위안의 수사를 절제하는 만큼 폭력적이고 부조리한 이 시대 사회현실, 즉 '광란의 도가니'를 부각하는 데 비중을 두고 있다'고 평하면서 작가는 이것이 개인적 차원의 폭력이 아니라는 사실을 분명히 드러내기 위해 학교, 경찰, 검찰, 교육청, 시청, 병원, 변호사, 판사, 교회 등에 이르는 거대한 기득권층의 권력 담합 현장을 세세히 그려내고 있다[6]는 비평을 했다.

본고는 문학이 현실을 재현하고 이를 통해 어떠한 변화를 이끌어낼 수 있는가에 대해 답을 제시하고자 한다. 문학은 단순히 현실을 그대로 옮겨서 보여주기만 하는 것이 아니라 현실을 바꿀 수 있는 힘이 있다. 사르트

---

2 이정희, 「그녀의 아름다운 시작, 그리고 나의 공지영론」, 『실천문학』 2003년 가을호, 실천문학사.

3 최재봉, 「공지영의 힘」, 『작가세계』 2006년 여름호, 세계사.

4 강유정, 「용서라는 이상과 자기 구원의 서사―공지영 『별들의 들판』과 『우리들의 행복한 시간론』」, 『작가세계』 2006년 여름호, 세계사.

5 임영봉, 「인간에 대한 예의와 신뢰―공지영론」, 『작가세계』 2006년 여름호, 세계사.

6 정혜경, 「소설형식의 시국선언과 기억의 윤리」, 『창작과 비평』 145호, 2009년 가을호, 315면.

르는 소설가의 관심의 대상은 사회와 세계라는 움직이는 세계 속에서의 부분적 체계의 상대적 움직임을 고찰하는 데 있는 것이 아니라, 절대적 정지의 관점에 서서, 상대적으로 고립된 부분적 체계의 절대적 움직임을 고찰하는 데 있[7]다고 말한다. 작가는 자신이 살아가는 시대에 대해서 기록하고 그 현실과 함께 해야 한다. 이는 문학이 지니는 고유한 속성이고 그것이 문학이 현실과 투쟁하는 가장 명료한 방식일 것이다. 이 작품은 그것을 극명하게 드러내면서 부조리한 현실에 대해서 고발하는 것에 그치는 것이 아니라 사회가 변화하는 모습까지 끌어내고 있다.

　본고에서는 이 작품에 구현된 현실에 대해서 정치하게 분석하면서 이를 통해 작가가 전달하고자 하는 것은 무엇인지에 대해 알아보도록 하겠다. 실제 사건[8]을 소재로 하고 있는 작품이지만 본고에서는 실제 사건에 대해서는 논의하지 않고 오직 작품에 구현된 것만을 대상으로 할 것이다. 이를 위해 본고에서는 먼저 『도가니』에 나타난 기득권층이 어떤 방식으로 폭력을 행사하고 침묵의 카르텔을 형성하는지에 대해서 제시하고 이러한 현실에 대해 자애학원의 청각장애아들을 비롯해 강인호와 서유진이 어떻게 대항하는지에 대해 논의하도록 하겠다. 다음으로 권력에 대항하며 생기는 소시민의 내면적 갈등이 어떻게 표출되는지에 대해 살피고 이를 극복하는 양상에 대해 알아본 후 이 작품에서 재현된 현실이 사회적 소통의 관계망을 형성해서 현실이 어떻게 달라지는지에 대해 고구하도록 하겠다. 이를 통해 궁극적으로 문학은 어떠한 힘을 지니고 있는지를 밝히는 것이 본고의 목적이다.

7　장폴 사르트르, 정명환 옮김, 『문학이란 무엇인가』, 민음사, 2009, 193면.

8　공지영의 장편소설 『도가니』는 광주 인화학교에서 교장과 행정실장, 보육교사가 청각장애아들을 성적으로 유린한 실제 사건을 토대로 했다. 인화학교 성폭력대책위가 3년여 동안 사건의 진실을 밝히는 데 온 힘을 쏟은 결과 이 사건은 1심에서 실형이 선고되었으나, 결국 2008년 7월 항소심에서 가해자들이 모두 집행유예로 풀려나게 되었다.

2. 기득권층의 폭력과 침묵의 카르텔

2.1. 기득권층의 폭력

세상은 끊임없이 변화하는 곳이지만, 세상을 지탱하는 권력이라는 힘은 언제나 소수의 누군가에 의해 독점되고 유용되어 왔다. 그들은 제도권으로 다수를 통제하고 규정지을 수 있는 힘을[9] 소유하게 되는데 우리가 살아가는 현실은 이미 규정된 것들을 확인하는 과정이다. 우리는 우리들이 알고 있는 사실이 부정되는 것에 대해 불편한 감정을 숨기지 않는다. 그것은 소수의 기득권자들이 규정한 질서 내에서 질서를 더욱 견고한 무엇으로 변화시키는 역할을 수행한다. 그 질서에 반하는 행위는 기득권에 대한 도전이며, 그 도전은 철저하게 응징된다.

교장 이강석과 행정실장 이강복이 여러 명의 학생을 성폭행했다는 청각장애아 김연두의 증언을 처음 들은 무진 인권 센터 사람들은 '예순이 다 돼가는 교장이라는 사람'이 어떻게 중학교 이 학년의 말 못하는 소녀를 성폭행하려 했다는 것인지 믿을 수가 없어한다. 그러나 이강석 형제는 성폭행이라는 큰 잘못을 저지르고도 자신의 치부를 거짓으로 덮으려 할 뿐 피해자들에게 미안한 마음조차 갖지 않는다. 생활지도교사인 박보현도 역시 이들과 마찬가지의 태도를 보인다. 기숙사 생활지도 교사인 박보현은 밤새 자애원에서 민수와 영수 형제를 때리지만 아무도 이에 대해 항의하지 않고 그렇게 형제가 맞은 날 동생 영수가 죽었는데도 학교에서는 어떠한 조치도 취하지 않는다.

"앞으로 여기 계시면 알게 되겠지만 모든 장애인들 중에서 가장 피해의

식이 심한 것이 농인들이에요. 자기네들 외에는 아무도 믿지 못하는 것도
특징이구요. 같은 언어를 쓰는 것을 민족이라고 하면 그들은 수화를 쓰는
이방인, 얼굴 생김새는 같지만 다른 민족이죠. 아시겠어요? 다른 민족이
라구요. 언어가 다르고 풍습이 다르고…… 거짓말도 그들의 풍습 중 하나
지요."(32면)

　박보현 선생은 '얼굴 생김새는 같지만 다른 민족'이라고 청각장애인들을
지칭하면서 거짓말을 하는 것이 청각장애인의 습성인 것처럼 매도한다. 청
각장애인의 생활지도를 맡은 교사의 입에서 나온 이 말은 그들을 다른 민
족이라 규정지음으로써 벽을 만들고 틀에 가두기 위한 것이다. 이처럼 가
해자들의 논리는 아주 분명하다. 일반인과는 다른 청각장애인의 세계에 대
해 이해할 가치조차 없다고 생각하며 이들은 학생들의 인권을 묵살한다.
　이는 비단 이강석 형제나 박보현 선생에만 국한된 문제는 아니다. 자애
학원은 청각장애인 학교임에도 불구하고 이 학교 교사 서른다섯 명 중에
수화를 할 수 있는 사람이 거의 없다. 이것만 보아도 이 학교의 교육 방식
에 대해 알 수 있는데 자애학원에 있는 교사들은 학생들과 대화하는 것이
아니라 일방적으로 자신의 생각을 전달만 하는 사람들이다. 즉 학생들의
말을 들을 수 있는 귀가 없는 사람들로 학생들과 전혀 소통하지 않는다.
　권력의 위계질서의 강요와 폭력은 학생들뿐만 아니라 교사들에게도 힘
을 행사한다. 세상과 차단된 채 자신만의 위용을 뽐내고 있는 자애학원은
교장과 행정실장이 군림하는 세계이다. 이들의 말이 곧 법이고 이들의 행
동이 모든 정당화의 기준이다. 따라서 이들은 교사의 인권을 묵살하는 것
에도 거침이 없다. 행정실장이 교사인 강인호에게 행하는 언행은 인격적
모독에 가깝다.

"참 나, 어디서 이런 씹새가 굴러왔어? 너 지금 누구 훈계하냐? 경찰서
에서까지 나온 거 못 봤어? 지금 학교가 발칵 뒤집혔는데 너 말고도 줄서
있는 선생들 많아!"
　　행정실장은 어이가 없다는 듯이 웃음까지 띠며 말했다. 아무리 듣지 못
하는 아이 앞에서라고 해도 여긴 학교였다. 기간제교사라고 해도 선생은
선생이었다. 하지만 행정실장은 조금의 망설임도 없었다.(50면)

　　행정실장은 강인호를 한낱 고용인으로 인식한다. 교사 대우는 말할 것
도 없고 인간적인 대우까지도 받지 못하는 강인호는 심한 모멸감에 떨지
만 행정실장은 이 학교의 실세이므로 한마디 대거리도 하지 못한다. 행정
실장의 이 같은 행동은 재력에 기초한 것이다. 이사장 이준범은 장애인을
위한 복지 예산이 많다는 것을 알고 무진시 변두리에 땅을 사서 가건물을
세운 다음 수용된 농아들을 동원해 집을 짓고 그때부터 많은 예산을 타간
다. 그러다가 무진시가 발전하고 땅값이 오르자 땅을 팔고 엄청난 차액을
챙긴 후 학교를 변두리로 옮긴다. 이렇게 해서 돈을 번 자애학원은 이사장
의 두 아들에게 경영권이 넘어갔고 이들 형제는 자애학원을 청각장애인을
위한 학교가 아닌 40억씩을 벌 수 있는 사업체로 인식하고 있다. 이들은
무진시의 주요인사로 대접받으며 자애학원 안에서 권력자로 군림하며 학
생과 교사들에게 폭력을 휘두른다.

2.2. 권력의 은폐 공간, 자애학원과 무진시

　　현대인의 삶의 과정에서 삶 능력(biopower)이란 어떠한 의미를 보여줄
수 있을까? 우리들이 삶 권력(biopower)에 대한 투쟁의 과정을 통해 증거할
수 있는 것은 그것이 삶 능력의 형태[10]라고 하지만, 현실적으로 삶 권력에

10　마이클 하트, 자율평론 번역 모임 옮김, 「정동적 노동」, 『비물질노동과 다중』,

투쟁한다는 것은 우리가 경계해야 하는 자본적 질서의 틀 안에서 이루어지는 행위일 것이다. 인간의 권리와 권익에 대한 최소한의 보호가 이루어져야 할 공간은 역설적으로 인간의 권리와 권익이 철저히 소외받는 공간이다. 삶 능력 혹은 삶 권력으로 명명될 수 있는 우리들의 존재방식이 자본이라는 틀 안에서 구성될 수밖에 없는 것처럼, 이 작품에서 장애아들은 자본이라는 가치 추구를 위한 도구일 뿐이다.

청각장애인 학교인 자애학원은 다른 곳과는 분리된 공간으로 기능한다. 안개 속에 있는 자애학원은 명목상으로는 도교육청의 표창을 여러 해 받은 훌륭한 장애인 복지시설로 그럴싸하게 포장되어 있지만 온갖 악행들이 저질러지는 공간이다. 자애라는 이름은 강한 반어적 어휘이다. 자애학원 내에서의 폭행과 억압은 밖으로 드러나지 않는다. 자애학원은 고립된 안개 속에서 모든 것을 은폐하는 공간이다. 그 안에서 어떤 일이 벌어지는지 외부에서는 알 길도 없고 외부의 사람들은 이것에 대해 알려고 하지도 않는다. '자애' 대신 '폭력'이 행해지는 자애학원은 무진의 명물인 두꺼운 안개로 가려진 채 진실을 왜곡한다.

강인호가 처음 무진에 도착했을 때 안개는 모든 것을 빨아들이고 있었다. '어둠이 한 번도 빛을 이긴 적이 없다'(9면)는 성경 말씀이 봉독되는 중에도 안개는 헤드라이트 빛을 빨아들이고 있었다. 세상의 거짓이 어둠이라면 진실은 빛일 것이다. 무진이라는 공간은 진실을 은폐하고 거짓이 드러나는 곳이다. 무진의 안개는 거짓과 진실이 공존하지만 그것들을 모두 무화할 만큼 강한 힘을 지니고 있다. '흰 덩어리같이 고여 있는 거대한 구름의 바다, 무진을 뒤덮은 안개'(13면)는 진실이 밝혀지는 것을 막는 역할을 한다. 사람들은 모든 것은 이 지독한 무진의 안개 탓으로 돌리며 진실

2005, 155면.

을 외면하려 한다.

작품 내에서의 무진[11]은 '지난 이십팔 년간' 이 땅의 인권신장과 민주주의에 끼친 공로가 이루 말할 수 없는 도시이다. 이러한 무진에서 시위하는 청각장애인들에게 물대포를 발사하는데 민주화의 중심에 서 있는 도시에서 민주화 기념행사를 위해서 인권을 주장하는 이들에게 폭력을 가하는 것이다. 이는 자애학원과 무진이라는 공간이 권력을 감싸주고 진실을 은폐하는 공간이라는 것을 나타낸다.

2.3. 권력을 둘러싼 견고한 침묵의 카르텔

가해자 이강석 형제의 진실 은폐는 이들의 힘만으로는 부족하다. 이들을 둘러싼 사회 기득권층의 견고한 침묵의 카르텔이 형성되어 이들에게 힘을 실어주면서 자신들의 세계를 지킨다. 사방에서 거짓말을 하면서 서로서로 눈감아주는 침묵의 카르텔은 너무도 견고한 성이다. 그들이 원하는 것은 정직도 정의도 아닌 '아무 것도 바뀌지 않는 것'이다. 그냥 조용한 세상에서 자기들만의 카르텔을 형성하고 사는 것이 그들이 원하는 것이다. 무진시의 기득권층은 교장과 행정실장이 진유리와 김연두를 농락한 것을 알고 있지만 권력이 없는 이들을 희생시키고 진실을 모르는 척할 때 얻게 되는 것이 너무도 많다고 생각한다. 그들이 원하는 건 사회 정의가 아니라 자신들 나름의 대의를 위하는 것이다.

교육청의 최수희 장학관 역시 다음 달에 있을 딸 혼인예배식에 이강석 이강복 형제가 중요한 하객이고 부조를 받아야 하기 때문에 이강석 형제의

---

11 이 작품에서 구현된 무진은 김승옥의 『무진기행』에 등장하는 곳으로 실제 이 작품의 배경은 광주이다.

죄를 모른 척하려고 한다. 자애학원 내 성폭행 사건에 대해서 교육청에서는 '방과 후'에 일어난 사건이면 자기네 소관이 아니라 시청 소관이라며 책임을 미루고, 시청에서는 기숙사 안에서 일을 당한 게 아니니까 교육청 소관이라고 한다. 판사를 그만두고 변호사가 된 황변호사가 전관예우[12]를 이용하는 것이나 말을 바꾼 무진여고 출신의 산부인과 의사 역시 방관자이다. 교육청, 시청, 무진여고, 무진고, 영광제일교회 등등이 다 얽혀서 나라에서 40억을 받아가는 이강복 형제의 잘못을 눈감아주고 있는 것이다. 누가 보기에도 당연한 범죄 사실을 무진의 상류층들이 진실을 에워싸고 은폐하려고 하고 있다. 또한 일반 무진 시민들도 언론을 통해 보도된 사건의 충격이 가라앉을 무렵 이 사건을 상식적으로 맞지 않는 사건이라면서 잊어버리려고 한다. 결국 문제를 모른 척하는 방관자와 가지고 있던 것들을 놓치기 싫어하는 기득권층의 욕망이 어우러져 침묵의 카르텔을 형성하고 있다.

영수가 죽었을 때 자애학원에 찾아온 장경사는 '안개 때문인 것 같다'는 말로 소년의 죽음을 마무리 지으려고 한다. 장경사는 기득권층도 아니고 권력자도 아니지만 그 권력의 틈바구니에서 살아남기 위해서 적당히 그들의 위선과 범법행위를 눈감아주려 하는 인물이다. 죽은 영수의 바지 호주머니에서 이강석, 박보현이라는 이름 위로 ×자를 마구 쳐놓은 것을 보고 베테랑 수사관인 장경사는 이상한 낌새를 눈치 채지만 사건 해결에는 적극적이지 않다. 장경사는 자애학원에 관련된 모든 사건을 지독한 무진의 안개 탓으로 돌릴 뿐인데 이는 권력의 테두리에 살면서 그가 체득한 삶의 방식일 것이다. 권력이 없는 자는 아무리 노력해도 얻을 수 없는 것이

12 　장경사는 사건이 언론에 공개되자 바로 이강석 교장과 이강복 행정실장, 박보현 생활지도교사를 체포했다. 체포하면서 '무조건 방금 옷 벗은 사람 중 변호사 개업 안한 사람'을 찾으라고 귀띔을 해 준다.

있다는 것을 아는 장경사는 기득권층에 대해서 동조하고 방관하는 부류이다. 검사 역시 지휘명령을 유보하고 수사를 늦춘다. 그러나 이것은 무진의 기득권층이나 장경사에만 국한된 것이 아니라 강인호 주변 사람들에게도 나타난다. 강인호가 하려는 일이 옳은 일인 것은 알지만 그냥 돌아오라고 말하는 강인호의 아내나 돕는다는 건 결국 돕는 자의 자만심을 채우는 일일 뿐이라고 하는 강인호의 전 동업자 역시 세상을 관망하고 사태에 대해 묵인하려는 의식을 지닌 방관자이다. 그리고 이들이 견고한 침묵의 카르텔을 형성해서 권력을 깰 수 없게 만드는 것이다.

3. 비권력층의 소리 없는 아우성

3.1. 청각장애아들의 소리 없는 아우성

인간은 완전함에 대한 욕망을 내재한 불완전한 존재들이다. 그렇기에 우리들이 살아가는 현실에는 항상 부조리한 무엇들이 끝없이 미끄러짐을 통해 존재한다. 가난이라는 현실 혹은 소외라는 현실 속에서 우리는 우리들이 추구하고자 하는 무엇을 간구한다. 그렇기에 문학의 주제는 항상 이 세계에 있어서 인간[13]일 수밖에 없다. 그리고 문학의 창조자로서 작가의 역할은 사실을 숨김없이 말하는 데 있다. 말들이 병들어 있다면 그것을 고치는 것이 바로 작가들의 책임[14]이다. 우리에게 현실이란 무엇인가? "현실 자체가, 현실의 효과가 아니고 그 자체의 하나의 허구인 또 다른 외양에 의해 지탱되어야 하듯, 이 허구를 현실에서 제거한다면 우리는 그 자체를

---

13 장폴 사르트르, 정명환 옮김, 앞의 책, 210면.
14 장폴 사르트르, 정명환 옮김, 위의 책, 372면.

잃"[15]게 된다. 우리가 목도하는 현실이라는 것은 결국 실체 없는 어떠한 것인데 그 실체를 구체화시키는 것은 작가의 시선일 것이다. 공지영이 보여주는 것은 바로 우리가 파악할 수 없는 실체의 모습이다. 그는 이 작품에서 우리 일상에서 벌어지는 비루한 일들의 재현을 통해, 우리가 살아가는 현재의 가치에 대해 고민하게 한다.

허구적 작중인물의 정체성은 허구적 내러티브 속에서 그들의 인생을 시작하면서 형성된다. 그러나 허구적 작중인물은 그들이 출현하여 현존한 허구를 넘어설 수 있[16]게 되는데 허구적 작중인물들이 그들에게 당면한 현실의 부조리함을 인식하고 그러한 현실에 대한 대응행동을 시작하면서 사건이 시작된다.

무진의 청각장애인 학교 자애학원의 교장 및 행정실장 그리고 생활지도 교사가 수년에 걸쳐 학생들을 지속적으로 성폭행한 것이 이 작품의 주요 사건이다. 진유리는 초등학교 3학년 때부터 교장에게 성폭행을 당하지만 정신지체가 있어서 그것을 사건으로 인식하지 못한다. 스스로의 존재를 인지할 수 없거나 혹은 인지하더라도 그것에 대한 적절한 행위를 수행할 수 없어서 그 자신의 정체성을 드러낼 수 없다면, 그 존재의 정체성이라는

---

15 미란 보조비치, 이성민 역, 『암흑지점』, 도서출판 b, 2003, 170면.
   또한 "어떤 현실이, 그 존재에 있어서, 전적으로 비현실적인 어떤 것에 의해, 즉 상상적 비존재자들에 의해 지탱되는 것, 비존재자가 현실을 그 존재에 있어서 지탱하는 것은 다름 아닌 그것의 비존재를 통해서 이며, 만일 그것이 존재한다고 한다면, 현실 자체는 와해되고 말 것"(161면)이라 밝히고 있다. 결국 작가가 창조해낸 공간의 어떤 질서는 오히려 현실적 가치들을 부정함으로 그 기득권적 질서를 옹호하고 있는 것이다. 작가의 자기만족적 정체성의 확립을 위해, 새로운 질서와 가치의 창조는 처음부터 부재함과 결여됨을 메우기 위한 하나의 수단이었고, 그것은 기득권이라는 현실에 반하는 모습을 통해, 그 기득권의 현실을 더욱 견고하게 만들어 주고 있을 뿐이다.

16 송기섭, 『몽상과 인식』, 예림기획, 2000, 61면.

것은 부정될 수밖에 없는 것이다. 사건은 김연두가 교장의 성폭행 미수를 무주 인권센터에 신고하면서 시작된다. 김연두는 청각장애가 있기는 하지 만 지적장애는 없어서 자신에게 일어난 일이 무엇인지 정확하게 인지하고 이에 대항하기 위해서 신고한 것이다.

> "근데 말이야, 이건 순전히 내 직감인데, 보통 사건이 아닌 거 같아. 교 장한테 당한 아이는 김연두고, 우리가 신고한 것도 일단 그 사건인데, 그 런데 강선생 반에 왜 중복장애아 있다면서? 유리, 진유리던가? 그애는 교 장 행정실장, 그리고 박보현이라는 생활지도교사에게 돌아가면서 지속적 으로 성폭행을 당했다고 하네. 초등학교 때부터 말이야."(75면)[17]

> 유리는 그 후로 행정실장님과 박보현 선생님, 교장선생님에게 돌아가 면서 당했어요. 행정실장님은 유리에게 한번 할 때마다 천 원씩 주었대 요.(114면)

열 살부터 지속적으로 성폭행을 당한 중복장애아 진유리는 여섯 살 정 도의 지능을 지니고 있다. 즉 스스로의 정체성을 표현할 능력이 없는 존재 이다. 그리고 이 학교의 교장이나 행정실장은 학교 이사장의 아들들로 부 유한 생활을 하고 있으므로 필요하다면 돈으로 여자를 살 수도 있었다. 그 러나 이들이 택한 것은 힘없고 무지한 학생을 지속적으로 성폭행하는 것 이었다. 진유리와 김연두는 이러한 사실을 담임 선생님을 비롯한 선생님 들에게 초등학교 3학년 때부터 말했지만 김연두의 말을 들은 선생님들은 모함이라며 일축한다. 이들은 어쩌면 사실을 확인할 수 있었음에도 불구 하고 그것이 사실로 밝혀진 후 자신에게 닥칠 현실이 두려워 외면한 것인 지도 모른다. 학생들의 권익을 묵살한 이들의 행동은 진실과 밥그릇의 경

---

17 공지영, 『도가니』, 창비, 2009. 이후부터는 면수만 표기.

중을 따지다가 밥그릇을 선택한 경우이다.

청각장애를 지닌 채 성적으로 유린당한 학생이 자신의 인권을 지키기 위해 세상과 소통을 시도했으나 세상은 그들을 향해 귀를 닫고 외면했다. 자애학원 안에서의 만행은 이에 그치지 않았다. 생활지도교사 박보현은 진유리를 지속적으로 성폭행한 것으로도 모자라 남학생인 영수와 민수를 성폭행했으며 이들 형제 중 동생인 영수를 자신의 집에 데리고 와 성폭행하고 방치해 기차사고로 죽게 만든다. 영수와 민수는 성폭행 말고도 지속적으로 구타를 당했고 이에 대해 계속 말했으나 이들의 목소리를 들어주는 사람은 없었다. 열두 살짜리 민수가 기차에 치어 죽었는데도 진실을 갈구하는 아이들의 외침은 선생님들에게 묵살되기만 했다. 아이들은 이에 대해 '부풀어오르는 노기'를 지니고 세상과의 소통을 포기한다.

청각장애에 지적장애까지 겹친 일이 다반사인 자애학원 학생들은 불우한 가정 형편마저 떠안은 채 세상에 던져졌다. '장애인 여성들은 완전히 무방비로 짓밟히고 있다'(111면)는 성폭력상담소장의 말처럼 김연두와 진유리에게 일어난 일은 이 두 사람에게만 일어난 특별한 상황이 아니라, 언제든 장애인 여성에게 일어날 가능성이 있는 일이다. 이 일을 사건으로 만들어서 세상에 알릴 결심을 한 김연두는 장애를 지닌 여성이 자신의 권익을 찾는 것이 어렵지만 꼭 필요하다는 것을 인식한 것이다. 다른 아이들이 세상을 향해 자신의 목소리를 내는 것을 포기했다면 김연두는 소리는 나지 않지만 목소리를 내기로 결심하고 이를 행한 대표적인 인물이다.

3.2. 강인호와 서유진의 대항

앤서니 기든스는 힘(force)과 폭력은 모든 지배질서의 일부분을 구성한다고 말했다. 그는 권력은 오직 정당화된 질서가 무너질 때에만 폭력에 의존하게 될 정도로 헤게모니적인지, 아니면 폭력이야말로 국가 권력의 실제 본성인지에 대한 논쟁이[18] 가능함을 지적했다. 용서의 문제도 마찬가지이다. 혹자들은 힘없는 정의는 정의가 아니라고 말한다. 힘은 폭력의 또 다른 이름이다. 상대의 행위에 대한 적절한 응징이 수반되었을 때 용서라는 행위가 성립될 수 있다. 적어도 상대에 대한 적절한 응징을 수행할 수 있는 힘을 갖고 있을 때, 우리는 용서라는 행위를 하는 것이 가능하다. 강인호는 학생들에게 행한 이들의 행동을 용서할 수 없었다.

> 용서, 그래 이런 건 용서가 아니었다. 결코 용서가 아니었다. 용서는 나약한 자들의 것은 아니니까. 용서란 마음이 부자인 사람이 하는 거니까. 용서란 죄악이나 부정이나 폭력이나 모욕에 눈감는 일은 결코 아니니까. 단죄를 해야 그것을 용서할 대상이 생겨나는 것이니까. (234면)

그러나 강인호 역시 피해자인 아이들과 마찬가지로 힘을 가진 존재가 아니다. 결국 진실을 향한 강인호의 의지도 강인호가 이들을 응징할 수 있는 힘을 지니고 있을 때 가능하다.

소통할 수 없는 의사는 결국 자기독백에 그칠 뿐이다. 이 독백이 다른 사람에게 전달되는 순간이 바로 소통이 시작되는 순간이다. 강인호와 서유진이 뛰어들어 자애학원 아이들의 대변자가 되어 세상과의 연결고리가 되려 하지만 현실은 그리 녹록치 않다. 이 사건을 해결하기 위해 인권운동센터에서는 자애학원 아이들의 증언을 녹화해 신문 방송 등 언론매체와 서울의 인권위원회에 알리는 방법을 동원했고 이들의 증언을 통해 자애학

---

18 앤소니 기든스, 황정미 옮김, 『현대사회의 성 사랑 에로티시즘』, 새물결, 2001, 190면.

원의 비리가 드러나게 된다.

　서유진은 이 사건을 반드시 해결해야 한다는 의무감에 불탄다. 그녀는 '망치 하나도 없이 거대한 빙하를 향해 그저 맨손으로 돌진하는' 것처럼 이 사건에 몸을 던진다. 서유진은 늘 옳은 행동을 하고 그 행동을 함에 주저함이 없다. 강인호가 소극적 투쟁가라면 서유진은 적극적 투쟁가이다. 그녀는 무진 인권운동센터 상근 간사로 '잇따른 남편의 정치 입문 실패, 선천성 심장기형을 가진 아이의 출산, 그러므로 당연히 뒤따라오는 가난'에도 불구하고 자신의 삶을 열정적으로 살아내려는 인물이다. 자애학원 학생들의 성폭행과 폭행 사실에 대해서 알게 되자 그녀는 적극적으로 이 문제를 해결하기 위해서 노력한다. 현 상황에 대해서 '이 무슨 미친 광란의 도가니'냐며 청각장애아들을 지켜주자고 결심한다. 현실에 대항하는 그녀의 힘은 딸을 가진 어머니의 힘이기도 하고 정의의 힘이기도 하다. 권력층에 정면으로 맞대결을 시도하는 그녀는 약자의 편에 서서 이들의 권익을 되찾아주기 위해서 끊임없이 투쟁한다. 서유진이 이렇게 적극적으로 투쟁하는 이유는 간단하다. 바로 자신의 딸들이 컸을 때 지금보다 더 좋은 나라를 만들어주고 싶기 때문이다. 사람이 사람답게 사는 더 좋은 세상을 만들기 위해서 서유진은 노력하려 한다. 물론 더 좋은 세상이 한 사람의 힘으로 만들어지는 것은 아니지만 이들의 힘이 모여서 세상을 바꿀 수 있는 힘이 생기는 것이다.

4. 내면의 갈등과 그 극복

　다중에 의한 변화, 산노동의 가치를 존중받고 삶 능력(biopower)이 발현되는 지점은 무엇일까? 공지영의 소설을 통해 드러나는 억압에서 벗어나 자유에 이르고자 하는 욕망의 도정은 정치개혁이 아니라 바로 대중들의 성격(mass character)을 바꿈으로써 가능[19]한 사건이다. 대중이 아닌 다중의 역능, 그 가능성을 모색하는 지점에 그 스스로를 배치할 때 무엇인가가 생성될 수 있는 것이다. 한나 아렌트는 "활동적인 삶(vita activa)이란 용어를 통해 인간의 근본활동을 노동, 작업, 행위의 세 가지로 구분한다. 이때 노동이란 인간신체의 생물학적 과정에 상응하는 활동이며, 노동이 이루어질 수 있는 근본조건은 삶 자체로 규정"[20]할 수 있다. 결국 노동은 인간의 존재와 가치를 규정하는 기본적인 조건이다. 우리는 노동의 과정을 통해 스스로의 지위를 확인하고, 사회의 전체적 테두리 안에서 자신을 배치한다.

강인호는 특수교사가 아님에도 불구하고 대학 졸업하고 받은 일반 교사 자격증을 가지고 특수학교 청각장애아들을 가르치게 되었다. 그는 아내의 백으로 이 학교에 들어오게 되어서 마누라 연줄이나 잡고 온 놈이라는 생각을 가지고 있다. 무진에 도착한 그는 예정된 월급을 받아서 사는 계획적이고 소시민적인 기쁨을 누리자는 결심을 하면서 '월말이면 꼬박꼬박 월급을 받아 적금을 붓고 어서 세 식구가 따스한 식탁 등 아래 모여 식사를 하고 싶은' 마음이 간절하다. 강인호의 이런 생각에는 평범하고 일상적인 가장으로 살아가고 싶은 소시민의 바람이 드러나 있다. 하지만 그는 자애학원에 도착하자마자 윤리적 갈등에 휩싸이게 된다. 학원발전기금이라는 명목으로 오천만 원을 노골적으로 요구하는 행정실장 앞에서 강인호는 정직과 생활이라는 두 가지 선택지를 놓고 고민한다.

긴 복도를 걸으며 그는 과연 이곳이 그가 있을 곳인지를 자신에게 물었다. 너무 급한 결정이었다고 **젊은 강인호**가 대답했다. 하지만 이미 무진에

---

19 앤소니 기든스, 배은경 · 황정미 역, 『현대 사회의 성, 사랑, 에로티시즘』, 새물결, 2003, 242면.

20 한나 아렌트, 이진우 · 태정호 역, 『인간의 조건』, 한길사, 2007, 55면.

아파트를 얻느라 큰돈을 지출했고 여기서 다시 서울로 돌아가는 것은 '작은 것 다섯 장'을 내는 것만큼이나 수치스러운 일이라고 **늙은 강인호**가 중얼거렸다. 성급한 결정이 아니라 외길이었다고, **젊지도 늙지도 않은 강인호**가 말했다. 계승할 왕관과 물려받을 영토가 없는 한, 모두들 그러려니, 하며 먹고산다고 **늙은 강인호**가 단정을 지었다. (28면) 강조 필자.

다음날 아침, 강인호는 쇼핑백을 들고 행정실 문을 노크하면서 마지막으로 한번만 이 배반을, 타협을, 무책임을 긍정하자고 마음먹었다. 그렇다고 그가 서른네 해를 살면서 하늘을 우러러 한점 부끄럼이 없었다고 생각하는 뻔뻔함을 가진 사람은 아니었다. 아내 몰래 술집 여자와 잠자리도 몇 번 가졌고 사업하는 동안 소득도 조금 누락시켰다. 출세해서 고급 외제차를 타고 거들먹거리며 나타난 동창 놈이 빠른 시일 내에 폭삭 망하기를 바라기도 했고, 의외로 미인인 친구의 아내에게 이상한 욕정을 느껴보기도 했다. 그러나 이렇게 노골적인 협잡에 응해본 적은 없는 것 같았다. 이렇게 구차하게 자신을 달래가며 출근을 해본 적도 처음이었다.(44면)

소시민이 느낄 수 있는 복잡한 선택에서 강인호의 현실은 강팍하기만 하다. 그의 아내 역시 아이를 어린이집에 보내고 일을 시작했고 이 가정을 지키기 위해 강인호도 뭔가를 해야만 하는 입장이다. 강인호와 그 아내에게도 현실은 절벽 끝에 위태롭게 서 있는 모습인데 오천만 원이라는 돈을 내고서라도 기간제 교사로 자애학원에 있을 것인가와 깨끗한 모습으로 서울로 돌아갈 것인가의 갈림길에서 강인호는 고민한다. 정의로운 강인호와 현실에 타협하려는 강인호가 계속해서 머릿속에서 싸움을 하지만 결국 그는 아내가 부친 학원발전기금을 들고 행정실장에게 갈 수밖에 없었다. 행정실장과의 협잡이 도저히 내키지 않았지만 강인호는 아내와 딸을 위해 이 학교에 붙어 있어야 한다는 마음이 더 강했으므로 현실과 타협하는 선을 택한 것이다.

김연두 성추행 사건에 대해서도 늙은 강인호는 월급을 받기 위해 여기

왔을 뿐이라고 말하며 타협을 요구한다. 강인호의 내부에는 여전히 젊은 강인호와 늙은 강인호가 강인호를 설득하려 애쓴다. 진실로 다가가려 하면서도 그 진실에 대해서 아는 것이 두려운 강인호는 망설이면서 아이들 문제의 핵심으로 접근해 간다. 그가 학생들의 문제에 대해서 물었을 때 '적당히 걱정스러운 표정으로 그들에게 물어보고 그리고 돌아서서 적당히 모른 척하며'(24면) 빠져나갈 수도 있었다. 그러면 강인호는 교사로서의 책임은 다한 셈이고 아이들과의 문제에 말려들지 않고 자신의 인생을 살아나갈 수 있었을 것이다. 그러나 그는 그 순간 문제의 핵심에 깊숙하게 개입하는 것을 선택한다. 학원발전기금에 대해서는 소극적인 태도로 일관할 수밖에 없었던 그는 자애학원의 부정과 비리를 고발하는 것에 대해서는 소신 있는 선택을 한다. 학원발전기금을 갖다 줄 때처럼 불의에 대해 눈감을 것인지 고민하던 강인호는 결국 정의를 택한다.

강인호가 손에 잡을 수 없었던 정의는 그를 윤리의식의 도가니에 빠지게 하지만 대신 아이들의 지지를 얻는다. 처음 강인호와 만났을 때 무표정이고 백색의 가면 같았던 아이들은 차츰 서로 소통을 하게 된다. 강인호가 변한 만큼 아이들도 변한 것이다. 결국 강인호는 내면의 윤리적 갈등을 극복하고 아이들과의 소통에 성공한다.

안토니오 네그리는 현대인들에게 주어진 좌우명은 "지금까지 다른 방식으로 생각하고, 살고, 실험하고, 투쟁하라."라고 말하면서 바로 이것이, 이미 더 이상 자신을 '자족적'인 계급으로 생각할 수 없으며 사회적 중심성이라는 자신의 오만한 신화들과 인연을 끊음으로써 잃을 것이라고는 아무것도 없고 얻을 것이 있을 뿐인 노동계급의 좌우명"[21]에 근거해야 한다고

---

[21] 안또니오 네그리 · 펠릭스 가타리, 조정환 편역, 『자유의 새로운 공간』, 갈무리, 2007, 150면.

한다. 제 밥그릇을 걸고 하는 강인호의 윤리적인 행동은 교사로서의 마지막 자존심이었다. 그러나 재판에서 전교조 사건에 휘말리고 군대 시절 제자 명희와의 성관계 사실이 밝혀지면서 설 자리를 잃는다. 청각장애를 지닌 제자를 지키려 한 그의 양심적인 선택은 자신과 자신의 가족을 무너뜨리는 결과만을 남긴 채 재판정에서 물러나게 한다. '인터넷에 한번 올려지면 그게 사실인지 아닌지는 아무 소용이 없는'(242면) 것이 바로 현실이다. 진실은 힘도 쓰기 전에 거짓이 전파를 타고 세상으로 퍼지는 것이다. 현실이 가상을 추월하는 것처럼 보이는 것은 현실이 가상의 힘을 흡수하고 현실 자체가 가상이 되어 버렸기 때문[22]이다. 현실과 허구의 관계가 전도되어 버린 현실에서 진실과 거짓을 구분하는 것은 불가능해진다. 강인호의 도덕적 행위는 그의 비도덕적 행위로 인해 인정받지 못한다.

재판을 하는 도중 실제 피해자인 민수의 부모님은 돈을 받고 이강석 형제와 합의를 해 주었다. 한 아이는 죽고 한 아이는 망가졌지만 가난한 살림에 큰돈을 제시하는 것을 뿌리치기 어려웠던 것이다. 마지막까지 고민하던 유리 할머니도 합의서를 내 주었다. 유리가 지적장애아라서 합의서로 기소 자체가 무효화되는 것은 아니지만 이러한 행동은 판결에 영향을 주었다. 재판을 계속한다고 해서 성폭행을 당한 사실이 없어지는 것도 아니고 그 돈으로 유리 아버지의 병원비라도 댈 수 있다면 사람이면 누구나 망설이게 될 것이다. 서울 병원에 가서 아들을 치료할 수 있게 만드는 돈의 힘에 대해서 아들과 손주 유리가 들을 수 없는 말을 유리 할머니는 계속 듣는다. 돈이란 무섭게도 진실과의 싸움에서 쉽게 이길 수 있는 도구이다. 결국 유리 할머니는 돈 앞에 굽히고 합의를 해 준다. 손녀를 팔아 그 아비의 약값을 대는 것이 짐승만도 못한 행동이라는 것을 알지만 아는 것

22　장 보드리야르, 배영달 역, 『테러리즘의 정신』, 동문선, 2003, 30면.

과 현실 사이의 벽은 너무도 높다. 하지만 이들이 무조건 돈에 굴복했다고 생각해서는 안 된다. 돈과 정의 중 하나를 택했다기보다는 현재 상황에서 최선의 선택을 한 것이다.

5. 사회적 소통의 관계망 형성

자애학원의 아이들에게 폭행보다 더 고통스러운 것은 버림받고 고립되었다는 느낌, 아무도 그들을 돕지 않을 거라는 절망이다. 하지만 TV로 이들의 이야기가 방송되는 순간 이들은 이제 혼자가 아니라는 것을 확인할 수 있었다. 권력층이 침묵의 카르텔을 형성하고 범죄 사실을 은폐하려는 것에 대해 세상은 들썩이면서 방송이 나간 후 민주화운동단체들과 사람들이 무진인권운동센터를 응원했다. 또한 예전에 자애학원을 다니면서 성폭행을 당했던 학생이나 기간제교사로 부임해서 포르노 시디를 복사하는 심부름을 했던 교사, 성폭행을 당하다가 자살한 친구의 이야기를 하는 사람의 이야기는 언론을 들끓게 했고 이에 자애학원에 있는 열 세 명의 교사들은 성명서를 발표했다.

"저희는 앞으로 당연히 들어야 할 것을 듣고 당연히 말해야 할 것을 말할 것입니다. 우리 학원의 경영을 감독해야 할 교육청과 시청의 침묵, 자애학원 이사들의 침묵을 더 이상 묵과하지 않겠습니다. 저희는 앞으로 모든 진실이 밝혀질 때까지, 선생이 스승이 되고 학생이 제자가 되는 날까지, 죄를 지은 사람이 벌을 받는 그날까지, 학생들이 편안히 잠들고 일어나 열심히 배울 수 있는 그날까지 사죄하는 마음으로 싸우고 가르치고 사랑할 것을 약속드립니다. 또한 이 순간에도 돈 없고 백이 없어서 걸레조각처럼 쓰러져 신음하는 이들, 갖은 폭력과 성폭력의 희생자가 되어온 이들, 외출 한번 하지 못하고 강제로 노동에 시달리며 돈 한 푼 받지 못하고 인간 대접 한번 받지 못한 채 노예처럼 살아가는 모든 장애인들을 위해 궁극

적으로 싸울 것도 다짐합니다."(191면)

결국 이들 교사들은 해임되거나 감봉되기도 하지만 이들이 학생들을 위해서 앞으로 나섰다는 것은 중요하다. 이들은 청각장애인의 목소리에 귀기울이고 그들의 아픔에 공감했기 때문에 이런 행동을 한 것이다. 학생들이 부당한 것에 대해서 말할 때는 그 말을 들어주지 못했지만 자신의 양심에 비추어 옳은 선택이라고 생각해서 힘을 모았을 것이다.

판사는 이강석 이강복 형제가 성폭행한 사실은 인정하나 지역 사회에 기여한 점을 인정해서 집행유예로 풀려나게 하고 박보현 선생만 징역 육 개월에 처한다. 강인호와 함께 학생들 편에 섰던 교사 네 명도 해고되었다. 교장을 응징하기 위해 모였으나 윤자애 선생을 달걀범벅으로 만든 농아 삼십 명은 폭행죄로 고소되었다. 잘못을 저지를 사람은 무죄로 풀려나고 잘못이 없는 학생들만 고소가 된 현실은 참으로 참담하다. 하지만 그렇게 끝이 나는 것은 아니다. 청각장애 학생의 부모님은 자식을 전학시키거나 등교 거부를 하게 하며 학교 앞에서 농성을 계속했다. 여전히 부정적인 현실에 대항하려는 이들의 의지는 사그라들지 않는다.

민수는 이 일이 있기 전과 이 일이 있은 후 가장 변한 게 우리도 똑같이 소중한 사람이라는 걸 알게 된 것이라고 한다. 그 전에는 하나의 인격체로 인정받지 못했는데 이제 하나의 인격체로 올곧게 설 수 있는 스스로를 인정하게 된 것이다. 민수와 연두 그리고 유리는 '홀더'와 함께 공동체 의식과 연대의식을 느끼면서 홀로 설 수 있는 힘을 얻고 있다. 이것이 이 작품에 제시된 희망이다.

사회를 구성하는 사람들 하나하나의 힘은 그리 크지 않다. 하지만 권력이 없는 계층이 각자 자기의 자리에서 목소리를 내고 자기의 역할을 하면 그 힘은 강력해진다. 결국 권력과 이익 앞에 정의는 무릎 꿇게 되었지만 사회의 구성원들이 지닌 역능까지 무시할 수는 없다. 결국 이 사건에서는 정의가 구현되지 않았지만 그 관계망의 형성까지 막을 수는 없다. 자애학원 사건에 대한 세상의 관심은 사회적 관계망을 형성하고 이들을 소통할 수 있게 한다.

6. 결론

이 작품을 읽는 동안 우리는 일단 작품에 재현된 부조리한 현실에 대해서 분노하게 된다. 그 분노는 부정을 저지르고도 태연한 기득권층에 대한 비판을 끌어내고 비기득권층 간의 공감대를 형성하게 한다. 그리고 이를 통해 우리는 서로의 생각이 같음을 확인하고 소통의 길을 연다. 문제는 이 것이 소통의 길을 연 것은 사실이나 이를 연대의식으로 확산시킬 수 있을 것인가이다. 강인호는 결국 마지막 순간에 학생들과 서유진에게 가지 못하고 아내와 함께 서울로 돌아간다. 강인호는 윤리 의식과 현실 사이에서 갈등하다 진실을 외면하는 것을 택한다. 이에 반해 서유진은 자신이 싸우는 이유에 대해 '그들이 나를 바꾸지 못하게 하려고 싸우는 거'라고 말한다. 세상을 바꾸는 것도 어렵겠지만 세상이 자신을 바꾸지 못하게 하는 것이 더 힘들다. 청각장애아들과 강인호, 서유진은 세상을 바꾸려는 시도를 하지만 거대한 벽에 부딪히게 된다. 그러나 이들의 외침이 공허함에 그치는 것은 아니었다. 자신의 목소리를 내지 못하던 청각장애인들이 주체적으로 생각하게 만들었고, 세상 사람들이 자애학원의 진실에 대해서 알게 한 것만으로도 충분히 가치가 있다. 이제 이들은 세상이 자신을 바꾸지 못하게 할 힘을 얻었다.

연두나 민수 같은 아이들뿐만 아니라 이들 주변의 사람들도 소통을 위해 노력하는 모습을 보인다. 연두의 어머니는 연두와 소통하기 위해서 수화를 배웠다. 자애학원 선생님들이 수화를 못하는 사람이 태반이라는 것을 생각하면 놀라운 일이다. 나이가 든 사람들에게 있어서 수화를 배운다는 것은 외국어를 배우는 것 못지않게 어려운 일이기 때문이다. 많은 청각장애 청소년들이 수화를 배우지 않는 가족들 때문에 심한 단절을 겪고 있다는 것을 고려한다면 연두 어머니의 적극적인 소통의 태도는 아주 중요하다.

하지만 이 작품에서 소설적 형상화를 통해서 재현하고 열린 가능성을 제시하는 것에 그치지 않고 더 명확한 결론을 내리지 못한 것은 한계라 할 수 있다. 문학은 단순한 현실의 재현이 아니라 그 자체로 새로운 결말을 만들어낼 수 있기 때문이다. 또 이 작품에는 실제와는 다른 청각장애인의 문장력이 리얼리티를 떨어뜨리는 작용을 한다. 수화를 하는 청각장애인들은 글쓰기에 능숙하지 않다. 수화에는 명사와 동사의 구분이 없고 조사와 접속사도 몇 개 되지 않으므로 청각장애인들은 완성된 문장을 자연스럽게 쓰는 것에 서툴다. 이 작품에 구현된 것처럼 능숙한 문장을 구사하는 것은 현실적으로 어려운 일이므로 김연두나 진유리가 하는 것 같은 자세한 성폭행 장면의 묘사는 수화로는 어려운 일이다. 작가가 이를 더 고려했으면 리얼리티를 포함한 문학이 되었을 것이다.

우리는 이 작품을 통해서 진정한 귀머거리는 누구인가 하는 의문을 던지게 된다. 이 시대를 살아가는 우리들은 자신의 내면의 소리에 귀 기울이고 있는지, 사회적 약자의 목소리를 듣고 있는지 말이다. 이중 억압된 청각장애인 여성의 울부짖음을 듣고도 모른 척하는 것이 진정한 양심은 아닐진대 외면하는 것이 지금의 평화를 유지하는 길이라 믿고 살고 있는 것은 아닐까? 이 작품은 단지 청각장애인의 인권이 유린되었다는 단편적인 사실만을 전달하고자 하는 것이 아니다. 이 시대 이 사회가 거대한 권력장을 형성해서 이들의 인권을 묵인하고 묵살하며 동조하고 있는 것에 대한 터트림이다. 신문기사에 몇 줄 등장하고 잊혀지는 단순한 성폭행 사건에 대한 것이 아니라 우리가 기억하고 바꿔야 할 것들이 있다는 것에 대한 거센 외침이다. 문학은 분명 현실을 바꿀 수 있는 힘이 있음을 이 작품은 분명히 보여주고 있다.

『현대문학이론연구』 제45집(2011. 6)에 수록

■ 필자소개

박현이 ■ 충남대 공학교육혁신센터 초빙교수

고영진 ■ 배재대 · 나사렛대 강사

김정숙 ■ 충남대 강사

김화선 ■ 배재대 교수

김현정 ■ 대전대 교양학부대학 교수

남기택 ■ 문학평론가, 강원대 교양학부 교수

오연희 ■ 목원대 전임강사

오홍진 ■ 문학평론가

유경수 ■ KAIST 연구원

한상철 ■ 배재대 · 충남대 강사

글쓰기 교육과 문학적 글쓰기

인쇄 · 2011년 10월 24일 | 발행 · 2011년 10월 30일

지은이 · 박현이 | 고영진 | 김정숙 | 김화선 | 김현정 | 남기택 | 오연희 | 오홍진 | 유경수 | 한상철
펴낸이 · 한봉숙
펴낸곳 · 푸른사상
주간 · 맹문재 | 편집 · 김재호 | 마케팅 · 이철로

등록 · 1999년 7월 8일 제2-2876호
주소 · 서울시 중구 초동 42번지 아시아미디어타워 502호
대표전화 · 02) 2268-8706(7) | 팩시밀리 · 02) 2268-8708
이메일 · prun21c@hanmail.net / prun21c@yahoo.co.kr
홈페이지 · http://www.prun21c.com

ⓒ 2011, 박현이 | 고영진 | 김정숙 | 김화선 | 김현정 | 남기택 | 오연희 | 오홍진 | 유경수 | 한상철

ISBN 978-89-5640-872-9 93810
값 23,000원

이 도서의 국립중앙도서관 출판시 도서목록(CIP)은 e-CIP 홈페이지(http://www.nl.go.kr/cip.php)에서 이
용하실 수 있습니다.(CIP제어번호 : CIP2011004578)